구유심영록

구유심영록 중국근현대사상총서 002

초판 1쇄 발행 2016년 2월 1일

지은이 량치차오
옮긴이 이종민
펴낸이 강수걸
편집장 권경옥
편집 정선재 양아름 문호영 윤은미
디자인 권문경
펴낸곳 산지니
등록 2005년 2월 7일 제14-49호
주소 부산광역시 연제구 법원남로15번길 26 위너스빌딩 203호
전화 051-504-7070 | 팩스 051-507-7543
홈페이지 www.sanzinibook.com
전자우편 sanzini@sanzinibook.com
블로그 http://sanzinibook.tistory.com

ISBN 978-89-6545-333-8 94820
      978-89-6545-329-1(세트)

* 책값은 뒤표지에 있습니다.
* 이 도서의 국립중앙도서관 출판예정도서목록(CIP)은 서지정보유통지원시스템
홈페이지(http://seoji.nl.go.kr)와 국가자료공동목록시스템(http://www.nl.go.kr/
kolisnet)에서 이용하실 수 있습니다.(CIP제어번호: CIP2015034886)
* 이 도서는 산지니출판사와 경성대학교 글로벌차이나연구소가 함께 기획하였습니다.

중국근현대사상총서
002 _____

구유심영록

歐游心影錄

량치차오 지음 • 이종민 옮김

산지니

발간사

　금세기에 들면서 '21세기는 중국의 세기'라는 말이 회자한 적이 있는데 당시는 반신반의하는 분위기였다. 하지만 2008년 미국 금융위기 이후 중국이 G2의 반열에 오르면서 세계는 더 이상 이 말을 의심하지 않는다. 미국의 경제발전 원리인 워싱턴 컨센서스에 상대하여 베이징 컨센서스가 대두되었고, 중국이 지배하면 세계가 어떻게 변할 것인지에 대한 예측이 나왔으며, 더 나아가 중국의 사회실험이 신자유주의의 대안세계를 창출할 것이라는 기대감이 표출되고 있다.

　포스트사회주의 중국의 핵심적 가치를 공동부유사회 건설로 인식하는 정책 및 그와 직간접적으로 연계된 이론들을 보면, 생산수단의 사회화를 사회주의의 기본전제로 인식하는 전통적 이론의 틀에서 벗어나 있다. 이들은 소자산 계층과 그 재산권의 인정·확대를 통해 인민의 기본적 생계와 사회 안정의 근간을 마련하고, 국유자산의 수익을 사회복지 및 공공서비스의 재원으로 활용하려는 공통점을 지닌다. 과거 사회주의 중국이 무산자혁명론에 기대고 있었다면, 지금은 부유하고 자유로운 개인들의 연합체 건설을 꿈꾸는 이른바 유산자혁명론으로 나아가고 있는 것이다. 그야말로 자본주의와 사회주의 정책이 연계된 혼합발전의 길이지만 대안세계가 될 수 있을지는 불투명하다.

　사실 중국의 이러한 임기응변식 행보는 아편전쟁 전후 세계 자본주의 체제에 편입된 이래 지속되어온 것이다. 근현대는 중국 현재의 문제가 발생한 근원지이자 다각적으로 출로를 모색한 실험장이었다. 전통의 속박을 강력히 부정하면서도 그 출로를 전통사상 내부에서 찾으려 했고, 서구 근대문명을 추구하면서도 그 그늘에서 발아한 사회주의·무정부주의 등의 진보사상에 대해 사유의 끈을 놓지 않았으며, 자본주의적 발전의 유효성을 인정하면서도 노동과 분배 문제의 중요성을 고민하고 있었고, 민족국가 건설을 목표로 하면서도 동시대 세계와의 긴장관계를 유지하고 있었다.

물론 근현대 중국의 텍스트에 현재의 대안이 속 시원히 나와 있는 것도 아니며, 오늘날의 입장에서 보면 그리 새로울 것도 없는 내용일 수 있다. 하지만 그 속에는 세상이 불투명한 오늘날의 텍스트에서 찾아보기 힘든, 어둠을 뚫고 나오는 미래의 빛을 발견할 수 있다. 그 빛은 20세기의 입구에서 미래 세상을 살아갈 후세들을 향해 비춘 것이지만, 불행하게도 그 빛은 전쟁과 혁명으로 점철된 극단의 시대에 막혀 오늘날의 우리에게 고스란히 전달되지 않았다. 이러한 단절로 인해 우리는 그들이 던진 삶에 관한 근원적인 질문을 계승하지 못하고 있다. 미래가 불투명해진 것도 이러한 단절과 연계되어 있으며, 다시 우리 시대의 문제가 파생되기 시작한 시점으로 돌아가 잊혀진 질문을 환기하는 일이 바로 대안세계를 찾아가는 길이 될 수 있으리라.

근현대 중국에 대해 우리는 근대화론에서 내재적 발전론에 이르기까지 다양한 시각으로 해석하고 있지만, 정작 그 시대의 고민이 담긴 텍스트들을 온전하게 읽어볼 기회가 적었다. 특히 근대 텍스트는 언어의 장벽을 넘기가 녹록치 않기 때문이다. 이에 총서를 기획하여 중국 근현대사상이 던진 삶의 근본문제와 대안세계의 의미를 이해하고, 나아가 우리 시대가 만들어가야 할 문명사회를 상상하는 유익한 사상자원이 되기를 바란다.

이종민

일러두기

1. 『歐游心影錄』은 1920년 3월에서 6월까지 베이징의 『晨報』와 상하이의 『時事新
   報』에 동시 연재되었다. 본서는 2014년 商務印書館에서 발행된 『歐游心影錄』을
   번역 저본으로 한다.
2. 량치차오가 단 주는 각주 번호 다음에 '원주' 표시를 하고 역자 주는 별도로 표
   시하지 않는다.

차례

발간사   005

1장 _ 유럽여행 중의 일반적 관찰 및 감상   011
  상편: 대전 전후의 유럽 | 하편: 중국인의 자각

2장 _ 유럽으로 가는 도중에   079

3장 _ 런던에서의 첫 여행   103

4장 _ 파리평화회의 조감   135

5장 _ 서유럽 전장 형세 및 전쟁국면 개관   173

6장 _ 전장 및 알자스 로렌 지방 기행   209

7장 _ 국제연맹에 관한 편론   249

8장 _ 국제노동규약에 관한 편론   291

해제 : 1차 세계대전과 신문명의 탐색 – 이종민   311

찾아보기   347

1장

유럽여행 중의 일반적 관찰 및 감상

1장 | 상편

대전 전후의 유럽

1. 서론

중화민국 8년(1919년) 쌍십절(10월 10일) 다음 날, 우리는 이탈리아에서 스위스를 지나 파리 근교 베르사유의 숙소로 돌아왔다. 생각해보니 6월 6일 프랑스를 떠난 이래 벌써 4개월이 흘렀다. 기차로 몇천리를 달리며 20여 개의 유명한 도시를 여행했지만, 런던을 제외하고 일주일 이상 거주한 곳이 없었다. 실로 말을 타고 꽃구경하듯이 바삐 돌아다니느라 지쳐버려, 지금은 조용히 쉬고 싶어졌다. 베르사유는 파리에서 기차로 20분 거리에 있는 파리 시민들의 피서지였다. 우리 숙소는 작고 소박한 복층집이였지만 매우 넓은 정원이 있었는데, 가지각색의 꽃과 나무들이 우거져 마음을 즐겁게 하였다. 여름철에 절경일거란 생각이 들었으나 아쉽게도 이런 즐거움을 누릴 수 없었다. 우리가 도착했을 땐 이미 천지의 소슬한 기운이 도처에 가득했기 때문이다. 정원의 베고니아와 들국화가 이미 시들어버렸을 뿐 아니라, 백 년 동안 서로 보듬으며 자란 십여 그루의 밤나무도 서리와 찬바람의 기승을 이기지 못하여, 시든 잎이 우수수 떨어져 겹겹이 쌓여 있었다. 정원이 거의 황폐한 사막으로 변해버렸다. 아직 지지 않은 나뭇잎들이 가지에 매달려 힘겹게 연명하고 있었지만, 침울하고 처량한 빛을 띤 채 바람 속에서 바들바들 떨며, 두려움과 절망을 호소하는 듯 했다. 얼마 후엔 아예 줄기조차 떨어져나갔는데, 마치 자신들이 차지한 자리를 후세의 재창조를 위해 내놓아야 한다는 사실을 알고 있는 것 같았다. 유럽 북부의 기후가 본래 음습한데다가 올해는 추위가 일찍 찾아와, 음력 중양(9월 9일) 전후인데도 벌써 한겨울의 움츠러든 모습이었다. 언제나 우중충하여 비가 올 듯 말 듯하였고, 격일로 누런 안개가 자욱하게 끼었다. 태양이 간혹 겹겹이 쌓인 구름과 짙은 안개 속에서 간신히 빛을 내보내며 세상 사람들에게 자신의 존재를 알리는 듯했다. 하지만 우리가 친히 보려 하면 종적을 감춰버리고 말았다. 우리가 머무는 이 피서별장은 본래 월동용으로 건축된 것이 아니어서 모든 구조가 지금 시절에 맞지 않았다. 이 때문에 그 안에 거주하는 우리는 기후의 급변으로 인해 불편함이 더 심하고 빠를 수밖에 없었다.

유럽전쟁 이후 이 지역의 석탄은 황금처럼 귀하여 돈이 있어도 살 수가 없었다. 우리가 온기를 얻기 위해 의지할 수 있는 두 가지 보물은, 축축한 장작과 석탄 공장에서 태우고 남은 석탄재였다. 축축한 장작은 불을 피우려 해도 잘 붙지 않고 지직거리다 꺼지는 것이 "나를 사용하려면 먼저 공을 더 들여야 합니다. 이렇게 마구잡이로 해서는 안 됩니다."라고 말하는 듯했다. 그리고 푸석푸석한 석탄재는 한바탕 고갈된 몸을 불사르며, "우리 정기를 이미 다 뽑아갔는데, 당신은 왜 우리를 더 들볶는 것이오?"라고 원망하는 것 같았다. 현재 고국은 하늘이 높고 상쾌하기 그지없는 가을일 텐데 여기는 추위가 벌써 이 정

도라 앞으로 다가올 삼사 개월의 엄동을 어떻게 보내야 할지 막막했
다. 훗날의 추위에 대비하기 위하여 옷도 감히 더 껴입지 못하고 실내
외 운동으로 체내의 에너지를 발동시켜 바깥의 매서운 추위에 저항할
수밖에 없었다. 함께 거주한 우리 네댓 사람은 베르사유를 깊은 산속
의 절이라 생각하며 파리는 아예 발걸음을 하지 않았다. 손님은 한 사
람도 방문하지 않았고, 온종일 서너 평밖에 안 되는 방 안에 꺼져가는
난로 가까이서, 둥글고 네모난 책상에 빙 둘러앉아 각자의 일에 몰두
하였다. 이것이 올겨울 우리의 단조로운 생활 모습인데 지난 반년과
완전히 달랐다. 나의 일 가운데 하나가 바로 올 한 해 관찰하고 느낀
바를 글로 적는 것이었다.

2. 인류사의 전환점

　나는 인류가 참으로 천지간에 존재하는 괴물이라고 생각한다. 인
류는 시시각각 자신의 의지로 자신의 지위를 창조하고 자신의 처지
를 변화시킬 뿐 아니라, 시시각각 자신이 창조하고 변화시킨 지위와
처지에 의해 자신이 지배당하기도 한다. 인류가 무엇을 창조하고 변
화시키려고 하는지는 창조되고 변화된 사물이 나타나기 전까지, 아
무도 그것을 사전에 알 수가 없다. 심지어 직접 창조하고 변화시킨
사람마저도 그것을 알지 못한다. 새로운 국면이 창조되고 변화되어
나타나면, 이것은 결코 우리가 예측할 수 있는 바가 아니어서 서로
바라보며 놀랄 수밖에 없다. 하지만 이 새로운 국면을 기반으로 또
다시 창조되고 변화하기 시작한다. 역사는 바로 이렇게 진화하는
것이며 앞으로 나아가기는 하지만 멈추진 않는다. 몇 년 전의 일에

대해 생각해보자. 19세기 초 기세등등하던 러시아 · 프로이센 · 오스트리아의 신성삼각동맹[1]이 십여 개월 만에 동시에 와르르 무너질지 누가 생각이나 했겠는가? 스위스, 네덜란드 등의 주변국가에 몇 십 명의 크고 작은 군주들이 동시에 망명하여 배고프고 외로운 신세가 될지 누가 생각이나 했겠는가? 동방의 사나운 독수리[2]로 불리던 거대한 러시아가 사분오열되어 국제단체에서 밀려나고, 이렇게 큰 규모의 유럽평화회의에서 아무런 지분도 없을지 누가 생각이나 했겠는가? 90년 전 네덜란드에서 독립한 벨기에와 40년 전 터키에서 독립한 세르비아가 강대국이 되어 유럽평화회의에서 매우 중요한 자리를 차지하게 될지 누가 생각이나 했겠는가? 2, 3백 년 동안 몇 차례 분할되었던 폴란드, 심지어 천여 년 동안 뿌리조차 뽑혔던 유태왕국이 뜻밖에 본래의 신성한 국호를 다시 사용하게 될지 누가 생각이나 했겠는가? 대문을 꽉 닫고 집안에서 먼로주의[3]를 얘기하던 미국이 위세를 과시하며 바다 건너 타국의 일에 관여하게 될지 누가 생각이나 했겠는가? 예전에 지식인들의 글에서나 보이던 국제연맹

---

1) 신성동맹은 나폴레옹을 패배시킨 후 제2차 파리평화조약 협상 중인 1915년 9월 러시아의 알렉산드르 1세, 오스트리아의 프란츠 1세, 프로이센의 프리드리히 빌헬름 3세의 주도로 결성되었다. 알렉산드르 1세는 프랑스와 오스트리아, 프로이센이 협력하게 되는 것을 막고 영국을 견제하여 유럽 대륙에서 러시아의 영향력을 높이려 했다. 신성동맹은 이러한 러시아의 목표와 프랑스 혁명의 이념이 유럽에 퍼지는 것을 우려한 열강의 이해가 일치하여 결성되었고 나폴레옹 이후 유럽 정치체제로 작용하였다.
2) 쌍두 독수리는 러시아의 국가 문양.
3) 미국 제5대 대통령 먼로가 주창한 외교정책으로, 1823년 의회에 보낸 교서에서 유럽 각국이 미 대륙의 문제에 간섭함을 반대하며, 미국은 유럽 문제에 개입하지 않을 것을 선언한 이래, 오랫동안 미국 외교정책의 기조가 되었다.

이 세세한 조항으로 구체화되고 몇 십 개국의 대표가 공동으로 체결하게 될지 누가 생각이나 했겠는가? 이삼십 년 전만 해도 각국 정부에서 커다란 재앙으로 여기던 사회당이 오늘날 각국 국회에서 최대 세력이 되고 각국 정부에 거의 다 사회당원이 있을지 누가 생각이나 했겠는가? 각국의 엘리트 정치가들에 의해 법도 하늘도 모르는 급진파로 찍힌 레닌[4]정부가, 요절하기를 바라는 신문사들의 매일 같은 저주 속에서도 오뚝이처럼 2년 동안 견디고 오늘날에도 의연하게 존재하여, 호기심 많고 모험심 강한 수많은 유람객들이 현명하다고 칭송하게 될지 누가 생각이나 했겠는가? 우리가 여태 진리이면서 완전하다고 여겼던 대의정치가, 오늘날 뿌리째 흔들리며 아무도 그 수명을 장담할 수 없게 될지 누가 생각이나 했겠는가? 영국·프랑스·독일과 같은 강대국들이 중국처럼 가난에 신음하며 고리대금에 기대어 연명하게 될지 누가 생각이나 했겠는가? 기세등등하던 유럽 각국에서 편안하게 생활하던 인민들이 석탄과 식량을 구하지 못해 집집마다 생필품 때문에 근심하게 될지 누가 생각이나 했겠는가? 이상은 내가 우연히 생각한 몇 가지 큰 단서들을 마음대로 적어놓은 것이지만 매 사건이 모두 놀랄 만한 일들이다. 그래서 나는 이번 대전이 새로운 세계사의 본론이 아니라 과도기적인 전환점일 뿐이라고 생각한다.

---

4) 레닌(Vladimir Ilich Lenin, 1870~1924)은 러시아 공산당을 창설하여 혁명을 지도했으며 최초의 사회주의 국가를 수립하였다. 제3인터내셔널(코민테른)을 창설했으며, 마르크스 이후 가장 위대한 혁명사상가인 동시에 역사상 가장 뛰어난 혁명지도자로 평가받는다.

3. 국제사회의 잠복된 우환

전쟁 중에 사람들은 늘 평화가 찾아오면 만사가 회복될 것이라고 희망하고, 이른바 영구 평화의 이상을 많은 사람들이 끝없이 갈망하였다. 전쟁이 끝나 군대는 물러가고 평화조약은 체결되었지만, 원기 회복은 기약 없이 아득하기만 하고 영구 평화는 더욱이 보장할 사람이 아무도 없다. 국제 정세로 볼 때 각 민족의 감정적 원한이 갈수록 깊어져가고 있다. 독일은 지금 전쟁에 패하여 무너졌지만 독일 민족의 우수성은 전 세계가 공인하는 사실이다. 그들이 전쟁으로 인해 침몰할 것이라는 예측은 결코 타당하지 않은 생각이다. 현재 독일은 공화제[5]로 바뀌어 전 국가가 더욱 단결하고 있고, 사면초가 속에서 필사적으로 살 길을 개척하지 않을 수 없다. 장차 어떻게 변화 발전하게 될지는 아무도 모르는 일이다. 이 때문에 프랑스인들은 마치 보복 전쟁이 임박한 것처럼 매우 걱정스러워 한다. 그렇지 않다면 프랑스가 왜 영미와 특별 동맹을 체결하여 자신의 안전보장으로 삼으려 했겠는가? 전쟁의 결과로 유럽 동남지역에 많은 신생 소국이 생겨났다. 과거 발칸[6]지역에서 소국들의 분립은 실로 분쟁의 화근이었는데, 지

---

5) 바이마르 공화국(Weimarer Republik)은 제1차 세계대전 말기에 시작된 독일 11월 혁명에 의하여 빌헬름 2세가 폐위된 이후에 사회 중심세력으로 부상한 사회민주당에 의하여 수립되었다. 1919~1933년까지 존속한 독일 역사상 최초의 공화국으로서 바이마르에서 소집된 국민의회가 계기가 되어 바이마르 공화국이라고 불렸다.

6) 발칸(Balkan)은 유럽의 남동부에 있는 반도로 아드리아 해·이오니아 해·에게 해·마르마라 해·흑해에 둘러싸여 있다. 보통 그리스, 알바니아, 불가리아, 터키의 유럽 부분, 그리고 구 유고연방의 일부였던 나라들이 발칸 반도에 포함된다. 고대부터 아시아와 유럽을 연결하는 중요한 역할을 수행했으며, 이 과정에서 다

금은 전쟁으로 인해 발칸의 형세가 더욱 확장되었다. 소국 상호 간의 이해관계가 더욱 복잡해져 시시각각 반목할 수 있는 상황이 조성되었다. 소국들은 힘이 부족하여 외부의 원조를 구하지 않을 수 없었고 강대국들은 이를 빌미로 그들을 조종할 수 있었다. 이러한 현상들은 과거 전란의 도화선이었는데, 대전 후에도 이점이 교정되지 않았을 뿐 아니라 변질되어 더욱 심각해졌다. 이는 민족자결주의로 볼 때 일종의 진보이지만, 유럽 자체의 국제관계 정세로 본다면 상서로운 일이 아닐지도 모른다. 또 여러 나라가 러시아 급진파를 뱀처럼 증오하면서 호랑이처럼 두려워한다. 협약국[7] 군대가 러시아의 비급진파 군대를 지원하여 급진파를 포위공격 하고 있는데, 비엔나회의[8] 이후 신성동맹국이 프랑스혁명당에 대응하던 지난날을 되풀이하는 듯하다. 급진파의 운명이 어떨지에 대해선 알 수 없으나 비급진파의 지도자가 러시아 전체를 통치할 수 없다는 사실은 조금이라도 상식이 있는 사람이라면 다 판단할 수 있는 일이다. 협약국의 이러한 심리와 행동은 러시아 시국을 수습하는 데 아무런 효과가 없을 뿐 아니라 유럽에 화근을 하나 더 만들 수도 있다. 국제연맹 문제는 작년 겨울에서 올봄 사이에 열기가 뜨거워 모두들 그 미래에 대해 실로 무한한 희망

양한 세력이 뒤섞이며 오늘날 민족, 언어, 종교, 문화, 정치적으로 복잡한 구성을 가지게 되었다.

7) 협약국은 제1차 세계대전의 승전국으로 파리평화회의를 주도하는 영국, 미국, 프랑스 등의 연합국을 가리킨다.

8) 비엔나회의(Wiener Kongress)는 1814년 9월 1일에서 다음 해 6월 9일까지 오스트리아 수도 비엔나(빈)에서 오스트리아의 재상 메테르니히의 주도하에 영국, 프로이센, 오스트리아, 러시아 등이 모여 진행한 회의로, 나폴레옹 전쟁의 혼란을 수습하고 프랑스 혁명 이전의 유럽 왕정체제를 다시 보수하고 유지하는 것이 목표였다.

을 품었다. 이후 몇 개월간 회의가 급변하여 거의 산산조각이 나버렸다. 그 가운데 윌슨[9]의 근본정신은 본래 비밀외교를 폐지하고 유럽의 합종연횡 체제를 타파하려는 것이었는데 실현된 적이 없었다. 실현되지 않았을 뿐 아니라 미국 자신이 먼저 다른 나라와 합종연횡을 시작하였다. 프랑스의 경우는 분명 국제연맹이 평화를 보장했지만, 그에 대해 믿음이 가지 않아 필히 우방 가운데 자신을 보호해줄 두 나라를 찾으려고 했다. 이로 볼 때 향후 국제연맹의 효력이 어떨지 가히 상상할 수 있을 것이다.

이상은 국제관계의 위험한 실정에 관한 내용이다. 상식적으로 볼 때 유럽은 혹독한 전쟁을 겪고 놀란 가슴을 진정시키고 있는 상태라, 앞으로 사오십 년간 커다란 전쟁이 없을 것이라는 생각이다.[10] 그래서 국제관계의 기우에 대해서 현재 더 논의할 필요는 없으며, 오히려 각국 내부의 정세가 실로 놀랄만한 상황이어서 몇 가지 주요 대목을 간략히 서술하려고 한다.

4. 각국의 경제와 재정 파탄

이번 전쟁은 그야말로 가산을 탕진한 대소송이라고 할 만하다. 패

---

9) 윌슨(Woodrow Wilson, 1856~1924)은 미국의 28번째 대통령이자 프린스턴 대학 총장을 지낸 학자. 19세기까지 국제 정치를 지배하던 "힘의 균형" 원리에 대립되는 민족자결주의를 내세웠으며, 제1차 세계대전 이후 설립된 국제 연맹은 윌슨의 이런 정치적 신념에 기초한 것이다.

10) 량치차오의 낙관과 달리 1939년에 인류는 다시 제2차 세계대전을 겪게 되는데, 『구유심영록』 곳곳에서 량치차오는 세계대전이 다시 일어날 수 있는 화근이 1차 대전을 처리하는 과정 속에 내재되어 있다고 비판한다.

한 국가가 재산을 다 소진한 것은 물론이고, 승리한 국가도 뼈만 앙상할 뿐이었다. 본래 국민경제라는 것은 개인경제와 마찬가지이다. 한 가정의 생산이 소비를 감당하지 못하거나 심지어 소비만 있고 생산이 없으면 얼마 지나지 않아 그 가정은 파산하기 마련이다. 국가도 어찌 이와 같지 않겠는가? 이번 전쟁에서 직·간접으로 사상된 사람은 3600여만 명에 이른다고 한다. 이들은 모두 장년층으로 국가의 생산력은 주로 이들에게 의지하고 있는데 상당수를 잃어버렸으니 어떻게 감당할 수 있겠는가? 게다가 죽지 않은 장정들도 모두 전장이나 군수공장에 보내져 열에 아홉은 본래 직업을 포기하게 되었다. 생산의 제일 요소[11]인 노동력이 전쟁 전에 비해 이미 태반이나 감소하였다. 모든 물품은 돌고 돌아 전쟁 물자가 되었고 공장은 살인기구를 만드는 곳으로 변하여 생산능력이 있는 사람들을 살해할 따름이었다. 국민 자본의 경우, 개인이 수년간 저축한 대부분의 돈이 국채로 변했고, 국채는 전부 비생산적인 부분에 사용되었다. 물가가 폭등할 때에는 점차 자산을 탕진할 수밖에 없다. 전쟁 전 세계경제 상황은 자본과잉과 생산과잉이 제일 큰 문제였는데, 지금은 어쩌면 미국만이 그러하다고 할 수 있으며 유럽의 자본과 생산력은 거의 제로에 가깝다. 우리가 유럽에 올 때는 이미 대전이 끝난 후라 전쟁 중의 사정에 대해 알 리가 없었다. 하지만 최근 일 년 동안 생필품이 도처에서 결핍되어 있다는 점을 느낄 수 있었다. 빵은 양을 계산하여 먹고, 설탕과 버터는 보기만 해도 안색이 바뀌는 물품이 되었다. 석탄이 부족하여 교통수단의 절반 이상이 운행을 중단했고, 심지어 전등도 협의하여 격일

---

11) 생산의 3대 요소는 노동, 토지, 자본이다.

제로 사용하였다. 소박하고 고된 생활에 익숙한 우리조차 힘들고 불편함을 느끼는데, 그들은 지극히 풍요롭고 편리한 물질문명 아래서 오랫동안 살아온 터였다. 부자들은 돈이 있어도 물건을 살 곳이 없고, 가난한 사람들은 예전에 1전으로 구입할 수 있던 것이 지금은 4, 5전으로도 살 수가 없으니, 이런 생활을 어떻게 할 수 있겠는가?

　재정문제에 있어서, 유럽 각국은 개전한 이래 공공채권을 이전보다 몇백 배 더 발행하고 매년 조세 수입을 지출에 사용하여 재정적자가 심각하였다. 지폐 발행량이 나날이 늘어나고 환율이 갈수록 하락하였다. 시장에서 경화(硬貨)[12]가 자취를 감추었고, 상품부족과 화폐 과잉의 두 모순이 결합되어 물가 폭등이 언제 멈출지 알 수가 없었다. 미국의 대은행가 밴더리프(Vanderlip)[13]는 최근 논문에서, 유럽은 이미 완전히 파산하였으며 미국이 유럽에 대출할 경우 반드시 재정 감독을 해야 한다고 주장하였다. 이는 좀 과격한 발언이기는 하지만 절대 사실 무근한 얘기는 아니다. 유럽인들에게 구제방법에 대해 질문하면, 정치인이나 재야인사를 막론하고 국산장려와 대외무역 확장이 유일한 출로라고 입을 모은다. 그 방법은 누구나 알고 있지만 실행은 결코 쉬운 일은 아니다. 첫째, 원료 소모가 극심하여 생산 자원을 구할 수가 없다. 가령 필수적 동력자원인 석탄은 이미 희귀한 보물이 되었다. 이러한 자원은 대부분 외부에서 수급해야 하는데 무역 적자를 어떻게 만회할 수 있겠는가? 둘째, 청장년층의 부족으로 생산력이 저하되었다. 인구가 해마다 감소하는 프랑스의 경우, 이번 대전에서 청장

---

12) 경화는 언제든지 금이나 다른 나라의 화폐로 바꿀 수 있는 안전한 화폐이다.
13) 밴더리프(Vanderlip, 1864~1937)는 뉴욕 내셔널시티은행장으로 미연방준비은행 설립자 가운데 한 명이다.

년층의 48%를 잃어버렸는데, 인구 증가가 요원해지면서 생산력 회복도 매우 어렵게 되었다. 셋째, 지금 유럽에서 가장 유행하고 있는 파업 열풍에서 내세운 기치는 노동시간 단축과 임금인상이다. 이런 요구의 정당성 여부는 별도로 논하더라도, 저렴한 국산품을 많이 생산하여 시장에서 외국과 경쟁하자는 주장과 상반된 견해이다. 넷째, 한걸음 물러나 국산품을 장려할 수 있는 방법이 있다 하더라도, 대외무역 확장은 쉽게 해결할 수 있는 문제가 아니다. 왜냐하면 유럽 각국이 전쟁으로 원기가 크게 손상된 상태에서 똑같이 대외무역을 보약으로 인식하고 있기 때문이다. 서로가 서로에게 대외무역을 확충하면 그 효과는 상쇄되기 마련이다. 만일 미국으로 대외무역을 확장한다면 미국이 유럽시장을 삼켜버리고 말 텐데, 유럽은 미국시장을 그만큼 점령할 수 있겠는가? 중국 등의 지역으로 확장한다면 소비력이 매우 제한적이어서 십전대보탕의 효능을 얻을 수 없을 것이다. 이상의 정세는 패전국인 독일 · 오스트리아 등이 당연히 고초가 훨씬 심하겠지만, 승전국인 영국 · 프랑스 등도 가시밭길이긴 마찬가지라는 사실을 알려준다. 도대체 전쟁 후의 고통과 전쟁 시의 고통 가운데 어느 것이 더 극심한지 아직 단언하지 못하겠다.

5. 사회혁명의 암조

앞에서 서술한 내용은 국제관계 속의 국민경제를 대상으로 한 것인데, 이제 시선을 국민경제 내부로 돌려 자세히 살펴본다면 더욱 소름끼칠 것이다. 빈부 계급전쟁이란 말이 나온 지 벌써 수십 년이 되어 지금은 점차 실현될 수밖에 없는 시대로 들어섰다. 이러한 국내전쟁이 인류 진화사에서 지니는 가치는 4년간의 국제전쟁과 비교될 수 있는 것이 아니다. 하지만 현재 바르게 성숙한 상태가 아니어서 큰 뱀이 허물을 벗는 것처럼 그에 따른 고통도 생길 수밖에 없을 것이다. 본래 유럽은 봉건통치에서 벗어난 지가 오래되지 않았다. 각국의 토지는 대부분 귀족이나 교회의 소유였으며, 프랑스대혁명 이후 몇 나라가 토지소유권을 조금 균분(均分)했으나 대부분 나라들은 여전히 옛 상태를 유지하였다. 혁명 전의 러시아가 바로 그러했고 현재의 영국도 여전히 그런 상태에 머물러 있다. 게다가, 기계발명과 공업혁명으로 경제구조에 거대한 변화가 일어나면서 신흥 부자계급이 출현하였다. 과학이 발전하고 공장이 늘어날수록 사회의 격차도 갈수록 심해졌다. 부자가 부유해질수록 가난한 자는 더욱 빈곤해졌다. 물가는 날마다 치솟았고 생활은 갈수록 어려워졌다. 노동자의 소득은 먹을 수 있으면 입을 수 없고 입을 수 있으면 거주할 수 없을 정도였다. 휴식시간도 없고 교육받을 시간도 없었다. 병이나 며칠 쉬면 온 가족이 배를 굶어야만 했다. 자녀들의 교육비는 말할 것도 없고 자신의 노후생활도 어떻게 해야 할지 막막하였다. 그러나 자본가들에게 시선을 돌려보면, 오늘은 5만 원을 벌고 내일은 10만 원을 벌어 왕족보다 더 풍요로운 삶을 누린다. 이러한 상황에서 가난한 사람들은 생각한다. 똑같이 하늘이 창조한 인간인데 왜 당신은 그토록 즐겁고 나는 이렇게 불쌍해야 하는가? 한 걸음 더 나아가 생각해본다. 당신의 돈은 어디서 나온 것인가? 나의 피땀과 나의 상처와 나의 근육에서 나온 것이 아닌가? 그들도 처음에는 중국인처럼 자신의 운명을 탓했으나 지위는 스스로 쟁취하는 것이라는 점을 점차 깨닫기 시작했다. 그래서 곳곳에 노동조합을 만들어 자본가들에게 도전할 것을 결심하였다. 그들의 기치는 최저임금과 최대노동시간 규정이었다. 이 두 가지 문제를 시대에 맞게 개선하여 조금씩 진보해나가려고 했다. 어떤 학자들은 문제의 근원을 파헤쳐, 이런 현상들은 모두 사회조직의 불합리에서 생겨난 것이기 때문에 그들을 구제하려면 사회조직을 근본적으로 개조해야 한다고 주장하였다. 개조방법에 있어서 어떤 부류는 기존의 정치조직을 인정하여 생산기관을 국유화해야 한다고 주장하였다. 또 어떤 부류는 현재의 국회·정부를 근본적으로 타파하여, 직접 경작하는 자에게 토지를 소유하게 하고 노동자가 그 공장의 경영에 참여하게 하고, 농민·노동자가 위원을 선출하여 국가대사를 처리하게 해야 한다고 주장하였다. 각국의 보통 사회당은 대부분 앞의 부류에 속하고, 러시아의 급진당은 뒤의 부류에 속한다. 앞의 부류가 사용하는 수단은 현행 대의정치하에서 점차 당의 세력을 확장하여 정권을 장악하는 것이다. 현재 각국의 국회와 지방의회에서 그 세력이 날로 확대되어, 몇몇 나라에서는 정권장악의 기회가 이미 조성되었고 나머지 나라에서도 곧 형성될 것으로 보인다. 뒤의 부류의 경우 러시아에서 화산이 이미 폭발하였고 다른 나라에서도 곳곳에 도화선이 내장되어 있다. 일부 비사회당 정치가들은 예리한 통찰력으로 사회주의 입법을 추진하여 형세를 완화시키려 하지만, 폐해가 깊어 바로잡기 어렵고 처방이 이미 늦어버렸다.

　사회혁명은 아마도 20세기 역사의 고유한 특징으로서 어느 나라도 피해갈 수 없으며 시간의 차이만이 있을 것이다. 승전국의 국민은 일시적으로 허영심에 마음이 가려 특별한 행동은 하지 않고 있으나, 시간이 흐르면 전쟁의 참상을 슬퍼하며 승리의 영광은 덧없이 사라질 한 순간임을 깨닫게 될 것이다. 우리는 몇 년간 전쟁을 치루며 전장에서 목숨을 부지했지만 여전히 입을 옷이 없고 먹을 음식이 없다. 또 전몰장병의 유가족들은 물가가 폭등하는 세상에서 몇 푼의 지원금에 기대어 버티면서 죽음을 맞이할 수밖에 없다. 당신은 국산장려 국부 증진이 지금의 급선무라고 외치지만, 국부가 증진되면 내게 어떤 좋은 점이 있는지 묻고 싶다. 당신은 국가의 이름으로 사리를 도모하며 나에게 그대를 마냥 따르라고 하는데, 나는 그렇게 하지 않을 것이다. 이런 사상은 승전국의 노동자 사회 곳곳에 이미 만연해 있다. 그러나 자본가에게도 그들 나름의 어려움이 있다. 몇 년간의 전쟁으로 영업이 이미 파산지경에 이르러 회복을 도모해야 하고, 정부는 일시적인 국산정책을 추진하기 위해 자본가의 경영 사업을 보호하지 않을 수 없다. 그래서 양측은 늘 대치하는 경우가 많고 양보하는 일이 적다. 우리가 유럽에 머문 1년 동안 파업이 매월 수차례 일어났는데 그중 가장 큰 파업이 9월에 일어난 영국철도 파업이었다. 양측의 대립은 그야말로 적대국간의 교전을 방불케 했는데, 사실 이 일은 놀랄 만한 것도 아니다. 오늘날 세계의 모든 산업국가들은 이미 두 나라 즉 자본가의 나라와 노동자의 나라로 분열된 지 오래다. 언젠가 생사를 걸고 격렬히 싸울 날이 올 것이다. 우리는 전쟁 뉴스를 들을 준비가 되어 있다.

6. 학술의 영향

지금껏 사회사조는 정치현상의 배경이 되었으며, 정치현상은 또 개인의 생활과 밀접히 관련되어왔다. 그래서 사회사조가 조금이라도 건전하지 않으면 국정과 인사가 틀림없이 그 폐해를 받게 될 것이다. 예전에 유럽 인민은 전제정치의 간섭하에서 신음하고 있었는데 이에 일군의 학자들이 자유방임주의를 제창하여, 정부는 치안 유지 이외의 일에 관여해서는 안 되며 각 개인의 자유발전에 따르면 사회가 자연히 향상될 것이라고 주장하였다. 이러한 이론에 근거가 없다고 할 수 있겠는가? 과거 사실로 말하자면, 백 년간 정치제도의 혁신과 산업의 발달은 모두 이러한 학술의 은혜를 받고 이뤄진 것이다. 그렇지만 사회의 화근도 바로 여기서 생겨났다. 오늘날 빈부계급의 대격차는 기계 발명과 생산력 집중으로 인한 변화이면서, 다른 한편으로 경제자유주의가 금과옥조가 되어 나타난 자유경쟁의 결과이다. 이러한 나쁜 현상도 당연히 발전된다는 점은 말할 필요도 없다. 19세기 중엽에 강력한 두 학설이 발표되어 빈부격차를 더욱 부채질하게 되는데, 하나는 생물진화론이고 다른 하나는 자기본위의 개인주의이다. 다윈[14]은 생물학의 대원리를 발견하여 불후의 명작『종의 기원』을 저술하였다. 이 책은 박학다식하고 정밀하여 고금에 전무한 저술인데, 그 전체 내용을 생존경쟁과 우승열패의 원리로 귀결할 수 있다. 이 원리는 밀[15]의 공리주의와 벤담[16]의 행복주의와 결합되어 당시 영국 학술의 중심

---

14) 다윈(Charles Robert Darwin, 1809~1882)은 영국의 생물학자로 1859년『종의 기원』을 발표하여 당시 지배적이었던 창조설을 뒤집고 진화론을 주장함으로써 인류의 자연 및 정신문명에 커다란 발전을 가져오게 했다.

15) 밀(John Stuart Mill, 1806~1873)은 영국의 철학자이자 경제학자로서 경험주의 인식론과 공리주의 윤리학 그리고 자유주의적 경제사상을 바탕으로 경제 공황이나 빈곤 등 새로운 시대적 과제에 대해 사유하였다. 밀의 경제정책론은 복지론까지 언급하고 있어 최근에는 복지국가론의 선구로서 연구되고 있다.

16) 벤담(Jeremy Bentham, 1748~1832)은 영국의 법학자이자 철학자로서 법과 도덕은 쾌락을 늘리고 고통을 감소시켜야 한다고 인식했으며 보통 선거 · 비밀 투표 등을 주장하여 세계 각국의 법률에 큰 영향을 미쳤다.

이 되었다. 동시에 슈티르너[17]와 키에르케고르[18]가 자기본위설을 제창했는데, 그 폐해가 독일의 니체보다 극심하였다. 그들은 박애주의가 노예의 도덕이며 약자를 제거하는 것이 강자의 천직으로, 우주 진화의 필연이라고 주장하였다. 이러한 기괴한 학설은 다윈의 생물학을 빌려 기초로 삼고 있는데, 공교롭게도 그 당시 사람들의 심리에 부합하였다. 그래서 개인의 측면에서 볼 때 권력 숭배와 물질 숭배가 불변의 진리가 되었고, 국가의 측면에서 군국주의와 제국주의가 가장 유행하는 정치 전략이 되었다. 이번 세계대전의 기원은 바로 이러한 이론에서 비롯되었으며, 앞으로 각국 내부에서 벌어질 계급투쟁의 기원도 바로 이러한 이론에서 비롯될 것이다.

7. 과학만능의 꿈

대개 한 사람에게 안심입명[19]할 곳이 있으면 외부세계에 각종 어려

---

17) 슈티르너(Max Stirner, 1806~1856)는 개인으로부터 독립한 객관적인 사회적 실재는 없으며 유한한 경험적 자아가 모든 인간 행동의 원동력이라고 생각했다. 모든 사람이 자신을 의식할 수 있고 이러한 자각이 그들을 '이기주의자' 또는 참된 개인으로 만들어줄 것이라고 주장했다. 19세기 후반과 20세기의 많은 무정부주의자들이 그의 글에서 이데올로기적 영감을 얻었다.

18) 키에르케고르(Sorn Kiergegaard, 1813~1855)는 덴마크의 철학자이자 신학자로서 헤겔의 관념론과 당시 덴마크 루터교회의 무의미한 형식주의에 반대하였다. 신앙의 본질, 기독교 교회의 제도, 기독교 윤리와 신학, 그리고 삶에서 결정을 내려야 할 순간에 개인이 직면하게 되는 감정과 감각 같은 종교적 문제를 다루어, 무신론적 실존주의자에 속하는 사르트르나 니체와 달리 '기독교 실존주의자'로 평가된다.

19) 안심입명은 모든 의혹과 번뇌를 버려 마음이 안정되고 모든 것을 하늘의 뜻에 맡기는 상태를 가리킨다.

움이 있더라고 쉽게 물리칠 수 있다. 근래 유럽인들은 이를 잃어버렸다. 무엇 때문에 잃어버리게 된 것인가? 가장 큰 원인은 '과학만능'을 과신했기 때문이다. 본래 유럽 근세문명에는 세 가지 근원이 있는데 봉건제도, 그리스철학, 기독교가 그것이다. 봉건제도는 개인과 사회의 관계를 규정하여 도덕의 조건과 관습을 형성시켰다. 철학은 지적인 측면에서 우주 최고원리와 인류 정신작용에 대해 연구하며 최선의 도덕표준을 제공하였다. 종교는 감정과 의지 두 측면에서 인류에게 '초세계(超世界)'의 신앙을 제공하며 현세의 도덕이 자연스럽게 이 기준을 따르게 하였다. 18세기 이전 유럽은 바로 여기에 의지하여 살아왔다. 하지만 프랑스대혁명 이후 봉건제도가 완전히 붕괴되어 옛 도덕의 조건과 관습이 대부분 현실과 멀어지면서 유럽인들의 내부생활도 점차 동요되기 시작했다. 사회조직의 변화는 역사적인 보편 현상이며 생활도 그에 따라 탈바꿈하기 마련이다. 이는 본래 어려운 일이 아닌데, 최근 백 년간의 변화는 과거와 달리 과학의 발달로 인해 산업조직이 근저에서부터 급변하기 시작했다. 그 변화가 너무 갑작스러울 뿐 아니라 기세가 대단하고 광범위하여, 사람들은 자신의 내부생활을 외부생활에 적응시키려 했으나 도처에서 어찌해야 힐 바를 몰랐다. 가장 극명한 문제는 현재의 도시생활이 과거의 촌락생활과 완전히 다른 세계라는 점이었다. 첫째, 서로 모르는 수많은 사람들이 하나의 시장이나 공장에 모여 공동생활을 하는데 오로지 물질적 이해관계를 위해서일 뿐 정감이 전혀 없었다. 둘째, 대다수의 사람들이 생업이 없이 공장 노동에 의지하여 살아갈 뿐이며, 생활 근거가 불안정하여 그 신세가 마치 마른 풀이나 부러진 줄기 같았다. 셋째, 사회 상황이 매우 복잡하여 인간관계에 여유가 없으며, 도처에서 스트레스를 받아 신경이 쇠약해졌다. 넷째, 일을 끝내고 놀려고 하지만 다 놀기도 전에 또 일을 해야 하고, 밤낮으로 바빠 휴식할 여유가 없었다. 다섯째, 욕망은 나날이 높아가지만 갈수록 물가는 치솟고 생활은 어려워지고 경쟁은 치열해졌다.

이상은 손 가는 대로 몇 가지 나열한 것에 불과하다. 요약하자면, 근대인들은 과학발전을 통해 산업혁명을 일으켰으며, 외부생활이 급격히 변화함에 따라 내부생활이 동요되었다는 것이다. 이는 쉽게 이해할 수 있는 점이다. 내부생활은 본래 종교·철학 등의 힘에 의지하는 것으로 외부생활을 떠나서도 의연하게 존재할 수 있다. 그런데 근대인들은 어떻게 되었는가? 과학이 발달한 이후 가장 먼저 치명상을 받은 부분이 바로 종교였다. 인류는 하등동물에서부터 진화한 것인데, 어디에 하느님의 창조가 있으며 인간이 만물의 영장이라는 말이 가당하기나 한 것인가? 우주의 모든 현상은 물질과 그 운동에 불과한데 영혼이 어디에 있고 더욱이 천국이 어디에 있단 말인가? 철학의 경우, 과거 칸트[20]와 헤겔[21]의 시대에는 사상계가 엄숙하여 천하를 통

---

20) 칸트(Immanuel Kant, 1724~1804)는 독일의 계몽주의 철학자로 종래의 경험론 및 독단론을 비판하며 도덕의 근거를 인과율이 지배하지 않는 선험적 자유의 영역에서 찾고, 완전히 자율적이고 자유로운 도덕적 인격의 자기 입법을 도덕률로 삼았다. 국가에 대해서 계약설의 입장을 취하며 국민주권을 위한 이론을 형성했고, 국가 간의 영구평화를 어떻게 실현할 수 있을지에 대해 사유하며 그 제도의 내용은 국제법의 개념에 근거한 국제 연맹이어야 한다고 제안하였다.

21) 헤겔(Friedrich Hegel, 1770~1831)은 독일의 철학자로 칸트의 이념과 현실 사이의 이원론을 극복하여 일원화하고, 정신이 변증법적 과정을 경유해서 자연·역사·사회·국가 등의 현실이 되어 자기 발전을 해나가는 관념론 철학체계를 종합하였다. 세계사를 절대정신(이성)이 자유를 향해 나아가는 과정이라고 정의하며 그 결과 이성이 최고의 발전 단계에 이르러 더 이상의 변화가 필요 없는 상태를

일하는 듯한 권위가 존재했지만, 과학이 점차 발달하면서 유심론 철학이 사분오열 되었다. 그 후 콩트[22]의 실증철학과 다윈의 『종의 기원』이 같은 해에 출판되어 구철학의 근본이 더욱 동요되었다. 솔직하게 말하자면, 철학자가 아예 과학의 깃발 아래로 투항한 것이다. 과학자의 새로운 심리학에 근거하면 소위 인류의 심령은 물질운동 현상의 하나에 불과하다. 정신과 물질의 대립은 근본적으로 성립될 수가 없다. 소위 우주의 대원리는 과학적인 방법을 통해 실증한 것이지 철학적인 명상으로 얻은 것이 아니다. 유물론 철학자들은 과학의 비호 아래서 순물질적이고 순기계적인 인생관을 수립하여 내부생활과 외부생활을 모두 물질운동의 '필연법칙'으로 귀결시켰다. 이러한 법칙은 일종의 변형된 운명예정설이라고 할 수 있다. 그런데 구예정설은 운명을 사주팔자나 하늘의 뜻에 의탁했지만, 신예정설은 운명이 과학법칙에 의해 완전히 지배된다고 주장하였다. 의지하는 근거는 다르지만 결론은 마찬가지이다. 뿐만 아니라, 그들은 심리와 정신을 동일한 사물로 보면서 실험심리학을 근거로 인류의 정신도 일종의 물질에 불과하며 똑같이 '필연법칙'의 지배를 받는다고 우긴다. 그래서 인류의 자유의지가 부정될 수밖에 없었다. 의지가 자유로울 수 없다면 선악의 책임도 존재하지 않는다. 내가 선을 행하는 것은 '필연법칙'의 바퀴가

___

역사의 종말이라 명명하였다. 헤겔은 당대 독일이 역사의 종말 단계에 들어섰다고 주장하다가 많은 비판에 직면하기도 하였다.

22) 콩트(Auguste Comte, 1798~1857)는 프랑스의 실증주의 사회학자로 당시 뉴턴에 의해 일어난 과학혁명에 깊은 영향을 받아 사회학이라는 학문을 자연법칙에 종속된 하나의 과학으로 정립시키려 했다. 그는 관찰에 기초하여 사회를 연구하고 그 사회를 지배하는 근본적이고 기초적인 법칙들을 발견하는 것을 사회학적 이론의 전개라고 생각했다.

나를 떠민 것이고, 내가 악을 행한 것도 '필연법칙'의 바퀴가 나를 떠민 것에 불과하다면, 나와 무슨 상관이 있단 말인가? 이렇게 말한다면, 이것은 도덕의 기준이 어떻게 변화해야 하는가의 문제가 아니라, 정말로 도덕이란 것이 존재할 수 있느냐의 문제가 된다. 오늘날 사상계의 최대 위기가 바로 여기에 있다.

　종교와 구철학은 이미 과학의 공격에 패배했을 뿐만 아니라, '과학선생'이 적극적으로 나서서 자신의 실험에 의거하여 우주의 대원리를 발명하려고 한다. 대원리는 말할 것도 없고 각 분과의 소원리도 나날이 새로워진다. 오늘 진리로 인정되던 것이 내일 오류로 드러난다. 신권위는 끝내 수립되지 못하고, 구권위는 회복되어서는 안 된다. 그래서 사회 전체의 인심이 의심과 침울 그리고 두려움에 빠져있는데, 마치 나침판을 잃어버린 배가 풍랑과 안개 속을 헤매며 어디로 가야 좋을지 모르는 듯한 상황이다. 이렇게 되어 공리주의 · 강권주의가 갈수록 득세하였다. 사후 천국이 존재하지 않으니 몇십 년의 짧은 인생을 마음껏 즐기지 않을 수 없고, 선악에 책임이 없으니 모든 수단을 동원하여 개인적 욕망을 채워도 무방하다. 그러나 소비할 수 있는 물질 증가속도가 욕망의 팽창속도를 따라갈 수 없었고, 양자의 균형을 잡아줄 방도도 없었다. 어떻게 할 것인가? 자신의 힘에 의지하여 자유경쟁을 할 수밖에 없었다. 솔직하게 말하면, 약육강식이다. 최근에 등장한 군벌 · 재벌은 모두 이러한 경로를 통해 만들어진 것이다. 이번 대전은 바로 인과응보인 셈이다. 여러분은 다음의 사실을 알아야 한다. 우리가 만일 이러한 유물기계론적 인생관 위에 끝까지 머문다면, 군벌 · 재벌의 전횡만이 가증스러울 뿐 아니라, 노동조합동맹의 저항이나 사회혁명도 똑같이 패권을 위한 활동이 될 것이다. 예전의 패권이 소수의 손에 있었다면 요즘의 패권은 다수의 손으로 넘어온 것에 불과하다. 요컨대, 이러한 인생관하에서라면 수많은 사람이 연이어 이 세계에 와서 몇십 년을 사는 이유가 무엇인가? 유일한 목적은 빵을 빼앗아 먹기 위해서다. 그렇지 않다면, 우주 물질운동의 대바퀴에 동력이 부족할까 걱정되어 특별히 연료를 공급하기 위해 온 것이다. 정말로 이러하다면, 인생에 무슨 의미가 있고, 인류에 무슨 가치가 있는가? 유감스럽게도, 과학의 전성시대에 주요 사조는 이 방면에 편중되었다. 당시 과학만능을 노래했던 사람들은, 과학의 성공으로 황금세계가 머지않아 출현할 것이라고 열망하였다. 오늘날 과학은 성공했다고 할 만하다. 백 년 동안의 물질의 진보가 과거 삼천 년 동안 생산한 것보다 몇 배나 증가했기 때문이다. 하지만 우리 인류는 행복을 얻지 못했을 뿐 아니라 오히려 수많은 재난이 일어났다. 이는 마치 사막에 길을 잃은 여행객이 멀리서 커다란 검은 그림자가 보이자 사력을 다해 앞으로 달려가, 길 안내를 받으려고 바짝 다가가니 그림자가 보이지 않아 한없이 처량하고 실망한 것과 같다. 그림자는 누구인가? 바로 '과학선생'이다. 유럽인들은 과학만능의 큰 꿈을 꾸다가 시금은 오히려 과학의 파산을 부르짖고 있다. 이점이 바로 최근 사조가 변화하게 된 중대한 관건이다.

주: 독자 여러분, 과학을 비하한다고 절대 오해하지 않길 바란다. 나는 결코 과학의 파산을 인정하지 않으며, 과학만능을 인정하지 않는 것일 뿐이다.

8. 문학의 굴절

　시대의 사조를 이해하려면 제일 좋은 방법이 그 시대의 문학을 보는 것이다. 유럽문학이 찬란했던 시기는 르네상스 시대와 19세기이다. 두 시기의 문학은 모두 사상해방의 산물이기는 하지만 기상에 있어서 근본적으로 상이한 점이 있다. 전자는 낙관적 경향을 보이고 후자는 비관적 경향을 보인다. 전자는 봄의 기운이 가득하고 후자는 가을의 기운이 가득하다. 전자는 문명이 발아하는 시기로 앞날의 희망이 무한하게 느껴지고, 후자는 문명이 무르익은 후 세상만사 다 겪어보아 새로운 것이 하나도 없는 느낌을 준다. 이제 간략하게 이야기해보자. 백 년간의 사조와 문학이 증명하듯이 19세기 문학은 대체로 전반기는 낭만파(즉 감상파)의 전성시대이고, 후반기는 자연파(즉 사실파)의 전성시대라고 할 수 있다. 낭만파는 고전파가 극도로 피폐한 후 우뚝 흥기하여, 모방을 반대하고 창조를 중시하며 형식을 타파하고 감정을 자유롭게 하였다. 이는 당시 유심론자들의 철학 및 정치적 경제적 자유주의와 동일한 성향이었다. 모든 일에서 신기한 것을 숭상하여 주관적 상상력으로 새로운 경계와 인물을 묘사하려 했고, 독자들이 현실세계의 울타리 밖으로 뛰어나와 일종의 정신 교체작용을 일으키게 했다. 사상이 막 해방되고 있을 때 사람들은 개성 발전이 무한하다고 느끼며 독창적이고 아름다운 생활을 꿈꾸었다. 당시의 시인들은 우리 중국의 이태백처럼 마음 가는 대로 사물을 묘사하며 스스로 즐거워하였다. 당시의 소설은 대개 한 명의 주인공이 등장했는데, 이 주인공은 바로 작가 자신의 형상이었다. 주인공의 성격과 삶은 항상 일반인과 달라서, 이상적인 무사를 묘사하여 전지전능한 영웅을 표현하고 이상적인 미인을 묘사하여 신성한 사랑을 표현하였다. 그 결과 전부 공상의 나락으로 추락하여, 현재의 실생활과 동떨어져 갔다. 19세기 중엽에 이르러 문학 패권은 점차 자연파의 손으로 넘어갔다. 자연파가 발흥한 데에는 많은 원인이 있다. 첫째, 낭만파의 뒤를 이어 낡은 속박을 깨트리고 개성을 발전시키는 두 가지 정신을 기초로 삼아 자연스레 통속적이고 실제적인 측면에 한층 다가가려고 했다. 둘째, 당시 물질문명이 급변하고 사회상황이 날로 복잡해져, 다수의 사람들이 환상을 탐닉할 만한 여유가 없었다. 환상은 아름답지만 푸줏간을 지나며 고기 씹는 시늉을 하는 것에 불과하여, 눈앞의 사실을 쓰는 것이 더 친근하고 재미가 있었다. 셋째, 유물론적 인생관이 시대를 풍미하여 허황된 이상은 당연히 배척을 받았다. 모든 사상은 실제를 추구하고 있었으며 문학도 예외가 아니었다. 넷째, 과학적 연구방법이 학문 분야에 상관없이 광범위하게 응용되고 있어서 문학도 자연스럽게 이러한 조류에 말려들어 오로지 객관적 분석방법만을 기초로 삼았다. 요약하자면, 자연파가 과학만능 시대에서 유일하게 과학적 문학이 되었던 것이다. 그들에게 가장 중요한 신조가 있는데 바로 '진실한 것이 아름다운 것이나.' 그들은 사회를 이공계의 실험실로 간주하고 인류의 동작과 행위를 실험재료로 간주하여 실험재료들을 분석하고 화합한다. 그들의 명저는 바로 매우 상세하고 명료한 실험결과 보고서였다. 또 해부실에서처럼 인류의 심리를 층층이 해부하는데, 매우 엄격하고 냉정한 객관적 분석방법만을 사용할 뿐 조금의 감정개입도 용납하지 않는다. 그래서 그들의 작품 속 배경은 천당, 내세, 고대, 외국이 아니라 우리가 살고 있는 눈앞의 사회이다. 작품 속 인물도 성현, 신선, 영웅, 미인이 아니라 눈앞의 일반 군중이다. 작품 속 사건은 경천동지할 대사건이나 즐겁고 감동적인 신기한 사랑이야기가 아니라 눈앞의 일상생활의 단면이다. 예로부터 '개와 말을 그리는 것이 귀신을 그리는 것보다 어렵다'는 격언이 있었다. 자연파 문학은 사회의 실상을 핍진하게 묘사하여 항상 개와 말 그리는 능력을 극대화한 것이라고 여긴다. 여러분 생각해보라. 인류가 하느님이 아닌 이상 어떻게 결점이 없을 수 있겠는가? 모장(毛嬙)과 서시(西施)[23]가 미인이라 하더라도 현미경으로 보면 크고 작은 모공들이 종횡으로 얼굴에 가득해 있다. 하물며 현대사회는 변화가 빠르고 구조가 불완전하여 추태가 더욱 속출하고 있지 않는가! 자연파 문학은 인류의 추하고 야만적인 측면을 적나라하게 드러내어 남김없이 표현하였다. 물론 진실이기는 하지만, 이렇게만 본다면 인류의 가치는 거의 없어지는 거나 마찬가지다. 요컨대, 자연파 문학이 성행한 이후, 갈수록 사람들은 인류가 하등동물로부터 진화하여 맹수 벌레와 커다란 차이가 없고, 인류에게 자유의지가 없어 모든 행동은 육감의 충동과 주변 환경에 의해 지배된다고 느끼게 되었다. 우리는 예전에 과학으로 자연을 정복하겠다고 허풍을 떨었지만, 오늘날 과학이 발전할수록 자연의 위력이 더욱 거세어 오히려 우리가 정복당할 처지에 놓여 있다. 그래서 자연파 문학의 영향을 받은 사람들은 항상 회의와 실망에 가득 차 있다. 19세기 말 전 유럽사회가 침울한 가을 분위기인 것은 바로 이 때문이다.

---

23) 춘추시대 대표적 미인으로, 모장은 월나라 왕 구천(句踐)이 총애한 궁녀 여희이고, 서시는 월왕 구천이 회계의 싸움에서 오나라 왕 부차(夫差)에게 패한 뒤, 오나라를 어지럽히고자 월나라에서 선발해 보낸 미녀이다.

9. 사상의 모순과 비관

한 사람의 마음속에서 두 개의 모순된 사상이 교전하고 있으면 매우 고통스러울 것이다. 사회사조도 마찬가지이다. 근대 유럽은 신사상과 구사상의 모순은 말할 것도 없고, 신사상만 하더라도 해방의 결과로 각종 사상들이 동시에 각 분야에서 분출되어 여러 가지 모순성을 지니게 되었다. 가령 개인주의와 사회주의의 모순, 사회주의와 국가주의의 모순, 국가주의와 개인주의의 모순, 세계주의와 국가주의의 모순이 그러하다. 본질적으로 볼 때, 자유와 평등의 두 이념은 근대 사조의 대원칙이라 할 수 있지만, 절대적 자유와 절대적 평등은 거대한 모순으로 작용한다. 철학에서의 유물론과 유심론의 모순, 사회에서의 경쟁과 박애의 모순, 정치에서의 방임과 간섭의 모순, 경제에서의 자유와 보호의 모순을 분석하는 데 있어, 각종 학설들은 모두 나름의 근거와 논리를 가지고 있다. 이 학설들은 자유와 평등의 양극단에서 발전한 것인데, 발전이 빠를수록 충돌도 심해져 해소하려 해도 해소할 수 없고 조화시키려 해도 조화시킬 수 없는 지경이 되었다. 각종 회의와 실망은 이 때문에 생겨난 것이다. 그들에게 '세기말'이란 말이 있다. 이 말의 의미를 협의로 해석하면, 일 년이 다 저물어가 크고 작은 장부를 결산해야 하는데 실마리가 엉켜 어디서부터 시작할지 모르는 것과 같다. 광의로 해석하면, 세계 종말의 뜻으로 문명이 멸망할 때가 곧 다가온다는 것이다.

우리가 유럽에 온 이래 이러한 비관적 논조가 확실히 귀에 가득할 정도로 들렸다. 한번은 미국의 저명한 신문기자 사이먼(그가 저술한 『전쟁사』는 최고의 호평을 받았다.)과 한담을 나눴는데 그가 나에게 물었다. "당신은 중국에 돌아가면 무슨 일을 할 겁니까? 서양문명을 가지고 갈 건가요?" 내가 "당연히 그래야죠."라고 답하자, 그는 한숨을 쉬며 "아, 안타깝군요! 서양문명은 이미 파산했습니다."라고 말했다. 내가 "당신은 미국에 돌아가서 무엇을 할 겁니까?"라고 물으니, 그는 "돌아가서 문을 닫고 기다릴 겁니다. 당신들이 중국문명을 보내 와 우리를 구원할 때까지."라고 대답하였다. 처음에 이 말을 들었을 때 그가 나를 비난하는 것이라고 여겼다. 하지만 가는 곳마다 이런 말을 듣고 나서야, 많은 선각자들이 정말로 심각한 위기감을 지니고 있다는 걸 알게 되었다. 그들은 유럽의 물질문명이 사회의 위험을 조장하는 씨앗이며, 유럽 밖의 도화원인 중국에 해결 방법이 있을 거라고 생각했다. 이러한 생각이 많은 유럽인들의 심리의 일부가 되었다.

10. 신문명 재건의 미래

여러분은 나의 이 말을 듣고 바로 다음과 의문을 가지게 될 것이다. "당신의 말대로라면 유럽은 전부 끝난 게 아닙니까? 물질세계가 이렇게 고갈되고 정신세계가 또 이렇게 혼란하면, 이제 어떤 일이 남아 있는 건가요? 과거에 이집트, 중앙아시아 그리고 그리스 로마도 매우 찬란한 문명을 소유했지만 후에 모두 소멸되거나 중단되었는데, 이번에 유럽이 또다시 이런 역사극을 재연하는 게 아닙니까?" 나는 이런 의문에 대해 단호하게 대답하려고 한다. "아니다. 아니다. 절대 그렇지 않다." 유럽이 백 년 동안 겪은 물질적 정신적 변화는 모두 '개성발전'에서 유래한 것이고, 지금도 날마다 이 길을 가고 있다. 현재의 유럽

문명은 고대, 중세 및 18세기 이전의 문명과 근본적으로 상이한 점을 지니고 있다. 예전은 귀족의 문명이고 수동적인 문명이지만, 지금은 군중의 문명이고 자발적인 문명이다. 예전의 문명은 특수한 지위와 특수한 재능을 지닌 소수에 의지하여 유지한 것이어서 '훌륭한 사람이 없으면 훌륭한 정치가 사라지는(人亡政息)' 원리를 벗어날 수 없었지만, 지금의 문명은 전 사회의 보통사람 개개인의 자각을 통해 날마다 창조되어온 것이다. 그래서 지금의 문명의 '질'이 예전에 비해 때때로 떨어지기는 하지만 그 '양'은 풍부해졌고 '힘'은 지속될 수 있었다. 현재의 유럽을 한마디로 말하자면, 모든 사물이 '평민화'되었다고 할 수 있다. 이러한 현상은 우리도 간혹 혐오스러워 할 때가 있다. 어떤 사람들은 이런 현상이 사회를 진보시키는 것이 아니라 오히려 퇴보시키는 것이라고 말하지만, 실제로는 그렇지 않다. 과거에 상층에 있던 사람을 하향하게 하는 한편, 과거에 하층에 있던 사람을 상향하게 하였다. 하지만 과거에는 하층에 있던 사람들이 대다수였기 때문에, 계산해보면 사회는 분명 향상된 셈이다. 이러한 과정은 영국인이 겪어보았기 때문에 가장 잘 알고 있을 것이다. 영국은 예전에 각종 권리를 극소수의 귀족이 독점하고 있다가, 점차 중산계급과 공유하게 되었고, 이어서 하위 중산계급, 그리고 하위 중산계급과 최하층계급이 함께 권리를 공유하게 되었다. 물질적 권리뿐만 아니라 학문, 사상, 예술의 권리도 모두 위에서 아래로, 집중에서 분산되는 양상으로 모든 사람과 공유하게 되었다. 영국은 물론 가장 훌륭한 모범이었으며, 다른 국가도 동일한 추세였다. 그래서 유럽의 문명은 대다수인의 심리 위에 건설된 것이어서, 마치 집을 짓는데 땅을 잘 다지고 말뚝을 튼튼히 박으면 폭풍우가 와도 흔들리지 않는 것과 같다. 유럽의 사조는 프랑스대혁명 이후 유심론 철학과 낭만파 문학이 전성시대를 맞이했는데, 마치 이십여 세의 활발한 청년처럼 사상이 해방되고 생기발랄하여 어떤 일이든 다 할 수 있을 거라 여기며, 공허한 환상 속을 질주하다가 실제생활에서 멀어지는 것을 피할 수 없었다. 하지만 이런 자유로운 연구정신과 개성존중의 신앙은 자연스레 두 번째 시대를 열어주었는데, 바로 과학만능과 자연파 문학의 전성시대였다. 이 시대는 이상에서 현실로 돌아왔다. 현실로 돌아오자 예전에 선하고 아름다운 것들이 모두 꿈속에서 허구적으로 만든 경계임을 알아챘다. 사회현상은 그와 정반대로 추하고 더럽고 비참하고 악하여 온 세상이 이를 개탄하였다. 예전의 이상과 신조는 깨져 산산조각이 났고 이에 사회전체가 회의의 심연에 빠져 놀라고 침울하고 처참한 풍경이 나타났다. 이는 마치 서른 전후의 사람이 학교를 졸업한 후 사회생활을 시작하고, 막 남편이 되고 아버지가 되었지만, 앞날은 온통 가시밭길이고 예전의 이상과 희망은 태반이나 잃어버린 것과 같았다. 19세기 말 유럽의 인심은 바로 이러하였다. 그렇지만 그들이 결코 노쇠기에 접어든 것은 아니었다.

어찌하여 그렇게 생각하는 것인가? 대개 노인의 심리는 고정적이고 침체되어 있지만 과거에 연연해 하고 미래를 개척하려고 하지 않는다. 정신생활도 육체와 마찬가지로 신진대사의 기능을 완전히 잃어버려 파괴성과 반항성을 결코 발휘하지 못한다. 그러나 현재 유럽인은 그러하지 않다. 그들은 여전히 자아발전을 추구하고 외부의 압박에 대해 백절불굴의 의지로 반항하여 날마다 정진에 힘쓴다. 이는 마치 삼사십 여세의 사람이 사회에서 분투하며 가시덤불 속에서 일을 성취하려는 것과 같은 것이다. 예전에 학교에서 탁상공론하던 때와 달리, 지금 그들은 인정세태의 온갖 경험을 다 해보아 모든 일이 친근하고 재미를 느낀다. 그리고 그 속에서 진정으로 안심입명할 곳을 찾으려 하는데, 현재 점차 그러한 곳을 찾아가고 있다. 사회학 분야에서 러시아 크로포트킨[24] 일파의 호조론은 다윈의 생존경쟁설을 대체하여 흥기하고 있다. 크로포트킨은 자아는 발전해야 하는데, 인류는 사회를 떠나 독립할 수 없고 모든 일은 반드시 타인의 도움에 의지해야 하기 때문에, 상호 부조가 바로 자아발전의 유일한 수단이라고 주장하였다. 그의 논거 역시 과학적으로 귀납한 것이어서 갈수록 사상계에서 세력을 넓혀가고 있다. 철학 분야에서는 인격유심론, 직관창조론 등의 새로운 학파가 출현하여 과거 기계적 유물적 인생관의 암운을 걷어냈다. 인격유심론은 미국의 제임스[25]가 처음으로 제기하였고 근래 들어 영미 학자들에 의해 더욱 발전되었다. 과거 유심론 철학자들은 '심령'을 절대적 실체로 간주하고, 그의 대상 '세계'와 서로 대립하면서 양분되어 있는 것으로 인식하였다. 그러나 제임스 일파는 과학적 연구방법을 사용하여 인류의 심리 기능이 외부세계에 적응하면서 점차 발달하고, 의지와 환경이 서로 협력하여 진화를 완성한다고 증명하였다. 인류생활의 근본적인 의미는 당연히 자기를 보전하고 발전시키는 것이다. 그러나 사람마다 각자 '자기'가 있어서, '자기'라는 말로는 서로 통용되기 어렵기 때문에, 자기의 통칭을 '인격'이라고 부

---

24) 크로포트킨(Peter Kropotkin, 1842~1921)은 러시아의 지리학자이자 무정부주의 사상가로 다윈주의자들이 역설하는 생존경쟁보다 협력과 연대에 기초한 상호부조가 인류와 동물세계의 진화를 추동하는 강력한 요인이라고 주장하며, 이러한 점을 동물학, 역사학, 인류학의 해박한 지식으로 입증하였다.

25) 제임스(William James, 1842~1910)는 미국의 심리학자, 철학자로 경험이 바로 실재이며 세계는 물질도 정신도 아닌 '순수경험'으로 이루어졌다고 주장하였다.

른다. '인격'은 각자의 자기를 떠나면 의지할 곳이 없지만, 각자의 자기에 기대기만 해서는 자신을 완성할 수 없다. 세계에 다른 사람이 없다면 나의 '인격'은 어떻게 표현되는가? 사회 전체가 죄악이라면 나의 '인격'은 사회의 감염과 압박을 받고 어떻게 건전해질 수 있는가? 이로부터 인격은 공통적이며 고립된 것이 아니라는 점을 알 수 있다. 자신의 인격을 향상시키려고 하면 유일한 방법은 사회의 인격을 향상시키는 것이다. 그렇지만 사회의 인격은 본래 각자의 자기가 화합하여 이루어진다. 사회의 인격을 향상시키려면 유일한 방법은 자기의 인격을 향상시키는 것이다. 이것이 바로 의지와 환경이 협력하여 진화를 완성한다는 이치이다. 이러한 이치를 이해하면 소위 개인주의, 사회주의, 국가주의, 세계주의의 각종 모순도 해결할 수 있다. 직관창조론은 프랑스 철학자 베르그송[26]이 처음으로 제기한 것인데, 독일 오이켄[27]의 이론도 대동소이하다. 베르그송은 과학적 진화원칙에 입각하여 우주의 모든 현상은 의식의 흐름으로 구성된다고 주장한다. 막 생성된 것이 있으면 이미 소멸한 것이 있고, 막 소멸한 것이 있으면 이미 생성된 것이 있다. 생성과 소멸이 서로 이어져서 진화를 이루며, 이러한 생

---

26) 베르그송(Henri Bergson, 1859~1941) 프랑스의 철학자로 생명개념을 검토하면서 진화를 과학에 의해 확립된 사실로 받아들였으나 진화에 대한 이전의 철학적 해석들은 지속개념의 중요성을 보지 못함으로써 생명의 독특성을 무시했다고 비판했다. 그리고 진화 과정 전체를 지속적으로 발전하면서 새로운 형태를 발생시키는 '생명의 약동(élan vital)'이 지속되는 것이라고 인식하였다.

27) 오이켄(Rudolf Christoph Eucken, 1846~1926)은 독일의 철학자로 자연주의 철학에 대해 비판하며 영혼 덕분에 인간이 모든 다른 자연세계와 구별되며 영혼은 결코 자연과정만으로는 설명할 수 없다고 인식하였다. 그리고 인간이 바로 자연과 정신이 만나는 장소이며 정신생활을 지향하는 끊임없는 노력을 통해 비정신적 성격을 극복하는 것이 인간의 의무이자 특권이라고 주장하였다.

성과 소멸은 인류의 자유의지가 발동한 결과이다. 그래서 인류가 날마다 창조하고 진화하는 것이다. 이러한 '의식의 흐름'을 '정신생활'이라고 부르는데, 이는 반성과 직관을 통해 깨달아야 하기 때문이다. 우리는 변화의 흐름이 바로 세계의 실상이며, 또 변화의 흐름을 조절하는 권한이 우리에게 있다는 것을 안 이상, 두려할 필요 없이 오직 힘을 다해 전진하면 된다. 이러한 견해는 각종 회의와 실망을 깨끗이 쓸어내어 인류가 용기를 회복하도록 해주었다. 학문적으로 볼 때 유물론과 유심론 철학의 조화 여지를 주었을 뿐 아니라, 과학과 종교의 모순도 점차 해결될 기미가 보이게 되었다. 위에서 언급한 몇 학파는 금세기 초에 이미 형성되었지만 완성되어 보급도 되기 전에 이번 전쟁에 부딪쳤다. 전쟁 중에 사람들은 응전하는 데 바빠 사상계의 저술은 실로 적막했으며 지금도 진보의 모습을 보이지 않고 있다. 앞으로 칸트·헤겔·다윈 등의 선배들의 학술과 대등한 권위를 가지고 이 시대 사람들의 마음을 움직일 만한 큰 성과가 나올지는 확신하기 힘들다. 하지만 이번 대전의 상처와 고통을 겪고 난 후, 많은 유럽인들의 인생관이 그 충격으로 변화가 일어났다. 그들이 앞으로 이로부터 새로운 국면을 개척할 것이라는 점에 대해서는 감히 단언할 수 있다.

11. 물질문명의 재건과 유럽의 현재 시국

인류는 정신생활이 고갈되지만 않으면 물질생활은 당연히 문제가 되지 않는다. 마치 중병을 앓은 후 원기가 쇠약하지 않으면, 피로하여 수척한 상태라 하더라도 몸조리를 하여 쉽게 기력을 회복할 수 있는 것과 같다. 앞에서 언급한 각국의 재정과 경제 상황이 매우 어려운 것이 사실이다. 그러나 현실을 따져보아, 막대한 국가채무 가운데 외채는 상환을 잠시 연기하고 내부채무의 이자는 민간으로 분산하여 산업 장려용으로 제공할 수 있다. 통화가치 저하로 인한 외환손실이 큰 문제가 되기는 하지만, 때론 이를 수출 장려수단으로 활용할 수 있다. 이러한 방법은 각국의 경제원칙의 변화에 따르는 것이니 문제될 것은 없다. 현재 가장 고통스런 문제는 자본결핍이다. 그런데 미국이 자본 과잉으로 고초를 겪고 있으니, 유럽을 그 귀착지로 삼을 수밖에 없을 것이다. 유럽이 이것을 잘 이용하기만 하면 큰 도움이 되지 않겠는가. 이제 해결하기 가장 어려운 문제가 남아있는데 바로 노동문제다. 내 생각엔, 몇 해 지나지 않아 이 문제도 일단락을 짓게 될 것으로 보인다. 사회당이 정권을 장악하여 몇 가지 사회주의 기본원칙을 실행하면 분위기가 자연스레 일신될 수 있다. 혹은 어떤 나라가 러시아의 뒤를 이어 사회혁명을 일으키면, 일시적으로 원기가 크게 손상되더라도 후에 의외의 성과를 거둘 수 있는데, 아직 단정하기는 힘들다. 그래서 나는 유럽에 대해 그 미래가 매우 어렵기는 하지만 결코 타락한 것은 아니라고 생각한다. 국가별로 관찰할 경우, 한두 나라가 여기에서 웅비할 수도 있고, 또 한두 나라가 점차 쇠락할 수도 있겠지만, 그건 별개의 문제이다.

내가 유럽 상황에 대해 자질구레하게 말하여 여러분을 골치 아프게 했을지도 모르겠다. 이제 간략히 정리해보자. 첫째, 대전의 결과 오스트리아와 러시아가 와해되었고, 중부유럽과 동유럽의 여러 소민족들이 연이어 건국하였으며, 게다가 윌슨의 민족자결이 크게 고취되어 민족주의(일 민족 일 국가)의 불길이 갈수록 타오르고 있다. 19세기 후반에 유럽 민족운동사가 일단락을 짓게 되었고, 향후 유럽 이외의 지역으로 확장될 것으로 보인다. 이로 인해 국제관계가 복잡해지고 세상의 일이 더 많아지겠지만, 대체로 인류 사회조직의 진보라고 할 만하다. 둘째, 이번 대전에서 연합국이 완전히 '호조'를 통해 승리한 점은 유럽인들에게 커다란 교훈을 주었다. 비록 이상적인 국제연맹이 완성되지는 못했지만 국가 간의 호조정신은 날로 발전하고 있다. 솔직히 말하자면, 세계주의가 이로부터 첫 발을 내딛은 것이다. 셋째, 연합국은 '중부유럽의 군국주의를 타도하자'는 기치를 내세워 군벌 정복을 위한 십자군을 일으켜 대성공을 거둔 셈이다. 전제주의의 4대 진영(러시아·독일·오스트리아·터키)을 송두리째 뽑아버렸고, 민족주의가 절대적 정치원칙이 되었으며, 게다가 사회당이 날로 발전하여 '사회민주주의'가 짐차 가장 중도적인 정치제도가 될 것이다. 넷째, 러시아 급진파 정부가 뜻밖에 수립되어 2년이 경과했는데 장래의 결과에 상관없이, 설령 붕괴된다 하더라도 그 정신은 끝내 소멸하지 않을 것이다. 예전에 많은 사람들이 조소하던 공상적 사회주의가 확실한 제도로 성립되어, 앞으로 그 역사적 가치가 최소한 프랑스대혁명보다 낮지는 않을 것이다. 그리고 그 영향력이 다른 나라에 퍼져, 앞서 말한 '중도정치'와 경생하면 그 결과를 예측하기 어려울 것이나. 나섯째, 유럽 내부에서 자본가와 노동자 두 계급이 투쟁을 벌이고 있지만, 다른 한편으로 각국이 국산 장려정책을 사용하여 전후의 폐해를 만회하려고 한다. 앞으로 국제 간의 산업경쟁은 이전보다 더 치열해질 것이며 자유무역주의는 폐기될지도 모른다. 이점으로 보자면, 돌진하고 있는 사회주의가 잠시 제약을 받을 수 있다. 여섯째, 과학만능설은 예전처럼 번창하지 못하겠지만, 과학은 의연하게 자기영역 내에서 계속 진보할 것이다. 이번 전쟁 중에 각종 발명이 날마다 새롭게 출현했는데 안타깝게도 대부분 살상전용이다. 이번 대 참상을 겪은 후 국제적으로 몇십 년간 평화가 유지될 것으로 보이는데, 새로운 발명을 잘 활용한다면 물질문명이 몇 배는 발전할 수 있을 것이다. 일곱째, 이번 대전은 인류 정신에 막대한 자극을 주어 인생관에도 자연히 커다란 변화가 일어날 것이다. 철학의 부흥과 종교의 부활은 모두 예상할 수 있는 일이다. 이상의 몇 가지 내용은 이번 유럽여행에서 관찰한 개요이다. 지금 세계의 큰 흐름이 이러한 전제하에서 진행된다고 가정한다면, 국제사회의 한 성원으로서 우리 중국은 어떻게 해야 하며, 우리 국민은 어떠한 길로 나아가야, 비로소 중국을 세계에 우뚝 서게 할 수 있겠는가? 나의 우견은 하편에서 간략히 기술하려고 한다.

1장 | 하편
중국인의 자각

1. 세계주의 국가

우리는 세계대동이 아직 시기상조이며 국가가 결코 일시적으로 소멸되지 않는다는 점을 반드시 알아야 한다. 대전 후 각국에서는 소모된 원기를 외부에서 보상받으려고 세계를 두루 살피며, 중국이라는 거대한 기름진 고기가 남아 있음을 보았다. 그래서 우리는 원근의 국가들에 대해 주의를 기울여야 한다. 만일 스스로 일어서지 못하고 국제연맹의 보호만을 기대한다면 그건 헛된 꿈에 지나지 않는다. 그렇다고 해서 국제연맹을 무의미하게 보아서는 안 되며 최선을 다해 그 발전을 도와야 한다. 국제연맹은 세계주의와 국가주의가 조화되는 첫걸음으로서, 국가 상호간의 관념을 사람들에게 깊이 인식시키고, 국가의지는 절대적이고 무한한 것이 아니라 외부의 통제를 많이 받아야 한다는 점을 알게 하였다. 솔직히 말하자면, 국가와 국가 상호 간의 관계가 한층 밀접해졌다는 것이다. 우리는 이러한 현황 속에서 '세계주의 국가'를 건설해야 한다. 어찌하여 '세계주의 국가'라고 부르는 것인가? 국가는 사랑해야 하지만, 완고하고 편협한 구사상을 애국이라 여겨서는 안 된다. 왜냐하면 오늘날의 국가는 이렇게 발전할 수 있는 것이 아니기 때문이다. 우리의 애국은 국가만을 알고 개인을 몰라서는 안 되며, 또 국가만을 알고 세계를 몰라서는 안 된다. 우리는 국가의 보호 아래서 개개인의 천부적 능력을 마음껏 발휘하고, 전 세계 인류문명을 위해 커다란 공헌을 해야 한다. 장래 세계 각국의 추세가 모두 이와 같을 것이며, 우리가 세계주의 국가를 제창하는 것도 바로 이 때문이다.

2. 중국은 망하지 않는다

우리는 비관하며 중국이 망할 것이라고 생각해서는 절대 안 된다. 재정문제와 경제문제에 있어 유럽이 우리보다 몇십 배나 더 어려운지 모른다. 우리가 이 자그마한 문제를 겪으며 의기소침해 한다면 유럽인들은 연이어 대서양에 뛰어들어야 할 것이다. 군벌의 전횡과 정치 부패 때문에 어찌 할 방도가 없다고 한다면, 19세기 전반기 유럽의 역사를 읽어보고 그때의 정세가 어떠했는지 살펴보라. 영국과 프랑스 양국은 현재 민주정치의 모델로 공인되고 있지만 예전에는 귀족의 전횡과 부패가 우리와 마찬가지였는데, 어떻게 오늘날 성공할 수 있었던 것인가? 먼 과거의 역사는 그만두더라도, 현재 자본가 계급의 전횡은 또 어떠한가? 그들은 뿌리가 깊고 지능이 뛰어나, 겉으로 강해 보이나 속이 텅 빈 우리의 군벌이나 남의 권세를 업고 우쭐대는 우리의 관료들과 비견할 수 있는 사람이 아니다. 우리가 어쩔 도리가 없다고 상심한다면 유럽의 대다수 사람들은 앉아서 죽음을 기다릴 수밖에 없을 것이다. 현재 인심이 타락하고 추악한 부류가 횡행한다고 해서 아예 비관적인 생각을 한다면, 그건 하나만 알고 둘은 모르는 소치이다. 과도적인 혼란기에 죄악이 사회표면에 떠오르는 건 모든 나라가 그러한 것이지 우리만의 현상이 아니다. 현재의 인심이 이전보다 타락했다는 것도 나는 인정할 수 없다. 예전에 죄악이 없던 적이 있었는가? 어떤 것은 관념의 차이로 인해 죄악으로 인식되지 않았고, 또 어떤 것은 사회여론이 무관심하여 죄악을 발견하지 못했던 것일 뿐이다. 정치수준으로 논하자면, 민국의 정계가 혼탁한 것은 사실이지만, 청나라 정부가 깨끗했다고 할 수 있는가? 예전에 사람들이 혼탁함을 알아채지 못하고 흐리멍덩하게 압제를 받았던 것일 뿐이다. 지금도 여전히 압제에서 벗어나지 못했지만 사회의 죄악을 남김없이 폭로할 수 있고, 이를 볼수록 경악하게 됨에 따라 예진보다 못하다고 생각하는 것이다. 그 외에 가족과 사회의 죄악도 모두 이러하다. 사실 어제나 오늘이나 같은 죄악이지만, 폭로하고 깨달았는지의 여부가 달랐던 것일 뿐이다. 죄악의 질량이 서로 같은 이상 타락이라고 할 수는 없다. 그러나 폭로하고 깨달았다는 것은 일종의 진보이다. 왜 그런가? 그것은 국민 자각의 표현이기 때문이다. 고인의 말에 '병을 아는 것이 약이다.'라는 말이 있다. 예전에 온몸에 병이 들었으나 완선히 모르고 지내다가 지금은 알게 되었으니, 이 '안다'는 데서 치료의 방법이 생기는 게 아니겠는가? 현재 유럽인들은 날마다 세계종말이나 문명파산을 외치고 있는데, 이 말이 타당한지 여부를 떠나 이러한 위기감은 각성의 증거라고 할 수 있다. 한 사람에게 있어 제일 두려운 일은 현 상태에 만족하는 것이다. 그렇게 되면 이 사람은 진보는 없고 퇴보만 있을 뿐이니 죽었다고 할 수밖에 없다. 현 상태에 불만을 느끼면 자연히 노력하게 되고, 이 노력이 바로 활로이다. 우리가 지금 온몸에 있는 죄악을 알고, 우리가 사는 곳이 죄악 사회라는 점을 안다면, 중국은 여기에서 활로를 찾을 수 있을 것이다. 이는 좋은 현상이지 나쁜 현상이 아니다. 병을 알았으면 서둘러 치료하면 된다. 병에 걸렸다고 의기소침하여 자기 조절능력을 제거할 필요는 없다. 이 병이 무슨 위중한 것인가? 나는 이 세상에 지금껏 해결 방법이 없는 일은 없었고, 해결하지 않는 것이 바로 방법을 없게 만드는 일이라고 생각한다. 우리가 사전에서 방법이 없다는 말을 먼저 지워버리면, 방법이 더 많아지지 않겠는가!

3. 계급정치와 전민정치

예전에 두 파의 애국지사들은 각자 잘못된 길을 걸었다. 갑(甲)파는 국내의 기존세력에 의지하여 현행 질서 하에서 점진적 개혁을 하려고 했다. 그러나 이 생각은 완전히 잘못된 것이어서 결국 이용만 당하고 어떠한 개혁도 이룰 수 없었다. 을(乙)파는 기존세력을 타파하려고 했는데 무엇을 가지고 그렇게 했는가? 바로 자신과 동질적인 세력에 의지하여, "그대는 안 되니 내가 하는 거나 보시오."라고 했지만, 이 생각도 완전히 잘못된 것이었다. 군벌을 타파한다고는 했지만 군벌을 타파한 사람은 바로 군벌이 아니었던가? 관료를 배척한다고는 했지만 관료를 배척한 사람은 바로 관료가 아니었던가? 강도를 제거하지 못했을 뿐 아니라 오히려 강도에게 날개를 달아주었으며, 다른 분야에서 강도를 더 늘어나게 만들었다. 최근 몇 년간의 군벌과 관료의 마력은 갑을 두 파가 직간접적으로 방조하여 형성된 것이 아니었던가? 두 파의 본심은 모두 애국이다. 그런데 애국이 어찌하여 국가 재앙의 결과를 일어나게 한 것인가? 본래 두 파는 공통된 오류가 있었는데 모두 구 사회사상의 속박을 받았기 때문이다. 마치 두보[28]가 "두세 분의 호걸이 시대를 위해 태어나, 세상을 바로잡고 시대를 구하네(二三豪杰 爲時出, 整頓乾坤濟時了)."[29]라고 말한 것과 같다. 그들은 민주주의 국가는 철두철미 대다수의 국민에게 의지하는 것이지 몇몇 호걸에 의지하는 것이 아니라는 점을 몰랐다. 예전의 입헌당은 자기 자신만의 헌법을 세운 것이지 국민을 위해 무슨 일을 했는가! 혁명당은 자기 자신만의 혁명을 한 것이지 국민을 위해 무슨 일을 했는가! 마치 맥주병을 땄을 때 거품이 솟아올라 뜨거운 듯하지만 시간이 지나면 거품도 사라지고 병은 여전히 차가운 상태인 것과 흡사하다. 이것은 민주주의 운동의 원칙과 근본적으로 배치된다. 이십 년 동인의 각종 실패는 바로 이 때문이다. 오늘날 모두가 이 잘못을 인정하고 진정으로 참회한다면, 갑파는 군벌과 관료를 이용하려는 비열한 수단을 포기하고, 을파도 군벌과 토비를 동원하려는 비열한 수단을 포기해야 한다. 각자 자신의 소신을 다수 시민이 수용할 수 있게 해야 비로소 평탄대로가 열릴 수 있다. 솔직히 말하자면, 내게 이익을 주는 소수가 아니라 국민 전체를 위해 노력하는 것이 바로 진정한 애국이자 구국을 위한 보편적 방법이다. 예전에 행했던 소수의 정치에서 깨어나야 비로소 전민정치를 실천할 수 있는 기회가 다가올 것이다.

---

28) 두보(杜甫, 712~770)는 이백과 함께 당나라 최고의 시인으로 칭송되며 타락해 가는 시대의 모순과 민중의 고통을 절실하게 묘사하였다.
29) 두보의 시 「병마를 씻기며(洗兵馬)」의 구절.

4. 조급해서는 안 된다

천하의 일은 조급해서는 안 되며, 신속히 효과를 보려는 마음을 없앤 후에 비로소 효과가 있을 수 있다는 점을 명심해야 한다. 어떤 사람은 시국이 이렇게 위태로운데 잠시나마 지탱하기 위해 미봉책도 세우지 않다가, 망하기라도 하면 어찌 하느냐고 말한다. 내 생각은 다음과 같다. 중국은 결코 망하지 않는다는 건 물론이고, 누가 이 큰 나라를 망하게 하고 싶어도 결코 쉬운 일이 아니다. 또 설령 나라가 망한다하더라도 심각하게 생각할 필요가 없다. 폴란드는 몇백 년 동안의 망국을 겪었지만 오늘날 어떠한가? '잠시나마 지탱하자'는 말이 정말로 망국의 심리라는 점을 알아야 한다. 망하지 않으려면 방책을 튼튼히 하고 결사적으로 싸우면 된다. 그러나 이러한 일은 결단코 조급하게 해서는 안 된다. 우리나라의 민주주의는 역사적으로 뿌리가 깊지 못하고 지리상의 문제로 양성될 수 있는 기회가 매우 적어, 서구 여러 나라에 비해 발전이 지체되었다. 오늘날 갑자기 민주주의의 간판을 걸었으니, 마치 당나귀가 호랑이 가죽을 걸치는 것처럼 각종 추태를 면할 수 없었다. 하지만 이것은 심각한 문제가 아니다. 인류의 능력은 살아가는 데에 있지 죽기 위한 것이 아니기 때문이다. 일정한 시간을 가지고 노력을 기울이기만 하면, 당연히 자신을 변화시켜 환경에 적응하기 시작한다. 이것은 신생 청년들에게 기대할 수 있는 일이며 노년 세대를 책망할 수는 없다. 노년 세대를 비난하지 않는 것은, 그들 자신의 시대에서는 자신이 적응한 일을 할 수밖에 없기 때문이다. 지금은 나이가 들어 생리적 심리적으로 신진대사의 기능이 일제히 멈추었는데, 어떻게 우리와 같은 책임을 요구하겠는가? 그들의 지위는 곧

지금의 청년들에게 넘겨야 하며 자연히 그들의 책임이 가벼워질 것이
다. 청년들은 무거운 책임을 어깨 위에 짊어져야 하지만, 이 책임을 인
식하고 실천해나간다면 세상에서 해결할 수 없는 일은 없을 것이다.
나는 우리의 사랑스런 청년들 대부분이 이러한 식견과 의지를 지니고
있을 거라 믿는다. 그러나 지금은 훈련이 부족하고 교체의 시기가 아
직 다가오지 않았기 때문에, 절대 조급해서는 안 되며 서두른다고 될
일도 아니다. 조급하게 굴면 잘 돼봐야 작은 성과나 얻을 수 있고 잘
못되면 타락과 좌절에 빠질 것이다. 이 점을 통찰한다면 우리가 지금
시작해야 할 국민운동은 이삼십 년 이후를 내다보는 계획이어야 한
다. 소소한 나이는 성공을 바랄 때가 아니다. 실제로 이삼십 년의 시
간은 역사 교과서에서 한 페이지 정도의 분량밖에 되지 않으니 길다
고 하겠는가? 우리는 흥미진진하게 실천해나가기만 하면 된다.

5. 진성(盡性)주의

　국민을 세운다는 본의는 개성을 발전시키는 데에 있다. 『중용』에
"오직 천하의 지극한 정성만이 자신의 본성을 다 할 수 있다(唯天下至
誠, 爲能盡其性.)"는 매우 훌륭한 구절이 있다. 나는 이 구절을 빌려 '진
성(盡性)주의'라고 부르려 한다. 진성주의는 각자의 천부적 재능을 최
대한 발휘하는 것이다. 개인적인 측면에서 볼 때 이렇게 해야 세상의
무용지물이 되지 않는다. 모든 사람이 자립할 수 있으면, 다른 사람을
피곤하게 할 필요도 없고 또 누군가의 비위를 맞출 필요도 없다. 사
회 국가적 측면에서 볼 때 이렇게 한 후에 모든 사람이 자신의 장점
을 활용하여 자주적으로 진화해나갈 수 있다. 두 가지 측면을 결합하

면 강대한 국가와 진보적인 사회가 된다. 이번 대전에서 독일이 패배한 원인은 바로 국가주의가 극단적으로 발전하여 인민의 개성이 거의 국가에 의해 말살되었기 때문이다. 그래서 영국·프랑스·미국 등 개성이 제일 발전한 국민을 만나 결국 상대가 될 수 없었다. '국민 스스로 전쟁에 참여하는' 힘이 상실되어 전쟁을 도저히 이길 수 없었던 것이다. 독일식 국가주의는 국가 자신의 목적을 기준으로 전 국민을 일정한 모형에 넣어 주조하여 국가를 위해 사용하려는 것인데, 결국 그 폐해를 극복할 수 없었다. 우리 중국은 이른바 국가의 목적이 없으며, 기형적인 사회조직, 타성적인 학술 권위가 개인의 본능을 어려서부터 속박하고 말살하였다. 오늘날 사람들이 입만 열면 중국인은 민지(民智)가 부족하다거나 인재가 결핍되었다는 말을 하는데 실로 틀린 말이 아니다. 하지만 이러한 구사회의 속박 아래서는 재능이 결코 길러질 수 없다는 점을 알아야 한다. 왜냐하면 구사회에도 일정한 모형이 있어서 중국인을 동일하게 주조하고, 이 모형에서 벗어나면 사회에서 발붙일 수 없기 때문이다. 어떠한 사람이든 가식적인 태도로 사회에 영합한다면, 천부적 재능이 최고의 경지까지 자유롭게 확충될 수 없다. 근래 중국인의 재능이 서구인에게 미치지 못하는 이유가 바로 여기에 있다. 오늘날 제일 급선무는 모든 사람이 진성주의를 실천하는 것이다. 육구연[30]이 말한 "내가 당당한 사람이 되어야 한다(總要還我

---

30) 육구연(陸九淵, 1139~1192)은 남송의 사상가로 호는 상산(象山)이다. 그는 도의 가장 높은 지식은 내면의 성찰과 자습을 끊임없이 실천함으로써 습득된다고 가르쳤으며, 이러한 과정에서 사람은 자신이 원래 가지고 있던 선을 발전시키게 되는데 이는 사람의 본성은 본질적으로 선하여 그 선이 물욕으로 더럽혀지고 없어졌더라도 자신의 노력에 의해 다시 얻을 수 있기 때문이라고 인식했다. 그의 사상은 명대 왕양명이 계승하여 이들을 심학파 혹은 육왕학파라고 부른다.

堂堂地做個人)"[31]는 것과 같다. 자신의 천부적 재능(크든 작든 누구나 가지고 있는)을 최대한 발휘하는 데 있어서, 조금도 주저할 필요가 없으며 더욱이 가식적 태도를 가져서는 안 된다. 이것이 바로 개인이 자립하면서 또 국가가 생존하는 첫 번째 길이다.

6. 사상해방

개성의 발전은 사상해방에서 시작해야 한다. 어떻게 해야 사상해방이라고 할 수 있는가? 어떤 사람이든지 나에게 어떤 도리를 설명해주면, 나는 항상 그 진상에 대해 탐구하고 생각한 후 확실한 견해를 구한다. 사상을 운용할 때 선입견이 나를 속박하는 것은 절대 허용치 않으며 거울에 사물을 비추듯 투명하게 한다. 이러한 과정을 통해 맞다고 생각하면 따르고 틀리다고 생각하면 반대한다. "성인의 손을 거쳤으니, 어찌 함부로 의론을 하겠는가(曾經聖人手, 議論安敢到)"[32]라는 것은 한유(韓愈)[33]의 지극히 무료한 말이다. 성인이 학문을 할 때는 이렇게 하지 않았다. 공자는 제자를 가르칠 때, 좋은 점을 선택하여 따르라(擇善而從)고 히었다. 선택을 하시 않는다면 어떻게 좋은 점인지 알겠는가? 이 선택이라는 말이 바로 사상해방의 관건이다. 유럽 현대 문화는 물질적 측면이든 정신적 측면이든 모두 '자유비평'을 통해 창

---

31) 육구연의 명언으로 원문은 '若某則不識一個字, 亦須還我堂堂地做個人.'

32) 한유의 시 「선비를 천거하며(薦士)」의 구절.

33) 한유(韓愈, 768~824)는 당나라의 문장가, 정치가, 사상가로 자(字)는 퇴지(退之), 호는 창려(昌黎). 한대부터 도가 및 불교의 이단사상에 의해 유가의 정치원리나 사회도덕인 도(道)가 어지러워졌다고 비판하며 인의를 근본으로 하는 유교 정치사상의 도통을 회복하려고 했다.

조된 것이다. 사회적으로 영향력 있는 학설에 대해서는, 누구의 것이든 고금에 상관없이, 자기의 견해에 따라 거침없이 비평하였다. 비평이 반드시 합당할 수는 없지만 신중한 선택을 거쳐야 비로소 자기 사상해방의 길을 열 수 있다. 이러한 비평이 다른 사람의 신중한 선택을 이끌어내면 사회 사상해방의 길을 열 수 있다. 서로 소통하며 바로잡으면 자연히 진리는 날로 밝아지고 세계는 날로 진화할 것이다. 만일 한 사람의 사상을 금과옥조로 삼아 세상 사람들의 생각을 제약한다면, 그 사람이 지금 사람이든 옛 사람이든 간에, 일반인이든 성인이든 간에, 그 사상이 좋든 나쁘든 간에, 항상 다른 사람의 창조력을 말살하고 사회의 진보를 강제로 정지시키기 마련이다. 하지만 그 사람도 사상해방을 거치지 않았다면 어떻게 금과옥조를 창조할 수 있었겠는가? 우리는 그 사람을 존경하면서도 배워야 하는데, 가장 먼저 그의 사상 운용 방법을 배워야 한다. 그 사람도 자신의 사상을 고대사상과 구 시대사상의 속박에서 해방시켜 독립적이고 자유로운 연구를 하여 자신의 학설을 세웠던 것이다. 그렇지 않다면 이 학설이 그의 것이라고 해서는 안 된다. 그렇다면 왜 우리는 그의 이 점을 배우지 않고 오히려 잘못된 점을 배우려 하는가? 나는 중국의 학술이 천여 년 동안 쇠퇴하고 정체된 원인이 바로 여기에 있다고 생각한다.

어떤 사람은 사상이 해방되고 나면 사람들이 변하여 경전에 어긋나고 도를 위반하게 될지 모른다고 말한다. 내 생각은 다음과 같다. 그건 기우일 뿐이다. 만일 경전과 도라고 여긴 것이 실제와 다르다면 어긋나고 위반하는 것이 당연한 일 아닌가? 만일 그것이 정말 경전이고 도라고 한다면 속담에서 말한 것처럼 '순금은 제련을 두려워하지 않는다.' 갑이 자유비평으로 그것을 공격한다면 당연히 을과 병은 자유

비평으로 그것을 옹호할 수 있다. 이러한 교정과정을 거치면 그 진가가 더욱 드러날 것이다. 만일 어떤 학파에 대해 비평을 허용치 않는다면 이는 그 학파가 비평을 감당할 수 없는 것처럼 보인다. 그래서 국내의 선생님과 대학자에게 부탁드리고 싶은 말은, 이런 비평에 대해 절대로 초조해 하지 말고 청년들이 자유로운 상상력을 펼치어 중외고금(中外古今)의 학문에 마음껏 의문을 갖게 하자는 것이다. 설령 그들이 도를 넘어 '요순(堯舜)'을 비판하고 탕무(湯武)를 무시한다'고 해도 심각해 할 필요가 없다. 그들의 말에 아무런 가치가 없다면 당연히 성현을 해치지 못하니 관여해서 무엇 하겠는가? 그들의 말이 정말로 인심세도에 우환이 될 수 있다고 여긴다면 그때 호되게 꾸짖어주길 바란다. 서로가 사유의 공동법칙을 적용하여 날카롭고 합리적으로 논쟁하기만 한다면 옳고 그름이 자연스레 드러날 것이다. 만일 비평을 금지하는 것만이 도를 지키는 일이라고 한다면, 이는 진시황이 불평하는 자를 처형하는 옛 수법인데 성공할 수 있겠는가? 그리고 상식을 깨는 말을 좀 하려고 한다. 사상해방이 되면 도덕조건도 그에 따라 동요되고 많은 죄악이 사회에 나타나게 되는데, 이것은 피할 수 없는 법칙이다. 그러나 이것이 인심세도의 우환이라고 보기는 힘들다. 도덕조건은 본래 사회상황에 적응하여 수립되는 것이다. (공자가 말한 '시중(時中)', '시의(時宜)'가 이런 이치를 가장 잘 드러낸다.) 사회가 변하면 자연히 옛 조건들을 적용할 수 없고, 적용할 수 없는 조건은 자연히 사회에 대한 구속력을 상실하여 굳어버린 장식품이 된다. 옛 조건이 적용되지 못하는 이상 새로운 사회조직에 맞는 새로운 조건이 필요하게 되는데, 이것이 아직 정립되지 않았다면 도덕관념의 동요를 어떻게 피할 수 있겠는가? 우리가 사상해방을 주장하는 것은 이러한 동요의 자극을 받아, 가시덤불을 헤치고 새로운 조건을 정립하여 사람들이 안심입명하는 데에 있다. 어떤 이들은 사상해방이 도덕을 파괴하는 것이라고 말하는데, 도덕이 무엇인지에 대해서는 잠시 논외로 하자. 설령 사상을 모두 봉쇄한다고 해서 그들이 말하는 도덕을 모든 사람이 따르겠는가? 구도덕은 이미 문서로만 남아 있는데 신도덕에 대해 논의를 금지한다면, 이것이 바로 도덕을 파괴하는 일이 아닌가! 죄악이 발생하게 되는 데에는 두 가지 원인이 있다. 첫째, 사상해방의 영향을 받지 않았기 때문이다. 구도덕이 권위를 실추하면 더 이상 사회에 대한 구속력을 갖지 못하여 나쁜 사람들이 거리낌 없이 횡포를 부리기 마련이다. 군인이나 정객, 토비나 깡패가 많은 죄악을 저지른 것이 신사상의 제창 때문인가? 둘째, 사상해방의 영향을 받았기 때문이다. 사상해방을 제창하는 사람은 자연히 벽을 허무는 말을 자주하게 되는데, 때로 도가 지나칠 경우가 있다. 나쁜 사람들은 이를 단장취의(斷章取義)하여 방패로 삼고 공공연히 죄악을 행하기도 한다. 하지만 이것은 사상해방의 잘못이 아니라 그들의 마음속에 본래 죄악이 가득해 있기 때문이다. 예전에 깊이 숨겨져 있던 것이 지금 다 드러나 대중의 버림을 받게 되었으니 오히려 사회에 유익한 일이 아닌가? 그래서 사상해방은 좋은 점만 있으며 나쁜 점은 결코 없다. 내가 세상에 관심을 가지는 대선비들에게 간곡히 청하고 싶은 것은 바로 이러한 시대 조류를 거스르지 말자는 것이다.

7. 철저해야 한다

사상해방의 제창은 당연히 사랑스러운 청년들에 의지해야 한다. 하지만, 몇 가지 충고하고 싶은 말이 있다. "해방을 하려면 철저하게 해야 하며, 철저하지 못하면 여전히 해방이라고 할 수 없다." 학문적으로 말하자면, '조금의 선입견이라도 자신을 속박해서는 안 된다'는 말을 항상 원칙으로 삼아야 한다. 중국 구사상의 속박을 받아서는 안 되며 서양 신사상의 속박도 받아서는 안 된다. 어떠한 학설이 눈앞에 있으면 마음을 비우고 연구하며 대담하게 비평해야 한다. 이 말은 하기는 매우 쉽지만 실천하기는 참으로 어렵다. 왜냐하면 우리 학문의 기초가 본래 매우 얕아, 약간의 가치가 있는 학설이 눈앞에 있으면, 마력이 발산되어 부지불식간에 속박되기 때문이다. 공자·맹자·정자·주자의 말을 금과옥조로 삼아 신성불가침으로 여기는 것은 물론 잘못이지만, 마르크스·입센의 말을 금과옥조로 삼아 신성불가침으로 여기는 것 역시 옳은 일이 아니다. 현재 우리가 말하는 신사상은 유럽에서 이미 진부하여 물 건너간 지 오래라고 비판받고 있다. 설령 그것이 최신이라 하더라도 '새로운 것'이 '진실한 것'이라고 말할 수는 없다. 유럽사상계는 지금도 여전히 혼돈된 과도의 시대이며, 유럽인들은 그 속에서 좌충우돌하며 출로를 모색하고 있다. 많은 선각자들은 중국과 인도의 문명을 수입하여 동서문명의 조화를 도모하고 싶어 한다. 이러한 대업은 우리에게 의지해야 완성할 수 있는 일이다. 우리 청년들은 앞으로 전 세계 인류를 위하여 이 거대한 책임을 짊어져야 하며, 현재 그 예비 작업은 서양사상을 연구하는 데서 시작해야 한다. 첫째, 유럽의 연구방법은 매우 정밀하여 우리는 반드시 그것을 수용해야 하기 때문이다. 둘째, 유럽은 사상해방이 된 지 매우 오래되어 사상내용이 풍부하고 각종 측면에서 참고할 수 있기 때문이다. 그렇지만 연구는 얼마든지 하되 맹종은 해서는 안 된다. 마치 지혜로운 관리가 사건을 판결하는 것처럼, 고금중외의 어떠한 학술이든 증거자료로 삼아 나의 판단에 도움이 되도록 해야지, 판단권을 그것에게 넘겨주어서는 안 된다. 이것이 바로 철저하게 해방되는 첫 번째 길이다. 덕성의 측면에서 보자면, 속박에서 해방되기 위한 노력은 더욱 힘든 일이다. 덕성이 확고하지 못하면 인간이 먼저 되지 못하여 사상은 논할 것도 없다. 우리의 덕성은 무수한 속박을 받고 있기 때문에 이 모두에서 해방되지 않으면 덕성이 수립될 수 없다. 조상의 유전과 사회적 환경은 막대한 힘을 지니고 있어서 우리를 꼼짝 못하게 압박한다. 또 흉악한 적이 있는데 바로 오관(五官)과 사지(四肢)이다. 그들은 우리와 한시라도 떨어지지 않고 곳곳에서 우리를 간섭하고 유혹하며 노예로 만들려고 한다. 우리는 자신의 개성을 완성시키려고 하지만 사방에서 적을 대면해야 한다. 그래서 집에서도 분투해야 하고, 사회에 나가 모든 인간관계를 할 때에도 분투해야 하는데, 그 대상은 다른 사람이 아닌 바로 자신이다. 조금이라도 느슨하게 하면 패배의 나락으로 떨어져 포로가 되고 영원히 자유로울 수 없게 될 것이다. 청년들이 이러한 관문을 통과하기란 매우 어려운 일이다. 청년 시기는 생리적 충동작용이 가장 왕성한 때라 심성 기능이 억눌려 있기 때문이다. 그래서 어떤 때는 맹렬하게 분투하면서도 어떤 때는 가장 빨리 타락하는 것이다. 사상이 없는 자라면 아쉬울 게 없지만, 사상을 갖춘 자가 타락하게 되면 결국 국가의 원기가 손상되는 일이다. 이 문제를 치유하려면 해방에서 시작해야 한다. 항상 내면 성찰에 노력하여 '진정한 나'를 깨닫고, '진정한 나'를 속박하는 모든 장애물을 하나하나 제거하는 것이 바로 철저하게 해방되는 두 번째 길이다.

8. 조직능력과 법치정치

　중국인의 가장 큰 결점은 조직능력이 없고 법치정신이 없는 것에 있다. 개개의 중국인과 서구인을 나누어 비교하면, 학생·군인·상인·수공업자를 막론하고 우리의 성적은 조금도 그들에게 뒤지지 않는다. 그러나 그들은 열 명이 결합하면 힘도 열 배로 증가되어 열 배 규모의 일을 할 수 있고, 수천만이 결합하면 힘도 수천만 배 증가되어 수천만 배 규모의 일을 할 수 있다. 중국은 그렇지 않다. 한 사람이 더 결합하면 힘이 더 증가하지 않을 뿐 아니라, 서로 간의 충돌과 방해로 인해 능력이 소진되어 이전보다 도리어 역량이 감소된다. 결합하는 사람이 많을수록 역량이 바닥에 가까워진다. 그래서 개인이 점포를 열면 돈을 벌 수 있지만, 주식회사의 경우에는 열에서 아홉은 손해를 본다. 매우 용감한 군인들을 모아 군대를 만들면 모두 변절자가 되고, 입헌공화정은 이도 저도 아닌 어설픈 제도가 된다. 요컨대, 조직을 거치는 일이 중국인의 손에 오면 항상 엉망진창이 된다는 것이다. 조직이 없는 사회가 조직이 있는 사회와 부딪치면 상대를 넘지 못하여 도태되는 결과를 맞이한다. 그렇다면 그들이 조직능력은 어디서 온 것이며 우리는 왜 이런 능력이 전혀 없는 것인가? 생각해보니, 한 가지 점이 차이 나는데 바로 '법치정신'의 유무이다.

　사람들이 사회를 형성할 수 있는 이유는 공동생활의 규칙에 의지하여 이 규칙 범위 내에서 분업하고 협력하기 때문이다. 만일 시종 규칙이 없고, 간혹 규칙을 정해도 따르지 않거나 이기심을 품고 각자 자신의 이익만을 도모한다면, 사회를 형성할 수 없고 공동생활이 불가능할 것이다. 서구사회는 국가의 정치에서부터 집단의 놀이에 이르기까지, 모든 사람의 마음속에 공동으로 지켜야 할 규칙을 정하고 이를 신성불가침한 것이라고 생각한다. 이러한 규칙이 법률이든 장정(章程)이든 조례이든 간에, 성문법이든 불문법이든 간에, 처음에는 쉽사리 공인하지 않았지만 공인을 받은 후에는 이를 위반하거나 이용하는 행위를 용납하지 않았다. 사람들이 이런 규칙을 따르는 모습이, 마치 기계에 엔진을 달아놓으면 바퀴가 질서정연하게 돌아가는 것 같았다. 중국인은 시종 이러한 관념을 양성하지 못하였다. 근래 세상에 '법치'라는 말이 있다는 걸 듣고 이를 가지고 들어와 외관을 장식하려고 했으나, 법치정신에 대한 이해는 조금도 없었다. 국회나 성의회에서는 매일 제 몇 조, 제 몇 항의 법률을 보며 의결하지만, 이에 대해 정부도 책임지지 않고 인민도 책임지지 않고 의원 자신도 책임지지 않는다. 또 무슨 회사나 협회도 모두 격식을 갖춘 몇십 조의 장정(章程)이 있지만, 실제로는 백지 위에 몇 줄의 먹물을 인쇄한 것에 불과하다. 많은 사람들이 날마다 큰 소리로 사회단체를 결성하는 일이 제일 급선무라고 외치지만, 중국인의 이러한 성격으로 어떻게 사회단체를 결성할 수 있겠는가? 사실 큰 소리로 외치는 분이 먼저 이러한 성격의 노예가 돼버렸으니 무슨 할 말이 있겠는가? 나는 처음에 이것이 우리 국민의 천부적인 저열한 근성이 아닐까 하고 생각했다. 과연 그러하다면 우리는 최후의 생존도태를 면할 수 없게 되니 정말로 소름끼치는 일이다!

후에 자세히 생각해보니 그렇지 않음을 알았다. 과거의 역사가 우리의 재능을 억압하여 오랫동안 발전할 수 없었던 것이다. 과거에 우리는 공동생활이 아니라 단조로운 생활을 했기 때문에 합리적인 공동규칙이 없었다. 또 국가와 가족이 모두 명령과 복종의 두 가지 관계로 구성되었다. 명령하는 자는 권력이 무한하여 공동규칙이 자신을 속박하는 것을 용납하지 않았다. 복종하는 자는 수시로 명령을 기다리며 그대로 따르기만 했기 때문에 공동규칙이 필요가 없었다. 그래서 '법치'라는 말은 예전 사회에서 무용지물이었다고 할 수 있다. 인류의 개화는 공동생활을 향해 나아가고 있어서 조직능력을 갖추지 못하면 생존할 수 없다는 점을 느끼게 한다. 만일 조직능력을 새롭게 발전시키지 못한다면 우리는 어디에 의탁해야 하는가? 조직능력은 무엇인가? 바로 법치정신이다.

9. 헌법의 두 가지 요점

지금 정치문제를 반복하여 얘기하고 있지만, 남북의 군벌이 짓밟고 있는 현 상황에서 논할 만한 정치가 없다. 군벌은 결국 무너질 터인데, 그 후 중국 정치는 개선될 수 있는가? 이를 위해선 국가의 근본 조직이 어떠한지 살펴보아야 한다. 국가의 최고기관으로 꼽히는 곳은 당연히 국회다. 그러나 최근 몇 년 동안 국회는 의원들로 인해 수모를 당히였디. 국회에 대한 국민의 믿음은 이미 바닥까지 추락하였다. 믿음을 회복하지 않으면 그야말로 방법이 없다. 어떻게 해야 회복할 수 있는가? 국회가 가치를 지니는 이유에 대해 물어본다면, 그것은 국민을 대표하기 때문이 아닌가? 현재 의원들은 누구를 대표하고 있는가? 지금의 국회는 정치로 밥을 먹는 백수들이 모여 머리에 감투를 쓰고 부끄럽게도 나라의 주인으로 자처하고 있으니, 어떻게 그들에 대한 믿음이 생기겠는가? 설령 의원을 다시 뽑는다 하더라도 여전히 같은 부류의 사람들이 아닌가? 약탕은 바뀌어도 약은 바뀌지 않는 꼴이니 결국 변함없이 그대로다. 이렇게 보면, 민의기관도 끝내 실현되지 못하고, 정치 개선도 끝내 개선되지 못하여 국가가 몰락할 수도 있을 것이다. 국회의 가치를 회복하려면 근본적으로 국회를 진정한 국민의 대표가 되게 하는 것이다. 나는 일종의 직업선거법을 시행하는 것이 제일 좋은 방법이라고 생각한다. 양원(兩院) 중 하나는 그대로 지방대표주의를 따르고 다른 하나는 직업대표주의를 따르게 하여, 국내 각종 직업단체에게 국가가 법인 자격을 부여하여 선거를 위임하는 것이다. 선거권과 피선거권은 모두 직업을 가진 자에게만 주어져, 우리와 같은 고급 실업자들은 공민권이 박탈되는 처지에 놓일 수밖에 없다. 공민권을 회복하려면 빨리 직업을 찾아야 한다. 직업선거법을 시행하면, 정치 밥을 먹는 정객을 깨끗이 제거할 수는 없어도 최소한 열에서 아홉은 사라지니 정계를 위한 처방은 되는 셈이다. 농업·공업·상업 등 각종 직업에 종사하는 인민은 자신의 이해관계를 중시하기 때문에 제기된 정치문제가 세밀하고 합리적일 것이다. '나라의 무지렁이'가 국가와 밀접한 관계를 형성하여 민주정치의 기초가 자연스레 반석 위에 설 수 있을 것이다. 앞으로 산업이 발달하면 자본가계급과 노동자계급이 최고기관에서 대등한 대표가 되는데, 수시로 의견을 교환하고 이해관계를 조정하게 되면 사회혁명의 참극을 피할 수 있을지 모른다. 나는 이 방법이 장래 세계 각국에서 모두 시행할 것이라고 생각한다. 그러나 서구의 자본가 세력이 너무 거대하여 백방으로 이를 저지할 것이기 때문에 악전고투를 거치지 않고서는 실현하기 힘들 것이다. 그와 달리 현재 중국은 계급관계가 부재하여 이해충돌이 전혀 존재하지 않기 때문에, 대중들이 이를 실현하기 위해 노력하더라도 무슨 문제가 있겠는가? 직업선거법을 실현하면,

대내적으로 국가의 기초를 다질 뿐 아니라 대외적으로 선진국의 명예도 얻을 수 있을 것이다!

그리고 한 가지가 더 있는데 스위스의 국민투표제도를 도입해야 한다는 것이다.(17편[34]에서 상세히 설명) 예전에 어떤 사람은 이런 제도는 소국에게만 적용될 수 있다고 말했다. 이게 무슨 말인가? 현재 독일도 널리 시행하고 있지 않는가? 미국에서도 헌법을 개혁하기 몇 년 전에 이 제도를 적극 제창한 사람이 있지 않았는가? 국민이 국가의 주인이고, 국회는 주인을 대표한다. 우리가 대표를 선출했다고 해서 우리의 권리를 대표에게 파는 것은 아니다. 대표가 주인의 일을 하지 못할 경우 주인이 친히 나서야 한다. 이번 남북의화[35]와 같은 경우가 그러하다. 진정한 민의가 무엇인지 모두가 알고 있어서 공평히게 국민투표 한 번이면 쉽사리 해결할 수 있는 문제였지만, 남북 군벌들이 마음대로 무슨 총대표인지 분대표인지 파견하더니 수작을 부려 이권을 나눠 가졌다. 국민들이 두고 볼 수 없어 비판을 했더니 신구 의원나리들께서 눈을 부라리며, "이것은 우리 국민대표들의 권한인데, 누가 감히 참견을 하는 것이오!"라고 하였다. 세상에 이런 일이 어디에 있는가! 그래서 나는 직업선거제와 국민투표제가 우리 중화민국 헌법의 중대 관건이며, 이것을 충실하게 시행해야 정치의 근본이 세워질 수 있다고 생각한다.

---

34) 량치차오가 말한 17편은 본문에서 보이지 않는다.
35) 남북의화(南北議和)는 중국 신해혁명 이후 쑨원을 임시 대총통으로 하는 난징의 중화민국 정부와, 베이징의 청나라 세력 사이에서 이루어진 정권통일을 위한 교섭 회의를 가리킨다. 청나라 세력의 대표로 위안스카이, 탕사오이 등이 나왔고, 중화민국 측의 대표로는 우팅팡, 왕징웨이, 황싱, 쑹자오런 등이 있었다.

10. 자치

늘 익숙하게 얘기하는 문제가 있는데 바로 지방자치이다. 나는 이번 유럽여행에서 실제조사를 통해 유럽 국가는 '시정부'를 확대한 것이라는 사실을 알았다. 본래 인민은 지방 공무에 참여할 권리가 있는데 점차 이러한 권리를 중앙으로 확대하면 국가의 민주정치가 된다. 유럽인들에게는 "내가 이 지역에서 살면 이 지역의 일에 참여해야 한다. 왜 그런가? 나와 이해관계가 있기 때문이다."라는 최대 신조가 있다. 지방에 대해서도 이러하고 국가에 대해서도 마찬가지이다. 그래서 정치에 대한 관심과 책임을 자연스럽게 가지게 되었고 애국에 있어서도 다른 사람의 가르침이 필요하지 않았다. 우리는 어떠한가? 중화민국의 간판을 건 지 8년이 넘었지만, 수도와 각성의 성도에서는 시의회가 하나 없으며 전국 22개 성을 다녀봐도 향회(鄉會)가 하나 없다. 최고 관청 소재지에서 부화뇌동하며 국회니 성의회니 하며 떠들어대지만, 청나라 때 관리가 되는 생각만을 가지고 의원을 하려고 드니, 자치관념이 조금이라도 형성된 적이 있었겠는가? 그래서『송판강희자전(宋版康熙字典)』[36]과 같은 방식으로 '관방 자치'라는 농담이 생겨났다. 현명하신 독군(督軍)과 성장(省長)은 몇 명의 부하 관리를 파견하여 자치 업무를 주관하게 하고는 일이 잘 완수되었다고 여긴다. 어떤 사람은, 가장 중요한 일은 본성(本省) 사람이 본성의 독군을 맡는 것이며, 성 전체의 관직을 독점하여 "밥그릇 배타주의"를 실행하는

---

36)『康熙字典』은 청나라 강희제의 칙명으로 편찬된 옥편인데 송나라 판본이 있는 것처럼 거짓 행세하는 일을 빌려, 중국에서의 자치가 본래 의미에서 한참 벗어나 있는 상황을 비판하고 있다.

것이 자치라고 말한다. 또 어떤 사람은 이런 일에 상관하지 않고, 상대하기 벅찬 위대한 정객에게 근거지를 주고 그가 만족하여 평온하게 지내기만 하면, 이를 '연성자치(聯省自治)'라 할 수 있다고 말한다. 아, 중화민국의 금자탑 아래서 자치라는 말조차 이해하는 사람이 없으니 어디서부터 시작해야 하는가! 나는 우리 국민이 베이징 시의회와 펑타이(豊臺)[37] 촌의회를 건립할 수 있는 능력이 있다면, 당연히 중화민국을 건설할 수 있는 능력을 지니는 것이라고 생각한다. 그렇지 않다면, 과장된 정치적 수사로 쓸데없는 말에 불과해질 것이다. 정치활동을 하려면 자치에서 시작하기를 청한다!

11. 사회주의에 대한 검도

국민경제 문제에 있어서 사회주의는 당연히 가장 가치 있는 현대 학설이다. 국내에서 신사조를 제창하는 사람들이 점차 사회주의 연구에 주의를 기울이는데, 이것은 매우 좋은 현상이다. 하지만 나는 사회주의를 제창하는 데 있어서 정신과 방법을 일률적으로 논해서는 안 된다고 생각한다. 사회주의 정신은 반드시 도입해야 하지만, 이 정신은 외부에서 생성된 것이 아니라 본래 우리 고유의 것이다. 공자가 말한 '균등하면 가난이 없고, 조화되면 부족함이 없다(均無貧, 和無寡)'[38], 맹자가 말한 '일정한 생업이 있으면 마음이 변하지 않는다(恒産恒心)'[39]가 바로 사회주의의 가장 핵심적인 근거이다. 이것은 결코

---

37) 펑타이는 지금의 베이징에 소속된 구(區) 가운데 하나이다.
38) 『논어』「계씨(季氏)」편의 구절.
39) 『맹자』「등문공장구상(滕文公章句上)」의 구절.

내가 견강부회하여 한 말이 아니다. 실행 방법에 있어서는 나라와 시대에 따라 각기 다르다. 서구 학자들은 동일한 깃발 아래서 이미 무수한 분파를 이루었다. 어느 사회주의를 도입해야 하는지, 도입의 정도는 어떠해야 하는지 등의 문제는 자기 나라의 현재 사회조건에 따라야 한다. 그렇다면 유럽에서 왜 사회주의가 생기게 된 것인가? 그것은 산업혁명으로 인해 배태된 것이다. 공업조직이 비정상적으로 발전하여 갈수록 폐해가 발생함에 따라, 사회주의자들은 각종 방법을 강구하여 그것을 교정하며 문제에 따라 해결 방법을 찾아야 한다고 주장하였다. 공업이 없는 중국에서 이 모든 방법을 그대로 적용한다면, 폐단 유무는 잠시 논외로 하더라도, 문제의 핵심을 짚지 못하는 것이 제일 고통스런 일이다. 몇 가지 사례를 들어보자. 유럽을 따라 우리도 노조를 결성하여 자본가계급에 대항하려고 한다면, 먼저 우리나라에 자본가계급이 있는지 물어보아야 한다. 만일 없다면 이는 과녁 없는 곳에 화살을 쏘는 격이다. 군벌, 관료가 몇백만 원의 자산을 가졌다고 해서 자본가계급이라고 할 수 있겠는가? 세계 각국의 자본가계급은 국민경제의 전체 영역 가운데 생산 방면에서 중대한 역할을 하고 있지만, 중국의 군벌과 관료는 왼손이 번 돈을 약탈하여 오른손이 비생산적인 곳에 탕진해버리는 무리들이니, 자본가라고 할 자격이 있겠는가? 정도를 걷는 상인의 경우, 힘들게 회사를 경영하며 외국제품과 경쟁하느라 어려운 곤경에 빠져 있는데, 억지로 그들을 자본가계급이라 규정하고 총공격을 가하는 것은 차마 양심적으로 할 수 없는 일이다.

또 마르크스 일파가 제창한 생산기관 국유화는 서구에서는 좋은 사회정책이라 할 수 있지만, 중국에 적용하려면 먼저 생산기관이 무엇인지 물어보아야 한다. 중국에서 생산기관이 존재한 적이 있었는가? 설령 있다 하더라도 국가에 귀속하는 것은 내가 제일 먼저 반대할 것이다. 그대는 철도문제를 보지 않았는가? 철도국유화는 유럽 사회당이 가장 견지해온 중대사인데, 우리는 벌써 시행했던 것이 아닌가? 결과는 어떠한가? 지금과 같은 정치조직하에서 집단소유를 제창하는 건, 양을 죽이고 호랑이를 기르는 격이 아닌가? 이상의 사례를 비교한 것은 유럽의 방법이 좋고 나쁜지를 논하는 것이 아니라, 우리에게 그것을 적용할 수 있느냐 여부를 논하기 위해서이다. 어떤 사람은 현재 중국이 중시해야 할 것은 생산문제이지 분배문제가 아니라고 하는데, 이 말에 나는 완전히 동의할 수 없다. 나의 주장은, 전력으로 생산을 장려하고, 동시에 분배도 고려해야 한다는 것이다. 대전 이후 각국은 필사적으로 수출을 확대하여 국가 간의 상품 경쟁이 이전보다 더욱 치열해졌다. 우리가 대처 방법을 세우지 않는다면 어떻게 생존할 수 있겠는가? 중국의 공업은 아직 미숙한 단계에 처하였고, 발전의 싹이 손상되어서는 안 되는데, 노동자를 선동하여 공장경영자에 대항하라고 하는 것은 자살행위나 마찬가지라고 생각한다. 하지만 공업이 발전하는 초기 단계에서부터 장차 발전 이후에 어떠한 문제가 생길지에 관한 대책을 세워야 한다. 유럽은 공업혁명시기에 이런 문제에 대한 예방책을 수립하지 않아 지금은 돌이킬 수 없을 정도로 심각해져, 엄청난 노력을 기울여도 별반 효과를 보지 못하는 처지에 놓여 있다. 다행히 우리는 후진국이어서, 그들이 걸어온 길이 어떻게 잘못된 것인지 목도하였고, 그들이 사용한 처방 하나하나를 참고할 수 있다. 우리가 잘못된 길을 피하고 예방책을 잘 활용하기만 한다면, 공업조직이 처음부터 합리적이고 건전하게 발전하여 장차 사회혁명이라는 위험한 관문을 피할 수 있을 것이다. 혁명은 부득이한 상황에서 일어나는 것이어서 본래 상서로운 일이 아니며, 피할 수 있다면 피하는 것이 좋다는 것을 알아야 한다. 그래서 나는 지금의 산업 발전을 위해 자본가와 노동자가 협동정신을 발휘해야 한다고 생각한다. 현재 각 국의 공장에서 노동자에게 주는 이익과 편의에 대해 상세하게 조사하고, 최선을 다해 혜택을 제공해야 한다. 국가는 세제와 다양한 입법을 통해 공정한 분배를 추구하고, 동시에 생산조합과 소비조합 등의 분야를 적극 추진하여 소자본가와 가난한 노동자가 정당방위의 무기를 가질 수 있게 해야 한다. 노동자 자신의 자치정신은 학교나 공장에서 배양될 수 있어야 하고, 공공기업이나 사기업을 막론하고 협동정신을 적극 발휘해야 한다. 이 길이 바로 지금 우리가 걸어가야 할 평탄대로이다. 지나치게 정밀하고 신기한 학설은 학문상의 사상해방의 자료로 삼을 순 있으나, 실행에 있어서는 발걸음이 뒤처질 것이다.

12. 국민운동

나는 독자 여러분이 내게 다음과 같은 질문을 할 것이라고 생각한다. "당신은 무슨 정치니 경제니 하며 숱한 말을 했는데, 모두 앞뒤가 맞지 않습니다. 지금 우리의 가장 큰 재난은 남북 군벌이 흉악하게 모든 것을 독점하고 있는 것인데, 당신은 그들을 타파할 방법이 있습니까? 그들을 타파하지 않고 일을 시작할 방법이 있나요?" 나는 바로 대답할 것이다. "방법이 있습니다만 여러분에게 의지해야 합니다." "무슨 방법인가요?" "당연히 국민운동입니다." "어떻게 해야 국민운동이라고 합니까?" "첫째, 정치꾼식의 운동이 아니어야 합니다. 둘째, 지방토호식의 운동이 아니어야 합니다. 셋째, 토비식의 운동이 아니어야 합니다. 국민운동은 바로 진정으로 선량한 전국 인민의 전체 운동이어야 합니다." "하하! 정말로 쓸데없는 말이군요! 선량한 인민은 자기 본분을 지키고 쓸데없이 참견하는 것을 싫어하는 사람들인데, 누가 당신과 운동하려고 할까요?" "아마 당신은 청년이 아닌 것 같군요. 청년이라면 분명 이런 말을 하지 않습니다." "내가 청년이라면 어떻게 되나요? 나더러 연이어 파업하고 휴학하고, 운동을 전문 직업으로 삼으란 말인가요? 내가 학창시절을 희생하는 건 그다지 애석하지 않으나, 도대체 효과를 볼 수 있나요?" "그렇지 않습니다! 그렇지 않습니다! 우리 사랑스런 청년이여! 당신은 나라의 보배입니다. 나라는 결코 당신이 헛되이 희생해가며 쓸모없는 운동을 하도록 하지 않습니다. 첫째, 당신은 헌제의 정신을 끝까지 유시해야 하며, 과거의 청년처럼 순식간에 타락해서는 안 됩니다. 둘째, 당신은 당신의 활력을 동년배들에게 확장하여 대다수가 당신과 마찬가지가 되도록 해야 합니다. 셋째, 당신의 사상을 확실하게 해방하고, 의지를 확실하게 단련하고, 학문을 확실하게 배양하고, 진성주의를 견지하여 철저한 자기실현을 추구해야 합니다. 보세요, 지금 나라의 주축인 시민들이 청년들과 교체할 준비를 하지 않습니까? 그때가 되면 전 국민이 이상적인 신민(新民)으로 변하지 않겠습니까? 운동을 시작하면 누가 막을 수 있겠습니까?" "말씀은 좋은데, 많은 시간이 필요하겠군요!" "당연합니다. 그래서 내가 조급해서는 안 된다고 하는 겁니다. 생각해보세요. 지금 나라의 주축인 시민들이 적극적이든 소극적이든 상당한 죄악을 지었고, 지금 마침 그 죄악의 보응을 받고 있습니다. 몇 년간의 재난을 면치 못할 것인데 이 몇 년은 별게 아닙니다. 프랑스는 1871년에 이르기까지 한바탕 대패를 당하고 나서 1793년 대혁명으로 공화국을 성립한 것입니다. 그리고 지금은 기세당당하게 세계 제일의 국가로 성장하지 않았습니까? 멀리 바라보세요! 강인해지세요! 그러면 세상에 비관적인 일은 없습니다. 눈앞에서 검은 개가 흰 개를 물어뜯는 일로 낙담할 필요가 있겠습니까?"

13. 세계문명에 대한 중국인의 큰 책임

이상의 열두 가지 단락은 내가 생각난 대로 적은 것이어서 어떠한 체계도 없다. 하지만 이를 통해 우리가 과거의 결점을 반성하고 미래의 정신을 진작할 수 있을 것이라고 생각한다. 이러한 길을 따라가면 국가의 약세를 만회하고 새롭게 건설하는 일이 결코 어렵지 않을 것이다. 이렇게 하면 우리의 책임은 다했다고 할 수 있는가? 나는 여기에 그치지 않는다고 생각한다. 인생의 최대 목적은 인류 전체를 위해 공헌하는 일이다. 왜 그런가? 인류 전체는 '자아'의 최대치이며 '자아'를 발전시키려면 이 길로 최선을 다해 나아가야 한다. 무엇 때문에 국가가 있어야 하는가? 국가가 있어야 국가 내부 집단의 문화적 힘을 결집하고 지속시키고 확대하여, 인류 전체 속으로 들어가 그 발전을 도울 수 있기 때문이다. 그래서 국가 건설은 인류 전체의 진화를 위한 수단이다. 마치 도시와 향촌의 자치단체가 국가 건설을 위한 수단이 되는 것과 같다. 이렇게 보자면, 한 사람은 자기 나라를 부강하게 하면 그만인 것이 아니라, 자기 나라가 인류 전체에 도움이 되도록 해야 한다. 그렇지 않다면 국가는 공연히 세운 것이 된다. 이런 이치를 이해한다면, 우리 중국의 앞날에 막대한 책임이 놓여 있다는 사실을 알게 될 것이다. 어떠한 책임인가? 그것은 서양문명으로 중국문명을 확충하고 중국문명으로 서양문명을 보완하여, 두 문명의 화합을 통해 신문명을 창조하는 일이다.

파리에서 대철학자 부트루[40](베르그송의 스승)를 만난 적이 있는데, 내게 이런 말을 해주었다. "국민으로서 가장 중요한 책임은 본국의 문화를 발휘하여 빛나게 하는 겁니다. 마치 자손이 조상의 유산을 계승하여 보존하고 유용하게 만드는 것과 같습니다. 천박한 문명이라 하더라고 발휘할 수 있으면 모두 좋은 것입니다. 자기의 특성을 가지고 있기 때문이지요. 이 특성을 다른 특성과 결합시키면 자연히 제3의 더욱 좋은 특성을 만들 수 있습니다. 당신들 중국은 정말로 사랑스럽고 존경스러운 나라입니다. 우리 선조가 노루가죽을 걸치고 돌칼로 숲에서 사냥하던 시절에 당신들은 이미 많은 철학자들을 배출하였습니다. 최근에 번역본 중국철학책을 읽고 있는데 언제나 정치하고 해박함을 느낍니다. 나이가 들어 중국어를 배울 수 없는 게 아쉽지만, 중국인들이 이 가산을 잃어버리지 않기를 바랍니다." 그의 말을 듣고 나서 갑자기 막중한 책임이 어깨를 누르는 것 같았다.

또 한 번은 사회당 명사들과 한담하는 자리에서, 내가 공자의 '세상 사람은 모두 형제이나(四海之內皆兄弟)'[41], '부족한 것을 걱정하지 않고 균등하지 못한 것을 걱정한다(不患寡而患不均)'[42]에 대해 얘기하다

---

40) 부트루(Boutroux, 1845~1921)는 과학주의에 대해 철학적인 제동을 걸었던 프랑스 사상가로, 자연과학의 기계론적인 사고방식은 우주론적 숙명관과 같은 것에 도달해 있지만 그것은 오류이며 인과법칙의 배후에는 창조적 자유와 우연이 도사리고 있다고 주장하였다.

41) 『논어』 「안연(顏淵)」편의 구절.

42) 『논어』 「계씨(季氏)」편의 구절.

가, 이어서 정전제(井田制)[43], 묵자(墨子)의 '겸애'·'무기철폐(寢兵)'[44]에 대해 얘기하였다. 그들은 호통을 치며 "당신 집에 이런 보물이 있는데 숨겨놓고 보여주지 않았으니 정말로 우리에게 사과해야 하오!"라는 것이었다. 나는 그들에게 사과하는 것만으로 충분하지 않으며, 먼저 조상들께 사과해야 한다고 생각한다. 최근 많은 서양학자들이 동양문명을 도입하여 자기 문명을 조정하려고 한다. 자세히 생각해보니 우리에게 실로 이러한 자격이 있다. 무엇 때문인가? 예전의 서양문명은 이상과 현실을 분리하여 유심론과 유물론이 각기 극단으로 치달았다. 종교인들은 내세에 편중하고 유심론 철학은 형이상학에 빠져 인생문제와 매우 멀어졌다. 과학의 거센 반동으로 유물론이 천하를 석권하여 고상한 이상을 내버렸다. 내가 예전에 "최첨단의 사회주의라 하더라도 결국 빵을 빼앗아 먹기 위해서다."라고 말한 적이 있다. 이것을 인류의 최고목표라고 할 수 있는가? 최근에 제창한 실용철학과 창조론철학은 이상을 현실에 집어넣어 정신과 물질의 조화를 이루려고 한다. 중국 선진시대 학술은 바로 이런 목표에서 발전된 것이

---

43) 정전제는 1리를 '정(井)'자로 나누어 9등분해 중앙을 공전(公田)으로 하고 주위를 사전(私田)으로 하던 고대 중국의 토지제도이다. 공동 경작한 공전의 생산물은 세금으로 내고 사전의 생산물로 생활한다.

44) '침략반대와 무기철폐(禁攻寢兵)'는 『장자』「천하」편에 나오는 송견의 말이다. 송견은 맹자와 동시대의 사상가로 묵자학파의 반전사상의 영향을 받았지만 묵자학파보다 근본적인 해결책을 모색하였다. 당시 묵자학파는 비공(非攻) 전략을 통해 강대국의 공격을 받는 약소국을 지지해줌으로써 전쟁에 반대하고 평화를 유지하려고 노력했지만, 전국시대는 한때 약소국이었던 국가도 때가 되면 강대국으로 변모해 약소국을 침범하는 시기였다. 송견은 전쟁을 일으키는 원인이 되는 인간의 '허구의' 욕망들을 제거해야 전쟁을 막을 수 있다고 보아 국가의 정당성 자체를 의심하게 만드는 사유의 전환을 가져왔다.

다. 공자 · 노자 · 묵자의 세 성인은 학파가 다르지만, '이상과 실용의 일치'는 이들의 공통된 귀착점이었다. 가령, 공자의 '본성을 다하고 변화를 돕는다(盡性贊化)'[45], '스스로 굳세게 하며 쉬지 않고 노력한다(自强不息)'[46], 노자의 '만물이 제 근원으로 돌아간다(各歸其根)'[47], 묵자의 '위로 하늘을 따른다(上同於天)'[48]는 모두 '대아', '영적 자아'와 '소아', '육체적 자아'가 동체(同體)이며, 작은 것을 통해 큰 것으로 나아가고 육체를 통해 영혼과 화합하려고 한다. 우리가 세 성인이 걸어간 길을 따라 '현대적 이상과 실용의 일치'를 추구한다면, 수많은 새로운 세계를 개척할 수 있으리라고 생각한다.

불교는 인도에서 발원하였지만 실제로 중국에서 융성하였다. 현재 대승[49] 각파는 인도에서 완전히 사라지고, 법통이 모두 중국에 보존되어 있다. 유럽의 불교 연구가 날로 풍성해져, 범문(梵文)의 모든 경전이 거의 다 번역되었다. 그러나 범문 속에서 대승 교리를 얼마나 이해할 수 있을까? 중국에서 스스로 창시한 종파는 말할 필요도 없고,

---

45) 『주역』 「설괘전」에 나오는 구절.
46) 『수역』 乾卦에 나오는 괘사.
47) 『노자』 제16장의 구절.
48) 『묵자』 「상동(尙同)」편의 구절.
49) 대승의 어원은 큰(maha) 수레(yana), 즉 많은 사람을 구제하여 태우는 큰 수레라는 뜻으로, 일체중생(一切衆生)의 제도(濟度)를 그 목표로 하였다. 이 운동은 종래에 출가자(승려)만의 종교였던 불교를 널리 민중에게까지 개방하려는 재가자(在家者)를 포함한 진보적 사상을 가진 사람들 사이에서 일어났다. 이 새로운 불교운동은 그때까지 석가에게만 한정하던 보살이라는 개념을 넓혀 일체중생의 성불 가능성을 인정함으로써 일체중생을 모두 보살로 보고, 자기만의 구제보다는 이타를 지향하는 보살의 역할을 그 이상으로 삼고 광범위한 종교활동을 수행하였다.

선종(禪宗)[50] 같은 경우는 진실로 응용된 불교이자 세속 불교라고 할수 있다. 선종은 확실히 인도를 벗어나야 형성될 수 있는 불교이면서 중국인의 특성을 분명하게 표현하고 있는데, 이로 인해 출세법(出世法)과 현세법(現世法)이 공존하며 모순되지 않는다. 지금 베르그송, 오이켄 등은 이 길을 가려고 하지만 아직 도달하지는 못했다. 나는 그들이 유식종(唯識宗)[51]의 서적을 읽을 수 있다면 성취가 지금보다 더 커지고, 선종을 이해할 수 있다면 더더욱 커질 것이라고 생각한다. 생각해보라! 선진시대의 철학자, 수당시대의 대가는 모두 인자하고 성스러운 조상으로 우리에게 거대한 유산을 물려준 게 아닌가? 우리가 불초한 탓에 향유하지 못하여 오늘날 학문이 고갈되려 하는 것이다. 문학, 예술 방면에서 우리가 다른 사람에게 뒤떨어진 적이 있는가? 폐쇄적인 낡은 세대가 서양학술이 중국 고유의 것이라고 주장하는 것은 정말 우스운 일이다. 하지만 서학에 심취하여 중국의 모든 것이 마치 몇천 년 동안 야만적인 생활을 하여 조금의 가치도 없는 것처럼 여기는 것은 더더욱 우스운 일이다. 모든 사상은 항상 자신의 시대를 배경으로 삼는다는 점을 알아야 한다. 우리가 배워야 할 것은 사상의 근본정신이지 그 파생 조건이 아니다. 왜냐하면 조건이 형성되면 시대의 지배를 받지 않을 수 없기 때문이다. 가령, 공자는 많은 귀족 윤리

---

50) 선종이라는 명칭은 당나라 중기부터 그 종풍이 크게 흥성하여 교종과 대립하면서 사용되기 시작했다. 선종에서는 인간의 마음을 탐구하여 본래 지니고 있는 성품이 부처의 성품임을 깨달을 때 부처가 된다고 인식하며 수행법으로 좌선을 중시한다.
51) 유식종은 당나라 현장과 그의 제자 규기가 창립한 종파로, '모든 법은 오직 식이다(萬法唯識)'라는 주장 때문에 이 이름이 붙었다. '만법성상'을 밝히는 것을 주된 요지로 삼아 법상종 또는 법상유식종이라고도 한다.

를 주장하여 오늘날 적용하기가 매우 힘들지만, 이 때문에 공자를 비난할 수는 없다. 플라톤은 노예제도를 보존해야 한다고 주장했는데, 이 때문에 플라톤의 사상을 말살할 수 없다. 이 점을 이해한다면 중국의 구학술을 연구함에 있어서 공정한 판단을 내려 오류를 피할 수 있을 것이다. 그리고 매우 중요한 일이 있는데, 우리 문화를 발휘하려면 유럽문화를 통해 발전의 경로를 찾아야 한다는 것이다. 유럽의 연구방법이 확실히 우리보다 정밀하기 때문이다. '일을 잘 하려거든 먼저 도구를 잘 이용해야 한다(工欲善其事, 必先利其器)'[52]는 말과 같다. 그렇지 않다면, 예전의 중국인들은 모두 공자와 이백[53]을 읽었는데, 왜 그 장점을 얻은 사람이 한 명도 없는 것인가? 그래서 나는 사랑스런 청년들에게 다음과 같이 희망한다. 첫째, 모든 사람이 우리 문화를 존중하고 애호하는 마음을 지녀야 한다. 둘째, 서양의 학문연구방법으로 서양을 연구하여 그 진수를 깨달아야 한다. 셋째, 우리 문화를 종합하고 타국의 문화로 보완한 후 화합작용을 일으켜 새로운 문화체계를 형성해야 한다. 넷째, 새로운 체계를 외부로 확장하여 인류 전체가 그의 좋은 점을 얻게 해야 한다. 중국 인구는 전 세계 인구의 1/4을 차지하는 만큼, 인류 전체의 행복에 대해 1/4의 책임을 짊어져야 한다. 이 책임을 다하지 못한다면 조상께 미안하고, 동시대 인류에게 미안하며, 실제로 자신에게 미안한 일이다. 우리 사랑스런 청년들이여! 힘차게 나아갑시다! 바다 건너 수억 명이 물질문명의 파산에 시름한 채 애절하게 구조를 외치며, 여러분의 구원의 손길을 기다리고 있

---

52) 『논어』 「위령공(衛靈公)」편의 구절.
53) 이백(李白, 701~762)은 '시선(詩仙)'이라 불리며 두보와 함께 중국 시사의 거성으로 추앙받는다.

다. 하늘에 계신 3대 성인[54]과 많은 선조들도 여러분이 대업을 이루기를 간절하게 바라며, 자신들의 정신을 통해 여러분을 응원하고 있다.

---

54) 공자, 노자, 묵자를 지칭한다.

2장

유럽으로 가는 도중에

2장
유럽으로 가는 도중에

1. 베이징 · 상하이

　나와 동행한 쟝바이리[1], 류즈카이[2], 딩자이쥔[3], 장쥔마이[4], 쉬전페이[5], 양딩푸[6] 등 7인은 유럽에 도착한 후 항상 같은 곳에 머물렀으며, 샤푸쥔[7], 쉬이옌[8]은 일 년 동안 나의 길동무가 되었다. 배에 좌석이 부족하여 두 길로 나누어 출발했다. 자이쥔과 전페이는 태평

---

1)　쟝바이리(蔣百里, 1882~1938)는 민국시기 저명한 군사이론가로 이름은 方震이며, 일본과 독일에서 공부하였다.
2)　류즈카이(劉子楷, 1880~?)는 민국시기 저명한 외교가로 이름은 崇杰이며, 일본에서 공부하였다.
3)　딩자이쥔(丁在君, 1887~1936)은 민국시기 저명한 동물학자이자 지질학자로 이름은 文江이며, 일본과 영국에서 공부하였다.
4)　장쥔마이(張君勱, 1887~1969)는 민국시기 저명한 철학자이자 정치평론가로 이름은 嘉森이며, 일본과 독일에서 공부하였다.
5)　쉬전페이(徐振飛, 1890~1938)는 민국시기 저명한 경제학자이자 재정관료로 이름은 六新이며, 영국과 프랑스에서 공부하였다.
6)　양딩푸(楊鼎甫)는 민국시기 저명한 지식인으로 이름은 維新이며 생평은 자세하지 않다.
7)　샤푸쥔(夏浮筠, 1884~1944)은 민국시기 저명한 물리학자로 이름은 元瑮이다.
8)　쉬이옌(徐異言)은 생평이 자세하지 않다.

양과 대서양을 경유하는 길로, 나와 쟝군, 류군, 장군, 양군은 인도
양과 지중해를 경유하는 길을 택했다. 우리의 여행 목적은 첫째, 스
스로 학문을 추구하면서 이 전무후무한 역사극이 어떻게 마무리되
는지 살펴어 시야를 넓히는 데 있었다. 둘째, 우리는 정의롭고 인도
적인 외교의 꿈을 꾸고 있어서 이번 평화회의가 전 세계의 불합리한
국제관계를 근본적으로 개조하고 영구평화의 기초를 세워야 한다
고 여겼으며, 이를 위해 민간인 자격으로 중국의 고통을 세계 여론
에 알려 조금이나마 국민의 책임을 다하려고 했다. 그러나 현재 외
교는 완전히 실망스러워졌으며, 학문에 있어서도 일 년 내내 바쁘게
보냈지만 조금도 향상되지 않아, 말하기가 매우 창피스러울 지경이
었다. 우리는 출발하기 전에 동교민항(東郊民巷)[9]에서 사교활동을
하지 않을 수 없었다. 그때 영국과 미국 등의 외교 당국이 우리와
같은 생각을 지니고 있어서, 분명 우리를 대신하여 진심을 말하려
는 계획이 몇 차례 있었지만 아직 발표하지는 않았다. 일본공사 요
시자와[10]와의 연회라고 기억이 되는데 그때 린중멍[11]이 자리에 있
었고 류즈카이가 통역을 맡았다. 당시 나는 쟈오저우(膠州) 문제[12]

---

9) 동교민항은 베이징 자금성 부근의 지역으로, 아편전쟁 이후 각국 열강들은 갖가
   지 방법으로 이 지역에 자국의 대사관을 만들었고 1901년 맺은 辛丑条约에 의해
   공식적으로 대사관 구역으로 설정되었다.
10) 요시자와(芳澤謙吉, 1874~1965)는 근대시기 중국에서 활동한 일본의 외교관으
    로 일본의 중국 침략을 변호하였다.
11) 린중멍(林宗孟, 1876~1925)은 민국시기 저명한 정치가로 이름은 長民이다.
12) 1914년 11월 독일의 쟈오저우만 조차지와 산동철도를 점령한 일본은 21개조 요
    구의 하나로 전후 쟈오저우만의 개방, 일본 차관, 공동거류지 설치 등을 조건으
    로 산동을 중국에 반환하는 것을 내용으로 하는 산동성에 관한 조약을 체결했
    다. 그리고 산동권익의 처분에 관해서는 독일과 일본의 협정에 따를 것을 중국에

에 대해 "우리는 독일이 선전포고를 한 후 중독조약을 폐지하였다. 일본이 산둥에서의 독일 권리를 계승하겠다는 주장은 당연히 근거가 없다."고 말했다. 이에 대해 요시자와는 "우리 일본인은 그렇게 생각하지 않습니다."라고 대답한 후 더 말하려고 하지 않았다. 이어서 내가 "중일 친선이라는 구두선[13]을 얘기한 지 이미 수년이 되었습니다. 친선을 하려면 오늘이 기회라고 생각합니다. 나는 일본 당국이 중국 국민의 마음을 이해하게 되기를 매우 바라고 있습니다. 그렇지 않다면 앞으로 이 구두선조차 중단될지 모릅니다."라고 말했다. 그가 듣고 동감하는 듯했다. 지금 생각해보면 불행히도 그말이 맞았던 것이다. 지난 일들은 잠시 접어두자. 우리는 민국 7년 (1918) 10월 23일 베이징에서 출발하여 톈진에서 하룻밤을 묵었다. 마침 옌판순[14]과 판징성[15]이 미국에서 24일 아침에 돌아와 속 시원히 얘기를 나눴는데 매우 즐거웠다. 24일 밤에 톈진을 떠났다. 26일 아침에 난징에 도착하여 도독 관청에서 점심을 먹은 후 상하이로 갔다. 장지즈[16]가 난퉁에서 회의하러 상하이에 왔다. 27일 정오에 열리는 국제세법평등회의에서 송별하기로 했는데 장지즈가 그주석이었다. 나는 관세문제에 관해 한 차례 강연을 했고, 서녁에 장둥

강요했다

13) 행동이 따르지 않는 실속 없는 말.

14) 옌판순(嚴范孫, 1860~1929)은 민국시기 저명한 교육자이자 학자로 이름은 嚴修이다.

15) 판징싱(范靜生, 1875~1927)은 민국시기 저명한 화공학가이자 교육자로 이름은 源濂이다.

16) 장지즈(張季直, 1853~1926)는 민국시기 저명한 사업가이자 정치가로 이름은 謇이다.

순[17], 황수추[18]와 만나 밤새 이야기를 나누었다. 미몽에 사로잡힌 과거의 정치활동에 대해 진심으로 참회하며 앞으로 정치와 결연하게 단절하고 사상계에서 미력을 다할 것을 약속했다. 이번 대화를 통해 우리 친구들이 새로운 인생을 살게 될 것이라고 생각된다. 28일 아침 배를 탔는데 그 배는 일본의 우편선 요코하마마루(橫濱丸)였다.

알고 보니 이 배와 나는 예전에 한 차례 인연이 있었다. 위안스카이[19]가 칭제(稱帝)를 할 때 난 상하이에서 몇몇 동지들과 비밀리에 거사를 도모하며 광시(廣西)의 루간칭[20]과 연락을 취했다. 루간칭이 사람을 보내 내가 광시에 직접 와야 거사를 할 수 있다고 했다. 나는 그 말을 듣고 즉시 출발했는데 그때 탄 배가 바로 이 배였다. 당시 상하이와 홍콩 사이에 밀정들이 촘촘히 퍼져 있어서 나는 한밤중에 몰래 배를 탔다. 배 밑바닥 석탄보일러 옆에 있는 우편물을 보관하는 작은 방에 숨어 6일 밤낮을 웅크리고 있었다. 바깥에 큰 눈이 흩날려 나는 온종일 비를 맞은 듯 젖어 있었다. 이 배 이름을 벌써 잊고 있었는데 황수추가 전송하러 배에 올랐다가 한눈에 알아보았다. 당시 4

---

17) 장둥쑨(張東蓀, 1886~1973)은 민국시기의 저명한 철학자이자 중국민주사회당의 지도자이다.

18) 황수추(黃溯初, 1883~1945)는 민국시기 저명한 사업가이지 교육가이다.

19) 위안스카이(元世凱, 1859~1916)는 쑨원과의 대타협으로 선통제(宣統帝)를 제위에서 끌어내리고 1912년 1월 1일 중화민국 성립 후 4월에 쑨원 임시 대총통으로부터 실권을 위임받았다. 1913년 4월 1일 쑨원과의 약정에 따라 대총통직을 넘겨받아 임시 대총통에 올랐지만 스스로 황제가 되기 위하여 제제운동(帝制運動)을 일으켜 칭제를 감행하였다. 그러나 중국 전역에서 '토원(討袁)'의 깃발이 세워지자 이내 제위를 포기한 후 얼마 지나지 않아 지병으로 사망하였다.

20) 루간칭(陸干卿, 1859~1928)은 민국시기 북양군벌의 영수이자 정치가로 이름은 榮廷이다.

명이 나와 동행했는데 탕줴둔[21], 황멍시[22], 루간칭이 파견한 탕샤오후이[23], 그리고 바로 황수추였다. 우리가 이번에 머물 객실은 지난번 그들이 돌아올 때 머물렀던 그 객실이었다. 줴둔과 멍시는 위안스카이와의 호국전쟁 때 사망했는데, 선상에서 이별한 후 얼마 되지 않아 영원히 만날 수 없는 운명이 되었다. 지난 흔적을 떠올리니 참으로 슬픔을 금할 수 없었다.

2. 남양(南洋)[24]에 대한 소감

배가 출발하여 홍콩, 싱가포르, 페낭 섬[25]을 지나가는데 매일 날씨가 뜨거워졌다. 10일 이전에는 항구를 경유하는 노선이었는데 마침 큰 눈이 내려 대륙의 평원처럼 온 사방이 하얗게 되었다. 10일이 지난 후 페낭 섬 동물원에서 연꽃을 감상할 때였다. 우리의 옷이 죽순이 벗겨지듯 한 겹 한 겹 얇아져 나중엔 옷 한 겹만 입고 있는데도 땀이 비 오듯 흘러내렸다. 생각해보니 인류는 환경의 지배를 받는다는 말이 정말로 날카롭게 느껴졌다. 당신이 환경에 순응하지 않는다면 어떻게 생존할 수 있겠는가? 현재 국내에서 대다수 사람

---

21) 탕줴둔(湯覺頓, 1878~1916)은 캉여우웨이 문하에서 공부한 계몽지식인으로 이름은 叡이다.
22) 황멍시(黃孟曦, 1883~1918)는 일본 유학시절 량치차오, 차이어 등과 지기가 되어 계몽운동을 했으며 이름은 大暹이다.
23) 탕샤오후이(唐紹慧, 1884~1922)는 위안스카이와의 호국전쟁 때 廣西都軍測量局局長이 되어 혁혁한 공을 세웠다.
24) 남양은 중국의 남쪽 해양지역을 가리키는 전통적 지리용어로 지금의 동남아시아에 해당한다.
25) 페낭 섬(檳榔嶼, Penang Island)은 말레이 반도의 서해안에 위치한 섬이다.

들이 쓰는 말, 하는 일, 품은 사상은 다 서양에서 싱가포르를 경유한 것들이다.

중국을 떠난 지 이미 10여 일이 지났는데도 도착한 곳은 국내 여행지나 마찬가지였다. 싱가포르, 페낭 섬 일대는 영국 국기 이외에 그야말로 광둥 푸젠의 시끌벅적한 도시와 거의 차이가 없었다. 광산을 개발하는 사람도 중국인이고, 고무농장을 경영하는 사람도 중국인이고, 대기업의 주인도 중국인이고, 잡화 상인도 중국인이고, 노동자도 중국인이고, 거지도 중국인이었다. 영국령 해협 식민지 3주(州)[26]의 인구를 보면 중국인이 약 26~27만인데, 유럽 각국의 백인은 합계 6800명에 불과하다. 게다가 남양 전체를 포함하면 영국령(식민지 3주, 보호지 4주를 합하여)에 2백만, 네덜란드령에 3백만, 태국 베트남 등에 350만으로, 총 850만이 된다. 이 정도 인구면 유고슬라비아, 벨기에 양국의 인구와 대략 비슷하고, 헝가리, 루마니아보다 약간 적고, 네덜란드보다 많고, 스위스와 그리스의 배가 넘는다. 그러나 이들은 영국 프랑스 독일 미국과 지위가 대등한 국가다. 게다가 미국 13주가 연방국을 수립할 때 인구가 몇백만에 불과했다. 애초에 그들은 고향에서 생계가 막막하여 밖으로 살길을 찾아 나온 것이어서, 그 동기가 중국인이 남양에 가는 이유나 마찬가지였는데 지금은 어떻게 이러한 지위에 올라선 것인가? 우리와 비교하면 정말로 창피해 죽을 지경이다. 우리는 배 위에서 이러한 정세에 대해 토론했는데 장쥔마이가 중화민족의 남양 건국 문제에 관해 논문 한 편을 썼다. 나는 우리 중국인이 지금에 이르기까지 자신의 국가 건설에 주의를 기울인 적이 없다고 생각

---

26) 3주는 싱가포르, 페낭, 말라카.

한다. 그렇지 않다면 어떻게 자기 나라를 이 지경으로 만들었겠는가? 4억이 여태 나라를 건설하지 못하는데 7~8백만이 어떻게 이룰 수 있겠는가? 우리 중국인은 종래 "내가 이곳에 살면 이곳의 일에 참여해야 한다. 왜 그런가? 나와 이해관계가 있기 때문이다."라는 원칙을 인식한 적이 없다. 만약 인식했다고 한다면 우리는 수많은 나라를 건립했을지 모른다. 또 나는 "우리가 베이징 시의회, 펑타이 촌의회를 건설할 수 있으면 중화민국을 건설할 수 있다."고 말한 적이 있다. 지금 한 마디 더 하여, 우리가 광저우, 산터우, 샤먼 시의회를 건설할 수 있으면 당연히 남양에 새 나라를 건설할 수 있다. 그렇지 못하다면 어떤 말도 쓸데없는 소리일 뿐이다. 마침 우리 국민도 점점 자각하고 있으니 나는 우리 중화민국이 머지않아 건설될 수 있을 것이라고 믿고 싶다. 남양의 새 나라도 민족자결의 정도를 걸어야 하지만 해외 화교들의 문화수준이 유치하여 중국 내부의 도움을 받아야 한다. 예전에 어떤 사람은 화교들이 국내 운동을 찬조해야 한다고 권고했는데 이는 물론 좋은 일이다. 그러나 국내의 일은 국내에 있는 사람이 책임을 져야 하며 화교는 자신이 해야 할 일이 있다. 무슨 일인가? 항상 말하던, "내가 이곳에 살면 이곳의 일에 참여해야 한다. 왜 그런가? 나와 이해관계가 있기 때문이다."라는 원칙을 실천하는 일이다. 나는 우리 청년들 가운데 이 일에 흥미가 있는 사람이 있어서 이 사상을 전파하고 평생의 사업으로 삼는다면, 남자로서 국가에 보응하는 큰일을 하는 것이라고 생각한다.

몇 해 동안 항해를 하지 않아서인지, 이번에는 날마다 배 위에서 아득한 하늘과 마주하였다. 흰 구름이 자유자재로 모였다 흩어지는데 그 연유와 가는 곳을 알 수 없었다. 밤엔 하늘에 가득한 별들이 고요한 정경 속에서도 여전히 쉬임없이 반짝였다. 바람과 파도가 미묘한 음악을 연주하며 내게 맑은 잠을 청해주었다. 시간이 매우 빨리 흘러 부지불식간에 콜롬보[27]에 도착했다. 콜롬보는 능가도에 있는데, 섬 사람들은 이곳을 실론이라고 불렀다. 석가세존이 이곳에 세 차례 들른 적이 있으며 세 번째 여행 때 섬 최고봉에 올라 능가경[28]을 설법하였다. 전하는 바에 의하면 천신, 사람, 신령, 귀신, 용, 야차, 건달바[29], 아수라[30] 등의 많은 중생들이 각자의 보살[31]과 아라한[32]을 따라와 세존을 에워싸고 경청했다고 한다. 대혜보살이 백팔구의 게송으로 물으니 세존이 매 구마다 '非'자를 사용하여 답한 후 의식과 본성

---

27) 콜롬보(Colombo)는 인도양의 주요 항구로, 8세기 이후 아랍 상인들이 정착했으며 16세기부터 포르투갈인과 네덜란드인, 영국인들이 차례로 섬을 점령하였다. 1815년 스리랑카인 족장들이 실론 섬 중심부에 있는 캔디 왕국의 왕을 몰아내고 영토를 영국에 양여하면서 실론 섬의 수도가 되었다. 1948년 스리랑카 독립 이후 서구 영향권에서 차츰 벗어나게 되었다.

28) 능가경(楞伽經, Lankavatara-sutra)은 스리랑카로 보이는 '랑카에서 부처가 설법한 내용을 담은 경전'이라는 뜻의 산스크리트어이다. 능가경은 유식설에 대한 고전적 해설로 세계란 궁극적이고 무차별한 정신의 투영에 불과하며 이러한 진리는 명상을 통해 어느 순간 갑작스럽게 내면적으로 체험된다고 말한다.

29) 건달바(乾闥婆, gandharva)는 불법을 수호하는 팔부중(八部衆)의 하나로 수미산 남쪽의 금강굴에 살며 제석천(帝釋天)의 아악(雅樂)을 맡아보는 신이다. 술과 고기를 먹지 않고 향(香)만 먹으며 공중으로 날아다닌다고 한다.

30) 아수라(阿修羅, asura)는 불법을 수호하는 팔부중의 하나로 싸우기를 좋아하는 귀신이어서 제석천과 자주 다투었다고 한다. 아소라(阿素羅) 또는 수라(修羅)라고도 한다.

31) 보살(菩薩)은 산스크리트어 보디사트바(Bodhisattva)의 음사(音寫)인 보리살타(菩提薩埵)의 준말이다. 일반적으로 '깨달음을 구해서 수도하는 중생', '구도자', '지혜를 가진 자'를 뜻한다.

32) 아라한(阿羅漢)은 수행을 완성한 사람을 뜻하며 산스크리트 arhan을 소리나는 대로 적은 것이다. 줄여서 나한(羅漢)이라고 한다.

의 진리에 대해 설명하였다.[33] 나중에 이 경이 중국으로 들어와 선종의 경전이 되었다.[34] 우리는 언덕에 올라 산을 거닐다가 맞은편 봉우리 하나를 보았는데 마치 정방형의 성 같았다. 참배자들이 새벽에 횃불을 들고 올라가 예배를 드리는데 이곳이 바로 세존이 설법한 곳이었다. 산속에 캔디[35]라는 명승지가 있어 우리는 자동차를 빌려 관람하기로 했다. 가는 도중에 야자와 빈랑이 온 산과 계곡에 가득했는데, 그 잎사귀가 마치 무수한 푸른 봉황이 바람을 맞으며 날개를 펼치는 것 같았다. 또 커다란 나무가 많았는데 모두 용과 뱀이 도사린 기괴한 등나무로 위에 자질구레한 꽃들이 선홍색으로 피어 있었다. 높고 거대한 몇 군데의 골짜기를 지나는데 나무가 모두 빼곡했으며, 아래를 내려다보니 녹색 바다가 한없이 펼쳐져 있는 듯했다. 길을 갈 때마다 늘 코끼리를 만났는데 마치 나이가 지긋하고 인품이 훌륭한 어르신이 숲 속에서 절도 있게 움직이며 나오는 것 같았다. 목이 말라 길 옆의 작은 폭포에 가 바가지로 물을 떠 마시는데, 거무스름하게 윤이 나는 미인 몇 명이 야자를 그 자리에서 잘라 고운 손길로 정성스레 건네며 우리에게 마시라고 권하였다. 류즈카이가 새로이 사진 찍는 걸 배

---

33) 능가경은 대혜보살이 제기한 108가지 문제에 관해 부처님과 대화하는 형식을 취하며 그 108구는 불교의 거의 모든 문제를 망라한 것이라고 할 수 있다. 특히, 세친(世親, Basubandhu) 이래의 유식사상이 풍부하게 반영된 점은 다른 경서에서 찾아보기 어려운 점이다.

34) 능가경은 달마대사가 면벽 9년의 수행을 마치고 혜가스님에게 법을 부촉하면서 '내게 '능가경' 네 권이 있어 이것을 그대에게 전한다. 이 경은 여래의 심지요문이니 여러 사람에게 가르쳐 깨달음에 이르도록 하라'고 한 이후 5조 홍인스님에 이르기까지 이 경을 선종의 소의경전으로 삼은 것으로 전해지고 있다.

35) 캔디(Kandy)는 콜롬보 북동쪽 116km 떨어진 곳에 있는 도시로 14세기 스리랑카의 수도였다.

워 다짜고짜 우리와 이 검은 여인들의 기념사진을 찍고 자신은 모르는 체하였다. 4분 정도 더 가서 캔디에 도착했다. 본래 이곳은 해발 5백 미터가 되는 지역으로 온통 산으로 둘러싸여 있었으며, 그 중앙에 커다란 호수가 있었다. 호숫가에 과거 실론 왕의 궁전이 있었고 궁전 밖에 와불사가 있었다. 황준셴[36]의 유명한 「실론섬 와불(錫蘭島臥佛)」 시 속에 묘사된 곳이 바로 이곳이다. 나는 예전에 일본에서 하코네와 닛코의 호수를 관람했고, 나중에 스위스에서 레만(Leman)과 시용성(Chillon Castle)의 호수를 구경해보았다. 일본 호수가 소박하고 스위스 호수가 수려하기는 하지만 호수 풍경의 아름다움을 논하라면 나는 우선 캔디를 추천하고 싶다. 이곳은 우리의 미감을 자아내는 특별한 연유를 지니고 있었다. 첫째, 이곳은 열대 속의 청량한 세계로, 우리는 산 아래에서 비 오듯 땀을 흘렸는데 호숫가에 도착하자 홀연히 봄가을의 시원한 날씨로 변하였다. 둘째, 옛 모습과 옛 심성을 지닌 황량한 사당들이 우리 의식 속에서 신비감을 자아내어 마치 신령의 세계에 온 것 같았다. 우리는 호숫가에서 하루를 묵었는데 그날이 바로 음력 12월 14일이었다. 약간 이지러진 달이 호수 안에 잠겨 있었으며, 하늘 위와 호수 아래의 두 거울이 마주 비추어 그 중앙의 달이 더욱 빛나고 있었다. 우리는 두 시간 정도 함께 호수를 한 바퀴 거닐었다. 장바이리는 "오늘 밤 풍경은 영원히 잊을 수 없을 겁니다."라고 했는데, 나도 정말 그러하다고 생각했다. 후에 나는 유럽에 와서 많은 훌륭한 풍경을 보았다. 하지만 점차 머릿속에서 풍경들이 모호

---

36) 황준셴(黃遵憲, 1848~1905)은 만청시기 문학가이자 외교관이다. 러시아의 침략을 막기 위해서는 조선이 중국·일본·미국 등과 협상을 맺어야 한다는 내용의 『조선책략(朝鮮策略)』을 지었다.

해지기 시작하는데 유독 캔디만은 시시각각 전체 풍경이 생생하게 떠올랐다. 중간에 우스운 일이 있었다. 우리가 달빛을 따라 걷다가 장쥔마이가 원주민 한 명을 만나 다정하게 얘기를 나누었다. 무슨 말을 한 것인가? 장쥔마이가 그 사람에게 '당신은 왜 혁명을 하지 않는가?'라고 물어, 그 사람이 눈만 멀뚱하니 어떻게 대답해야 좋을지 쩔쩔 매게 했다. 우리 일행은 '이렇게 시원하고 탈속적인 곳에서 머리에 정치문제만 가득하니 세상에 이런 메마른 사람이 어디 있는가'라고 하며 그를 비난했다. 한담은 그만하고, 그날 밤 삼경 즈음 모두들 잠을 자러 갔다. 나는 홀로 난간에 기대어 달을 마주보며 밤을 지새워 기억나는 능가경 몇 단락을 묵송하였다. 마음이 맑아지고 확 트이는 느낌이 드는 것이 실로 이전에 없던 일이었다. 날이 밝아 오자 흰 구름이 호수에 가득 덮여 있었다. 태양이 뜨니 구름이 비단처럼 변하여 산의 색깔을 바꾸어 놓았다. 참으로 "스스로 즐거울 뿐, 그대에게 가져다줄 수 없구나." 떠날 시간이 임박하여 서둘러 산에서 내려와 배를 타니 출항 시간은 겨우 5분 남아 있었다.

우리는 배 위에서 마치 학생들이 여행을 온 것처럼, 영어 교재를 통해 프랑스어를 배우고 프랑스어 교재를 통해 영어를 배웠다. 매일 아침 8시에 각자 책 한 권을 들고 갑판에 와서 큰 소리로 낭송하다가, 12시에 멈추고 서로 번갈아가며 공부한 바를 확인해주었다. 다른 일정은 관례대로 산책을 하거나 낮잠을 자고 공놀이를 하는 것이었다. 나와 장바이리는 매일 바둑을 두었다. 나머지 시간은 각자 자유롭게 지냈다. 나는 틈나는 대로 글 몇 편을 써서 번역해두었다가 파리에서 여론을 움직이려고 했다. 두세 편의 글은 중국을 위해 허풍을 떨던 것이라 낯간지러워 보여 원고조차 보존하지 않았다. 그 가운데 「세계평화와 중국」이란 글은 평화회의에 대한 우리 국민의 희망을 드러낸다고 생각되어, 후에 영어와 프랑스어로 번역하고 인쇄하여 몇천 권을 배포하였다.

겨울과 봄이 교차할 즈음, 인도양의 상황이 매우 좋아 20여 일 동안 마치 강 위를 항해하는 듯했다. 듣기로 홍해가 매우 덥다고 하여 우리는 바짝 긴장하고 있었다. 홍해에 이르러 3일을 항해하는데 인도양이나 거의 마찬가지였다. 어느 날 새벽 양딩푸가 일출을 보고 돌아와 매우 춥다고 하자, 우리는 '홍해에서 추위에 떨다.'라는 묘한 말이 떠올랐다. 또 어느 날 저녁에 일몰을 보는데 평생 보지 못한 낯선 풍경이었다. 그 구름은 사막에서 증발되어 온 것이라 생각되는데, 붉게 물든 기이한 모습을 나는 정말로 표현할 수가 없었다. 형태가 이상하고 복잡한 데다 변화가 매우 빨라, 한유의 「남산」[37], 「육혼산」[38] 시에 묘사된 기이한 형상을 전부 다 든다 해도 백분의 일조차 묘사할 수가 없었다. 일몰의 장관이 바다에 거꾸로 비쳐 마치 몇천만 마리의 붉은 잉어가 비늘을 번뜩이며 헤엄치는 듯했다. 나는 그날에야 비로소 홍해라고 부르는 이유를 깨달을 수 있었다. 바다가 정말로 온통 붉은색이었던 것이다.

우리는 수에즈[39]에 도착하여 처음으로 전장을 목격하였다. 본래 1917년에 터키가 운하를 공습하기 위해 국경을 압박하여 70마일까지

---

37) 「남산(南山)」은 장안 남쪽 교외에 있는 남산(종남산)의 기이한 풍경을 묘사한 오언고시이다.

38) 「육혼산(陸渾山)」의 원제는 「陸渾山火和皇甫湜用其韻」이며, 하남 낙양에 있는 육혼산의 절경을 변화무쌍한 기교로 묘사한 칠언고시이다.

39) 수에즈(Suez)는 이집트 북동부의 수에즈 만에 위치한 항구 도시로 수에즈 주의 주도이다.

접근해 왔는데 후에 영국군이 터키를 격퇴했다고 한다. 운하 양쪽에는 철망이 빽빽이 깔려 있었고 언덕 위에는 방책이 길게 늘어져 있었으며 군인들도 아직 철수하지 않았다. 우리가 운하를 지나는데 저편에서 영국군 호송선이 다가와 두 배 위의 사람들이 서로 환호하며 만세를 불렀다. 그 소리가 실로 천지를 무너뜨리는 듯했다. 듣자 하니, 정전 후 수에즈를 통행한 배로 우리가 두 번째라고 한다.

그 다음 날 포트사이드[40]에 도착했는데 우리는 반 개월간 땅을 밟지 못한 상태였다. 육지에 올라 산보를 하니 유달리 기운이 넘쳤다. 아랍 여성들이 검은 긴 면사포로 얼굴과 머리를 꼭 감추고 두 눈만 깜박이는 것을 보고, 이들이 언제 해방의 자각을 할지 알 수 없다고 생각했다. 시장에 프랑스인이 매우 많았으며 상점의 간판도 대부분 프랑스어로 쓰여 있었다. 이곳의 정치력은 영국에 복속되어 있었지만 경제력만은 프랑스가 뒤지지 않았다. 우리는 해변의 여관에서 점심을 먹고 바로 레셉스[41] 동상을 보러 갔다. 동상의 눈은 지중해를 바라보고 왼손은 운하도를 쥐고 오른손은 홍해를 가리키고 있었는데 늠름하고 감동적이었다. 역사가들에 따르면, 이 운하는 이집트 왕조시기에 착공된 적이 있는데 후에 막혔다가 4천 년이 지나고 나서야 레셉스가 출현했다고 한다. 이 말에 근거하자면, 과학이 도대체 얼마나 진보한 건지 의문이 든다.

지중해에 이르러서는 그렇게 편안하지 않았다. 하루 이틀 배가 길들지 않은 말처럼 흔들거리며 뛰어올랐다. 날씨도 점점 추워져 류즈

---

40) 포트사이드(PortSaid)는 수에즈 운하 북단, 지중해 연안에 위치한 항구 도시이다.
41) 레셉스(Lesseps, 1805~1894)는 프랑스의 외교관이자 기술자로 수에즈 운하를 계획하고 사이드 파샤의 인가를 얻어 1859~1869년까지 10년에 걸쳐 완성하였다.

카이가 배 안에서 누워 있는 모습이 마치 겨울에 벌레가 칩거하는 것 같았다. 우리는 모든 일정을 전과 다름없이 진행하였다. 배에 폴란드 사람이 타고 있었는데 류즈카이와 같은 병에 걸려 우리를 무척이나 부러워하였다. 그래서 우리에게 '항해를 잘하는 국민'이라는 존호를 붙여 참으로 몸 둘 바를 몰랐다.

우리 배는 영국으로 직항하여 제노바, 나폴리, 마르세유 등의 도시는 경유하지 않았다. 지중해를 횡단하여 서행함에 따라 남유럽의 풍경을 조금도 볼 수 없었다. 7일을 항해하여 지브롤터 해협[42]에 도착했는데 실로 한 사람이 막고 있으면 만 명이라도 뚫을 수 없는 요새였다. 스페인이 이곳을 잃은 후부터 해상권이 영국으로 넘어갔다. 상하이에서 런던까지 한 달 반의 시간 동안 지구의 반을 순례하며 도착한 곳이 바로 영국이었다. 아! 이날의 감격을 어디서 맛볼 것인가!

3. 선상 잡시

배에서 여가가 많아 마음대로 시를 지었다. 나는 본래 시를 잘 짓지 못하는 데다 몇 해 짓지 않아서 더욱 생경해졌다. 지난 옛 일들을 보존하고자 할 뿐이다.

능가도
실론 섬의 본래 이름은 능가이며, 불교에서는 능가경을 설법한 곳

---

42) 지브롤터(Gibraltar) 해협은 대서양에서 지중해로 들어가는 유일한 통로로 1869년 수에즈 운하가 개통됨에 따라 전략적 중요성이 커졌다. 영국의 해외 식민지로서 방위를 제외한 모든 문제를 자치적으로 해결한다.

이라고 한다. 원주민은 싱할리족[43]이며 한 왕족의 성을 2천여 년 계승한 명칭인데, 대체로 일본과 비슷하다. 박물관에 보관되어 있는 자수, 조각, 회화를 보면 아름답고 훌륭하다. 명나라 영락제 시기 정화[44]가 이곳에 도착했을 때 왕이 예를 갖추지 않아 그를 포로로 잡고 새 왕을 세웠다. 이때부터 중국에 신분을 낮추고 조공을 바쳤다. 50여 년 전 포르투갈과 네덜란드 전성기에 복속되었다가 결국 영국에 의해 멸망되고 왕통이 끊기게 되는데 바로 비엔나회의의 결과였다. 해발 5백 미터 산중에 캔디라는 명승지가 있으며, 호수가 소뿔 모양이고 10리 부근에 고궁이 있다. 궁 밖에 절이 하나 있는데 황준셴의 『인경려시초(人境廬詩草)』[45]에 묘사된 와불이 이곳에 모셔져 있다. 섬의 최고봉은 정방형의 성처럼 우뚝 솟이 있었는데 그 위에 2척 정도 되는 부처 유적이 있다. 원주민들은 종종 닭이 울 때 올라가 예배를 드리면 재난을 막을 수 있다고 여겼다. 이곳이 바로 부처가 불경을 설법한 곳이다. 나는 무오년(1918) 음력 12월 14일 밤 호숫가에 묵었는데 마치

---

43) 싱할리(Sinhalese)족은 스리랑카 인구의 70% 이상을 차지하는 종족으로 불교를 신앙하며 2천 년 넘게 살고 있다. 1948년 영국으로부터 독립할 때까지 400년 동안 유럽인들의 지배를 받았으며, 독립 이후 싱할리족은 스리랑카 북부에서 독립을 요구하는 이슬람 신앙의 타밀족과 끊임없는 충돌에 휩싸였다.

44) 정화(鄭和, 1371~1434)는 명나라 영락제 시기 해상사절단의 총사령관으로, 1405년 62척의 배와 2만 7,800명의 인원을 거느리고 원정에 나섰다. 그후 제2~6차 원정에서 동남아시아, 인도, 페르시아 만, 아라비아 반도, 아프리카 동부해안 등을 차례로 방문했으며, 각국의 외교사절단을 중국으로 데려와 경제적·문화적 교류를 촉진했다.

45) 인경려는 황준셴의 호로 『인경려시초』는 그의 시 천여 편을 모아놓은 11권의 시집이다. 와불은 「실론섬 와불(錫蘭島臥佛)」 시에 묘사되어 있다.

추석날 서호[46]의 달을 보는 듯했다. 이곳을 떠난 후 길게 노래하여 기록한다.

수미산[47] 남쪽 철위산[48] 동쪽에, 반석처럼 바다 위 떠있는 섬 하나
사계절 공평하게 나눠져도 여름만 지속되고, 숨을 들이쉬면 사방에 웅장한 바람이 부네
수천 년 종족끼리 모여 지내다가, 예전에 우리에게 복속된 적이 있네
풍습이 막혀 있지만 악하지 않고, 예의를 매우 중시하고 약자를 보호해주네
아름다운 문양과 조각, 벽화가 있으며, 문물이 분수에 맞고 풍요하구나
근래 4백 년 바다로 외세와 교류하다, 포르투갈 네덜란드 영국의 강권에 휘둘려
나라를 빼앗기고 사직이 끊어져, 허명만 남은 산양공[49]처럼 굴욕을 받네
고통과 죽음의 공포가 널리 퍼져, 종족이 걱정되니 구국의 일이야 더 말할 게 있겠는가

---

46) 서호(西湖)는 중국 항저우 시에 있는 호수로, 서호라는 이름을 가진 800개의 호수 가운데 가장 아름답고 유명하다.
47) 수미산(須彌山)은 불교에 나오는 상상의 산으로 세계의 중앙에 위치한다.
48) 철위산(鐵圍山)은 수미산을 둘러싼 구산팔해(九山八海)의 아홉 산 가운데 하나이다.
49) 산양공(山陽公)은 한나라 헌제 유협의 작위이다. 유협은 조조가 살았을 때는 빈 자리나마 유지하더니, 그의 아들 조비에게 자리를 빼앗기고 산양공이란 호칭으로 지내다가 54세에 죽었다.

나는 호수와 산이 절경인 곳에 와, 수소문 끝에 옛 궁전을 찾았네

어두운 안개 호수를 감싸 애처롭게 푸르고, 저녁 꽃이 나무를 수놓아 더할 데 없이 붉구나

왕조가 무너지고 싸움이 사라지니, 순식간에 부처의 설법 더욱 고귀해지네

이곳에서 부처가 근심한 바 생각해보려고, 세 차례 들르셨던 신령한 봉우리에 오르네

거대한 발자취 남겨 경전이 되고, 설법하신 곳은 높은 성이 되었네

호수를 보며 설법하려 할 때, 온갖 귀신과 중생, 신령, 용 등이

부처를 공경하며 빼곡히 에워싸고, 사방에서 꽃비가 내려 빈 자리를 채웠네

대혜보살이 백팔구절의 일을 물으니, 탄식하며 홀연히 삼 일간 귀가 어두워지셨네[50]

경전의 의미 심오하고 이해하는 자 적어, 중국에 전하여 불법을 넓히게 하셨네[51]

개탄스럽구나! 불법이 오늘날 천년이 흘렀지만, 인도에선 사악한 법이 극성하고 있으니[52]

산중의 와불은 삼매의 경지에서 나오지 않고, 세상의 모든 시간 비우고 또 비우고 있네

먼 봉우리에 어둠 내리니 실구름 모이고, 물과 달이 서로 비추어 거

---

50) 원주: 능가경은 대혜보살이 질문한 백팔 가지 일을 꾸짖는 데서 발단되었다.
51) 원주: 능가경은 심종(선종)의 경전이 되었다.
52) 원주: 오늘날 인도에서는 브라만의 구교만이 극성하고 있고, 이슬람교가 다음이며, 예수교가 그다음이다. 불교는 스리랑카에서만 성행할 뿐이다.

울 한 쌍이 마주한 듯하네

오래 앉아서 고요한 밤기운 깨달으니, 마음 수양하여 천지신명과 교
감하고 싶어지네

산신령은 눈으로도 사람 훤히 알 수 있으니, 접해보고 내 마음 아직
어지럽다고 비웃겠지

새벽이 다 되어 산속을 나오다가, 지난 일 기록하여 담천옹[53]에게 전
해주려 하네

캔디호에서 밤을 보내며

내가 걸어온 길 어느새 만리, 이곳에서 지난 여행 생각해본다

올해 남은 시간도 가을 반 개월, 험준한 산 올라 물속의 하늘을 보네

밤에 숙소 돌아와 맑은 호수 물 마시고, 아침에 헤진 신발 끌고 산중
안개를 밟네

몇 마디 말로 나를 반성할 수 있을지, 꿈같은 구름 속 돌이켜보니 더
욱 아득해지네

능가도 산행하며 본 것

물동이 인 아름다운 여인 검은 피부 눈부시고, 덩굴나무 위 고고히
핀 꽃 타오를 듯 붉구나

곳곳의 보리수 그늘 말이 쉬어갈 만하고, 집집마다 야자나무 인심이
후하구나

---

53) 담천옹(談天翁)은 세상 일에 관심이 많고 즐겨 말하는 사람을 가리킨다.

수에즈 운하

올해가 가기 3일 전에 배가 수에즈 운하를 지나갔다. 3년 전 영국인과 터키인이 운하 60리 떨어진 곳에서 전쟁을 하여, 참호와 철조망이 여전히 살벌하게 남아 있다.

> 장건[54]은 험준한 서역을 개척하고, 정국[55]은 에둘러 수로를 건설했네
> 조수가 밀려오면 모래가 언덕을 쓸고, 해가 지면 물이 원천으로 돌아가네
> 세상에 여전히 할 일 많으니, 문지기 한 사람도 소중히 하고
> 아름다운 풍경 있는 곳에, 다시는 핏빛 아른거리게 하지 마시오

올해가 가기 2일 전에 지중해를 횡단하여 서쪽으로 일주일을 항해했는데, 『후한서』[56] 「서역전」에 나오는 서해가 바로 이곳이다.

---

54) 장건(張騫, ? ~ BC 114)은 한 무제 건원 2년(BC 139) 흉노를 견제하기 위해 대월지와 동맹을 맺으려고 서역으로 가다가 흉노에게 잡혀 10년 동안 포로생활을 했고, 이후 대완과 깅기를 거쳐 목적지에 다다랐지만 뜻을 이루지 못한 채 13년 만인 원삭 2년(BC 127)에 돌아왔다. 이러한 역정 속에서 서역으로 가는 남북의 도로를 개척하여 동서의 교통과 문화 교류의 길을 여는 데 크게 공헌하였다.

55) 정국(鄭國)은 전국시기 한(韓)나라의 수리전문가이다. 한나라가 진나라의 재정을 고갈시키기 위해 그를 진시황에게 보내 거대한 수리공사를 하라고 충동질하여 300리 규모의 수로 정국거(鄭國渠)를 축조하게 만들었다. 진시황은 이를 알면서도 수로를 건설하여 훗날 천하를 통일하는 발판이 되었다.

56) 『후한서後漢書』는 중국 24사 중의 하나로 후한의 역사를 남북조 시대 송나라의 범엽(398~445)이 정리한 책이다. 다루는 시대는 建武 원년(25)부터 建安 25년(220)까지의 역사이다. 본기 10권, 열전 80권, 지 30권으로 이루어져 있으며, 이중 지 30권은 범엽이 죽은 후, 유소가 사마표의 『속한서(續漢書)』를 바탕으로 완

삼 대륙에 둘러싸여 있으니, 지중해는 실로 대륙의 폐(肺)로구나

겹겹이 쌓인 역사의 흔적, 숨 쉴 때마다 탄식이 절로 나네

애석하구나! 로마로 간 감영[57]이 바다가 두려워, 끝내 페르시아 만에서 돌아오고 말았으니

그렇지 않았다면 이곳을, 내가 드나들 수 있었을 텐데

내가 도착한 때가 막 전쟁이 끝난 후라, 계엄이 아직 풀리지 않은 듯

배가 뒤집혀 돛대만 보이는 일이 하루에도 수차례

전쟁의 상처 보려 하니, 중생의 목숨이 지푸라기 같아지네

날이 짧아져 시간을 재촉하지만, 하룻밤이면 돌연 해가 바뀌는구나

갈 길 아직 끝나지 않았고, 고된 일정에 더욱 처량해지네

하늘 또한 짓궂어, 날씨가 시시각각 달라지는구나

비를 멈추어 따뜻하게 하더니, 돌연 억수로 비를 뿌리고

어젯밤엔 바다를 화나게 하여, 파도가 거세가 일어났네

모두 모여 소리 질러 마음 달래고, 가까이 붙어 앉아 두근거리며 진정되길 바랐네

나는 본래 풍파 겪어온 사람이라, 슬쩍 웃을 뿐 어찌 두려워했겠는가[58]

결하였다.

57) 감영(甘英)은 한나라 서역도호부 반초의 휘하의 부관으로 로마에 파견된 한나라의 사신이다. 97년 서역도호인 반초의 명에 따라, 당시 대진(大秦)으로 불리던 로마와의 국교를 개척하는 임무를 맡게 되었다. 이것은 고대에 가장 서쪽으로 멀리 나간 경우였으나, 감영 일행은 페르시아 만까지 갔다가 더 이상 서쪽으로 전진하지 못하고, 바다를 보고 탄식을 한 후 그냥 되돌아오고 말았다.

58) 원주: 항해 한 달간은 매우 평온했으나 이곳에 이르러 풍랑이 점차 심해졌다.

기미년(1919) 1월 5일 지브롤터 해협을 지났는데, 이곳은 지중해 서쪽 끝이다. 남쪽 해안은 모로코 세우타[59]와 마주 보고 있고, 바다의 폭은 겨우 30리이며, 과거 스페인의 요새였다. 1704년 영국이 스페인과 3년간의 혈전을 통해 탈취했으며, 이로부터 스페인은 해상권을 상실하였다.

서해 바다 서쪽에, 묶은 단 모양의 해협이 가로로 뻗어 있네
누가 황제의 식양[60]을 훔쳐, 이 위대한 호리병 같은 땅을 메우겠는가
물살이 거세 여섯 마리 자라[61]가 기뻐하고, 돌에서 불쑥 매복한 사자가 튀어나오네[62]
번개가 칠 듯 포대가 배치되어 있고, 산을 뗄 듯 전함이 주둔하여
웃고 떠들며 적은 병력이 막아도, 대군이 감히 침범할 수 있겠는가!
바다 동쪽은 수에즈를 향해 있고, 장엄한 물결이 광활하게 펼쳐 있네
지형이 호랑이 우리 같고 혼잡한 상자 같아, 천혜의 험준한 요새로구나
드넓은 해상 왕국으로 모든 나라가 신복처럼 달려들어
백 년 전만 생각해도 전사한 유골이 집보다 높이 쌓여 있었네
손바닥만 한 곳을 두고 영욕을 다투었으니, 아! 저 약육강식의 땅이여

59) 세우타(Ceuta)는 아프리카 모로코 북부, 지브롤터 해협 연안에 위치한 스페인의 고립 영토이자 자치 도시이다.
60) 식양(息壤)은 전설에 나오는, 스스로 자라나 영원히 줄어들지 않는다는 흙이다.
61) 여섯 마리 자라(六鰲)는 동해의 삼신산을 등에 지고 있다는 전설 속의 자라이다.
62) 원주: 해협 입구에 가파른 산이 있는데 유럽인들은 그 모습을 본 따 '와사석(臥獅石)'이라 불렀다. 이곳에 포대가 있다.

대서양에서 바람을 만나다

안개 바다는 거무스레 같은 모양이고, 바다 바람은 스스스 같은 소리를 내네

해무 뚫고 나온 누런 해가 움츠린 채 떠 있고, 물결에 붙은 검은 안개가 흉악하게 도사리고 있네

파도가 열길 높이로 극심하게 출렁이니, 우리 배 운명은 바다의 신령과 싸우는 것이로구나

엎치락뒤치락 외로이 삼일 밤낮을 가는데, 악몽이 일어나 두려움에 빠진 것 같네

남쪽 바다의 1월은 즐겁기 그지없는데, 하늘이 어찌 이 평온을 깨트리려 하겠는가

내일 아침이면 런던이 내 손안에 들어오고, 배 망루에 안개비 내려 봄 기운 가득해지네

눈을 씻고 지나온 길 바라보니, 바다의 해 뜨는 곳에 외로운 구름 가로놓여 있네

1월 12일에 드디어 런던에 도착했다. 테임즈 강 양안의 초목이 푸르고 무성하여, 안개비가 망루에 내려도 희미하게나마 살펴볼 수 있다. 앞쪽에 끊어진 듯 이어진 듯 대륙이 보이는데, 내 일생 수십 년의 시간 가운데 한 부분이 떨어져 그곳에 머물려고 한다. 상륙할 준비를 하자!

3장

런던에서의 첫 여행

3장
런던에서의 첫 여행

1. 대전 후 안개 속의 런던

1월 12일 정오에 배가 부두에 도착했다. 딩군과 쉬군이 영국 대사관 직원들과 함께 작은 기선을 타고 마중을 나왔다. 우리는 서로를 보고 웃었는데 합작으로 세계 일주를 한 셈이었다. 부두에 오르자 눈에 들어온 것은 온통 전후의 참담하고 처량한 정경이었다. 우리가 묵는 여관은 비록 최고급은 아니었지만 일급 수준은 되는 곳이었다. 그런데 실내에 난방시설이 꺼져 있었고 방마다 한 말 가량의 서탄 부스러기를 주었는데 하루 24시간의 연료였다. 전력은 극감하여 흐릿한 녹색 전등만이 개똥벌레처럼 외롭게 비추고 있었다. 라이터도 다이아몬드처럼 희귀하여 담배 골초인 우리는 부싯돌로 불을 켜는 기술도 없어서 억지로 금연할 수밖에 없었다. 여관 응접실에서 차를 마시고 있는데 옆 좌석에 앉은 귀부인이 목걸이에 달린 금 함을 소중하게 끄집어내고 있었다. 그 안에 어떤 물건이 있었겠는가? 허허! 바로 각설탕이었다. 그녀는 일행에게도 권하지 않은 채 반으로 쪼개어, 반은 자기의 찻잔에 넣고 나머지 반은 이전처럼 소중하게 목걸이의 함에 보관하는 것이었다. 나는 우리가 최근 몇 년 중국에서 마치 호의호식하는 부잣집 자제가 농사의 어려움을 모르는 것처럼 지냈다는 생각이 들었다. 화폐경제가 발달한 이래 세상 사람들은 돈만 있으면 모든 것을 충족할 수 있다고 생각했지만, 오늘에 이르러 돈의 효용이 제한적이라는 점을 알게 되었다. 또 물질문명을 최고로 향유한 유럽에서 국가 부흥을 위하여 온 국민이 단합하여 개인의 행복을 희생하고 강한 인내력을 발휘하는 것은 참으로 존경스러웠다. 그러나 이번 일을 거치면서 전쟁 이전이 안락하고 편리했었다고 느끼는 것만으론 부족하다. 물질시스템하에 있는 사회 전체가, 마치 대형 기계가 부품이 하나라도 고장 나면 기계 전체가 멈추게 되는 것처럼, 이루 말할 수 없는 고통을 받았기 때문이다. 아마 이제부터 물질문명 숭배관념이 변하게 될 것이라 생각한다.

황준셴은 「런던의 짙은 안개(倫敦苦霧行)」 첫 구절에서 "푸른 하늘이 죽고 누런 하늘이 세워졌다(蒼天已死黃天立)."라고 하였다. 우리가 유럽에 처음 도착하여 첫 번째로 받은 이 인상은 영원히 잊혀지지 않을 것이다. 우리는 마차에서 서쪽으로 지는 해를 보며 몇 사람이 한참을 연구하고 나서야 그것이 해인지 달인지를 판단할 수가 있었다. 밤에 즈카이와 산책을 하며 멀리서 몽롱한 붉은 빛을 보고, 나는 가로등이라 하고 즈카이는 종루(鐘樓)라고 했는데, 알고 보니 낮에 오인했던 달빛이었다. 해와 달, 전등이 잘 구별되지 않는다는 게 우스운 일이 아닌가? 나는 런던의 매우 습하고 무거운 공기 압박 때문에 양쪽의 광대뼈가 긴장되어 통증이 났으며, 거리를 한참 산책하고 나서야 조금 호전되었다. 실외 운동경기가 런던사

람들의 필수적인 일상이 되고 점차 대중적인 인기를 얻게 된 것도
바로 이러한 연유에서다. 런던 날씨는 매년 몇 달간 이러했고 전국
날씨도 런던과 비슷하여, 영국인들이 침울하고 엄숙한 성격과 강
인하고 분투하는 습관을 형성하게 되었다. 오늘날의 영국이 존재
할 수 있었던 것도 아마 이 안개의 공이 적지 않았을 것이다. 이를
통해 민족의 부강은 절대적으로 풍요롭고 순탄한 하늘의 은총에만
의지하는 것이 아니라, 열악한 환경이 실로 훌륭한 민족을 만든다
는 점을 알 수 있다.

2. 웨스트민스터 사원

여관 구하기가 어려웠기 때문에 쉬군과 딩군 두 사람이 먼저 파리
로 가 숙소를 알아보고, 나와 배를 같이 타고 온 일행들은 런던에서 5
일간 더 체류하였다. 이 틈에 자유로이 런던을 돌아볼 계획이었는데.
제일 먼저 찾은 곳은 당연히 '영국의 능연각'[1] 웨스트민스터 사원이
었다. 우리는 트라팔가 광장에서 버킹검 궁전, 빅토리아 거리를 지나
템스강변으로 갔다. 눈앞에 정방형의 옛 사원이 우뚝 솟아 있었다. 사
원의 높이 솟은 쌍탑이 고딕양식의 국회의사당과 인접해 있고, 장엄
하고 소박한 기상이 경건함을 자아내는데 이곳이 바로 웨스트민스
터 사원이다. 이 사원의 역사를 간략히 살펴보면, 11세기 참회왕 에드

---

1) 능연각(凌煙閣)은 중국 당나라 태종 이세민 때 개국공신 24명의 초상을 걸어두
   었던 누각이다.

워드[2]가 창건하였고, 13세기 말 헨리 3세[3]가 사원을 대거 재건축했으며, 지금까지 천 년 동안 누대에 걸쳐 증축하고 있다. 서쪽 탑의 문루[4]는 20년 전에 신축한 것이다. 가장 신기한 것은 각 시대의 건축양식이 한 곳에 융합되어 거의 천 년 건축술을 전시하는 박물관이 되었다는 점이다. 사람으로 비유하면, 당나라의 감투를 쓰고 송나라의 비단 옷을 입고, 명나라의 홀(笏)[5]을 들고, 청나라 용 문양 조끼를 걸치고, 서양 가죽신발을 신는 것과 같은데, 모습이 아주 우스꽝스럽고 보기 흉하지 않을까? 하지만 사원은 조금도 부조화되지 않았고 장엄한 자태를 그대로 유지하고 있어서 매우 흥미로웠다. 나는 이 사원이 바로 영국 국민성의 '상징'으로 간주할 수 있다고 생각한다. 그들은 정치, 법률, 종교, 도덕, 풍속예절 등의 제 방면에서 조금씩 변화하여, 몇백 년 전과 몇백 년 후의 것들이 항상 동시에 공존하면서도 전혀 어색함을 느낄 수 없다. 그들의 보수성은 우리와 마찬가지이지만, 그들의 포용력과 조화력은 우리가 반드시 배워야 할 점이다. 이 사원 내부의 가장 중요한 부분은 1376년에 짓기 시작하여 1582년에 완성되었는데, 그동안 한 세기 반이라는 오랜 시간이 경과하였다. 생각해보면, 이는 설계도를 그릴 때 마음대로 심은 삼나무가 장성하여 기둥

---

2) 참회왕 에드워드(Edward the Confessor, 1003~1066)는 영국 앵글로색슨 왕조의 첫 번째 왕.

3) 헨리 3세(Henry III, 1207~1272)는 잉글랜드 플랜태저넷 왕가의 왕이자 존 왕의 아들로 1916~1272년에 재위하였다.

4) 문루(門樓)는 대궐이나 성 따위의 문 위에 사방을 볼 수 있도록 다락처럼 지은 집이다.

5) 홀은 원래 임금 앞에서 교명(敎命)이 있거나 계백(啓白: 아룀)할 것이 있으면 그 위에 써서 비망(備忘)으로 삼았던 것인데 후세에는 다만 의례적인 것이 되었다. 왕은 규(圭)를 잡고 대부(大夫)나 사(士)는 홀을 들었다.

으로 사용할 수 있을 정도의 오랜 시간이다. 영국인들이 근면 성실하게 원래의 계획을 따르며, 백여 년이 지나도록 추호도 흔들리거나 나태하지 않고 끝내 이를 완성시켰던 것이다. 아! 이 일이 사소하기는 하지만 그들의 위대한 정신을 설명해주고 있다. 우리 중국인에게 물어본다면, 백 년 후를 내다보며 완성하려 한 집이 있었는가? 만약 어떤 사람이 이렇게 집을 지으려 한다면, 무엇보다도 자신이 완성된 집을 보겠다는 생각을 해서는 안 되며, 더더욱 그 집에서 자신이 살겠다는 생각을 해서는 안 된다. 이런 사람은 작은 성과에 만족하지 않고 원대한 계획을 추구하며, 이것이 일생일대에 완성할 수 없는 일임을 잘 알면서도 이상의 기초를 세워 다른 사람에게 전해주려고 한다. 이런 사람이 있으면 다 된 것인가? 그렇지 않다. 그렇지 않다. 후계자가 그와 마찬가지의 마음과 기백을 지니고 있어야 일을 계승하여 끊어지지 않게 할 수 있다. 나는 유럽문명의 기원이 이점에서 비롯되며, 인류사회가 진화할 수 있는 이유도 이 점에 있다고 생각한다. 선인들은 항상 위대한 계획을 세워 후세를 위해 행복을 도모하고, 후세들은 선인들의 유산을 보존하여 더욱 확충하고 빛내며, 이러한 일의 완수가 바로 인생의 목표와 책임이 되었다. 웨스트민스터 시원을 관람하면서 처음 들었던 생각이 이런 감회였는데, 나중에 유럽을 두루 여행하면서 도처에서 본 사원들이 툭하면 몇백 년에 걸쳐 지은 건물들이라 이런 인상이 날로 깊어졌다. 우리 중국인의 과거를 회상해보면 참으로 부끄럽기 짝이 없으며, 중국인의 미래를 생각하면 더욱더 불안하기 그지없다.

웨스트민스터 사원은 영국 국교의 교회당이자 국가와 왕실의 대강당으로 역대 군주의 대관식과 장례식이 다 여기서 거행되었다. 그렇지만 영국의 모든 시민들이 매일 예배하는 공공장소이기도 하여 평민주의의 상징으로도 볼 수 있다. 우리가 이 사원을 '영국의 능연각'이라고 부르는 이유는 무엇인가? 이곳이 국립묘지여서 수백 년 동안 유명 인사들의 묘지가 사원 안에 안치되어 있기 때문이다. 본래 이 사원은 영국 왕실의 능이 소재한 곳이었으나, 후에 국가에 공덕이 있는 분들을 사원에 안장시켰다. 중국의 옛 말에 따르자면 왕릉에 부장(陪葬)하는 것이라 할 수 있다. 그러나 그들의 부장은 왕실의 공신이 아니라 국가에 대한 공헌을 기준으로 하기 때문에, 정치가, 학자, 시인, 심지어 명배우까지도 대상이 되어 사원에 안장할 수가 있었다. 그래서 숙연하고 경건한 마음이 일어나는 동시에 옛사람과 친근해진 기분도 들게 하였다. 우리는 안내책자의 지도를 따라 갔다. 입구 서쪽 벽에 24세에 대재상이 된 윌리엄 피트[6]가 팔을 벌리고 연설하는 동상이 세워져 있었다. 맞은편엔 머리가 길고 코가 우뚝한 노인의 동상이 있었다. 아! 바로 근대사를 읽을 때 가장 익숙한 분인 글래드스턴[7]이다. 그는 그의 부인과 함께 이곳에서 영원하고 평화롭게 안식하고 있다. 아아! 이분은 뉴턴[8]으로 묘지명이 라틴어로 쓰여 있고 그의 이름조차 'Isaci Newtoni'라고 하여 알파벳이 바뀌어 있는데, 이는 당시 르네상스의 영향을 받아 옛것에 대단히 흥취를 느꼈다는 사실을 반영하고

---

6) 윌리엄 피트(William Pitt, 1759~1806)는 영국 토리당의 당수로 1783년 24세의 나이에 영국의 수상이 되었다.

7) 글래드스턴(Gladstone, 1809~1898)은 영국의 총리로 자유주의 입장에서 하층 계급의 불만을 해소시키기 위해 많은 개혁을 단행하였다.

8) 뉴턴(Isaac Newton, 1642~1727)은 17세기 과학혁명의 상징적인 인물로 광학과 역학 및 수학 분야에서 뛰어난 업적을 남겼고, 1687년에 출판된 『자연철학의 수학적 원리』는 근대과학에 있어서 가장 중요한 책으로 꼽힌다.

있다. 또 증기기관을 발명한 와트[9], 생물학의 태두 다윈, 아프리카를 탐험한 리빙스턴[10]의 묘지가 있었다. 이 일대는 정치가로 태반이 자유당 명사였고, 저 일대는 시인이나 소설가로 내가 학문이 고루하여 이름을 많이 알지 못하는 게 애석하다. 아하! 이분은 누구인가? 헨리 어빙[11] 경으로 셰익스피어 연극에 출현한 배우인데, 연기가 매우 뛰어났기 때문에 국가가 그 공로로 작위를 하사하였으며, 거리에 그의 동상이 세워져 있다. 이분은 위대한 화가 라르질리에르[12]로 프랑스사람인데 어떻게 이곳에 묻히게 되었는가? 17~18세기 영국미술계에 가장 큰 공헌을 하였기 때문이며, 웨스트민스터 사원의 유일한 외국인이다. 또 로버트 필[13], 파머스턴[14], 디즈레일리[15]는 명성이 높은 영국 정

---

9) 와트(James Watt, 1736~1819)는 영국의 산업혁명에 실질적으로 공헌한 증기기관을 발명했다.

10) 리빙스턴(David Livingstone, 1813~1873)은 30년간 남부·중앙·동부 아프리카를 탐험하였고 기독교 선교활동은 아프리카에 대한 서구의 태도에 커다란 영향을 끼쳤다.

11) 헨리 어빙(Henry Irving, 1838~1905)은 셰익스피어 전문 배우로 영국 왕실로부터 기사 작위를 받았다.

12) 라르질리에르(Nicolas de Largelliere, 1656~1746)는 프랑스의 역사화가·초상화가이며 런던에 진출하여 영국 왕립미술원에서 활약하였다.

13) 로버트 필(Robert Peel, 1788~1850)은 두차례에 걸쳐 총리로 재임하면서 재정을 개혁하고 곡물법을 폐지하였으며 자유무역을 촉진하였다.

14) 파머스턴(Palmerston, 1784~1865)은 영국의 수상을 지낸 대정치가이다. 파머스턴 외교라고 불리는, 세력 균형과 국민적 이익의 확대를 의도한 외교정책을 전개하고, 세포이의 반란이나 애로우호 사건에 대해서는 강경한 자세를 취했지만, 다른 한편으로는 영국에 망명해온 코슈트를 지원하는 등 대륙의 자유주의적, 국민주의적 운동을 지지하는 입장을 취하기도 했다.

15) 디즈레일리(Benjamin Disraeli, 1804~1881)는 영국의 총리를 두차례 지내면서 (1868, 1874~1880) 보수당을 이끌고 토리 민주주의와 제국주의 정책을 폈다.

치가들로 일일이 응대하기가 곤란할 지경이다. 사원 안쪽에는 왕릉이 많아 바깥쪽보다 화려해 보였지만, 이곳에 별다른 흥미가 없어 대충 둘러보고 지나가려 했다. 그런데 남쪽 회랑과 북쪽 회랑에 엘리자베스[16]와 메리[17] 두 여왕이 있었다. 두 자매는 살아서나 죽어서나 원수 지간으로 지내며 한 사람이 다른 한 사람을 죽이는 운명을 맞았는데, 이제 한 사원에 함께 머물고 있으니 화해한 것이라고 할 수 있으리라. 또 찰스 2세[18]가 있었다. 그는 이 사원에서 대관식을 치를 때 격노하며 아버지를 살해한 원수 크롬웰[19]의 무덤을 파헤쳤다. 훗날 크롬웰의 무덤은 다시 사원으로 이장되어 찰스 2세의 능과 멀지 않은 거리에 있다. 이는 참으로 원수와 친구를 구분하지 않고 동일하게 대하는 태도로, 웨스트민스터 사원이 어떤 개인이 아니라 국가인 영국을 중시하는 것임을 알 수 있다. 이번 관람은 꼬박 오후 반나절이 걸렸는데, 마치 사마천[20]이 말한 '높은 산 우러러보고 큰길 따르듯이, 그대 보고 싶어 머뭇거리며 떠날 수가 없네(高山仰止, 景行行止, 想見其爲人,

---

16) 엘리자베스 1세(Elizabeth I, 1533~1603)는 1558년에서 1603년까지 44년간 잉글랜드 왕국 및 아일랜드 왕국을 다스린 여왕이다.

17) 메리 1세(Mary I, 1542~1587)는 스튜어트 왕가 출신의 스코틀랜드의 여왕이자 프랑스의 왕비이다. 본명은 메리 스튜어트이며 훗날 잉글랜드와 스코틀랜드의 공동 왕이 되는 제임스 1세의 어머니이다.

18) 찰스 2세(Charles II, 1630~1685)는 크롬웰 공화정 이후 영국의 왕정복고시대에 왕위에 올랐다. 재위시절 왕권을 강화하는 전제정치를 펼쳐 의회와 대립했다.

19) 크롬웰(Oliver Cromwell, 1599~1658)은 강인한 성품과 칼뱅주의 신앙을 바탕으로 영국내란에서 국왕 찰스 1세에 맞선 의회진영의 유력한 장군 가운데 한 사람이다.

20) 사마천(司馬遷, BC 145년?~BC 86년?)은 중국 전한(前漢)시대의 역사가로『사기』의 저자이다. 자는 자장(子長)이며 태사공(太史公)이라고 부른다.

低回留之, 不能去焉)[21] 같은 감회가 들었다. 외국인인 우리가 사원에 들어서자마자 벌써 이렇게 감동을 받았으니, 자국 국민들은 어떠하겠는가? 웨스트민스터 사원 자체가 바로 매우 엄정한 인격교육이자 활력적인 국민정신교육이었다. 교육이 학교에서만 이루어지는 것이겠는가? 아! 우리 중국인들은 경청해야 한다! 우리 중국인들은 경청해야 한다!

3. 1919년 영국 총선거 전의 정계 현황

우리는 '세계 민주정치의 선조' 영국 국회의사당을 참관하게 되었다. 이번 국회는 총선 이후 새로 소집된 것으로 마침 우리가 영국에 도착하던 날 개회식을 거행하였다. 국회를 참관하기 전에 총선 이후의 정당 형세에 대해 한번 살펴보는 게 좋을 것이다.

영국이 정당정치의 모범이라는 건 모두가 알고 있는 사실이다. 영국은 양당제 국가이며, 국회 하원에서 다수를 점한 당이 당연히 정권을 장악하고 소수당이 재야에서 집권당을 감독한다. 영국 국민성에는 두 가지 매우 중요한 요소기 있는데, 하나는 사유를 좋아하는 것이고 다른 하나는 보수를 좋아하는 것이다. 두 정당이 각각 두 국민성의 일면을 대표한다고 할 수 있다. 비록 두 당의 당명이 여러 차례 바뀌고 구체적인 정치 방침도 시대에 적응하기 위해 수시로 바뀌기는 했

---

21) 『史記·孔子世家』의 원문은 "太史公曰：詩有之：「高山仰止, 景行行止」雖不能至, 然心鄕往之. 餘讀孔氏書, 想見其爲人. 適魯, 觀仲尼廟堂車服禮器, 諸生以時習禮其家, 餘祇回留之不能去云. 天下君王至於賢人衆矣, 當時則榮, 沒則已焉.孔子布衣, 傳十餘世, 學者宗之. 自天子王侯, 中國言六藝者折中於夫子, 可謂至聖矣!"

지만, 근본정신은 여전히 백 년이 하루처럼 변함이 없다. 최근 두 당의 당명이 자유당[22]과 보수당[23]인데, 모두 오랜 역사적 바탕을 가지고 있고 서로 교대로 여당과 야당이 되었다. 그러나 19세기 말에 이르러 양당의 대립적인 원칙이 점차 동요되기 시작하였다. 1880년 이후 아일랜드 국민당[24]이 창립되어 제3의 정당이 되었다. 그래서 두 당 모두 더 이상 국회에서 절대 다수를 차지할 수 없어 반드시 다른 당과의 제휴가 필요해졌으며 제3당은 형세를 판가름하는 역할을 수행하였다. 1890년 이후 노동당[25]이 창립되어 제4의 정당이 되었다. 절대다수를 차지하려는 일당제의 꿈은 이로 인해 깨지게 되었다. 1894년 글래드스턴의 실패 이후 보수당 천하가 되어 마침 20년간 지속되고 있었다. 자유당은 제3당, 제4당과 제휴하여 세력이 날로 커졌으며, 1905년에 마침내 다수를 차지하여 다시 내각을 장악하게 되었다. 그 후 두 차

---

22) 자유당(Liberal Party)은 휘그당을 계승하여 19세기 중엽에 출현한 정당으로 보수당에 필적하는 대정당이었지만, 1918년 이후에는 노동당에게 제1야당의 자리를 넘겨주고 군소 정당으로 전락했다. 1988년 3월 영국사회민주당과 합당하여 자유민주당이 되었다.

23) 보수당의 정식 명칭은 보수연합당(Conservative and Unionist Party)으로 17세기에 형성된 토리당에서 유래되었다. 1832년 영국의 (선거)개혁법안이 통과되자 토리당원들은 '보수 연합'을 결성했는데, 이것이 현 영국 보수당의 모체가 되었다. 영국 보수당은 보수·연합주의자 전국연맹, 중앙사무소, 원내당 등 3대 요소가 당조직의 주축을 이루고 있다.

24) 아일랜드국민당(Irish Nationalist Party)은 1874년부터 1978년까지 다양한 형태로 존재했던 아일랜드 민족주의에 기반한 정당이다.

25) 노동당(Labour Party)은 1900년 노동조합회의와 독립노동당이 제휴해 노동자대표 위원회를 설립했고, 1906년에 노동당으로 개명했다. 당세가 급속히 성장해 제1차 세계대전 중에는 연립내각에 참여했고 1918년 하원 총선거에서 제2의 정당으로 떠올랐다.

례 총선에서 보수당은 모두 패배의 쓴맛을 보았고, 자유당은 아일랜드국민당, 노동당과 긴밀히 협력하여 정권을 계속 유지하였다. 이러한 모습이 전쟁 전 영국 정계의 형세였다. 전쟁 초기 야당인 보수당이 먼저 정부와 협력하여 국난을 극복하겠다는 의사를 표했으며, 정부도 흔쾌히 성심을 보이며 야당과의 제휴를 희망하였다. 이듬해(1915년) 5월 연립내각이 구성되어, 자유당 12인, 보수당 8인, 노동당 1인, 아일랜드국민당 1인 등 총 22인이 내각에 참여하였다(나중에 아일랜드국민당 당수인 리트먼이 교섭이 원만하지 않아 내각에 참여하지 않았다). 당시 애스퀴스[26] 내각은 실제적으로나 형식적으로나 완전한 거국내각의 모습을 갖추게 되었다. 자유당과 보수당의 두 당수가 같은 내각의 동료가 된 것은 영국 헌정 사상 파격적인 세로운 사건이라고 할 수 있다(노동당원의 입각도 이번이 처음이었다). 1916년 12월, 로이드 조지[27]가 애스퀴스 내각의 정책을 반대하자 결국 애스퀴스가 물러났다. 로이드 조지 내각이 구성되어 거의 정당정치 및 내각정치의 정신을 모두 타파하였다. 첫째, 20여 명의 내각 성원 가운데 5명을 선출하여 군사내

---

26) 애스퀴스(Herbert Henry Asquith, 1852~1928)는 1908년 영국 총리를 맡아 1차 세계대전이 한창이던 1916년 자리에서 물러났다. 마거릿 대처가 1988년 기록을 깨기 이전까지는 역대 최장수 총리였다.

27) 로이드 조지(Lloyd George, 1863~1945)는 맨체스터에서 출생하여 옥스퍼드 대학교를 졸업하고 변호사가 되었다. 27세 때 하원 의원에 당선되었고, 애스퀴스 내각이 성립되자 재무상에 취임하여 불로소득에 대한 과세를 포함한 획기적인 예산안을 제출하여 상원의 맹렬한 반대를 받았다. 1910년 선거에 승리를 거둔 후 상원의 권한 축소를 내용으로 하는 '의회법'의 성립에 의해 상원을 굴복시켰다. 제1차 세계대전이 일어난 후 연립 내각의 군수상이 되고 이어 총리가 되었다. 전쟁 후에는 파리에서 열린 베르사유 회의에 영국 대표로 참가하여 활약하였다. 그러나 아일랜드 문제로 총리직을 사직하고, 1923년 정계에서 은퇴하였다.

각을 조직했는데 바로 내각 안의 내각을 만든 셈이다. 솔직히 말하자면, 내각 위의 내각이라고 해야 할 것이다. 둘째, 인재를 망라하기 위해 국회의원이 아닌 몇 사람을 입각시켰는데, 이는 영국헌정사의 관례에서 절대 허용되지 않았던 일이다. 셋째, 정부 총리는 자유당의 로이드 조지이고 상원 의장 커즌[28)과 하원 의장 보너 로[29)는 모두 보수당 출신이었는데, 이는 전대미문의 기이한 현상이자 '비정당정치' 정신의 공공연한 표출이었다. 요컨대 로이드 조지 내각이 성립된 이후 전쟁에서 국가를 위해 막대한 공로를 세우긴 했지만, 헌정 기초의 면에서는 오히려 심각하게 혼란스러워졌던 것이다. 정당 내부적으로 볼 때 자유당은 분열되었고, 애스퀴스파와 로이드 조지파는 서로 상극이 되었다. 로이드 조지는 보수당을 이용하여 세력유지를 할 수밖에 없었고, 보수당도 로이드 조지를 이용해 차츰 정권을 회복하려고 했다. 이러한 모습이 작년 정전 전후 영국 정계의 형세였다.

영국 하원의 임기는 본래 7년인데 최근 개정하여 5년으로 단축되었다.(1911년 법률) 이 때문에 1910년에 선출된 국회는 1915년 겨울에 일찍 만기가 되었다. 그러나 대전이 한창이라 선거에 신경 쓸 여유가 없어, 작년 11월 독일이 항복하면서 로이드 조지 내각은 총선 시행령을 발표하였다. 당시 반대파의 일부 사람들은 잠시 연기할 것을 주장했는데, 그 이유는 선거인 상당수가 원정군으로 해외에 머물러 있어서 투표할 수 없다는 것이었다. 이에 대해 정부는, 평화가 회복된 후 시행하는 각종 정책은 무엇보다 국민의 신임을 얻기 위한 것인데, 임기

---

28) 커즌(Curzon, 1859~1925)은 영국 노동당 당원으로 정계에 투신하여 재정장관과 인도 총리에 재임하였다.
29) 보너 로(Bonar Law, 1858~1923)는 1922-1923년에 영국 수상에 재임하였다.

가 만료된 국회가 현재의 민의를 대변한다고 볼 수 없기 때문에 법에 따라 빨리 총선을 실시해야 한다고 주장하였다. 정부는 내심으로 국민이 승리를 경축하고 공덕을 찬양하는 틈을 타 선거를 실시하면 당연히 자신에게 유리할 것이라고 기대하였다. 틀에 박힌 말이긴 하지만, 법률상의 이유도 매우 타당하여 반대의견들이 자연히 수그러들 수밖에 없었다. 이번 선거에서 각지의 원정군이 임시로 돌아와 투표를 마친 후 다시 부대로 돌아갔다. 그래서 어떤 사람은 이번 선거에 '종군선거'라는 별명을 붙여주었다. 선거는 새로 개정된 선거법(1918년)에 따라, 남성 유권자가 200만 명 더 증가했고, 600여만 명의 여성 유권자가 추가되었다. 다년간의 여성 참정 운동이 드디어 결실을 보게 된 것이었다. 이번 선거는 과거의 정당 간 대립 경쟁과 달리 연립파와 비연립파가 별도로 생겨, 연립파는 현재의 연립정부를 옹호하였고 비연립파는 그에 반대하였다. 이러한 두 파가 각 당마다 모두 있어서 우리는 이번 선거를 '정당 합종연횡' 선거라고 부를 수 있을 것이다. 연립파의 주요 성원은 보수당 대다수 당원, 로이드 조지파의 자유당 당원, 노동당 내부의 로이드 조지에 동감하는 소수 당원 등이다. 비연립파의 주요 성원은 애스퀴스피의 자유당 당원, 노동당의 대다수 당원, 아일랜드 통일당, 아일랜드 신페인 등이다.

4. 총선 후의 새 국회

총선을 앞두고 연립파는 로이드 조지(연립파의 자유당 당수)와 보너 로(보수당 당수) 두 명의 이름으로 장편의 선언문을 발표하였다. 이 선언은 영국의 미래 추세를 연구하는 데 있어 상당한 가치를 지니고 있다. 우리는 진작부터 최근 몇십 년간 영국에 두 가지 큰 문제가 있다는 점을 알고 있었다. 첫째, 관세문제로 보수당은 보호무역을 주장했고 자유당은 이에 절대 반대하였다. 둘째, 아일랜드 문제로, 자유당은 자치를 주장했고 보수당은 이에 절대 반대하였다. 이 선언의 요점은 두 문제에 대해 양당의 절충적인 의견을 표하는 것이었다. 보수당은 아일랜드의 자치를 승인했지만, 얼스터 지방[30] 문제는 여전히 자결에 따르기로 하였다. 자유당은 관세개혁을 부분적으로 승인하고 특정 국산품에 대해 보호주의를 실시하며 농업개혁도 강화했지만, 일반 상품에 대해서는 여전히 자유무역 원칙을 취하였다. 이 선언은 양당이 오랫동안 극단적인 대립의 길을 걸어왔지만 향후 서로 교류하고 양보할 것임을 천명하고 있기 때문에, 영국 정치계의 새로운 흐름이라고 볼 수 있다. 그 밖에 평화회의문제, 군비문제, 징병제폐지문제 등에 관한 주장은 모두 각종 방법을 강구하여 국민의 심리에 부합하려는 것이었다. 그러나 비연립파는 어떠한 기치나 선명한 주장도 내놓지 않았으며, 현재 큰 공을 세운 로이드 조지 정부에 대해 공공연한 공격을 할 수도 없었다. 그들의 유일한 무기는 연립주의가 정당정치의 대원칙을 파괴하여 헌정 기초를 위태롭게 했다는 주장뿐이었다. 그들의 주장이 분명 틀리지 않았지만, 열렬하게 승리에 도취되어 있던 다수의 국민들에게는 그런 말이 통하지 않았다. 애스퀴스 내각 당시 국민

---

30) 얼스터 지방(Province of Ulster)은 아일랜드의 옛 주명으로 현재의 북아일랜드이다. 이곳은 영국이 아일랜드에 대한 식민정책을 수행할 때 개신교 신자들을 다수 이주시켰던 지역으로 신교도가 절대 다수를 차지해왔다. 아일랜드 민족주의자들은 1912년에 아일랜드 자치법을 통과시키는 데 성공했는데, 얼스터 지방의 대다수는 이 법을 반대하면서 영국으로부터 직접 통치를 받고자 했다.

의 심기를 거슬린 행동(가령 포슈[31]가 총사령관이 되는 것에 대한 반대)에 대해 다들 똑똑히 기억하고 있었다. 그래서 선거 결과 연립파가 전승하고 비연립파는 완패하였다. 선거 결과는 우리가 상하이에서 출발한 다음 날인 12월 29일에 발표되었다. 우리가 홍콩에 도착하여 로이터 통신을 보았는데, 보도 내용은 다음과 같았다.

연립파: 총 471명
보수당 334명
로이드 조지 자유당 127명
노동당 10명

비연립파: 총 236명
보수당 46명
애스퀴스 자유당 37명
노동당 65명
국민당 2명
신사회당 1명
아일랜드국민당 7명
신페인당 73명
무소속 5명

---

31) 포슈(Ferdinand Foch, 1851~1929)는 제1차 세계대전이 종전이 되고 있을 무렵 프랑스의 육군원수이자 연합군 사령관으로서 연합군 승리에 가장 큰 공을 세웠다.

의원 총 707명에서, 정부 쪽의 연립파가 471명으로 다수를 차지하였고, 비연립파 내의보수당 46명은 태반이 아일랜드에서 선출되었다. 일반적인 정부정책에 대해 찬성하는 실질적인 친정부 의원 수가 반대파보다 327명 더 많다고 할 수 있다.[32] 이번 총선 결과에 대해 각별히 주의해야 할 몇 가지 점이 있다. 첫째, 반대파의 최고 당수이면서 개전 당시 영국 총리였던 애스퀴스가 낙선하였고, 그 외에 자유당의 명사인 시몬[33], 매케나[34] 그리고 노동당 당수 아서 핸더슨[35] 등도 연이어 낙선하였다. 반대파의 실패는 그야말로 전무후무한 일이었다. 둘째, 보수당은 두 파를 합하여 380명이었다. 일당이 절대다수가 된 것은 25년 동안 나타나지 않았던 현상인데, 보수당 세력이 완전히 회복되어 언제든 로이드 조지를 물러나게 하고 독자적으로 내각을 조직할 수 있었다. 셋째, 아일랜드에서는 독립을 주장하는 신페인당[36]이 전승하고, 자치를 주장하는 국민당은 패잔병 신세로 전락하였다. 신페인당의 모든 의원은 영국 국회에 출석하지 않고 더블린[37]에서 자신

---

32) 비연립파 의원 236명 가운데 친정부적인 보수당의원 46명을 빼면 반대파는 총 190명이 되고, 이 보수당 의원 46명을 연립파에 포함하면 친정부파가 총 517명이 되어, 친정부파가 반대파보다 327명이 더 많게 된다.

33) 시몬(John Simon, 1873~1954)은 영국 자유당 정치인이다.

34) 매케나(Reginald Mckenna, 1863~1943)는 영국의 재무장관, 해군장관에 재임하였다.

35) 아서 헨더슨(Arthur Henderson, 1863~1935)은 영국의 외무장관과 노동당 당수에 재임했으며 1934년 노벨 평화상을 수상했다.

36) 신페인당의 정식명칭은 신페인노동자당(Sinn Fein Pairti Na Noibri)으로 사회주의적 반자본주의 이데올로기를 추구하는 아일랜드의 민족주의 정당이다.

37) 더블린(Dublin)은 아일랜드 해와 접한 더블린만의 가장자리에 있으며, 아일랜드의 주요항구이자 금융·상업·문화 중심지이다.

들의 국회를 조직하려고 했다. 아일랜드 문제에 한층 새로운 난관이 발생하였다. 넷째, 노동당의 몇몇 지도자가 낙선되기는 했지만 의원의 총수가 이전보다 증가되었다. 현재 반대파 가운데 의원 수가 가장 많아 예상 밖으로 야당의 선두 세력이 되었는데, 이는 실로 영국 의회사에서 전무한 일이었다. 다섯째, 여성이 참정권을 획득하였다. 그러나 여성들은 자신과 같은 여성에 대해 그다지 신뢰하지 않는 것 같았다. 잉글랜드, 스코틀랜드 등지에서는 여성의원이 한 명도 선출되지 못했고, 아일랜드 신페인에서만 여성의원 한 명이 당선되었는데 시종 국회에 출석하지 않았다. 베이징을 떠날 때 영국 공사 조르단[38]이 나를 송별하는 자리에서 영국인에 대해 했던 말이 기억났다. 그가 "당신이 영국에 도착하면 반드시 만나봐야 할 인물이 있습니다."라고 말해, "누구입니까? 제게 소개해주실 수 있습니까?"라고 물었다. 그가 "나도 누군지는 모릅니다."라고 답하여, "누군지도 모르는데 어떻게 만나보라는 겁니까?"라고 묻자, 그가 "듣자하니 이번 선거에서 여성의원이 한 명 선출되었다고 하는데, 어떻게든 한번 얼굴을 봐야 하지 않겠습니까?"라고 말했다. 그의 말이 끝난 후 서로 크게 웃었다. 유감스럽게도, 이번 선거의 유일한 여성의원인 마키에빅스[39]는 내가 아일랜드에 갈 기회가 없어서 끝내 만나볼 수 없었다. 한담은 그만하고, 영국의 새 국회는 현재와 같은 정세 하에서 향후 어떠한 변화가 일어날 것인가? 나는 정당 내부에서 근본적인 개조가 일어날 것이라고 생각한다. 로이드 조지파의 자유당과 보수당이 영구적인 결합을 할 것으로

---

38) 조르단(Jordan, 1852~1925)은 아일랜드 출신의 영국 외교관이다.
39) 마키에빅스(Markievicz, 1868~1927)는 1918년 신페인당 후보로 하원의원 선거에 출마하여 사상 처음으로 여성 당선자가 되었다.

보이는데, 그들의 선언문에 이러한 의사를 강하게 드러내고 있는 것 같다. 과연 그렇게 된다면 애스퀴스파의 자유당은 당연히 노동당과 결합하여 점차 강고한 야당을 형성하게 될 것이다. 그러나 이러한 개조가 이루어질 수 있을지 분명하게 말하기 어렵다. 보수당의 성격은 근본적으로 자유당과 결합될 수 없는 면이 있다. 로이드 조지파는 자유당 내에서도 급진파에 속하여 당연히 보수당과는 거리가 더욱 멀다. 1910년에 로이드 조지가 사회주의 재정안을 제출했을 때 보수당은 완전히 그를 홍수나 맹수 보듯이 했는데, 이제부터 서로 화합할 것이라고 하는 건 아무래도 억지가 아닐 수 없다. 하물며 로이드 조지는 시대적 사명을 아는 걸출한 정치가인데, 어찌 매사를 보수당과 영합하고 노동당과 대립하며 세계의 신조류를 거스르려 하겠는가! 그러나 절대다수를 점한 보수당이 로이드 조지를 궁지로 내몰 수도 있다. 만일 분열된다면 로이드 조지는 상황이 매우 난처해지는데, 친정으로 돌아갈 것인가 아니면 자신의 정당을 세울 것인가? 친정으로 돌아가는 것은 좀 계면쩍은 일이고, 자유당과 보수당의 일부 당원을 이끌고 자신의 정당을 세우는 것도 그리 쉬운 일이 아니다. 오늘날 로이드 조지는 시대의 총아라고 여겨지지만, 동시에 『유림외사』[40]에서 말한 '한 마리 작은 항룡(亢龍)[41]'으로 변하게 될지 아직 알 수 없어서, 더 논의할 필요는 없을 것이다.[42] 다행히 영국 정치는 사람에 의해 좌지우지

---

40) 유림외사(儒林外史)는 청대 오경재(吳敬梓)의가 지은 55회 풍자소설이다. 날카롭고 유머러스한 필치로 갖가지 유형의 사대부들을 통해 사리사욕, 불학무식과 무능함, 비굴함, 허위와 부패 등 각양각색의 추태를 묘사하고 있다.

41) 항룡은 하늘에 오른 용으로, 이미 지극히 높은 지위에 올라 하락세를 걱정해야 하는 처지를 뜻한다.

42) 이후 로이드 조지는 아일랜드 문제로 총리직을 사직하고 1923년 정계에서 은퇴

되는 게 아니어서, 한 사람의 성패가 결코 커다란 영향을 끼치지 못한다. 나는 현재의 '정당 합종연횡' 현상이 분명코 오래가지 못할 것이라고 생각한다. 얼마 지나지 않아 다시 양대 정당으로 변하고, 노동당이 오히려 '속국에서 강대국으로 발전하여', 과거 자유당의 아우 처지에서 향후 형님의 자리를 차지할 것이다. 정당의 형세를 대체적으로 파악했으니 의회로 가서 방청을 해보자.

5. 하원에서의 방청

본래 의회는 상하 양원의 총칭으로 양원은 같은 건물 안에 있었다. 독립된 정원이 있어서 회의장에 가기 전에 먼저 국회 전체를 대략 살펴보았다. 보라! 이곳 경찰들이 얼마나 기이한지! 모두들 『홍루몽』[43]에 나오는 사상운[44]처럼, 목에 조주[45] 모양의 금빛 사슬을 매고 있었으며 그 위에 매우 예쁜 황금 기린[46] 하나가 달려 있었다. 입구 왼편엔 낡은 목재 공장 같은 방이 있는데 어떠한 곳인가? 예전에 찰스 1

하였다.

43) 홍루몽(紅樓夢)은 청대 조설근(曹雪芹)이 지은 120회 소설로 호화로운 귀족 가정을 배경으로 꿈과 현실을 오가며 펼쳐지는 비련의 이야기이다. 400~500명에 달하는 등장인물을 자세히 묘사하고 있는데, 특히 여성에 대한 묘사가 절묘하며, 중국의 봉건제도에 대한 통렬한 비판 정신을 발견할 수 있는 작품이다.

44) 사상운(史湘雲)은 가보옥의 6촌으로 가모의 종손녀이다. 조실부모한 그녀는 부유한 외삼촌과 불친절한 이모 밑에서 성장했으나 개방적이고 순수한 성품을 지녔다. 비교적 양성적인 아름다움을 지녀 남성의 옷이 잘 어울렸고 술과 육식을 좋아했다.

45) 조주(朝珠)는 청나라 때 고급 관원이 목에 걸던 목걸이로 산호·마노·수정·호박·비취·침향(沈香) 등으로 만들었다.

46) 기린은 경찰 호루라기를 비유한다.

세의 식당이었는데 그 계단 아래의 돌 위에서 찰스 1세가 처형되었다. 이것이 독재군주가 국민의 심판을 받은 첫 번째 사건이라고 할 수 있다. 하지만 지금에 이르기까지 각국의 집권자들이 여전히 그의 행태를 배우고 있으니 정말로 이해할 수 없는 일이다. 벽에 두 폭의 거대한 그림이 있는데 나폴레옹 전쟁 시기 영국 육해군의 공적을 그린 것이다. 그림 속에서 영국과 프로이센의 총사령관이 매우 친밀하게 악수를 하고 있다. 아! 국제관계에 무슨 정감이 있을까? 소인배들 사이의 세력과 이익에 따른 영합만이 있을 뿐이다. 이쪽에 매우 긴 복도가 있는데 양쪽 벽면 선반 위에 몇백 년 동안의 법률과 의사록이 보관되어 있다. 나는 각국의 사람들이 세계를 학교로 삼아 '정치수업'을 하는데, 영국이라는 학생이 첫 번째로 시험에 합격한 것이라고 생각한다. 선반 위의 문서들은 모두 그의 졸업 성적이니 세심하게 살펴보아야 할 것이다. 어떻게 의회 안에 식당이 있는가? 많은 의원들이 여기서 차를 마시고 종종 손님 접대를 한다고 한다. 영국인의 정치취향은 그들이 운동경기를 좋아하는 것처럼 국회의사당도 단체경기 운동장으로 여기는 듯하다. 식당 뒤편이 바로 템스강이다. 정말로 편안하고 상쾌하다. 의원 나리들 가운데 몇 분이나 이런 기분을 느낄 수 있을지 모르겠다. 시간이 지체되어 저쪽에서 회의가 시작된 지 한참 되었으니 들어가 보도록 하자.

회의장은 어두침침했다. 벽에 삼각형 모양의 무수한 오크나무 조각이 쌓여 있었는데, 세월이 오래되어 어둡고 칙칙한 색채를 띠었다. 사방에 큰 창문이 없어서 빛은 지붕에서만 스며들었다. 평면의 지붕에는 오색유리가 덮여 있었는데, 유리는 삼각형 모양으로 옅은 황색이 주를 이루고 진남색과 진홍색이 서로 교차되어 있었다. 공기가 무겁고 안개가 짙은 날에는 더욱 침중해져, 마치 세상의 온갖 풍파를 겪은 사람이 겉으론 온기가 드러나지 않지만 내면에는 원기가 왕성한 것 같았다. 외면의 침중함은 내면의 활력과 인내심의 표상이다. 서양 사람들은 항상 "예술은 국민성의 반영"이라고 말한다. 예전에는 그 말을 이해하지 못했지만 유럽에 온 후 곳곳을 접하면서 그 뜻을 깨달을 수 있었다. 웨스트민스터 사원과 국회의사당 두 건축물에는 전 영국인의 모습이 생생하게 표현되어 있지 않은가? 각국의 회의장은 십중팔구 원형이지만, 영국 의사당은 직사각형이다. 중간에 의장석이 있고 좌우 양쪽에 긴 의자가 배열되어 있다. 중국의 참의원 중의원 양원에 국무원석이나 정부위원석이 있는 것과 달리, 영국은 의원이 아니면 입각할 수 없고 국무원은 의원 자격으로 출석하는 것이어서 당연히 국무원석이 존재하지 않았다. 국무원은 의장 우측 첫 번째 열에 앉고, 정부당원은 차례차례 그 뒷좌석에 앉는다. 야당 당수는 의장 좌측 첫 번째 열에 앉고, 당원들은 차례차례 그 뒷좌석에 앉는다. 강단도 없어서 아무리 긴 발언이라도 자기 자리에 서서 해야 한다. 각 좌석 앞에는 책상도 없고 필기용품은 말할 것도 없다. 의장은 매우 존엄하여, 의장석은 감실[47]처럼 높은 곳에 자리하고 위에 둥근 덮개가 있으며 그 양쪽에 깃술이 드리워져 있다. 의장이 그 위에 앉으면 마치 신선을 빚어놓은 듯하다. 의장석 아래에 긴 책상이 있고 그 위에 금빛 찬란한 지팡이가 놓여 있는데 이는 의장의 권위를 표시하는 상징물이다. 의장이 정식 의례에 참여할 때 반드시 한 사람이 지팡이를 들고 앞장서야 한다. 크롬웰이 군대를 동원하여 의회를 해산할 때 이 지팡이를 거

---

47) 감실(神龕)은 신상이나 위패를 모셔두는 곳이다.

리에 내던지며, "이게 뭐 길래 사람을 겁주고 있는가?"라고 말했다고
한다. 그러나 크롬웰은 이미 이 세상 사람이 아니지만, 이 지팡이는 천
수를 누리고 있다. 책상 양쪽 끝에 칠갑(漆匣)이 한 개씩 놓여 있는데,
재질이 가죽인지 나무인지 살펴보지 않았고 더욱이 그 안에 어떤 보
물이 들어있는지 모르겠다. 공교롭게도 양당 당수의 좌석 앞에 놓여
있어서, 당수가 연설할 때 처음에는 그냥 짚고 있다가 열변을 토하게
되면 주먹으로 힘차게 내려친다. 그래서 영국 아가씨들 사이에 "의회
칠갑을 내려치는 낭군에게 시집가고 싶다"는 미담이 있다. 이상의 회
의장 이야기들은 당시에 매우 감동받은 인상들이라 소소하더라도 상
세하게 서술하였다.

　이제부터는 회의 모습에 대해 얘기해보자. 오늘 개회 후 첫 의제로
논의한 것은 「국왕의 조서에 공손히 답하여 상주하는 글(奉答詔書上奏
文)」이었다.(군주국 국회에서는 개회식을 하는 날 관례에 따라 국왕이 조서를
한 편 내리는데, 이 조서가 바로 정부의 추상적인 정책 방침이다. 국회 첫 번째
회의는 항상 이 조서에 답하는 상주문에 관해 논의하며, 야당의 상주문에는 항
상 정부를 탄핵하는 뜻을 포함하고 있다.) 로이드 조지 총리는 본래 파리
평화회의에 참여하고 있었는데 그저께 비행기를 타고 서둘러 귀국하
여 이번 회의에 참석하였다. 우리가 회의장에 처음 들어갔을 때 우측
첫 번째 열에 추밀원장 버너로, 재정총장 체임벌린[48] 그리고 두세 명
의 국무원이 앉아 있었고, 뒤이어 로이드 조지도 도착하여 칠갑을 마
주한 자리에 앉았다. 좌측 칠갑 뒤편에는 노농당 당수 핸더슨이 앉아

---

48) 체임벌린(Neville Chamberlain, 1869~1940)은 1937-1940년에 영국 수상에 재임
　　하였다.

있었다. 그는 어떠한 분인가? 17세에서 24세까지 탄광에서 고된 노동을 했던 철두철미 노동자 길을 걸은 노동당원으로, 예전에 석탄을 채굴하던 손으로 이제는 칠갑을 내리치고 있다. 이제부터 아가씨들이 신랑을 고를 땐 상류사회의 인재만 찾을 게 아니라 광부나 마부도 똑같이 눈여겨봐야 할 것이다. 여러분들이 내 말을 농담으로 여겨서는 안 된다. 이는 영국 헌정사의 대사건으로, 영국이 앞으로 과격한 사회혁명을 피할 수 있다면 바로 이런 정신 덕분일 것이다. 우리가 막 회의장에 들어갔을 때 핸더슨이 서서 연설하고 있었다. 뒤이어 토마스[49]가 연설을 했는데, 그는 철도노동조합 총서기로 작년에 내각위원을 맡았다. 두 사람의 요지는 그저께 내려진 조서에 노동정책에 대한 실질적인 배려가 없다는 것이다. 그래서 대전 이후 노동자들의 고통스런 현실을 역설하며 상주문에서 각별히 이점을 중시해야 한다고 주장하였다. 이는 정부를 향해 첫 번째 화살을 날린 셈인데, 두 사람의 연설은 격정적이면서 성실하여 감동이 넘쳤다. 맞은편에 로이드 조지는 두 다리를 책상 위에 걸친 채(로이드 조지가 무례하다고 오해하지 마시오. 이는 의회에서 유행하는 자세다.) 그의 동료들과 함께 귀를 기울여 연설을 경청하고 있었다. 그리고 수시로 연필을 들고 그들의 연설 요점을 작은 메모지에 적어 답변 준비를 하였다. 나는 쌍방 간의 두 시간여의 변론을 듣고 실로 온몸이 전율할 정도의 감명을 받았다. 그들은 국가대사를 논의하는데, 마치 온 가족이 탁자에 모여 집안일을 얘기하는 것처럼, 매우 진솔하고 성실하였다. 자신의 주장을 조금도 굽히려고 하지 않았지만, 상대당의 의견에 대해선 진심으로 존중해주었

---

49) 토마스(Henry Thomas, 1874~1949)는 영국 철도노동자 출신의 정치인이다.

다. 나는 국민이 이러한 정신을 갖추지 않은 상황에서 입헌공화를 얘기하는 건 부질없는 일이라고 생각한다. 최근 몇 년간 우리 국민들은 의원에 대해 불만이 매우 컸다. 의원 자신이 당연히 심각하게 반성해야 하겠지만 근본적인 책임은 여전히 국민에게 있다. 의원도 국민의 한 성원이 아닌가? 그러한 국민이 있었기 때문에 그러한 의원이 나올 수밖에 없는 것이다. 한 사람을 쫓아내고 다른 사람으로 교체한다고 해도 조삼모사나 마찬가지다. 자신의 책임을 묻지 않고 의원의 책임만 묻는 것은 근본적으로 잘못된 일이다. 나는 우리 국민이 빨리 자각하여 이 일부터 시작하기를 바란다. 그렇지 않다면, 국가를 건설하는 시험에 응하려고 하지만 제목을 바꾸기만 해도 낙제하고 말 것이다. 공론은 그만하고 다시 본론으로 돌아가자.

　이번 토론은 묻지 않아도 당연히 야당이 패배했다는 것을 알 수가 있다. 우측에는 새까맣게 사람들이 앉아 있는 반면, 좌측은 새벽 별처럼 듬성하게 앉아 있어, 형세가 확연히 차이가 났기 때문이다. 그러나 소수당 사람들은 자신의 주장이 통과될 가능성이 없다는 걸 잘 알면서도 연이어 의견을 제기하며 통쾌하고 치밀하게 연설하였다.(다수당은 자신이 승리한다는 걸 잘 알고 있지만, 압박을 가하여 상대당이 발언하지 못하도록 하는 게 아니라, 서로 통쾌하게 변론을 한 후 그들의 주장을 부결시켰다.) 중국인의 시각에서 볼 때 그들이 참으로 멍청해 보인다. 분명 통과될 수 없는 제안인데 반복하여 말하는 것은 쓸데없는 짓이기 때문이다. 하지만 영국 헌정이 날마다 끝없이 진보하게 된 이유가 바로 이 때문이라는 점을 어찌 알겠는가? 19세기 초에는 급진당에 한 명의 의원밖에 없었는데, 그는 보통선거법안을 제출했다가 즉시 부결되자 이듬해에 또 글자 하나 바꾸지 않고 제출했고. 해마다 부결되면 해마다 제안하여 이렇게 7년을 지속했다고 한다. 매우 총명한 우리 중국인 같으면 절대 이런 멍청한 짓을 하지 않는다. 그가 멍청하다고 생각하는가? 오늘날은 어떠한가? 보통선거가 전 세계의 보편법칙이 되지 않았는가? 그들은 절대 자신의 주장이 즉시 성공할 것이라는 희망을 갖지 않으며, 그것을 하나의 문제로 만들어 국민의 주의를 환기하고 천천히 여론을 조성하면 그만이라고 생각한다. 바로 공자의 "안 되는 줄 알면서도 한다(知其不可而爲之)[50]"는 것이나, 묵자의 "세상 사람들이 받아들이지 않더라도 억지로 떠들며 그치지 않는다(雖天下不取, 强聒爾不舍)"[51]는 것이 실로 이러한 이치다. 멍청한 영국인이 성공할 수 있었고, 총명한 중국인에게 미래가 없는 이유는 바로 이 점에서 비롯된다.

6. 의회의 일화

영국의회의 많은 소소한 습관들은 외국인의 시각에서 볼 때 이해하기 힘들지만, 실은 곳곳에서 영국인의 특별한 성격도 엿볼 수 있다. 의장은 희끗한 가발을 쓰고 검은 가사를 두르고 있으며, 비서의 복장도 마찬가지여서 무대 위에서 분장한 배우 같다. 의장의 명칭은 'President'나 'Chairman'이 아니라 'Speaker'로서, 번역하면 '말하는 자'라는 뜻이다. 옛날에 국왕이 의회에 돈을 요구할 때마다 의장을 불러 얘기하게 했다고 하는데, 그때 이 호칭을 얻어 오늘날까지 바꾸지 않

---

50) 『논어』 「憲問」편의 구절.
51) 『장자』 「天下」편의 구절.

았다. 제일 이상한 것은, 하원 의원이 총 707명인데 의원석은 596석밖에 되지 않아, 전원 출석하면 111명은 앉을 자리가 없게 된다. 이런 불합리한 부분은 시정하기가 그렇게 어렵지 않지만 영국인들은 개의치 않고 그대로 놔두고 있다. 중국과 영국은 본래 보수적인 나라로 유명하지만 중국인의 보수는 영국인의 보수와 정반대다. 중국인은 간판 바꾸기를 매우 좋아하여, 헌법 몇 조항 베낀 것으로 입헌을 했다고 여기며, 연호를 바꾼 것으로 공화를 실현했다고 여긴다. 그러나 정치사회의 내용은 뼛속까지 온통 과거 청나라의 낡은 껍데기 그대로다. 영국은 내부에서 끊임없는 신진대사를 통해 시시각각 혁명을 하지만, 고풍스러운 옛 간판만은 죽어도 바꾸려 하지 않는다. 그래서 유행도 가장 빠르고 고집도 가장 세다. 의회에서 가장 신성한 말은 'Order'이다.(본뜻은 '질서'이지만, 이곳에서의 함의는 조금 넓어서 '규칙'을 지칭한다.) 의원의 언동이 규칙을 위반하면 '오더', '오더' 소리가 사방에서 성난 듯 울린다. 의장의 입에서 '오더'라는 말이 나오면 회의장이 아무리 소란스럽더라도 즉시 조용해진다. 그들의 '오더'는 헌법 몇 조 몇 항으로 명기한 적이 없다. 그들에게 '오더'가 얼마나 많고 유래가 무엇인지 묻는다면 대답할 수 있는 사람이 아무도 없을 것이다. 몇 가지 사례를 들어보자. 예전에 의회에 새로 온 의원이 처음 연설을 하면서 '여러분'이라고 말하자 도처에서 '오더'가 울려 퍼졌다. 그들의 '오더'에 따르면, 연설은 의원이 아니라 의장에게 하는 것이기 때문에, 첫마디가 '여러분'이 아니라 '스피커 선생'이라고 해야 한다는 것이다. 이런 연유로 어떤 사람이 연설하고 있을 때 그 앞을 지나가는 것은 '오더'를 범하는 행위인데, 이는 연설자의 목소리를 가로막아 '스피커 선생'이 말을 잘 듣지 못할까 염려되기 때문이다. '오더' 가운데 가장 불가사의

한 것은 그들의 커다란 견직 모자였다. 어떤 옷차림을 해도 절대 자유이지만 이 커다란 모자만은 반드시 써야 했다. 이 모자 때문에 영국의 원로 정치가 글래드스턴이 두 차례나 사람들의 웃음을 자아냈던 적이 있다. 본래 그들의 '오더'에 따르면, 의안을 타결할 때 먼저 종을 들고 2분마다 한 차례 흔들기를 세 번 하고 난 후, 의원들이 모두 복도 아래 좌우로 모여 가부를 결정한다. 한번은 글래드스턴이 샤워(의사당 안에 욕실이 있다.)를 하는 도중에 종이 울렸는데, 옷 입을 시간이 없어 목욕가운에 모자만 쓰고 달려갔다가 온 회의장을 웃음바다로 만들었다. 또 그들의 '오더'에 따르면, 평소 연설할 때는 모자를 쓰지 않지만, 타결 종이 울리고 동의를 제기할 때는 제기자가 반드시 모자를 쓰고 연설해야 한다. 이 때문에 글래드스턴이 소란을 일으킨 적이 있다. 농의를 제기할 때 모자 쓰는 것을 잊고 있다가 갑자기 좌우에서 '오더'를 외치자, 자기 모자를 찾을 수 없어서 황급히 옆 좌석에 있는 모자를 썼다. 글래드스턴은 두상이 크기로 유명했는데, 그 모습이 마치 큰 호박 위에 자그마한 컵을 씌워놓은 것 같아서 한바탕 큰 웃음을 자아냈다. 또 매우 우스운 일이 있는데, 배우 모습으로 분장한 의장도 이 모자를 준비해야 한다는 것이다. 어디에 쓰려고 하는 것인가? 본래 의회의 타결 법정인수는 40명인데, 한 명이 부족할 때 의장으로 채울 수 있기 때문이다. 6분 동안 종을 세 차례 울리는데 종이 울릴 때마다 의장이 인수를 센다. 하나, 둘, 셋…… 마흔까지 세고 나서 의장은 모자를 가발 위에 쓰고 큰소리로 "마흔"을 외친다. 이런 모습이 연극을 하는 것 같지 않은가? 또 산회는 항상 의원이 동의하고 의장이 선포하는 '오더'도 있다. 어느 날 의원 전원이 산회 동의도 잊은 채 떠나버려, 의장만 감실(의장석)에 새벽까지 남아 있게 되었다. 다행이 경비가 지나가다가 그 연유를 묻고 모처에서 의원 한 명을 찾았다. 그가 회의장에 들어가 동의를 하고 의장이 정식으로 선포했다고 하는데, 정말로 우스운 일이 아닌가? 그렇지 않다. 여러분, 함부로 웃어서는 안 된다. 이런 소소한 부분들이 바로 영국 법치정신의 좋은 본보기이며, '영원히 해가 지지 않는 나라 영국'도 이 '오더 신성'의 관념으로 획득한 것이다.

나는 앞서 영국인들은 정치활동을 운동처럼 좋아한다고 했는데 이 두 가지는 단체경기나 마찬가지이다. 그들은 운동을 할 때 규칙을 매우 중시하여, 만일 당신이 규칙을 존중하지 않는다면 당신과 운동을 하려는 사람이 아무도 없을 것이다. 중국인이 카드놀이를 할 때도 각종 규칙이 있어서, 졌다고 상을 뒤엎는다면 말이 되겠는가? 우리는 공화정치를 몇 년간 시행했지만, 한 짓이라곤 카드놀이에서 상을 뒤엎는 추태뿐이었다. 영국인은 법률을 제정하지 않으면 그만이지만, 일단 제정하고 나면 그것을 신성불가침한 존재로 여긴다. 이 법률은 일정한 절차를 통해 개정하지 않는 이상 절대적인 효력을 갖게 되며, 누구든지 이를 따라야 한다. 그래서 그들은 입법에 있어서 조금의 느슨함도 없다. 인민이 입법권을 가지게 되면서 자유를 얻었다고 하는 것은 바로 이 때문이다. 만일 법률이 제정되었는데 인정하지 않고, 명문화해놓고 자신에게 유리한 것은 따르고 불리한 것은 말살해버린다면, 이런 법률이 무슨 필요가 있겠는가? 입법권이 있다 해도 어디에 쓰겠는가? 이 점에 있어서 반야만적이고 미개한 군벌은 말할 것도 없고, 헌정을 높이 외쳤던 우리 같은 사람들도 책임을 분담하지 않을 수 없다. 군벌이 법률을 말살하는 데 있어 우리가 공범은 아니지만, 일시적인 의기에 눈이 어두워 그것이 잘못되었다는 점을 알아채지 못했기 때문이다. 이 점만으로도 국민에게 막대한 죄를 지었다. 나는 지금 잘못을 깨닫고 있으며 기회를 잡아 국민들에게 깊이 참회하려고 한다. 나의 친구들에게도 철저히 반성하여 스스로 법치정신을 양성하고 난 후 비로소 정치를 논할 자격이 있다고 권하고 싶다. 또 호법(護法)을 외치는 사람들에게 정신 수양에 주의하도록 권하고 싶다. 호법을 간판으로 내걸면서도 속으론 자기에게 유리한 법만 따르고 불리한 것은 말살하려고 한다면, 죄악이 더욱 커지는 게 아닌가? 총괄하자면, 나는 이번에 유럽에 와서 중국인의 법률 신성의 관념은 싹조차 나지 않았다는 점을 깨닫게 되었다. 이런 관념이 없는 이상 당연히 조직능력도 없으니, 정치만 엉망인 게 아니라 사회사업도 어디서 시작할지 막막할 지경이다. 아! 우리 국민들이 빨리 자각히고 삘리 참회해야 하는데!

4장

파리평화회의 조감

4장
파리평화회의 조감

1. 평화회의 주체국 및 기타 신생국

평화회의는 1919년 1월 18일에 개막하였다. 우리가 파리에 도착했을 때 마침 개회한 지 딱 한 달이 되는 날이었다. 평화회의를 살펴보려면 먼저 평화회의 이념에 대해 대체적인 윤곽을 그려야 한다. 이번 평화회의는 과거의 평화회의와 근본적으로 다른 점이 있다. 과거의 평화회의는 교전국 양측이 한자리에 모였지만, 이번에는 승전국만 오고 패전국은 참석하지 않아서 평화예비회의라고 부르기도 한다. 엄격히 말하자면, 정식 평화회의는 4월 29일 베르사유궁전에서 독일 전권대표를 접견하는 날 시작되었다고 볼 수 있지만, 그날 이후 양측은 만남이 없고 논의는 더더욱 없었기 때문에 이를 회의라고 부를 수 없었다. 그래서 우리가 말하는 '평화회의'는 바로 이번 예비회의를 지칭한다.

평화회의 참가국 및 대표 인수는 다음과 같다. 영국, 미국, 프랑스, 이탈리아, 일본 5개국은 대표 각 5명, 영국 식민지인 오스트레일리아, 캐나다, 남아프리카, 인도는 대표 각 2명, 뉴질랜드는 대표 1명, 기타 연합국인 브라질, 벨기에, 세르비아는 대표 각 3명. 중국, 그리스, 태국, 폴란드, 포르투갈, 체코슬로바키아, 루마니아, 헤자즈[1]는 대표 각 2명, 페루, 쿠바, 과테말라, 아이티, 안도라공국, 볼리비아, 에콰도르, 라이베리아, 니카라과, 파나마, 몬테네그로는 대표 각 1명, 총 32개국 70명의 전권대표가 참석하였다. 나중에 몬테네그로가 출석하지 않아 실제로는 31개국 69명의 전권대표가 참석한 셈이다. 회의를 보면서 우리가 제일 이상하게 생각한 점은 영국 식민지가 직접 외교활동을 한다는 것인데, 이는 역사상 전례 없는 일이다. 이는 영국이 평화회의에서 자신의 세력을 강화하기 위해서라기보다 식민지 각국의 자주권이 넓어졌기 때문이라고 해야 할 것이다. 앞서 나열한 5개 식민지 가운데 인도를 제외한 4개국은 실제로 이미 독립국이 된 상태다. 단지 영국합중국과 일종의 친속 관계를 지니고 있을 뿐이며, 이번 회의를 거친 후 국가의 형식이 더욱 갖춰지게 되었다. 다음으로 이상한 점은 이번 평화회의에서 낯설고 의문스러운 몇몇 국가가 있다는 것이다. (1) 폴란드는 어떻게 주권을 회복한 것인가? (2) 체코슬로바키아는 어떤 나라인가? (3) 신문의 평화회의 기사 가운데 유고슬라비아 혹은 남슬라브에 관한 주장이 많은데, 참가국 명단에 왜 보이지 않는 것인가? 명단에 없다면 그 나라는 어떻게 자기주장을 할 수 있는가? (4) 몬테네그로는 전승국이고 명단에도 있는데 왜 나중에 참석하지 않은 것인가? (5) 헤자즈라는 국가는 꿈속에서도 들어본 적 없는데 언제 건국하였고 어디에 위치하고 있는가? 어떻게 이 나라가 중국과 똑같이 2명의 전권대표가 있는 것인가? (듣자하니, 본래 중국 3명, 헤자즈 1명으

---

1) 이집트와 오스만제국 등의 강국 사이에서 헤자즈 왕국으로 20세기 초까지 존재했다. 1차 세계대전 중 대영 제국의 바람으로 반기를 들어 분리된 나라였다. 1916년 독립했으나 1924년 사우디아라비아 왕국으로 편입됐다.

로 정했다가 후에 헤자즈가 강력히 투쟁하여 중국의 몫을 그들에게 주었다고 한다.) (6) 대전 이후 새로 건국한 나라가 이게 전부인가? 아니면 더 있는 것인가? 나는 이상의 몇 가지 의문이 들었는데 국내의 많은 사람들도 나와 마찬가지로 머리가 혼란스럽고 뭔가 석연치 않을 것이다. 지금 이 점을 간략하게 설명하고 싶지만, 상황이 복잡하여 도저히 간단하게 정리할 방법이 없다. 그러나 이러한 국가들은 유럽 역사에서 과거, 현재, 미래의 중요한 맥락을 지니고 있는 만큼, 여러분은 인내심을 가지고 명료하게 살펴보기를 바란다. 유럽 동남부 일대는 각종 소민족들이 각국 경내에 섞여 살고 있는데, 실로 이것이 최근 수십 년간 유럽 전란의 화근이었다. 이번 대전을 거치면서 민족건국문제가 대부분 해결될 것으로 보인다. 먼저 민족 분포 상황에 대해 대체적으로 파악하고 있어야 신생국의 내력을 이해할 수 있을 것이다.

유럽 동남부 각 민족

1. 북슬라브족

① 보스니아인(즉 체코슬로바키아인) – 600여만 명

② 슬로바키아인 – 200여만 명

③ 폴란드인 – 1800여만 명(이 중 250여만 명은 아메리카로 이주)

④ 우크라이나(러시아에 있는 사람들은 소러시아인이라고 부름)

　　– 2700여 만 명

2. 비(非)슬라브족

① 마자르인(즉 헝가리인) – 1000여만 명

② 루마니아인 – 1000여만 명

③ 터키인 - 2600여만 명(유럽 거주자는 단지 100여만 명)

④ 그리스인 - 500여만 명

⑤ 알바니아인 - 200여만 명

3. 남슬라브족

① 불가리인 - 650여만 명

② 세르비아인 - 825만여 명

③ 슬로베니아인 - 30여만 명

민족이 이렇게 복잡한 상황에서 그래도 한 나라에 함께 거주했다면 갈등이 심하지는 않았을 것이다. 그러나 각 민족들이 두 나라 혹은 서너 나라의 통치 아래 분속되어 있어서, 유럽 동남부 일대의 정치를 가시밭길로 만들어버렸다. 대전 전의 정세로 논하자면, 폴란드인 1500여만 명은 러시아·프로이센·오스트리아 3국에 분속되어 있었다. 루마니아인 1000여만 명은 550여만 명만 본국에 살고 나머지 3백여만 명은 헝가리, 백여만 명은 러시아·오스트리아 등의 나라에 소속되어 있었다. 그리스인 5백여만 명은 반 정도만 본국에 살고 나머지는 콘스탄티노플 및 다도해에 거주하고 있었다. 불가리아인 650여만 명은 400여만 명은 본국에 살고 나머지는 터키와 마케도니아에 거주하고 있었다. 세르비아인 800여만 명은 270여만 명만 본국에 살고, 25만 명은 몬테네그로에, 나머지 520여만 명은 오스트리아·헝가리 제국에 거주했는데, 그중 275만 명은 남부헝가리에 75만 명은 오스트리아에 175만 명은 오스트리아의 새 영토인 보스니아·헤르체고비나에 거주하고 있었다. 이러한 상황하에서 피지배 민족은 분노가 가슴에 가득했고, 통치 민족은 가시가 등에 박혀 있는 것 같았다. 그중 러시아와 오스트리아는 영토가 가장 넓고 민족도 가장 복잡하여 통치도 가장 어려웠다. 러시아 국내에는 42종의 상이한 언어가 있고, 주요 민족으로 60% 이상을 차지한 러시아인 외에 우크라이나인·벨라루스인·핀란드인·폴란드인·독일인·루마니아인·타타르인·유태인 등이 있었다. 오스트리아-헝가리 제국은 더욱 복잡하다. 총 인구는 5100여만 명이며 그중 오스트리아의 통치주체인 독일 민족은 1200만이 되지 못하고, 헝가리의 통치주체인 헝가리인은 약 1000만이며, 그 외 피지배 민족인 체코인·슬로바키아인이 총 840만, 폴란드인이 약 600만, 슬로베니아·크로아티아인(남슬라브인의 일종)·세르비아인이 총 680만, 리투아니아인이 350여만, 이탈리아인이 70여만, 루마니아인 약 320여만이었다. 피지배 민족들은 러시아, 오스트리아-헝가리 제국에 대한 불만이 오랫동안 쌓여 여러 차례 독립을 기도했으나 속절없이 실패하고 말았다. 개전 이후 정세가 날마다 변화하여 소민족들에게도 절호의 기회가 찾아왔다. 독일·오스트리아는 온갖 방법을 동원하여 러시아의 분열을 책동하였다. 동부전선에서 러시아군이 패하면서 러시아 전체에 혁명이 일어나 러시아제국이 순식간에 무너졌다. 연합군 측에서는 모든 방법을 동원하여 오스트리아의 분열을 책동하였다. 서부전선에서 독일군이 패하자 독일과 오스트리아에 혁명이 일어나 오스트리아-헝가리 제국이 순식간에 와해되었다. 연이은 1년간의 상황이 판에 박은 듯하지만, 전쟁기간 동안의 쾌사라고 할 수 있다. 정전이 되었을 때 유럽에서 신생한 국가는 다음과 같다.

(1) 폴란드

개천 초기 러시아와 독일은 폴란드의 환심을 사기 위하여 폴란드의 자치를 허락한다고 선언했지만, 러시아는 폴란드대공국을 회복하여 러시아황제가 대공을 겸임할 생각이었고, 독일도 폴란드를 자신의 보호 아래 두려고 하였다. 그러나 폴란드는 완전히 독립하기 위하여 먼저 협약국과 내통하여 그들의 승인을 받았다. 정전 1년 전에 윌슨이 수차례 선언을 발표하여 폴란드의 재건을 세상에 알렸으며 통상을 위한 항구를 마련해주었다. 이것이 바로 폴란드 광복의 간략한 역사이다.

(2) 핀란드

핀란드는 러시아제국 시대에도 자치권을 완전히 상실한 것은 아니었다. 대전 시작 이후 차츰 진보하여 스스로 의회를 건설하였고 1917년 러시아혁명 이후 완전히 독립하였다.

(3) 우크라이나

우크라이나는 소러시아 민족이 거주하던 지역이다. 러시아혁명 이후 독일과 오스트리아의 지원하에 독립을 선포하였고 독일과 단독으로 평화협의를 하였다. 독립 이후 폴란드와 여러 차례 충돌이 있었고 지금까지도 끊이지 않았다.

(4) 발트3국

삼국은 에스토니아, 라트비아, 리투아니아로 독일 민족과 슬라브족이 잡거하고 있어서 독립도 독일의 지원을 받았다. 3국은 모두 러시아에서 분리되어 나왔으며, 러시아 급진파정부도 사실상 그들의 독립을 승인하였다. 다만 우크라이나는 명운이 아직 결정되지 않았고 서시베리아 지역은 종족 분쟁으로 아직 통일되지 않았는데, 이러한 정세가 장기 지속될 것으로 보여 여기에 포함시키지 않았다.

(5) 체코슬로바키아

오스트리아 경내의 보스니아 · 모라비아 등 지역에 거주하는 보스니아인(즉 체코족)과 헝가리 북부 변경 슬로바키아 지역에 거주하는 슬로바키아인은 혈연관계가 매우 가까운데, 전쟁 중에 모두 본국에서 혁명을 일으켰다. 1918년 여름 협상 때 연합국이 연달아 그들의 독립을 승인하였다.

(6) 헝가리

헝가리는 오스트리아-헝가리 혁명 이후 오스트리아에서 분리되어 완전한 독립 공화국이 되었다.

(7) 오스트리아

예전에는 헝가리와 합하여 제국이 되었으나 지금은 독립하였다.

(8) 남슬라브

남슬라브는 유고슬라비아로 유고는 음이고 남은 뜻이다. 이 민족은 예전에 두 나라를 세운 적이 있는데 하나는 세르비아이고 다른 하나는 몬테네그로였다. 하지만 그들 동족의 2/3가 여전히 오스트리아-헝가리 제국의 통치하에 있었으며, 거주한 지역은 아르메니아, 에스토니아, 남헝가리, 크로아티아, 슬로베니아, 보스니아, 헤르체고비나 등이었다. 세르비아인은 민족을 하나의 나라로 통합하려고 했으며 오스트리아 황태자를 암살한 것도 바로 이러한 동기 때문이다. 몬테네그로는 본래 세르비아와 행동을 같이 했는데 중간에 독일, 오스트리아의 압박을 받고, 국왕이 단독으로 평화협상을 하려고 하자 국민들이 혁명을 일으켜 세르비아와 합병하였다. 곧이어 그들은 오스트리아-헝가리 제국에서 새롭게 독립한 국가와 연합하여 남슬라브국을 건설하였다. 몬테네그로가 이번 평화회의에 참석하지 않은 이유도 바로이 문제가 아직 결정되지 않았기 때문이다. 현재 남슬라브국은 모든 국가의 정식 승인을 받지 못했으나 실제로는 하나의 국가라고 할 수 있다.

(9) 유태

1918년 영국이 팔레스타인을 함락시키고 유태의 독립을 제의하여 현재 국가를 건설하는 중이다.

(10) 헤자즈

아시아 아랍에 위치하며 이슬람 성지 메카가 있는 곳이다. 1918년 영국이 헤자즈 왕을 아랍 왕으로 옹립하고, 이슬람군 25만 명을 육성하여 터키를 격파하였다. 영국은 이슬람 교도를 회유할 목적으로 특별우대를 하여 평화회의에서의 지위가 중국과 동등하다.

이상의 10개국은 모두 전후 신생국으로 그중 러시아 · 독일 · 오스트리아 3국에서 독립한 나라가 1개국(폴란드), 러시아에서 독립한 나라가 3개국(핀란드·우크라이나·발트3국)이며 시베리아는 아직 미정이다. 오스트리아-헝가리 제국에서 독립한 나라가 3개국(체코슬로바키아·오스트리아·헝가리), 터키에서 독립한 나라가 2개국(유태·헤자즈), 오스트리아-헝가리 제국에서 독립한 2개국이 병합한 나라(유고슬로비아)가 있다. 이로부터 국제단체에 10개의 새로운 국명이 추가되고 동시에 3개의 옛 국명(오스트리아-헝가리제국, 세르비아, 몬테네그로)이 사라져, 실제로는 7개의 신생국이 태어난 셈이다. 그중 오스트리아와 헝가리는 적대국이고, 핀란드·우크라이나·발트3국은 아직 승인되지 않았고, 유태는 국가건설이 미완이었기 때문에, 평화회의에 참석하지 못하였다. 그래서 실제로 4개의 신생국(그중 남슬라브는 중고 국가)이 기존의 27개국과 함께 평화회의의 주체국이 되었다고 할 것이다.

2. 평화회의의 종류

"역사는 과거의 답습에서 벗어나지 못한다."는 말은 어느 정도 일리가 있다고 해야 하지 않을까! 백 년 전 비엔나회의는 영국·러시아·프로이센·오스트리아 4개국이 모든 일을 비밀리에 결정하였다. 나머지 몇십 개 군소국가의 대표들은 연회를 열고 춤만 추다가 회의가 끝날 무렵 협정서에 서명을 했을 뿐이다. 역사가들은 늘 비엔나회의를 화제로 삼곤 한다. 이번 평화회의 시작 전에 윌슨은 드높은 기세로 '비밀외교 폐지', '공개회의'를 외쳤다. 그러나 실제에서는 비엔나회의 그대로의 모습이어서 사람들을 참으로 개탄하게 만들었다. 이번 평화회의는 대체로 정식회의, 총예비회의, 5강 10인 회의, 5강 5인 회의, 4강·3강의 4인·3인 회의, 각종 위원회 등 6개 부분으로 구성되었다.

정식회의는 적대국과 교섭하는 회의였다. 다른 회의는 모두 파리에서 열렸지만 정식회의는 베르사유에서 열었고 두 번밖에 개최되지 않았다. 1차 회의에서 조건을 부여하고 2차 회의에서 바로 평화조약에 서명하여, 모임만 있고 논의는 없었다.

총예비회의는 파리 외교부에서 열렸으며 명단상의 31개국이 모두 참석하였다. 명의로 볼 때 이 회의가 평화화의의 중심이며 모든 일이 이 회의를 통해 의결되어야 한다. 그러나 실제로는 5강회의의 최고회의에서 결정된 조항을 관례에 따라 각 대표들에게 교부하여 읽게 한 것에 불과했다. 가부를 토론할 여지도 전혀 없었고, 회의도 여섯 차례밖에 열리지 않았다.

5강 10인 회의와 5강 5인 회의는 개회 초기에 이번 회의의 최고기관이 되었다. 당시 영국 · 프랑스 · 미국 · 이탈리아 4강이 각각 대표 2명을 파견하여 실제로 8인 회의가 되었는데, 후에 일본이 강력히 참여하려고 하여 5강 10인 회의로 바뀌었다. 10인 회의가 있는데 왜 또 5인 회의를 추가한 것인가? 3월 25일 이후 별도로 4인 회의가 열려 일본을 배척하고 10인 회의가 중단되려 하자 일본이 당연히 항의를 하였다. 일본의 체면을 살려주기 위해 3월 28일 별도로 5인 회의를 열어 4강국 외상과 일본의 전권대표 마키노 신켄[2]이 참석하였다. 비록 5강이라고는 하지만 권한이 이전보다 크게 약해졌다.

4인 회의, 3인 회의는 3월 25일 이후 공개적으로 알려졌다. 공식회의가 아니어서 회의장도 외교부가 아니었으며, 일정하지는 않았지만

---

2) 마키노 신켄(牧野伸顯, 1861~1949)은 일본 제국시기의 정치가이자 외교관으로 파리평화회의 일본전권대신을 맡았다.

월슨의 사저인 경우가 많았다. 참석자가 미국 대통령 월슨, 프랑스 총리 클레망소[3], 영국 총리 로이드 조지, 이탈리아 총리 오를란도[4]여서, 세간에서는 이 회의를 '4거두 회의'라는 별칭으로 불렀다. 후에 이탈리아 총리 오를란도는 피우메 항구[5] 문제로 불참하여 3거두만 남게 되었다. 3거두 회의가 실제로 이번 세계대전의 모든 문제를 결정하여 전 세계 17억 명의 운명이 거의 그들의 지배를 받게 되었다.

각종 위원회는 부속기관에 불과하며 각국의 전문위원으로 구성되었다. 명목상 43개의 위원회가 있었으며 주요한 것으로 국제연맹위원회, 국제노동위원회, 국제법제위원회, 전쟁책임위원회, 손실배상위원회, 교통위원회 등이 있었다. 위원회의 직무는 자료를 수집하고 법안을 준비하여 4인 회의의 참고를 제공하는 일이었다. 지위가 높은 편은 아니었지만 실제로 총회의보다 더 많은 일을 했다. 그러나 중요한

---

3) 클레망소(Georges Clemenceau, 1841~1929)는 프랑스 제3공화국 시절 의회의원으로 정계를 주름잡았고 1906년에 프랑스의 총리가 되어 전시 내각을 이끌었으며, 제1차 세계대전 때는 프랑스 국민의 사기를 돋우고, 미국의 참전을 이끌어내는 등 오로지 승리만을 위해 노력했다. 베르사유조약 체결 때는 자신의 의지를 관철시켜 프랑스의 이익이 지켜지게 했다.

4) 오를란노(Emanuele Orlando, 1860~1952)는 제1차 세계대전이 끝나갈 무렵 이탈리아 총리가 되었으며, 베르사유 평화회의에 이탈리아 수석 대표로 참석했다.

5) 피우메(Fiume)는 크로아티아 서북부에 있는 도시 리예카(Rijeka)이다. 이곳은 아드리아 해와 내륙을 연결하는 항구도시로 오스트리아-헝가리 제국에 속하게 된 뒤부터 이탈리아인들이 많이 들어와 살았다. 제1차 세계대전 이후에 이곳의 영유권을 두고 이탈리아 왕국과 새로 생긴 유고슬라비아 왕국 간에 분쟁이 일어났다. 전쟁을 승리로 마친 후, 파리에서 열린 베르사유 회담에서 오를란도는 이전의 오스트리아 영토에 대한 이탈리아의 영유권을 주장했다. 전쟁 후 유고슬라비아가 점령한 피우메 항구 문제로 이탈리아와 유고슬라비아 사이에 분쟁이 일어나자, 월슨은 오를란도를 무시하고 이탈리아 국민에게 직접 호소했는데, 이러한 월슨의 시도는 실패로 끝났다.

문제는 여전히 4강·3강의 위원이 결정했으며 나머지 일도 거의 배석하는 수준이었다.

총괄하자면, 이번 평화 희극은 십중팔구가 막후에서 연출된 것이었다. 변화되고 굴절된 많은 정황에 대해 국외인은 오늘날까지 이해할 수가 없는데, 이는 관객인 우리들이 제일 실망하는 점이다. 그래서 표면에 보이는 부분만 수시로 비평할 수밖에 없다.

3. 평화회의의 중요 인물

이번 평화연극의 일급배우는 모두가 알고 있는 '3거두' 미국 대통령 윌슨, 프랑스 총리 클레망소, 영국 총리 로이드 조지이다. 이제 그들의 이력을 간략히 소개하고 나서 몇 마디 비평을 하려고 한다.

(1) 윌슨

윌슨은 프린스턴대학교 총장이자 교수로, 나는 일찍이 그의 저서 『행정의 연구』[6]를 읽어본 적이 있다. 20여 년 전부터 그의 학문적 가치는 이미 세계의 인정을 받았다. 1911년 뉴저지 주 주지사로 당선된 후 사람들은 그가 정치가로서 천부적 재능을 지니고 있음을 알게 되었다. 수십 년간 집권하지 못한 민주당 당수 브라이언[7]은 미국 대통

---

6) 윌슨의 『행정의 연구(The Study of Administration)』(1887)는 행정학을 독립된 분과학문으로 내세운 저술로, 미국 내에서 행정학을 정치학에서 독립된 학문으로 보는 최초의 이론이기 때문에 윌슨을 '미국 행정학의 아버지'라고 부르기도 한다.

7) 브라이언(William Jennings Bryan, 1860~1925)은 미국 민주당 및 인민당의 지도자로서 1896년, 1900년, 1908년에 대통령 선거에 출마했으나 낙선했다. 상원의원 선거의 직선제화, 소득세의 부과, 노동부의 창설, 금주법의 입안, 여성 참정권

령 선거에 4회 출마하여 모두 낙선하였다. 1912년 민주당은 대학자 월슨을 대통령 후보로 내세웠는데, 절대다수의 지지를 얻어 미국 제 28대 대통령에 당선되었으며, 1916년에 재선되어 대통령을 연임하였다. 대전 기간에 미국은 중립에서 절교, 참전, 승전, 그리고 평화협정에 이르는 행보를 보이는데 이 모두가 월슨의 손을 거친 일이다. 지금의 월슨은 미국의 월슨이 아니라 이미 세계의 월슨이 되었다. 그는 이번 유럽 평화회의에 참여하여 전 세계의 환영을 받고 있지만, 본국 국회에서는 강렬한 반대에 부딪히고 있다. 그는 국회에 반대세력이 많고 우군이 적다는 걸 알면서도 시종 자신의 뜻을 고독하게 밀고 나가며 성패를 개의치 않았다. 이 점은 이해하기 힘든 면이 있지만, 사실 그가 평소 주장하던 학설에 근거해보면 조금도 이상한 하지 않음을 알 수 있다. 본래 미국헌법은 절대적 삼권분립주의를 채택하고 있는데, 그 입법정신은 한 기관의 전횡을 방지하여 견제와 균형의 원칙을 세우는 것이다. 월슨은 권력 분배는 당연히 해야 하며, 책임이 얽히고 전가되어서는 안 된다고 생각한다. 대통령은 행정수반일 뿐만 아니라, 국민에 의해 선출된 의회 다수당의 영수로서 의회를 지도해야 하기 때문에, 입법과 행정이 협력하고 조화되도록 만들어야 한다. 솔직하게 말하자면, 월슨은 미국 대통령이 영국 총리와 같은 권한을 가져야 한다고 주장한다. 그는 23세에 집필한 『의회정부론』[8]에서 이러한 관점을 밝혔으며 이후의 많은 저작에서도 대체적으로 동일한 견해를 보이고 있다.

의 승인 등에 기여하여 자유주의의 기수로 칭송되었다.

[8] 『의회정부론(Congressional Government)』은 월슨의 박사학위논문(1885)으로 입법부와 행정부를 분리한 미국 정부의 특징을 잘 분석한 명저로 평가된다.

윌슨이 주지사가 되었을 때, 주의회 상원은 공화당이 다수였고(현재의 국회와 마찬가지다), 하원은 민주당이 몇 명 많기는 했지만 당내에 분파가 생겨 그의 의견에 그렇게 찬성하지 않았다. 그가 몇 차례 혁신적인 개혁방안을 제기했는데 양원 의원 대다수가 동의하지 않았다. 한편으로 그는 의원들에게 다과회를 열어달라고 부탁하고 친히 참석하여 간절하면서 부드럽게 설명하였다.(미국국회와 주의회에 이제까지 행정수반이 참석한 적이 없으며 다과회 역시 그러하다. 윌슨의 이런 행동은 새로운 사례를 만들었다) 다른 한편으로 곳곳에서 연설하며 주 전체 선거인들에게 지지를 구하여 의원을 압박하고 자신을 따르게 하였다. 이로 인해 의원들 가운데 윌슨을 싫어하는 이들이 매우 많았고, 반대당은 그가 독단적이라고 비난하였다. 그렇지만 이게 말이 되는가? 그의 의원 압박은 크롬웰, 나폴레옹, 위안스카이처럼 권력 남용을 통해서가 아니라 국민 여론을 무기로 한 것이었다. 국민은 최고 주권자이고 여론은 최고 명령인바 그는 여론을 자기에게 향하도록 한 것일 뿐이다. 의원이 여론을 두려워하지 않으면 마음껏 저항하고 여론을 두려워하면 복종할 수밖에 없는데. 이것이 바로 윌슨이 여태까지 성공한 비결이다. 다시 말하자면, 만사를 국민에게 직접 고하는 것이 바로 윌슨의 유일한 정치수단이다. 올해 갑자기 유럽으로 왔다가 미국으로 돌아가 곳곳에서 연설하느라 눈코 뜰 새 없는 것도 다 이 때문이다. 이번 회의 성패는 아직 알 수 없지만(내가 글을 쓸 때 협약 전문이 상원에서 부결되었다는 것을 알았다.), 이런 방법은 민주주의 정신을 가장 발휘할 수 있어서 실패하더라도 존중할 만한 일이다. 윌슨은 '학자 정치가'로 항상 자신의 이상을 현실 속에서 실현하려고 한다. 국내적으로는 직접 민주주의가 그의 이상이고, 국제적으로는 각국 국민 간의 협력이 그의 이상이다. 이번 국제연맹은 즉각적으로 효력을 발휘하지 못했지만, 인류사회의 진일보한 면모라고 하지 않을 수 없으며, 이것이 바로 이상실현을 추구하는 윌슨의 장점이다. 그가 다른 정치가들과 가장 상이한 부분은, 종래 정치가들은 사교활동을 중시하여 오후 2시에서 6시 사이에 손님 접견이 끊이지 않는 데 반해(루즈벨트, 로이지 조지 등도 이러하다), 그는 고독한 생활을 좋아하여 매일 몇 시간씩 백악관에서 접견을 사절하고 무엇을 구상하거나 저술하여 여전히 서재에 있는 것 같다는 점이다. 그는 공문을 대부분 직접 처리하여 역대 대통령 가운데 친필 문건이 많은 것으로 그와 비견될 사람이 없다. 그러나 그의 인재 활용은 너무 평범하다는 게 세간의 정평이다. 이번 평화회의의 전권대표로 논하자면 나는 그렇게 탐탁하지가 않다. 요약하자면, 윌슨은 정치가로 활동하기는 하지만 동시에 선비 본색을 지니고 있다고 할 것이다. 이번에 파리에서 윌슨과 한차례 회견을 가진 적이 있는데, 산동문제에 대해 이야기를 마친 후 그는 국제정치 흐름이 이미 바뀌어 『행정의 연구』를 많이 개정해야 한다고 했고, 국민을 지도하는 데 가장 중요한 것은 그들에게 원대한 이상을 심어주는 것이라고 일러주었다. 이후에 그가 산동문제에 대해 별다른 공헌을 하지 못한 것이 나로서는 당연히 실망스러울 수밖에 없다. 그렇지만 그의 인격과 업적에 대해서는 시종 존경하고 있다.

(2) 클레망소

노장 클레망소는 금년 78세로 프랑스 제3공화국과 시종 함께한 원로이다. 그는 이번 대전에서 프랑스를 기사회생시킨 대정치가로, 프랑스인이지만 국제인은 아니다.(윌슨과 다르다.) 내년 이후 더 이상 그를 볼 수 없게 되겠지만(클레망소의 사상은 오늘날 보면 완고하고 수구적이라고 할 수 있다.), 그는 늘 조국을 위해 최선을 다하였다. 그의 정치 생애를 보면 전 세계 정치가의 대선배라고 할 수 있다. 나폴레옹 3세[9] 시대 때 제정에 반대하여 투옥된 사람 가운데 지금 전국에 생존해 있는 이는 클레망소뿐이다. 나폴레옹 3세가 스당전투[10]에서 패하자 민중봉기가 일어났다. 파리 18구(몽마르트) 시장이었던 클레망소는 후에 파리평민정부가 잔혹하여 함께 일할 수 없다고 여기고 정세를 살피고 있었다. 그래서 베르사유정부가 반란을 평정할 때 화를 입지 않았다. 1875년 새로 제정된 헌법에 따라 국회를 소집하자 그는 급진공화당의 기치하에 의원이 되었으며, 당시 유명한 강베타[11]와 더불어 프랑스정계의 쌍벽을 이루었다.(강베타도 본래 급진파에 속했지만 후에 반대당과 협력하여 내각을 구성하자 클레망소는 그를 기회파라고 비난하였다.) 그로부터 40년 넘게 줄곧 의회에 있었지만 쉽사리 정권을 가까이하려 하지 않았다. 이삼십 년 전 프랑스정계에서 이른바 '드레퓌스 사건'[12]

9) 나폴레옹 3세(Napoléon Bonaparte, 1808~1873)는 나폴레옹의 조카로 1848년 2월혁명 이후 수립된 새로운 공화국에서 프랑스 대통령으로 선출된 후 쿠데타를 통해 제2제국을 선포하고 황제의 자리에 올랐다.

10) 스당전투는 보불전쟁 당시 프로이센이 뫼즈 강 연안 스당 요새에서 프랑스군을 격파한 결정적인 전투로 이 전투에서 나폴레옹 3세가 포로로 잡혀 프랑스 제2제정의 몰락을 초래했다.

11) 강베타(Léon Gambetta, 1838~1882)는 프랑스 제3공화국을 수립하는 데 중대한 공헌을 하였고 1881년에서 1882년까지 총리를 지냈다.

12) 1894년 12월 22일 프랑스 육군 군법 회의가 유대인 드레퓌스 대위에게 독일로 넘겨질 비밀 서류의 필적과 그의 필적이 비슷하다는 혐의는 종신형을 선고했다. 죄목은 반역죄이며 재판의 내용도 '국가 안보'라는 이름으로 감추어졌다. 범인은

이 일어났는데 이 사건은 국가전복음모와 깊은 관련이 있었다. 당시 정의를 지키기 위해 제일 힘을 쓴 사람이, 문학계에서는 자연주의 거장 졸라[13]이고 정계에서는 바로 클레망소였다. 공화의 기초를 공고히 하는 데 있어 두 사람이 막대한 공헌을 하였다. 클레망소는 '내각파괴자'라고 불리기도 하고 또 '호랑이(Le Tigre)'라는 별칭도 있었는데, 그가 평생 내각파괴만을 자신의 사명으로 여겼기 때문이다. 40여 년 동안 내각이 그의 손에서 무너진 경우가 십여 차례나 된다. 그는 내각을 무너뜨릴 때 못된 음모를 꾸미는 것이 아니라, 의회 연단에서 매우 예리하고 신랄한 연설로 다수 의원들의 양심에 호소하고, 벼락처럼 불신임투표를 하여 내각을 붕괴시킨다. 어떤 사람이 "당신 스스로는 정권을 잡으려 하지 않고 오로지 다른 사람만을 무너뜨리려 하는데 연유가 무엇입니까?"라고 묻자, 그는 "정계의 부패한 사람들을 한 층 한 층 제거해나간다면 방법이 생길 겁니다."라고 대답했다. 그는 외과의사 출신으로(정계에 입문한 뒤에도 중간에 5년간 의사를 하면서 파리의 가난한 사람을 치료해 주었다.), 정치도 외과수술을 하듯 독소가 보이면 쓱쓱 메스를 대는 데 조금의 주저함도 없다. 최근

따로 있다는 사실이 밝혀졌지만 실수를 인정하고 싶지 않았던 군부는 진범 에스테라지 소령에게 무죄 선고를 내렸다. 여론은 둘로 갈라졌다. '군의 명예와 국가 질서'를 내세운 반드레퓌스파와 진실·정의·인권 옹호를 부르짖는 드레퓌스 지지파 간 팽팽한 논쟁 속에 소설가 에밀 졸라가 등장한다. '나는 고발한다'라는 제목의 그의 신문 기고문은 커다란 반향을 일으켰다. 양분되었던 여론도 '무죄'로 돌아섰다. 결국 1906년 최고 재판소에서 무죄를 확정 선고받은 드레퓌스는 소령으로 군에 복귀했다.

13) 졸라(Émile Zola, 1840~1902)는 프랑스의 소설가이자 비평가로 드레퓌스 사건 때 유대인 드레퓌스 대위의 결백을 밝히고 옹호한 것으로 유명하다.

두 개의 내각을 무너뜨렸다. 1917년 리보[14]내각의 내무장관 말비[15]는 매국혐의가 있었고 그의 비서는 뇌물수뢰와 이적 행위가 명백했는데 리보는 이를 문제로 삼지 않았다. 클레망소는 의회에서 이 사실을 있는 그대로 밝혀 리보내각은 순식간에 무너졌다. 후임 총리는 팽르베[16]였는데 말비가 여전히 유임되자 두 달도 채 지나기 전에 클레망소가 팽르베내각을 붕괴시켰다. 이것이 바로 '호랑이'가 최근 두 차례 포효한 위력이다. 클레망소는 1906년에서 1909년 사이에 한 차례 내각을 조직한 적이 있었다. 당시 그의 정적이었던 사회당 당수 조레스[17]는 프랑스 국회에서 제일의 웅변가라 불렸다. 두 사람은 세력이 막상막하였으며 경쟁하는 모습이 보기가 매우 좋았다. 조레스가 클레망소내각을 수차 무너뜨리려고 했지만 끝내 성공하지 못했고, 후에 델카세[18]에 의해 클레망소내각이 와해되었다. 클레망소의 두 번째 내각은 1917년 전시내각으로 출범하여 현재까지 이어지고 있다. 그는 열

---

14) 리보(Alexandre Ribot, 1842~1923)는 프랑스 제3공화정에서 총리를 4번 역임한 정치가이다.

15) 루이 말비(Louis Malvy, 1875~1949)는 프랑스의 급진 사회주의자로, 1914년~1917년 내무부장관에 재임할 때 직무 태만으로 기소되어 5년 동안 스페인으로 망명하였다.

16) 팽르베(Paul Painlevé, 1863~1933)는 제1차 세계대전 시기와 1925년 경제공황 기간에 프랑스 총리를 지냈다.

17) 조레스(Jean Jaurès, 1859~1914)는 고향인 타른에서 하원의원에 당선되어 지역 광부들을 대변하는 사회주의자로 활동하였다. 평화에 대한 보루로서 인터내셔널에 대해 커다란 믿음을 갖고 있었고 1914년 전쟁이 발발했을 때 전쟁 반대론자들을 지지하였으나 민족주의적 광신자에 의해서 살해되었다.

18) 델카세(Théophile Delcassé, 1852~1923)는 1885년 하원의원으로 선출되었고 여러 내각에서 외무부장관을 역임했으며, 제1차 세계대전이 일어나기 몇 해 전 새로운 유럽 동맹체제를 결성하는 데 이바지했다.

정적인 애국심과 강고한 의지력을 발휘하여 당시 위축되어가던 국민의 사기를 진작시켜 최후의 승리를 거두었다. 그리고 기민하고 치밀한 수완으로 어떠한 어려운 문제에 직면해도 놀라지 않고 차분하게 지휘하였다. 인재도 잘 발탁하여 포슈장군을 육군대학총장으로 임명한 것은 탁월한 선택이며, 이번엔 연합군 총사령관으로 그를 추천하였다. 프랑스의 오늘이 있을 수 있었던 것은 물론 국민성이 뛰어났기 때문이지만 클레망소의 공로도 혁혁하다고 할 것이다. 그는 검술을 잘하여 언제나 다른 사람들과 결투하려고 했으며, 글에 능하여 하루 이틀 간격으로 신문에 글을 실어 시국 비평하는 일을 40년 내내 지속하였다. 클레망소가 항상 사람들에게 "나에겐 두 가지 무기가 있는데, 하나는 검이고 다른 하나는 펜이다."라고 말했다. 예전에 '자유인(L. Homme Lilve)'이란 신문을 창간했다가 후에 정부의 의해 출판 금지되어 이름을 '질곡인(L. Homme Enchaine)'으로 바꾸어 출간했는데, 이일도 전쟁기간 때 한 것이다. 프랑스는 허영심이 매우 강하지만 클레망소는 그렇지 않아 막대한 공헌을 하고도 훈장조차 받으려 하지 않았다. 그리고 일반 군인 이외에 그 누구에게도 훈장을 수여하지 않았다. 그의 민주정신과 국민 결함을 교정하려는 의도에 삼탄하지 않을 수 없다. 그의 의지력은 매우 완강하여 어떤 사람과도 타협하지 않았다. 윌슨이 14개 조항을 들고 유럽에 왔을 때, 이 호랑이 의장과 부딪쳐 '토지를 할양하지 말 것', '전쟁배상을 하지 말 것' 등의 원칙을 모두 삭제하였다. 학구파인 윌슨도 그 때문에 반향을 얻지 못했다. 프랑스 사회당 인사들은 줄곧 클레망소를 좋아하지 않았는데, 그의 눈에는 프랑스라는 국가만 보이고 개인과 세계는 보이지 않았으며, 정치적 수단도 너무 신랄하여 독재에 가까웠기 때문이다. 이 점으로 보면 그는 비엔나회의 의장 메테르니히[19], 베를린회의[20] 의장 비스마르크[21]와 비슷한 면이 있다.

(3) 로이드 조지

보어전쟁[22] 시기 영국 의회에, 웨일스에서 새로 선출된 서른도 채 되지 않은 의원이 당당하게 비전론(非戰論)을 주장하여 이름을 크게 날렸다. 이 사람이 바로 현재 영국 군사내각 총리로 가장 강력한 주전파(主戰派)인 로이드 조지이다. 그가 정계에 입문할 때는 자유당 소속이었다. 1905년 보수당 밸푸어[23]내각이 무너지고 자유당 캠벨배너

---

19) 메테르니히(Klemens von Metternich, 1773~1859)는 오스트리아의 정치가이자 외교가로 프랑스혁명과 자유주의에 반대하는 동시에 독일 및 이탈리아의 통일을 경계하였으며, 신성동맹을 이용하여 제국의 자유와 통일 운동에 무력적인 간섭을 하였다. 1848년 프랑스 2월혁명이 일어나 비엔나체제가 붕괴되면서 의장 자리에서 추방되었다.

20) 베를린회의(Congress of Berlin)는 1878년 6월 13일부터 7월 13일까지 베를린에서 독일 제국의 수상 오토 폰 비스마르크의 중재하에 열린 회의로, 발칸 반도에서 각 나라가 가지고 있는 이해관계를 조절하고 힘의 균형을 맞춰 발칸 지역을 안정화시키는 것을 목표로 하였다.

21) 비스마르크(Otto von Bismarck, 1815~1898)는 독일을 통일하여 독일 제국을 건설한 정치가이다. 1862년 빌헬름 1세의 지명으로 재상에 취임한 후 첫 연설에서 군비확장을 주장한 철혈정책 연설로 큰 반향을 일으켰다. 1871~1890년까지 독일제국의 제국재상으로서 유럽 외교무대를 주도하면서 강대국 간의 세력 균형을 유지하기 위해 노력했다. 3제 동맹, 독일-오스트리아 동맹, 3국 동맹, 이중보호조약 등 수많은 동맹과 협상관계를 체결하였고, 1877년 러시아-투르크 전쟁이 발발하자 베를린회의를 주재하여 중재자 역할을 하였다.

22) 보어전쟁은 1899년에 영국이 남아프리카의 금이나 다이아몬드를 획득하기 위하여 보어 인이 건설한 트란스발 공화국과 오렌지 자유국을 침략하여 벌어진 전쟁이다. 두 나라는 저항하였으나 1902년에 영국령 남아프리카에 병합되었다.

23) 밸푸어(Arthur James Balfour, 1848~1930)는 1902~1905년에 총리직을 수행했으

면[24] 내각이 수립되자 로이드 조지가 입각하여 무역부 장관이 되었다. 캠벨배너먼이 서거하자 재정장관이었던 애스퀴스가 내각을 승계하고 로이드 조지가 애스퀴스의 직책을 맡았다. 영국의 관례에 따르면, 당내 1인자가 총리를 맡고 2인자가 재정장관을 맡는데, 로이드 조지가 당시 당내에서 어떠한 위치에 있었는지 짐작할 수 있다. 그는 재정대신 임기 중에 자유당을 위해 강렬한 불빛을 발산하였다. 소득세법, 토지차액증세법, 국가보험법, 양로연금법 등 각종 법안을 제기했는데 모두 사회주의 정신을 추구하여 빈부계급의 분배조정을 도모하였다. 당시 보수당이 전력으로 반대하여 하원에서는 통과되었으나 상원에서 부결되었다. 그래서 정치쟁점이 재정문제에서 헌법문제로 전환되어, 정부는 국회를 두 차례 해산하며 국민에게 호소했고, 연전연승하여 마침내 상원의 권한을 제한하였다. 즉 하원에서 세 차례 통과된 법안은 상원의 찬반에 상관없이 효력이 발생하게 되었다. 이것은 영국헌정사에서 대서특필해야 할 사건으로 1832년의 개혁과 동등한 가치를 지닌다. 이 대사건의 주인공이 바로 로이드 조지이다. 대전이 시작되었을 때 그는 애스퀴스내각의 재정대신을 맡고 있었는데, 본국의 군비조달과 금융조정에 탁월한 성과를 이루었을 뿐 아니라, 우방에게도 막대한 군수물자를 지원하였다. 1915년 애스퀴스내각이 전시의 거국적 단합에 힘쓰기 위해 보수당 당수와 연립내각을 구성하고 군수부를 새로이 창설하였다. 로이드 조지가 이 부서의 장관이 되

며, 1916~1919년에 외무장관으로 재임하는 동안 시온주의에 대한 영국의 공식 승인을 표명함(밸푸어 선언)으로써 세인의 기억 속에 남아 있다.

24) 캠벨 배너먼(Henry Campbell-Bannerman, 1836~1908)은 1905~1908년에 영국 총리를 지냈다.

어 군수물자운수 등의 사항들을 근본적으로 개선하여 커다란 성과를 얻었다. 1916년 말에 애스퀴스내각이 붕괴되었다. 로이드 조지가 내각 총리를 승계하여 지금까지 개선가를 울리고 평화회의를 이끌고 있으며, 하늘의 태양과 같은 명성을 얻어 실로 이 시대의 총아가 되었다. 그러나 애스퀴스내각의 붕괴에는 음미해볼 만한 비밀이 숨겨져 있다. 그해 겨울로 접어들 무렵 전세가 매우 불리해졌는데, 원인은 군사계획이 통일되지 않고 행동이 민첩하지 못한 데에 있었다. 로이드 조지는 내각의원 20여 명이 매사를 협의하려고 하면 당연히 산만하고 시간이 지체될 것이라 여겨, 큰 내각 안에 별도로 작은 내각의 설립을 주장하였다.(후에 로이드 조지내각 안에 설립된 5인 군사내각이 바로 이것이다.) 이 주장이 확실히 틀리진 않았지만, 애스퀴스가 큰 내각의 총리가 되고 자신은 작은 내각의 총리를 맡는다는 건 분명 애스퀴스를 배척하여 군사계획에 참여치 못하게 하는 조치였다. 애스퀴스는 처음에 그의 주장을 수용했다가 나중에 번복하자, 로이드 조지는 바로 애스퀴스를 실각시키기 위해 그에게 편지 한 통을 보내, 자신은 사직을 하고 또 이번 비밀 교섭을 공개하겠다고 했다. 애스퀴스는 답신에서 조급할 필요 없으며 자신이 사직할 것이라고 했다. 애스퀴스가 과연 사직을 하자 영국 국왕이 만류했지만, 그는 형세를 관망하고 내각에서 물러났다. 영국 국왕은 관례대로 보수당 당수 보너로와 밸푸어를 불러 내각을 조직하도록 했다. 이들이 로이드 조지를 추천함에 따라 드디어 로이드 조지내각이 성립되었다. 애스퀴스는 처음에 로이드 조지가 보수당과 감정이 평소 좋지 않아 내각이 구성되지 못할 거라고 예측했는데, 그들 사이에 이미 합의가 이루어진 상태였다. 그리고 애스퀴스와 로이드 조지 간에 비밀리에 오갔던 편지가 어찌 된 일인지 미국『대서양』잡지의 주필 손에 들어가 올해 1월 이 잡지에서 편지를 공개함에 따라 세상 사람들이 비로소 애스퀴스가 로이드 조지에게 뒤통수 맞았다는 사실을 알게 되었다. 로이드 조지의 이번 행동 속에는 국가를 위해 몇십 년 동안 자유당 당수를 맡아온 애스퀴스를 희생시킬 수밖에 없는 부득이한 고충이 있었겠지만, 애석하게도 우리는 그 자세한 내막을 알 길이 없다. 하지만 표면적으로 볼 때 이는 영국헌정사에 오점을 남긴 일이라고 하지 않을 수 없다. 그로부터 로이드 조지는 다년간 정적과 협력하는 길을 걸었다. 새 의원선거에서 보수당이 절대 다수를 점하자, 로이드 조지도 조급해지는 것 같았다. 최근(새 국회가 개회한 지 반년 후) 그의 절친 처칠[25](현재 육군장군)은 '중립당'을 세워 로이드 조지를 옹호하려고 했다. 그러나 여태까지 영국 정당은 정견의 결합이지 사람의 결합이 아니어서 아마도 성과를 거두기는 쉽지 않을 것이다. 총괄하면, 3거두 가운데 로이드 조지가 가장 총명하고 가장 수완이 좋지만, 인격에 있어서 윌슨, 클레망소와 성향이 다르기 때문에 내가 함부로 비평할 수가 없다.

이상으로 세 사람의 약력과 성격에 대해 간략히 서술하였다. 그들이 평화회의에서 한 일은 제10편에서 다시 상세히 서술힐 것이다.[26]

(4) 기타 각국의 중요인물

이번 평화회의에는 세계 명사들이 모두 모였다. 그러나 모든 일이 '3인회의'에 의해 결정되어 다른 사람들은 그렇게 두드러지지 않았다.

---

25) 처칠(Winston Churchill, 1874~1965)은 영국의 총리를 지낸 정치가이며, 제1차 세계대전 당시 해군 장관을 맡고 있었다.
26) 량치차오가 말한 제10편은 원문에 보이지 않는다.

이제 부차적 인물 몇 명을 소개하려고 한다.

이탈리아 총리 오를란도(Orlando)는 학자 출신으로 줄곧 대학의 헌법학 교수로 활동하였다. 대전이 시작되기 1년 전 살란드라[27]내각에서 사법장관을 지내다가 개전 후 내무장관으로 자리를 옮겼다. 1917년 이탈리아가 크게 패하여 내각 개편의 임무를 맡았다. 4거두 가운데 한 명으로 이름이 올라 있다.

영국 국제연맹회위원 로버트 세실[28]은 전 보수당 당수 솔즈베리 후작[29]의 셋째 아들로, 부친의 휘하에서 다년간 비서로 일했다. 밸푸어 내각에서 외교차관을 맡은 적이 있다. 대전 중에 봉쇄부장으로 임명되었으며, 보수당의 신진 가운데 가장 우수한 인물이라고 할 수 있다. 많은 사람들은 그가 장차 아버지의 뒤를 이어 당수가 될 것이라고 말한다. 영국인들이 국제연맹에 대해 가장 열성적이었는데 자유당에서는 전 외무장관 에드워드 그레이[30]이고 보수당에서는 바로 로버트 세실이었다. 그는 국제연맹위원회 영국대표가 되어 최근 국제해군을 설립하여 영미가 공동으로 맡아야 한다고 주장하였다.

---

27) 살란드라(Antonio Salandra, 1853~1931)는 제1차 세계대전 초인 1914~1916년 동안 이탈리아의 총리를 지냈다.
28) 로버트 세실(Robert Cecile, 1864~1958)은 영국의 변호사, 정치인, 외교관이다. 그는 국제 연맹 창설의 주역 가운데 한 사람이었으며 오랜 세월 동안 국제 연맹에서 쌓아 온 공적을 인정받아 1937년 노벨 평화상을 수상했다.
29) 솔즈베리 후작(3rd marquess of Salisbury, 1830~1903)은 영국의 보수당 정치지도자로 세 차례 총리를 지내면서 대영제국의 식민지를 널리 확장하는 데 주력했다.
30) 에드워드 그레이(Edward Grey, 1862~1933)는 1885년 자유당 소속으로 하원에 들어갔으며, 1905년부터 제1차 세계대전 초기까지 외무장관으로 재임하면서 긴장된 국제관계하의 외교를 담당하였다.

프랑스 국제연맹회위원 레옹 부르주아[31]는 프랑스 대정치가로 나이가 이미 68세이며 총리를 역임하였다. 그의 정견은 사회문제에서 상호협력을 주장하고, 국제관계에서 중재와 연맹을 주장하였다. 두 차례의 헤이그평화회의[32]에서 프랑스 전권대표로 참여했으며, 현재는 헤이그 상설중재위원을 맡고 있다. 1910년에 국제연맹에 관한 저서를 출간하여, 윌슨이 이를 제창하기 전에 이미 적극 고취하였다. 파리평화회의에서는 국제연맹위원회 프랑스 대표로 있다.

남아프리카 식민지대표 스뮈츠[33]는 남아프리카전쟁 때 트란스발[34]의 장군을 맡아 영군과 필사적인 전투를 하였다. 남아프리카연방이 건립되자 식민부 총독으로 임명되었다. 1916년 군대를 통솔하여 동아프리카 독일 식민지를 공격하는 데 큰 공을 세웠다. 1917년 영국군사

---

31) 레옹 부르주아(Léon Bourgeois, 1851~1925)는 1888년 이래 국회의원으로 노동상, 상원 의장 등 제1차 세계대전까지 여러 장관직을 역임하였다. 연대주의의 사상을 가지고 국제적 협력을 위하여 노력하였다. 국제 연맹의 제창자로서 1919년 초대 국제 연맹 총회 의장 등을 지냈으며 1920년 노벨 평화상을 받았다.

32) 군비 축소와 세계 평화를 꾀하기 위해 1899년과 1907년 두 차례 네덜란드 헤이그에서 열렸던 국제회의.

33) 스뮈츠(Jan Smuts, 1870~1950)는 남아프리카연방과 영국연방의 정치인자 장군으로 1919년부터 1924년까지, 그리고 1939년부터 1948년까지 남아프리카연방의 수상을 지냈고, 제1차 세계대전과 제2차 세계대전 기간에 영국군 육군 원수를 맡았다.

34) 트란스발(Transvaal)은 현재 남아프리카공화국의 발 강 북쪽 또는 그 주변의 땅을 가리킨다. 1857년 남아프리카공화국(South African Republic)의 핵심지역으로 부상했으며, 1870년대에 영국의 지배에 저항했다. 그러나 1899~1902년의 남아프리카 전쟁(보어 전쟁)에서 패한 후 남아프리카공화국이 독립을 상실하자 트란스발은 영국의 직할 식민지가 되었다. 그후 1907년에 자치권을 회복하고 1910년에 남아프리카연방의 주가 되었으며, 1961년 남아프리카공화국(Republic of South Africa)의 주가 되었다.

내각에 입각하였다. 그는 평소 민족자결주의를 주장하여 평화회의 이전에 국제연맹에 관한 책을 저술하였다. 현재 평화조약 가운데 국제연맹 조항의 다수가 그의 저서에서 구상한 바를 채택한 것이다. 영국 정부와 급진파의 교섭은 그를 통해 비밀리에 이루어졌다. 헝가리 급진파정부가 성립되었을 때 직접 가서 상황을 살펴보았다. 평화조약이 체결된 이후 그는 영국에서 여러 차례 연설을 하며, 정의 인도의 위대한 목표가 이루어지지 못한 점에 대해 매우 유감스러워 했다.

그리스 총리 베니젤로스[35]는 그리스 크레타 섬 출신으로, 유년시절부터 혁명사상을 품어 1896년 혁명운동에 뛰어들었고 1906년에 총리가 되었다. 두 차례 발칸전쟁 때 외교가 매우 민첩하였다. 불가리아가 독일군에 가담하자 그는 바로 그리스가 연합국에 가입해야 한다고 주장했으나, 그리스 국왕과 의견이 맞지 않았다. 국왕이 파면시키자 그는 크레타 섬으로 돌아와 혁명을 일으키고, 혁명정부를 이끌고 연합국에 가입하였다. 그 후 국왕이 물러나자 총리에 복귀하여 지금에 이르고 있다. 이 사건으로 논한다면 중국의 돤치루이[36]와 흡사하다. 그러나 그는 그리스에서 국민 지도자로 간주되고 있으며, 국민의 여망을 십여 년간 한 몸에 받고 있다는 점에서는 돤치루이와 상반된

---

35) 베니젤로스(Venigelos, 1864~1936)는 20세기 초 그리스의 가장 탁월한 정치가. 그의 정책으로 인해 그리스는 발칸 전쟁(1912~1913) 중에 국토면적과 인구가 배로 늘어났고, 제1차 세계대전 후 이탈리아·불가리아·터키와의 영토협상 및 외교면에서 성과를 얻었다.
36) 돤치루이(段祺瑞, 1865~1936)는 1911년의 신해혁명(辛亥革命)이 끝난 뒤 위안스카이 총통 밑에서 육군총장과 총리가 되었고 뒤이은 정부에서도 총리직에 있었다. 1917년 5월 중국이 연합국의 일원으로 제1차 세계대전에 참전할 것을 의회에 요구하다가 리위안훙 총통에 의해 해임당했다. 그 직후 청 황제를 복위시키려는 시도를 진압하고 다시 권력을 장악했다.

다. 현재 발칸 정치가 가운데 최고로 꼽히고 있다. 어떤 사람은 "작은 나라에서 태어난 게 너무 아깝다. 영국에 그가 있었다면 로이드 조지가 설 자리가 없었을 것이다."라고 말한다. 그는 중국과의 관계를 매우 중시하여 내게 그리스 방문을 권했고 나도 그렇게 하겠다고 답하였다. 현재 상황이 이 약속을 지킬 수 없게 되어 참으로 애석하다.

미국 전권대표 하우스[37]는 윌슨의 장량[38]이라고 할 만하다. 영국말에 의원(議院)을 'House'라고 하며 하원을 '제1House', 상원을 '제2House'라고 부르는데, 그는 '제3House'라는 별칭으로 불렸다. 민주당이 윌슨을 대통령 후보로 밀어준 것도 그의 추천이었고, 윌슨이 프랑스 총리 브리앙[39]과 친교를 맺게 된 것도 그의 연결 덕분이었다. 윌슨의 각료들은 대부분 그가 추천한 사람들이며, 미국이 설교하고 참전한 것도 그가 결정한 정책이었다. 최근 이삼 년 동안 유럽을 자주 왕래했는데 각국은 모두 그로 인해 일희일비하였다. 그는 항상 막후에서 활동하며 앞으로 나서려고 하지 않았다. 1917년에 베르사유 군사회의대표가 되고 이번 평화회의에서는 전권대표가 되어 직접 책임을 지고 있는데, 실제로 윌슨의 영혼이라고 불린다. 중국 산동문제도 그가 주재한다고 한다. 황로지학[40]에 정통한 섯으로 보이는데, 미국

---

37) 하우스(Edward Mandell House, 1858~1938)는 제1차 세계대전 당시 미국 윌슨 대통령의 측근으로 대서양을 오가며 미국 외교를 지휘하였다. 신세계 질서 추진의 일환으로 알려진 CFR의 창설과 UN의 전신인 국제연맹에 깊이 관여하였다.

38) 장량(張良, ? ~ BC 189)은 중국 한나라의 정치가이자 건국 공신이다. 자는 자방(子房). 소하(蕭何), 한신(韓信)과 함께 한나라 건국의 3걸로 불린다.

39) 브리앙(Aristide Briand, 1862~1932)은 프랑스의 정치인으로 수상을 11회, 외상을 10회 지냈다. 베르사유조약의 실시, 배상문제 협정, 부전조약 체결 등 큰 공을 세워 1926년 노벨 평화상을 받았다.

40) 전국 시대 양주 · 열자 · 장자 등이 노자의 사상을 계승하고 발전시켜 도가학파가

인이 아니라 중국인을 더 닮은 것 같다.

폴란드 총리 파데레프스키[41]는 출신이 매우 특이하다. 그는 저명한 음악가로 빠데(百代)음반사[42]에 가면 그의 피아노 연주 음반을 살 수 있다. 그는 폴란드의 중립적인 애국자였다. 폴란드는 2년 전 파리에서 위원회를 설립하여 귀족을 영수로 두었고 새로 당선된 대통령은 사회당이어서 양측의 입장 차이가 매우 컸다. 충돌을 우려하여 파데레프스키를 총리로 임명하고 양측을 협력하게 했다. 그는 또 평화회의 전권대표가 되었는데, 현재 폴란드의 국면이 안정되면 관직을 벗고 예전처럼 피아니스트로 활동하겠다고 한다.

일본 전권대표 사이온지 긴모치[43]는 일본 귀족 출신으로 젊은 시절 프랑스에서 유학했고 귀국 후 민권론을 제창하여 군벌들이 탐탁지 않게 여겼다. 후에 이토 히로부미의 부탁을 받고 입헌정우회[44] 총재로 임명되어 내각을 조직하였다. 클레망소의 학창동기였

형성되었다. 전국 말기의 도가 학자들은 노자를 전설 속 황제와 연계시켜 '황로지학(黃老之學)'을 만들었고, 한나라 때 황로지학의 청정무위(淸靜無爲) 사상과 방술·선도와 같은 신선 신앙이 결합되어 이른바 '황로도(黃老道)'가 형성되었다.

41) 파데레프스키(Ignacy Jan Paderewski, 1860~1941)는 폴란드의 피아니스트, 작곡가, 총리였다. 제1차 세계대전 직후인 1919년에 폴란드 공화국의 탄생과 동시에 초대 수상이 되었다.

42) 1908년 프랑스 빠데(Pathé) 형제가 상하이, 홍콩 등지에 설립한 음반회사.

43) 사이온지 긴모치(西園寺公望, 1849~1940)는 일본 12대, 14대 내각 총리대신과 정2위 대훈위 공작을 지냈다. 1924년에 마쓰카타 마사요시 사망 이후 최후의 원로로서 다이쇼 천황, 쇼와 천황을 보필했다.

44) 입헌정우회는 1900년 결성된 일본의 정당으로, 모든 정당이 정부 통제하의 대정익찬회(大政翼贊會)로 통합된 1940년까지 존속했다. 유력한 정부 각료였던 이토 히로부미가 자신의 권력기반을 유지할 목적으로 창당했다. 지주계급과 재벌세력의 지지를 받았으며 주요 경쟁정당인 민정당(民政黨)보다 보수적인 강령을 채택

기 때문에 일본정부에서 그를 전권대표로 박탈하여 이번 회의에
보냈다.

이상은 생각나는 대로 몇 명을 거론한 것에 불과하다. 평화회의의
명사들을 논하려고 한다면 실로 헤아릴 수 없이 많다. 앞으로 기회가
있을 때마다 수시로 소개할 것이다.

4. 평화회의 의제

이번 평화회의 의제는 매우 복잡했다. 성립된 것과 성립되지 않는
것, 토의할 필요가 없는 것과 토의해야 하는 것, 해결된 것과 해결되
지 못한 것, 해결된 후 실행될 것과 해결된 후 실행이 불확실 한 것 등
크고 작은 문제를 합하면 수십 종이 넘는다. 대략 분류하여 목록으로
정리하면 다음과 같다.

甲. 국제 공동 문제
(1) 국제연맹 문제
　① 국제연맹의 평화조약 포함 여부 및 회의의 선후 문제
　② 군비축소 문제
　③ 국제육해군 및 참모부 설치 여부 문제
　④ 국제연맹 집행부에 4소국 가입 문제
　⑤ 국제연맹기구 소재지 문제

했다. 1930년대에 양당은 점차 군부에 밀려 세력을 잃게 되었으며, 입헌정우회는
1940년 신체제운동으로 해체되었다.

⑥ 국제연맹 조약문에 먼로주의 부가 문제

⑦ 국제인종평등 문제

⑧ 국제화폐 및 전시공채 합병 문제

⑵ 국제노동 문제

⑶ 국제수륙운송 문제

⑷ 소수민족보호 문제

乙. 적대국 처리조건 문제

⑴ 전쟁책임 및 독일 전황제 심판 문제

⑵ 독일해군 처분 문제

⑶ 독일군사력 제한 문제

⑷ 독일배상 문제

⑸ 헬리고란트 요새 및 킬군 항 문제

⑹ 알자스 · 로렌 반환 문제

⑺ 라인강 좌안 점령 및 우안요새 문제

⑻ 자르 탄광지대 문제

⑼ 독일식민지 위임통치 문제

⑽ 독일경내 덴마크지역 처분 문제

⑾ 독일 · 오스트리아의 합병방지 문제

⑿ 이탈리아 미수복지역 반환 문제

⒀ 단치히(폴란드의 항구) 문제

⒁ 실레지아 관련 문제

丙. 우방 상호분쟁문제

(1) 중국과 일본 간의 산둥 권리 문제

(2) 이탈리아와 유고슬라비아 간의 리예카 및 아드리아 해 문제

(3) 폴란드와 체코슬로바키아 간의 철로 문제

(4) 세르비아와 몬테네그로 간의 합병 문제

丁. 기타문제

(1) 러시아 관련 문제

　① 급진파간섭 문제

　② 핀란드 · 발트3국 · 우크라이나 승인 문제

(2) 헝가리 관련 문제

(3) 발칸 정리 문제

　① 마케도니아 문제

　② 트란실바니아 문제

　③ 알바니아 문제

(4) 터키 처분 문제

　① 콘스탄티노플 위임통치 문제

　② 시리아 문제

　③ 아르마니아 문제

　④ 유태 건국 문제

　⑤ 이집트보호 관련 문제

(5) 네덜란드 · 벨기에 국경 문제

(6) 영국 · 프랑스 · 미국 연맹 문제

(7) 페르시아 보호 문제

(8) 아일랜드 · 이집트 · 조선 독립청구 문제

나는 이러한 분류가 매우 비논리적이고 비과학적이라고 생각한다. 각종 문제의 성격과 관계가 매우 복잡하여 엄격한 분류가 실제로 불가능하기 때문이다. 독자 여러분의 대체적인 이해를 위해 이렇게 나열할 수밖에 없었다. 각종 문제의 내력은 11편과 12편에서 평화조약 전문을 비평할 때 다시 보충 서술할 것이다.[45]

5. 평화회의 에피소드

이번 평화회의는 의례적인 연회가 매우 적어 무도회장으로 변한 비엔나회의와는 달랐다. 그 원인은 다음과 같다. 첫째, 이번 회의는 매우 평민적이어서 귀족대표가 참여하여 체면을 중시한 지난 회의와는 달랐다. 둘째, 전후의 피폐가 극심하고 물자난이 심각해 사람들이 사치를 피하려고 했다. 셋째, 초청자인 클레망소가 엄격한 소박주의를 추구하여 손님들도 따를 수밖에 없었다. 넷째, 이른바 4거두가 일정이 바빠서 일률적으로 연회를 사절했고 모든 일이 비밀리에 독단적으로 결정되었다. 사교장에서의 외교수단이 쓸모가 없어져 자연히 피하게 되었다. 이 점이 바로 이번 평화회의가 냉정해진 연유이다.

이번 평화회의에서 각국은 실로 대규모의 인원이 참여하였다. 영국, 미국은 인원이 2천 명이나 되었고 다른 나라도 백몇십 명 정도는 되었다. 국가마다 1~3개 정도의 호텔을 통째로 잡아 우리 같은 여행객들의 숙소마저 모두 차지해버렸다. 영국, 미국 등의 국가는 전보, 전화, 우편 등의 업무를 자국이 독자적으로 처리하고, 프랑스 교통기

---

45) 량치차오가 말한 11편과 12편은 원문에 보이지 않는다.

관을 빌려 소식을 전하지 않았는데 이것도 예전에는 볼 수 없었던 일이다.

이번 회의가 역대 평화회의와 가장 다른 점은 패전국 대표가 참석하지 않았다는 것이다. 비엔나회의 때 프랑스대사 탈레랑[46]이 크게 수완을 발휘하여 영국 · 러시아 · 프로이센 · 오스트리아 4개 승전국을 매우 곤혹스럽게 했지만, 이번 회의에서는 완전히 이런 기회가 없었다. 4월에 독일대표가 왔으나 베르사유에 감금되어 한 사람도 접견이 허용되지 않았다. 프랑스정부에서 파견한 직원이 그들의 짐을 검사할 때 가방 안에 연회복이 있는 걸 보고, 신문에서 독일이 감히 우리와 사교를 하려 든다고 조롱하였다. 이런 냉대는 좀 지나치다고 생각된다.

평화회의에서 영어와 프랑스어를 병용한 것은 유럽외교사에서 새로운 사례라고 할 수 있다. 듣자하니 4인 회의에선 모두 영어를 사용했다고 한다. 이는 클레망소의 부인이 미국인이고 그도 오랫동안 영국에 거주하여 영어를 잘했기 때문이다. 이렇게 하여 윌슨을 맞춰줄 수 있었다.(윌슨은 프랑스어를 모른다.) 4인 가운데 오를란도가 가장 힘들었다. 세 사람이 늘 영어를 사용했지만 그는 영어를 잘 알지 못했고 주변에 통역도 없어서 배석하는 신세가 될 수밖에 없었다.

프랑스정부는 겉으론 언론을 매우 무심하게 대했다. 그러나 세계언론클럽이 설립되자 정부는 파리시내의 최고급 주택을 징발하여 그들이 회관으로 사용하게 했다. 이 클럽에서는 우방 간의 친분을 위해

---

46) 탈레랑(Talleyrand, 1754~1838)은 프랑스대혁명과 나폴레옹 시대를 거쳐 부르봉 왕정복고, 루이 필리프 통치에 이르기까지 줄곧 고위관직을 지냈다. 비엔나회의(1814~1815)에 프랑스대표로 참석하여 외교적 수완을 발휘하였다.

대대적으로 몇 차례 연회를 개최하였다. 첫 번째 연회에서는 미국 국무장관 로버트 랜싱[47]이 초대되었고, 두 번째 연회에서는 영국 외교부장관 밸푸어가 초대되었고, 세 번째 연회에서는 그리스 총리 베니젤로스가 초대되었고, 네 번째 연회에서 초대받은 사람이 바로 나였다. 그들은 내가 이번 평화회의와 무관하다는 걸 알면서도 언론계의 일원으로 초대해주었다. 그날 일본인은 초청하지 않았으며, 임시로 일본인 신문기자 5명이 자청하여 연회에 왔다. 나는 산둥 문제에 관해 연설할 때, "어떤 나라가 독일의 산둥 침략의 유산을 계승하려 한다면, 이는 바로 제2차 세계대전의 화근으로 평화의 공적(公敵)이다."라는 말을 하였다. 수백 명의 청중이 모두 박수를 쳤는데, 5명의 일본기자가 어떤 반응을 보였는지 유의하지 않았다. 후에 일본신문의 파리 특보를 보았는데, 이번 연회가 중국 당국이 청탁하여 얻어낸 것이라고 하니 참으로 우스운 일이다. 사실 형식적인 사교자리여서 무슨 도움이 되었겠는가?

프랑스정부는 겉으론 언론에 무심한 듯했지만 실제로는 조사를 매우 까다롭게 했다.(전쟁 중이라 이런 것이며 평소에는 절대적 언론자유가 있으니 독자는 오해하지 않기를 바란다.) 평화회의 가운데 조금이라도 중요한 대목들은 신문에 실리지 않았기 때문에, 우리 같은 관객은 영미사람들이 발행한 영문신문(몇 개는 프랑스에서 출판되었다)에서 소식을 접할 수밖에 없었다. 한번은 모 영문신문에서 라인강 문제에 대한 포슈

---

47) 로버트 랜싱(Robert Lansing, 1864~1928)은 미국의 국제변호사이자 국무장관으로 대(對)중국정책에서 미국과 일본의 관계를 원활히 하기 위해 랜싱-이시이 협정(1917)을 체결했으나 국제연맹에 대한 견해 차이로 결국 우드로 윌슨 대통령과 결별했다.

장군의 담화를 게재하고 파리의 한 석간신문이 이를 전재했는데, 프랑스정부가 바로 그 석간신문을 몰수하였다. 이 사례만으로도 프랑스 언론이 평화회의 기간에 받고 있는 속박을 상상할 수 있을 것이다. 제일 우스운 일은 평화조약 전문이 체결되기 전에는 절대로 게재를 허용하지 않았다는 점이다. 독일대표가 도착했을 때 조약 원문을 그들에게 주어, 일주일도 지나지 않아 영어, 프랑스어, 독일어 3개국 언어의 평화조약문이 베를린에서 출판되었다. 우리는 아는 사람을 통해 스위스에서 구입할 수 있었는데, 한 달여가 지나서야 파리, 런던에서 인쇄본을 볼 수 있었다. 귀 막고 아웅대는 이런 행동이 나는 참으로 이해가 가지 않는다.

우리가 파리에 도착한 다음 날, 클레망소는 피습을 당하여 요양을 하고 있었고 윌슨은 미국으로 가서 아직 돌아오지 않았으며 로이드 조지 역시 귀국하여, 평화회의에 커다란 진전이 보이지 않았다. 우리는 이 틈을 타 격전지를 관람할 생각이었다.

또 한 가지 재미있는 일은, 이번 예비대회에는 비관계자 출입이 금지되어 특사, 비서 및 각국에 규정된 기자 방문객을 제외한 이들의 방청이 허용되지 않았는데(최고회의는 절대비밀이어서 말할 필요도 없다), 유일한 예외가 바로 윌슨의 부인이었다는 점이다. 어느 날 윌슨부인이 방청하려고 하자, 평화회의 관계자가 그녀를 위해 의자 하나를 특별히 마련해주었는데, 마치 국왕이 국회에 행차할 때 앉는 옥좌 같았다. 부인은 의자에 앉아 부군이 고담준론하며 천하를 호령하는 모습을 보며 매우 흡족해 하였다. 아! 윌슨이 직접 유럽에 온 것이 바로 그가 실패한 근본원인임을 누구나 다 알고 있다. 어떤 사람은 윌슨의 이번 유럽행이 약간은 부인의 허영심의 영향을 받은 것이라고 말한다.

이런 말은 신경 쓸 필요가 없고 그저 한담거리로 삼으면 그만이다.

　그 밖에 자질구레한 일은 더 얘기하지 않겠다. 총괄하자면, 당시 우리는 정의 인도의 아름다운 꿈을 꾸고 있었으나 이 책을 집필하게 될 즈음 꿈이 깨지고 말았다. 눈을 비비고 바라보니, 그들이 참으로 기막히게 일을 한 게 아니던가! 역사로 보자면, 백 년 전의 비엔나회의에 비견될 만큼 서로 잘 어울린다. 비엔나회의에서 몇몇 강대국이 은밀하게 만사를 결정하여, 많은 약소국을 희생시키고 자신들의 이익으로 나눠가졌다. 이번에도 여전히 그대로이지 않은가? 비엔나회의 이후 러시아·프로이센·오스트리아 3국동맹이 성립되었고, 이번에는 영국·프랑스·미국 3국 동맹이 성립되었다. 비엔나회의 이후 모두 프랑스혁명을 제지하는 일에 다급히 나섰고, 이번에는 러시아의 급진파가 그들의 과녁이 되었다. 아! 세상의 모든 일은 인과관계를 벗어나지 못한다. 19세기의 각종 화근은 비엔나회의에서 배태되어 오늘날에도 그것들이 죄를 짓고 있다. 못 믿겠다면, 산동문제가 바로 그 증거이다. 그 외에도 산동문제와 유사한 것들이 얼마나 많은가! 우리가 파리에서 머문 몇 달이 바로 그들이 비밀리에 죄를 짓던 시간이었다. 지금도 그들이 무슨 꿍꿍이가 있는지 알 수 없지만, 우리는 이 틈을 빌려 격전지를 관찰하러 갔다. 평화회의 결과는 공표가 된 후 다시 평가하기로 하자.

5장
———
서유럽 전장 형세 및 전쟁국면 개관

5장
서유럽 전장 형세 및 전쟁국면 개관

1. 제요

우리가 유럽에 노착한 후 제일 신요하게 한 일은 선장을 관찰하러 간 것이었다. 시간이 지나면 아마도 전시의 흔적을 대부분 볼 수가 없기 때문이다. 그래서 프랑스에 도착한 지 2주 후 우리는 전장을 찾았다. 이번 대전이 경천동지할 정도로 5년간 벌어졌지만, 우리 중국인들은 시종 강 건너 불구경하듯 하였다. 시국에 관심이 있는 사람이라 하더라도 매일 보는 전쟁 보도는 단편적이고 산만한 사건들이어서, 전체 상황을 간명하게 이해할 수 없었다. 이제 전장을 시찰하려고 한 이상, 급하게라도 먼저 전장의 형세 및 전쟁경과에 대해 자세히 살펴보지 않을 수 없다.

이번 대전은 육해공 전 방위에서 전대미문의 참극을 연출했지만 주요한 전투는 여전히 육전이었다. 육전으로 논하자면, 동부·남부·서부 세 방면에서 모두 치열한 전투가 벌어졌으나, 시종 전쟁의 승패는 서부전선에서 결정되었다. 우리의 이번 여행이 비록 서부전선에 국한되기는 했지만, 다른 전선의 상황도 함께 정리함으로써 대전의 전체 형세를 파악할 수 있을 것이다.

전황에 대해 서술하기 전에 정중하게 밝혀야 할 점이 있다. 세상 사람들은 대체로 독일의 패배 원인이 전부 그들의 내정과 외교에 있으며 군사력은 감탄할 정도라고 평가하는데, 사실은 그렇지 않다. 군사력 방면에서도 독일의 결점은 적지 않았다. 솔직히 말하면, 군벌 전제 통치하에서는 정치가 나빠질 뿐 아니라 군사력도 악화될 수밖에 없다. 이제 5년 동안의 서부전선의 대세를 아주 간략하게 서술한 후 승패의 원인을 대략 살펴보려고 한다.

서유럽 전장에서 독일이 공세를 취한 것은 총 세 차례였다. 첫 번째는 마른[1] 전투이다. 독일은 주력군을 이용하여 벨기에를 돌파하고 프랑스로 들어가, 프랑스 좌익군을 포위 공격하여 일거에 섬멸하려고 했지만 끝내 병력부족으로 철수하였다. 그때부터 육지전의 국면으로 변하여 독일이 원래 생각한 속전속결 계획이 완전히 무너졌다. 이것이 1914년 가을의 일이다. 두 번째는 베르됭[2] 전투이다. 당시 러시아군이 바르샤바에서 패하면서, 독일군은 전력을 기울여 공격함으로써 연합군의 중심을 돌파하고 파리를 위협하려고 했다. 1차 맹공은 6개월간 지속되어 사상자가 100만에 달했으나, 결국 성공하지 못하고 독일의 정예부대가 거의 전멸되었다. 이것이 1916년의 일이다. 세 번째는 1918년 봄의 공세이다. 그때 미국이 참전하여 서부전선의 형세는

---

1) 마른(Marne)은 프랑스 북동부 샹파뉴아르덴 지방에 있는 주로 남동쪽에서 서쪽으로 170km에 걸쳐 넓은 활 모양으로 마른 강이 흐르는데, 제1차 세계대전 당시 마른 강 유역에서 벌어진 전투가 바로 마른 전투이다.
2) 베르됭(Verdun)은 프랑스 북동부 로렌 지방 뫼즈 주에 있는 도시로 뫼즈 강을 끼고 있으며 도시 대부분이 강 왼쪽 둔덕의 성채 근처에 자리 잡고 있다.

더욱 긴급해졌다. 마침 러시아와 화친조약을 맺은 후 독일은 동부전선의 근심이 사라짐에 따라, 동부 병력을 서부전선에 집결시켜 최후의 승부를 걸었다. 독일의 공격 횟수가 5차례나 되었으나 작은 소득만 있었을 뿐 대세를 돌이키지 못했으며 국력이 오히려 완전히 고갈되었다. 연합군도 총 3차례 공격을 가하였다. 1차는 샹파뉴[3] 및 아르투아[4] 전투이다. 당시 독일이 러시아에 대대적인 공격을 감행함에 따라 연합군이 그 틈을 타 적의 중간을 돌파하였다. 이것이 1915년의 일이다. 2차는 플랑드르[5] 전투이다. 당시 독일이 베르됭 전투에서 실패한 후 발칸에서도 문제가 생기게 되었는데, 연합군이 독일군의 지친 틈을 타 오른편을 공격하였다. 이것이 1917년의 일이다. 3차는 1918년 가을 최후의 대공세이다. 당시 독일군은 극도로 쇠진해 있었는데, 연합군은 포슈를 총사령관으로 추대하고 더욱이 미국의 강대한 신예 부대가 후원하고 있어서, 일거에 적을 완파하고 전쟁을 끝냈다. 반격의 기점이 마른 강변이였기에 이 전투도 마른 전투라고 불린다. 요컨대 유럽전쟁을 파악할 때 가장 중요한 부분은 서부전선이다. 서부전선의 핵심은 쌍방 총 6차례의 공수에 있다. 6차례의 공수 가운데 전후 두 차례의 마른 전투와 베르됭 전투가 승패의 중추였기 때문에, 우리 여행도 이 일대에서 중점적으로 이루어졌다. 이제 5년간의 전쟁국면을 나누어 서술하고 관찰한 모습을 수시로 삽입하여 독자의 이해를

---

3) 샹파뉴(Champagne)는 프랑스 북동부의 마른 주와 아르덴·뫼즈·오트마른·오브·욘·센에마른·엔 주들의 일부를 포함하는 지역이다.

4) 아르투아(Artois)는 프랑스 북부 파드칼레 주 대부분을 포함하는 지역이다.

5) 플랑드르(Flandre)는 오늘날 프랑스의 노르 주, 벨기에의 동플랑드르·서플랑드르 주, 네덜란드의 젤란트 주를 말한다.

도우려 한다.

2. 개전 및 마른 전투

첫 번째 해(1914년)

프랑스의 군사계획은 본래 독일을 이상적인 적대국으로 삼는 것
이지만 그 목적은 공격이 아니라 수비에 있었다. 그래서 프랑스는
군사설비를 동쪽의 양국 접경지역에 배치하였다. 접경지역 북쪽에
는 룩셈부르크대공국이, 남쪽에는 스위스가 있었는데 모두 영구 중
립국이었다. 양국 간의 접경선은 140여 화리[6]에 불과하여, 프랑스는
이 접경선을 따라 요새를 축조하였다. 최남단에 있는 벨포르(Belfort)
요새는 두 산 사이의 요충지를 지키며 독일이 남침할 좁은 길목을
막고 있었다. 북쪽으로 보주(Vosges) 요새가 있어 알자스(Alsace) 지방
의 요충지가 되었다. 더 북쪽으로 에피날(Epinal) 요새가 모젤(Moselle)
강을 막고 있고, 더 북쪽으로 생미엘(Saint-Mihiel) 요새이고, 더 북으
로는 툴(Toul) 요새가 운하를 가로지르고 있다. 최북단이 바로 천하
제일의 난공불락 베르됭 요새이다. 이것이 프랑스 접경지대에 일렬
로 배치된 방어태세였다. 전쟁이 개시되었을 때, 프랑스는 독일이 중
립국가인 룩셈부르크와 벨기에를 과감히 침략할 수 있다는 점은 전
혀 생각하지 못했다. 그래서 프랑스는 동원령을 내려 동남부 국경지
대에 군대를 집결시켰을 뿐이며, 처음에는 로렌(Lorraine) 지방을 침공
하여(1871년 프랑스가 독일에게 할양한 두 지방 가운데 하나) 군세를 떨

---

6) 1화리(華里)는 0.5km.

치게 되었다. 하지만 독일의 비열한 전략이 오래전부터 준비되어 있다는 것은 아무도 몰랐다. 독일은 러시아의 군사동원이 느릴 것임을 알고 주력군을 서쪽에 집중시켜, 보불전쟁[7] 때의 옛 수법 그대로 파리로 진격하여 단숨에 함락하려고 했다. 프랑스가 항복하기만 하면 러시아는 쉽사리 정복할 것이라고 여겼다. 하지만 독일-프랑스 국경지역에 요새가 첩첩산중이라 50년 전과는 비교가 되지 않았다. 독일은 국경으로 진공하면 실로 승리하기 힘들다고 생각하고, 세상에 대죄를 범하더라도 룩셈부르크와 벨기에 두 중립국을 침략하여 북쪽에서 프랑스의 빈틈을 노리는 것이 가장 승산이 있을 거라고 여겼다. 그러나 희생정신이 강한 벨기에가 용감하게 덤비는 바람에 독일의 일정이 20여 일 지체하게 될 것은 전혀 예측하지 못했다. 프랑스는 독일이 벨기에를 공격하고 있다는 흥보를 받고 황급하게 동부 국경의 병력을 북부로 이동시켰으며, 8월 24일에 비로소 영국과 연락이 되었다. 이때 독일은 이미 벨기에 국경을 넘어 승세를 타고 전진하여 5개 지역을 함락하였다. 24~26일에 영국-프랑스 연합군 1차 방어선을 뚫었다. 28일에서 30일까지 다시 2차 방어선을 무너뜨렸다. 독일이 기세를 몰아 파리를 삼키려고 했으나 프랑스의 군사 천재 조프르[8]가 이 일촉즉발의 순간에 독일의 계략을 완전히 꿰뚫었다. 즉 프랑스 주력군 정예부대를 프랑스-벨기에 국경에서 섬멸한

---

7) 보불전쟁은 1870~1871년에 걸쳐서 프로이센과 프랑스 간에 있었던 전쟁이다. 프랑스 황제 나폴레옹 3세의 도전으로 시작된 이 전쟁은 비스마르크의 정략과 몰드케의 전략에 의하여 프로이센의 승리로 돌아가고, 프랑스의 나폴레옹 3세 제정은 쓰러졌다. 이 전쟁을 이용하여 프로이센은 1871년 독일제국을 건설하였다.

8) 조프르(Césaire Joffre, 1852~1931)는 프랑스 장군으로 1차 세계대전 당시 서부전선에서 '마른의 승리자'로 명성을 얻었다.

후 파리를 포위하겠다는 것인데, 그렇게 되면 프랑스는 썩은 나무가 꺾이듯이 무너질 수밖에 없었다. 프랑스 총사령관 조프르 장군은 이러한 계책을 간파하고, 『손자병법』[9]상의 이른바 '적의 군대를 온전히 생포하는 것이 상책이다(全軍爲上)'[10], '자신의 영토에서는 전쟁을 벌이지 않아야 한다(散地無戰)'[11], '적의 예기는 피하고 적이 지쳐 돌아가고 싶을 때 공격한다(避其銳氣, 擊其惰歸)'[12], '가까운 곳에서 먼 곳으로부터 오는 적을 상대하고, 편안히 휴식한 군대로 피로한 적군을 상대한다(以近待遠, 以逸待勞)'[13], '내가 남을 끌어당길지언정 남에게 끌려다니지 않아야 한다(致人而不致於人)'[14] 등의 대원칙을 매우 잘 체득하여 견지하고 절묘하게 운용하였다. 그는 첫 교전을 한 뒤 단체 의견을 강력히 물리치고 자신의 퇴각계획을 실행하였다. 백여만 대군을 연속 9일간 퇴각시키고, 군사들이 아무리 싸우겠다고 간청해도 한결같이 허락하지 않았다. 그는 수도를 보르도로 옮기고 파리를 완전히 요새로 만들자고 주장하였다.(파리는 본래 요새였으며 설비의 견고함이 베르됭과 막상막하다.) 프랑스정부는 그의 건의를 수용하여 노장군 갈리아니를 파리 수비 총사령관으로 기용하였다. 그리하여 파리는 정치중심이 아니라 군사중심으로 완전히 변하였다. 9월 4

---

9) 『손자병법(孫子兵法)』은 고대 중국의 병법서로, 원본은 춘추시대 오왕 합려를 섬기던 손무(孫武)가 쓴 것으로 알려져 있다. 현재까지 전해지는 손자병법은 조조가 원본을 요약하고 해석을 붙인 『위무주손자(魏武註孫子)』 13편이다.

10) 『손자병법』 「謀攻」편의 구절.

11) 『손자병법』 「九地」편의 구절.

12) 『손자병법』 「軍爭」편의 구절.

13) 『손자병법』 「軍爭」편의 구절.

14) 『손자병법』 「虛實」편의 구절.

일에 이르기까지 전방의 군대가 모두 파리요새 외곽으로 후퇴하여 베르됭과 함께 일자형 전선을 형성하게 되자, 조프르는 후퇴 중지 명령을 내렸다.

독인은 벨기에 국경을 넘은 후 10일 동안 승승장구하며 마치 무인지경에 들어선 듯했다. 프랑스군을 무능하다고 깔보며 그 뒤를 바싹 추격하면서 전군이 마른 강을 건너 남쪽으로 진격하였다. 또 파리를 요새라고 여겨 공방전을 피하고, 동쪽으로 우회하여 프랑스군의 우익을 포위하려고 했다. 마침 이때 러시아가 동프로이센을 침입했다는 소식이 날아왔는데, 독일은 영국-프랑스 연합군이 겁을 먹고 후퇴하는 것이라고 착각한 데다가 동쪽의 손실이 우려되어, 본래 계획을 바꾸고 황급히 한 개 군단을 파견하여 동쪽을 지원하였다. 이에 우측이 비게 되었고 프랑스 제6군은 독일의 이 틈을 노렸다. 제6군은 본래 파리를 수비하느라 전방 전투에 참여하지 않았다. 9월 5일에서 9일까지 프랑스 전군이 방어에서 공격으로 전환하여 독일군이 대패하고 퇴각하였다. 이 전투를 역사가들은 1차 마른 전투라고 부른다. 마른은 파리와 베르됭 사이에 위치하는데, 샹파뉴의 속지로서 저명한 샴페인이 바로 이곳에서 생산된다.

서유럽 산맥을 조사해보면, 독일에서 구불구불하게 남쪽으로 스페인까지 이어져 있고, 지세가 점차 낮아지며 넓은 협곡을 형성하여 파리에 이른다. 그 중간에 활과 띠 모양으로 구불구불 가로지르는 강이 바로 마른 강이다. 이 지역은 원래 역사적으로 유명한 전쟁터였다. 백년 전에 나폴레옹이 모스크바에서 패배하여 돌아왔을 때, 러시아·프로이센·오스트리아 3국 연합군 30만이 파리를 압박하였다. 나폴레옹은 그 반밖에 안 되는 병력으로 크고 작은 전투 수십 차례를 치르고 나서 마침내 적군을 프랑스 국경 밖으로 몰아내었다. 그래서 지금 까지 프랑스인은 마른이란 이름만 들어도 용기백배해진다. 조프르 장군이 대군을 계속 9일간 퇴각시켰을 때 군사들은 모두 의아해하였다. '우리는 40여 년간 와신상담하며 복수를 노리고 있었고, 지금 적을 눈앞에 두고 전 국민이 목숨을 바치려 한다. 그런데 접전이 시작된 이래 작은 패배는 있었지만 큰 손상은 입지 않았는데도 어찌하여 싸우지 않고 후퇴하기만 하는 것인가?' 듣자하니, 9월 초 이삼 일간 퇴각한 병사들이 파리의 등불을 바라보며, 조국이 이제 멸망할 것이라고 대성통곡했다고 한다. 처절한 슬픔이 극에 달하고 있을 때 갑자기 반격 명령이 떨어지니, 감격하여 눈물을 흘리지 않을 수 있겠는가! 프랑스군 장수가 국민의 이러한 정신을 잘 활용한 것이 패배에서 승리로 이끈 대관건이었다. 양국 군대의 전적은 실로 용호상박이어서 눈물겨운 장면들이 매우 많지만, 여러분이 대전 관련 서적을 찾아보면 알 수 있으니 상세하게 서술하지 않을 것이다. 량징춘·린카이[15]가 공저한 『유럽전쟁전사』[16]가 매우 좋다. 총괄하자면, 이번 전투로 인해 비록 독일 정예군이 커다란 손실을 입진 않았지만, 파리를 속전속결로 함락하려는 계획은 완전히 실패했고 이로부터 참호전의 국면이 형성되었다. 참호전이 되면서 독일의 최종 승산도 바닥으로 떨어진 셈이다.

나는 1차 마른 전투가 중국 역사의 적벽대전[17]과 유사하다고 생각

---

15) 량징춘(梁敬錞, 1893~1984)은 북경대학에서 법학을, 영국 런던대학에서 경제학을 공부했으며 북경대학 교수를 역임했다. 중국근현대사 연구에서 업적이 탁월하다. 린카이(林凱)의 생평은 자세하지 않다.

16) 『유럽전쟁전사(歐戰全史)』는 1919년 아주문명협회에서 출판되었다.

17) 적벽대전(赤壁大戰)은 중국의 삼국시대인 208년 통일을 목표로 세력을 계속 팽창하던 조조에, 손권과 유비가 연합하여 양쯔강에서 벌인 큰 전투이다.

한다. 제갈량과 손권은 조조의 군세에 대해 다음과 같이 말한다. "조조가 유비를 쫓아 주야로 300리를 달렸으니, 이른바 아무리 강한 화살이라도 끝에는 얇은 비단 하나 뚫지 못하는 격이다.[18] 『손자병법』에서도 이를 금하여 '하루에 50리 이상 행군하면 상장군이 전사하게 된다.'고 한 것이다."[19] 독일군은 이번에 너무 자만하여 10일간 필사적으로 쫓아 급히 진격하는 바람에 결국 패배하게 되었다. 패하기는 했으나 주력군을 잃지 않은 것도 적벽대전과 마찬가지이며, 패하고 난 후 더 이상 진취적일 수 없었던 것도 적벽대전과 같았다. 프랑스의 경우 북부 국경지역을 의연히 적군에게 내어준 것은 참으로 용감한 결단이었다고 할 만하다. 북부 국경지역은 프랑스의 공업중심지로 국가의 핵심적인 곳인데 적군이 점령하게 한다는 것이 얼마나 고통스러운 일이었겠는가! 그러나 프랑스는 이렇게 하지 않으면 승리를 이끌 수 없다고 대승적으로 판단하여, '독사에 손이 물린 장사가 온몸에 독이 퍼지지 않도록 팔을 자르는' 수단을 택한 것인데, 배포가 큰 국민이 아니라면 할 수 있었겠는가? 북부 국경지역뿐만 아니라 아름다운 파리조차 그들은 조금의 미련도 두지 않았다. 적을 물리칠 수만 있다면 폐허가 된다하더라도 달게 받으려 했다. 이러한 희생정신이 없었다면 국가가 어떻게 존립할 수 있었겠는가?

　나는 이번 전투에서 커다란 교훈을 얻었다. 즉 앞으로의 전쟁은 반

---

18) 강노지말(强弩之末)은 강하게 날아가던 화살도 마지막에는 힘이 떨어져 맥을 못 쓰듯 강하던 것도 시간이 지나면서 힘을 잃고 쇠약해진다는 것을 비유하는 말이다.

19) 원문 "曹操追劉豫州. 一晝一夜行三百裏. 所謂强弩之末不能穿魯縞也. 故兵法忌之日. 必蹶上將軍."은 『三国志·蜀书·诸葛亮传』의 구절.

드시 방어하는 측이 승리하고 공격하는 측이 패배한다는 사실을 깨달은 것이다. 대군이 국경 밖에서 전투하는 것은 결코 국가의 복이 아니다. 입장을 바꾸어 영국-프랑스 연합군이 독일 경내로 침입했다면, 독일 사람들은 당연히 죽을 각오로 저항하여 내부문제로 인한 혁명도 발생하지 않고 침입자가 결국 패배했을 것이다. 이렇게 볼 때 프랑스가 북부 국경지역을 적에게 내어준 것은 탁견이라고 생각해야 한다. 독일은 이러한 식견이 없어서 잠시라도 동프로이센을 러시아에게 내주지 않으려고, 서부전선이 긴급하자 병력을 분산시켜 지원했으나 결국 상대에게 틈을 보여 국가 전체가 위기에 빠지게 된 것이다. 이는 주저하다가 오갈 데 없는 신세가 된 격이 아니겠는가? 마른 전투를 보고 참으로 많은 깨달음을 얻었다.

마른 전투 이후 쌍방은 모두 상대의 날개를 탐색하여 포위공격 하려고 했다. 그래서 각기 제일 민첩한 방법으로 국내의 예비군을 북부지역으로 이동시켜 번갈아 공격과 방어를 하고, 경쟁적으로 날개를 펼쳐서 해안선까지 도달했다. 이것이 1914년 겨울의 일이다. 역사가들은 이를 '날개경쟁 운동'이라고 부른다. 이로부터 참호전의 형세가 성립되어 독일의 최초 작전계획은 완전히 실패하게 되었다.

두 번째 해(1915년)

1915년은 서부전선에서 가장 한가한 해였다. 이때 양국의 전선은 북으로는 북해 해안에서 남으로는 스위스에 이르기까지 몇천 킬로미터가 이어져 긴 뱀 같았으며, 서로 참호를 구축하여 지구전을 할 계획이었다. 연합군 측을 본다면, 프랑스는 피해를 복구해야 할 상황이었고, 영국은 막 실질적인 모병과 훈련을 시작하여 군비가 아직 충분하지 않았기 때문에 진격을 도모할 처지가 아니었다. 독일 · 오스트리아 측을 본다면, 서쪽에서 공격해온 러시아가 독일에게는 두 차례 패배했지만 오스트리아에게는 대승을 거두었다. 4월에 이탈리아가 참전하여 오스트리아는 더욱 위급해졌다. 그리하여 독일은 예비 부대를 동쪽으로 이동시켜 오스트리아와 협력하여 러시아에 대항했다. 힌덴부르크[20]를 총원수로 기용하여 유명한 '타넨베르크 전투'[21]를 거쳐 마침내 폴란드에 진입하여 바르샤바를 점령하였다. 러시아는 패배하여 빌나(Vilna)까지 물러났다. 이것이 1915년 6, 7월 사이의 일이다. 독일군이 동부전선에서 대단한 승리를 거두었다. 연합군이 동부전선의 위기를 해결하려면 서부전선에서 적을 견제하는 방법밖에 없었다. 8월 중순 이후 영국 신예 병력이 도착하였고, 프랑스 병력과 군수물자도 점차 보강되었다. 해안 참호전에서 승부가 날 가망이 없었기 때문에, 방침을 바꾸어 적진의 중견을 돌파하려고 했다. 이에 다섯 배의 병력, 우월한 포격, 광범위한 전면공격을 동원하여 샹파뉴 및 아르투아 두 지방에서 동시에 진공하며 기력을 많이 소모했으나, 독일군을 수십 킬로미터정도 후퇴하게 했을 뿐 전쟁 국면에는 조금의 영향도 미치지 못했다. 독일군도 동부전선에서 몇 개 사단의 병력을 소환하여 반격했으나, 11월 이후 쌍방이 모두 지쳐 예전 그대로 대치하며 관망하는 상태였다.

---

20) 힌덴부르크(Paul von Hindenburg, 1847~1934)는 제1차 세계대전 때 독일군 원수로 참전했으며, 1925~1934년 독일 바이마르 공화국 시대에는 공화국 제2대 대통령을 지냈다.

21) 타넨베르크 전투는 제1차 세계대전에서 독일 제국을 침공한 러시아 제국이 독일 제국에게 참패한 전투이다. 1914년 8월 26일에서 8월 31일까지 벌어졌고 러시아군은 거의 전멸 지경에 이른다.

3. 베르됭전투 및 그 이후

세 번째 해(1916년)

1916년은 대전의 딱 중간이 되는 해이다. 마치 해가 중천에 떠오르고 조수가 최대로 불어난 때처럼, 대전의 핵심지인 서부전선에서는 전투가 극점에 도달하였다. 요점만 간명하게 얘기하자면, 독일군은 먼저 공격한 후 방어하고 연합군은 먼저 방어한 후 공격하는 양상이었다. 독일군에게는 유명한 베르됭 전투가 있고 연합군에게는 솜(Somme) 전투가 있었다. 두 전투는 본래 앞뒤로 연결되어 있고 교대로 응전하는 방식이었기 때문에 총칭하여 베르됭 전투라 해도 된다. 두 전투가 합쳐진 2월부터 10월까지 거의 전투가 없는 날이 없었고 여기저기서 벌어진 무수한 교전은 실로 목숨을 건 승부였다. 오늘날 전쟁사가들의 유행어에 "세계대전은 베르됭 전투다"란 말이 있다. 좀 과장되기는 하지만, 베르됭 전투가 진나라와 항우의 거록대전(巨鹿之戰)[22], 조조와 원소의 관도대전(官渡之戰)[23]처럼 쌍방의 운명이 걸려 있다는 점은 전 세계 사람들이 모두 인정하는 사실이다. 이렇게 중요한 만큼 전투의 형세와 맥락을 자세하게 정리해야 할 것이다.

---

22) 거록대전(巨鹿之戰)은 BC 207년에 벌어진 진나라와 항우군 사이의 전쟁이다. 이 전쟁으로 진나라는 멸망하였다. 여러 군웅 중 하나였던 항우가 당대 최강의 세력으로 떠올랐다.

23) 관도대전(官渡之戰)은 200년에 벌어진 조조와 원소 사이의 전쟁이다. 원소(袁紹)는 동한 말 최강의 군웅인데 반해 조조는 여러 가지 불리한 여건하에서 등 뒤의 유표와 유비의 유격군까지 신경을 써야 했던 최악의 상태였다. 그러나 투항해 온 허유의 정보 제공으로 조조는 순우경이 지키는 오소의 식량고를 기습하고 원소의 보급선을 모조리 불태워 승리함에 따라 중국 최강의 군웅으로 떠올랐다.

라인 강에는 뫼즈 강이라는 지류가 있는데 남에서 북으로 흘러 프랑스, 벨기에 국경을 통과한다. 강 양안을 따라 두 산맥의 산등성이가 기복을 이루어 고원지대를 형성하고 있다. 약간 높은 동쪽 언덕을 뫼즈 고원이라 하고, 약간 낮은 서쪽 언덕을 베르됭 고원이라고 한다. 베르됭 시는 뫼즈 강을 가로질러 건설된 도시로 대전 전 인구가 2만여 명이었다. 포루(炮壘)가 시내의 구릉 안에 감춰져 있고, 땅굴을 파면 수만의 병력을 수용하고 무기를 엄청나게 보관할 수 있으며, 산맥이 시 양안을 한 겹 한 겹 물결처럼 둘러싸고 있었다. 사방에 구축된 포루가 총 29개소이고 삼중의 포루선으로 나누어 중앙의 포루를 지키는 태세인데, 이것을 통칭해 베르됭 요새라고 부른다. 베르됭 지역은 유럽 역사에서 가장 먼저 유명해진 곳이고 관계도 매우 복잡하였다. 서기 843년 카롤루스 대제[24]는 제국판도를 삼분하여 세 아들에게 나눠주었는데 근래의 독일과 프랑스는 바로 이때 분리된 것이다. 이 판도분할의 증명서가 베르됭 조약이다. 하지만 베르됭만은 대제가 손에 쥐고 아들에게 주지 않았으니 이 지역의 가치를 상상할 수 있을 것이다. 16세기에 이르러 베르됭이 프랑스에 점령되었고, 이로부터 프랑스 동부 국경의 가장 삼엄한 관문이 되었다. 독일과 프랑스 사이에 전쟁이 벌어질 때마다 이곳은 항상 공수의 초점이었다. 1792년 프랑스대혁명 때와 1870년 보불전쟁 때 두 차례 함락된 적이 있으며, 프

---

24) 카롤루스 대제(Charlemagne, 740~814)는 카롤링거 왕조 프랑크 왕국의 2대 국왕으로 서부, 중부유럽의 대부분을 차지해 프랑크 왕국을 제국으로 확장했다. 재임하는 기간 동안 이탈리아를 정복하여 800년 12월 교황 레오 3세에게 비잔티움 제국의 황제와 반대되는 신성 로마 제국 황제직을 수여받았으며 황제가 된 후 교회를 통해 예술, 종교, 문화를 크게 발전시켜 카롤링거 르네상스를 일으켰다.

로이센군이 베르됭을 통해 신속히 파리를 침공할 수 있었다. 이 지역은 파리에서 겨우 60마일 떨어져 있어 그 군사적 가치가 진(秦)과 진(晉)의 전쟁에서의 효함(崤函)[25], 연(燕)과 제(齊)의 전쟁에서의 대현(大峴)[26]에 비견될 만하며, 실로 승패의 명운이 달려있어서 한 치도 양보할 수 없는 곳이었다. 1914년 마른 전투에서 프랑스군 우익은 베르됭을 기점으로 삼아 제3군단이 독일 황태자군단과 근방에서 1주일간의 혈투를 벌였다. 그러나 당시 독일은 프랑스의 공격을 힘껏 피하며 세계 최고로 저명한 요새에서 병력을 소모하려고 하지 않았다. 벨기에를 지나면 무인지경으로 프랑스에 들어설 수 있는데, 무엇 때문에 위험을 무릅쓰고 고생하려 했겠는가? 베르됭이 첫 번째로 공격받지 않았던 이유는 바로 이 때문이다. 마른 전투에서의 손실을 입고 참호전이 벌어지면서 독일이 국면을 전환시키자면 큰 결심을 하지 않을 수 없었다. 다행이 러시아군이 작년 패배 이후 움츠려 있어서 잠시 동부 전선의 걱정이 없어진 바람에 병력을 집중할 수 있었고, 또 요새 공격을 위한 새로운 경험을 이미 축적하고 있었다. 벨기에의 안트베르펜(Antwerpen) 요새는 견고함이 베르됭 요새에 버금갔으나, 독일이 새로 발명한 중포(重砲)[27]의 위력에 기대어 맹공을 퍼부은 지 20일도 채 되지 않아 함락되었다. 이 때문에 베르됭 공격계획이 절대 불가능한 일은 아니었다. 게다가 전쟁의 형세로 볼 때 당시 연합군 전선이 모두 베르됭 서북쪽에 있었다. 베르됭은 서쪽은 샹파뉴와 남쪽은 스위스와 인접하여 마침 둔각을 이루고 있었다. 전술적인 시각으로 볼 때, 진영

---

25) 효함은 하남성 영보(靈寶) 동북쪽에 있는 함곡관(函谷關)을 가리킨다.
26) 대현은 산동성 임구현(臨朐縣) 동남쪽에 있는 목릉관(穆陵關)을 가리킨다.
27) 구경이 161밀리미터 이상 210밀리미터 사이의 크기를 가진 대포를 지칭한다.

내부의 둔각은 공격하기는 쉬우나 수비하기는 힘든 모양이어서, 마치 무대 위의 하급 무사가 불룩한 배를 내밀고 상대의 공격을 기다리는 것 같았다. 정면이나 측면에서 모두 공격받을 수 있으나 방어하기는 쉽지 않았다. 또 이 둔각의 중간에 뫼즈 강이 있어서, 공격자는 이를 운송에 이용할 수 있지만 수비자는 좌우 양안에 연락을 취하기가 매우 힘들었다. 뫼즈 강 우측에 위치한 프랑스군은 배수진으로 몰리게 되어 형세가 매우 불리하였다. 이 둔각의 끝은 독일의 로렌 지방의 도시와 매우 가까워 10여 개의 철로가 통해 있었지만 파리로 가는 철로는 두 개뿐이었다. 공세를 취하는 독일군에게 수송조건이 매우 유리하였다. 이러한 각종 이유로 독일의 모험심이 들끓기 시작하였다. 독일은 작년 하반기부터 매일 비밀리에 순비작업을 하며, 철로를 증축하고 중포를 제조하고 지형을 관찰하고 병력을 집중시켰다. 올 초봄에 북부지역의 빙설이 녹지 않아 러시아가 국경지역을 넘볼 수 없는 시기를 틈타 대거 진격할 예정이었다. 그들의 작전계획은 먼저 야포로 요새 주변의 삼림을 소탕하여 외부 지원군이 접근할 통로를 차단한다. 그런 다음 42문 이상의 대포로 각 보루에 맹공을 가하여 보루안의 군사들이 얼굴을 드러내지 못하게 하고, 대포 공격이 끝나면 연이어 보병이 육박전으로 보루를 탈취하는 것이다. 이는 안트베르펜을 침공할 때의 옛 수법이었고, 독일은 틀림없이 성공할 것이라고 여겼다. 그들의 계획에 따르자면, 빠르면 20일 늦어도 한 달이면 이 늠름한 천혜의 요새를 손에 넣을 수 있었다. 그래서 독일 황태자가 군사들에게, 내년 2월 말 황제폐하가 베르됭 성당에서 개선 축하연을 열고 싶어 한다고 연설했던 것이다. 독일은 몇 개월간의 고생스런 준비과정을 거쳐 1916년 2월 21일 아침 7시에, 천지를 뒤흔드는 대포소리와 함께 경천동지할 베르됭 전투를 개시하였다.

　프랑스는 독일의 베르됭 공격계획을 2개월 전부터 이미 간파하고 있었다. 대비책으로 사수하자는 의견도 있었고 포기하자는 의견도 제기되었다. 포기하자는 이유는 다음과 같다. 첫째, 앞서 형세에 대해 설명한 것처럼 공격받기가 쉽고 수비가 어렵다. 둘째, 요새 안의 병력과 군수품 대부분이 이미 전선으로 옮겨진 상태라 적이 베르됭을 점령하더라도 돌밭을 얻는 것과 같아서, 이는 참호전의 승리에 불과하며 전쟁 국면에 별다른 영향을 끼치지 않는다. 셋째, 예전에 베르됭이 중요했던 것은 파리를 내려다보며 위협할 수 있었기 때문인데, 지금 파리는 수도가 아니라 이미 요새가 되어 이를 두려워할 필요가 없어졌으니, 베르됭을 포기하고 전선을 완정하고 굳건히 하는 게 낫다.

　이상의 설명은 분명 탁견이지만, 다른 측면에서 관찰하면 절대 포기해서는 안 되는 이유가 확연히 있다. 첫 번째로 베르됭 부근은 유명한 철 생산지인데, 만일 적에게 넘겨준다면 이는 적의 전투력을 증가시켜주는 반면 자신의 전투력을 약화시키는 일이다. 이건 그래도 긴요한 이유가 아니다. 이른바 '오늘날 베르됭의 전략상의 가치는 예전과 비교할 수 없다'라는 말은 당국의 전문가만이 이해할 수 있는 것이며, 세상의 일반인들은 그 역사적 명성에 눌려 베르됭을 잃으면 프랑스는 바로 울타리를 완전히 상실하게 된다고 여겼다. 적군이 베르됭을 점령하면 그들은 틀림없이 과대선전하며 자국 국민의 용기를 백배 고무시키려 할 것이다. 그러나 프랑스는 전 국민이 매우 실망하고 낙담하여 국가도 일제히 기가 꺾이게 될 것이다. 군사는 원기에 의지하는데, 기가 꺾이면 다시 진작시키기가 어렵다. 이 때문에 프랑스정부와 군사당국은 몇 번의 철저한 연구를 거쳐 베르됭을 굳게 지키자고 결정하였다. 이에 베르됭 활극이 쌍방의 동의하에 연출되기 시작했다.

　이번 전투의 자세한 상황에 대해선 전쟁사가들이 서술할 수밖에 없다. 다음 편에서 전장 유람기를 쓸 때 요점을 수시로 보충 설명하고, 여기서는 개요만을 서술하려고 한다. 공격전은 2월 22일 독일군이 개시하여 8월 18일 전선에서 퇴각할 때까지 거의 6개월이나 지속되었다. 독일군은 황태자가 총사령관이 되어 최초로 진공할 때 병력이 44만이었고 그 후 수차례 증원되어 총 100만을 넘었는데, 결과적으로 53만이 전사하였다. 당시 프랑스군은 사람을 파견하여 독일이 발포한 총수를 계산하였다. 처음부터 끝까지 매일 평균 400발을 쏘았으며 포탄 한 발의 평균 가격을 140파운드로 친다면, 이 항복만으로도 독일의 금전손실이 얼마인지 상상할 수 있을 것이다. 개전 후 5일째 되는 날, 독일은 동쪽 두오몽(Douaumont) 보루를 탈취했는데, 이 보루는 요새에서 제일 높은 지점(380m)에 위치하여 총보루를 내려다볼 수 있었다. 프랑스군은 이 위급한 시기에 총사령관을 페탱[28] 장군으로 교체하여, 이틀 뒤 두오몽 보루를 수복했다가 이틀 뒤 다시 빼앗겼다. 두오몽 마을은 포대 부근의 작은 촌락인데 이곳에서 연이어 19차례의 쟁탈전이 벌어졌다. 그리고 뫼즈 강 동서쪽의 아르덴(Ardennes) 숲, 부아 부뤼스(Bois Bourrus) 능선, 르 모르옴(Le Mort Homme), 보(Vaux) 요새 등에서 연이어 접전이 80여 차례 벌어졌다. 가장 험악한 시기는 3월 한 달이었다. 매일 수백 발의 포탄이 베르됭 시에 떨어져 전 도시

---

28) 페탱(Philippe Pétain, 1856~1951)은 프랑스의 장군으로 제1차 세계대전 때 베르됭 전투에서 승리하여 국민적 영웅이 되었다.

를 부수어놓았다. 양군의 전투기가 하늘을 뒤덮어, 마치 비 오기 직전
에 잠자리가 떼 지어 어지러이 날아다니는 것 같았다. 베르됭에서 파
리로 가는 철로는 포격에 의해 파괴되자 프랑스는 3400여 대의 오토
바이를 동원하여 주야로 군수물자를 수송하였다. 밤에 보면 마치 두
마리 불뱀이 오가며 구불구불 끝이 보이지 않는 것 같았다. 적군은 기
관총 포화 속에서 시체를 밟으며 앞으로 돌진하였고, 수비군은 빗발
치는 총탄 아래서 차분히 담소를 나누며 침공을 저지하였다. 몇 차례
보루와 참호에서 육박전이 벌어져 양쪽이 모두 전사하였다. 총괄하자
면, 인류의 잔인성이 이번 대전에서 남김없이 드러났다고 할 수 있다.
5월 하순이 되어 개전한 지 100일이 지나자 양군은 상대의 허점을 찾
지 못한 채 각자 참호를 지킬 뿐이었다. 매일 도처에서 간간이 포탄을
주고받았지만 요새전이 다시 지구전으로 변하였다.

　동부전선에서 러시아군은 프랑스 주력군이 베르됭을 고수하는 틈
을 타 6월 4일 대군을 이끌고 칼리치아에 진입하자, 오스트리아군은
거의 버틸 수가 없었다. 또 루마니아가 새로이 참전하여 발칸의 형세
가 순식간에 변화되었다. 이때 베르됭을 포위공격하던 독일은 보 요
새를 함락했는데, 이곳은 베르됭으로부터 겨우 4km밖에 떨어져 있지
않아 형세가 다시 위급해졌다. 이에 영국-프랑스 연합군은 상대의 허
점을 공략하는[29] 전술을 통해 공세로 전환하였다. 영국군 총사령관
헤이그[30]와 프랑스군 총사령관 포슈는 솜 지역의 적군이 비교적 박약

---

29) 원문 위위구조(圍魏救趙)는 정면충돌을 피하고 상대의 허점을 공략하는 것을 비
유하는 말이다.
30) 헤이그(Douglas Haig, 1861~1928)는 제1차 세계대전 때의 프랑스 주둔 영국군
총사령관이다.

했기 때문에 6월 27일 정면공격을 시행하여 독일군의 방어선을 돌파하려고 했다. 처음에는 매우 유리한 듯했지만, 독일군은 공격의 경험이 늘었을 뿐 아니라 방어의 경험도 축적되어 있었다. 독일군의 방어선에 가까이 갈수록 연합군의 공세가 느려져 10월에 우기가 도래하자 공격을 중지하였다. 하지만 이 전투로 인해 독일군의 베르됭 포위 공격이 해제되었다.

　베르됭 전투에서 독일은 50여만 명이 사망하고 막대한 물자를 소모했지만 결국 아무런 성과도 없었다. 이 점이 바로 후에 독일이 패전하게 될 징조라고 할 수 있다. 무엇 때문인가? 첫째, 이번 전투에서 사상된 이들은 모두 독일의 정예 병사였기 때문이다. 이후 신입 병사 혹은 미성년 병사가 보강되어 양적으로 증가하긴 했지만 질적으로는 예전에 비해 훨씬 떨어졌다. 둘째, 이번 실패로 프랑스를 함락시키겠다는 희망이 완전히 좌절되었다. 그래서 영국을 표적으로 삼아 부득이 잠수함 작전을 쓰게 되었지만, 무모하게 대서양 맞은편의 미국을 건드려 연합군에게 최대의 신예병력을 보강해주는 꼴이었다. 페탱 장군은 총사령관 취임 연설에서 "독일이 병법의 금기를 무릅쓰고 전력으로 견고한 요새를 공격한 것은 그들이 패전할 전조다."라고 하였다. 지금 생각해보면 참으로 타당한 말이다. 이번 전투로 프랑스군의 충성과 용기, 활기차고 강인한 정신이 만천하에 알려졌다. 예전에 우리 중국인들이 매번 공화정은 훌륭한 병사를 양성할 수 없다고 했는데, 이 무슨 헛소리인가?

네 번째 해(1917년)

1917년은 서부전선이 비교적 잠잠한 시기라고 할 수 있다. 연합군이 공세를 취하고 독일군은 방어를 하였다. 작년 솜 전투는 우기로 중지되었지만 연합군은 진공계획을 포기하지 않았다. 러시아는 군대를 개혁하고 군비를 증강하여 올봄 동서 양측의 협공작전을 통해 적을 대거 섬멸할 계획을 세우고 있었다. 이때 독일은 힌덴부르크를 서부 총사령관으로 임명하였다. 전선이 너무 길면 방어에 불리하기 때문에 본래 진영에서 25km의 떨어진 지점에 새로운 진영을 구축하였다. 2월 하순에서 4월 상순에 걸쳐 완공되었는데, 이것이 바로 유명한 힌덴부르크 방어선이다. 연합군은 동시에 공격을 개시하여, 영국군은 아라스(Arras) 지역에서 동진하고 프랑스는 랭스(Reims) 지역에서 북진하였다. 그러나 독일군의 방어가 매우 주도면밀하여 퇴각할 때 신구 방어선 사이의 지역을 완전히 파괴해버려, 연합군이 추격할 여지를 주지 않았다. 이번 공세도 손실을 만회하지 못한 채 5월 말에 중지되었다.

1917년에 서부전선은 그렇게 특이한 점이 없었지만 다른 전선에서는 변화가 매우 극심하였다. 첫째, 독일의 잠수함작전으로 2월경 미국의 참전을 야기하였다. 이는 독일에 매우 불리한 상황이다. 둘째, 러시아에 혁명의 기운이 무르익어가고 게다가 독일이 몰래 부추기게 되면서, 4월경에 혁명이 일어나 군사들의 투쟁의지가 사라졌다. 이후 동부전선이 완전히 느슨해졌는데 이는 독일에게 유리한 상황이다. 셋째, 작년 루마니아의 참전으로 발칸에서도 즉시 변화가 일어났다. 솜 전투가 중지된 틈을 타 독일은 겨울에 군대를 나누어 남정(南征)을 시작하여 올봄까지 지속하고 있는데 이는 독일에 유리한 상황이다. 넷째, 6월에 그리스가 참전하여 발칸의 형세가 또 변화했는데, 이는 독일에 불리한 상황이다. 다섯째, 3월에 소아시아에서 영국이 바그다드(Baghdad)를 점령했는데, 이는 독일에 불리한 상황이다. 여섯째, 6월과 10월경 이손조(Isonzo) 지역에서 이탈리아군이 오스트리아-헝가리군에 패배하여 이탈리아는 거의 군사력을 상실하게 되었는데, 이는 독일에 매우 유리한 상황이다. 총괄하자면, 1917년은 서부전선에서 특이한 움직임이 없었고, 대사건은 모두 서부전선 이외의 지역에서 발생했으며, 전쟁의 중심지가 오히려 남부전선이 되었다.

4. 최후의 승리

다섯 번째 해(1918년)

1918년은 전쟁이 종결된 해이지만 서부전선이 다시 대대적으로 요동친 해이기도 하다. 이때 러시아는 독일과 단독으로 조약을 체결했고, 발칸 지역도 거의 독일의 세력범위 안에 있었다. 그러나 서부전선은 미군이 날로 증가하여 세력이 압도적이었다. 독일은 부득불 미군이 훈련을 마치기 전에 국력을 한 곳에 집중하여 최후의 승부를 벌이려고 했다. 그래서 봄여름에 5차례의 총공격을 감행하였다. 독일은 3월 21일 새로 편성한 2개 군단으로 영국군과 프랑스군의 연결 지점을 진격하였다. 처음 몇 일간의 맹공격으로 영국군 우익이 거의 뚫릴 지경이었으며, 프랑스군의 최후 경계선인 아미앵(Amiens) 전선까지 후퇴했다가 남쪽에서 구원하러 온 프랑스군에 의지하여 겨우 지탱할 수 있었다. 이것이 1차 공세이다. 4월 6일 독일군은 공세의 방향을 북쪽으로 돌려 영국군의 좌익을 공격하였고, 목적은 영불해협의 연결항구인 칼레(Calais)를 탈취하는 것이었다. 13일에 공격이 이프르(Ypres) 남쪽 고지까지 도달했다. 이것이 2차 공세이다. 5월 27일에 공세를 다시 랭스 및 수아송(Soissons) 일대로 전환하여 6월 1일에 마른 강에 진입하였다. 이것이 3차 공세이다. 6월 9일에 독일군의 우익이 몽디디에(Mondidier)로 진격하여 15일 샤토티에리(Chateau-Thierry) 고지를 점령하였다. 이것이 4차 공세이다. 7월 15일 마른, 샤토티에리, 랭스, 벨로(Belleau) 숲 등의 전선에서 동시에 진격하여 마른 강을 넘어 남진하다가, 18일 프랑스군의 반격을 받고 퇴각하였다. 이것이 5차 공세이다. 앞의 4차례 공세에서 탈취한 지역은 많았지만 군사력은 차츰 약화되었다. 5차 공세에서 퇴각한 결과 앞의 4차례 공격으로 탈취한 지역을 모두 내주어 독일군 60여만의 희생이 물거품이 되었다. 연합군이 모든 전선에서 공격으로 전환함에 따라 독일은 바로 패배의 나락으로 떨어지게 되었다.

연합군의 공세는 7월 18일에 시작되었는데 그때 독일의 군사력은 이미 고갈되어 있었다. 미군이 새로 가세함에 따라 각국은 포슈를 연합군 총사령관으로 추대하여 전군이 일사분란하게 움직였다. 1단계는 독일군의 빈 구석을 공격하여 샤토티에리, 랭스·아미앵·생미엘 지점을 점령하였다. 2단계는 생캉탱(Saint-Quentin)에서 힌덴부르크 방어선을 침입하여 독일군 최전방을 동요시켰다. 3단계는 모든 전선에서 총공격을 가하여 9월 26일에서 10월14일에 걸쳐 힌덴부르크 방어선을 무너뜨렸다. 4단계는 플랑드르 쪽으로 공격하여 독일군 우익을 대파했는데, 이때부터 연합군의 행보가 마치 바람이 낙엽을 쓸어버리는 것 같았다. 3개월간 20여만 명의 독일군을 생포하였다. 11월 초 독일이 평화를 요청하여 11일에 휴전하였다. 이번 세계전쟁 대극이 막을 내리게 된 것이다.

우리는 이번 대전의 마지막 무대를 보면서 다음과 같은 의문이 들지 않을 수 없다. 수년간 공격과 방어가 일상적인 일로 변해버렸다. 참으로 '전쟁은 여기서도 하고 저기서도 한다(疆場之事一彼一此)'[31] 라고 한 옛말 그대로다. 양측이 공세를 취하여 모두 큰 성공을 거두지 못한 것이 4년간의 관례였다. 독일 공세 실패는 표면적으로 볼 때 1915년과 1917년 연합군의 공세 실패와 흡사하지 않은가? 왜 결과적으로 항복과 휴전을 하려고 한 것인가? 나는 정치적인 원인 이외에 군사상에도 매우 큰 원인이 있다고 생각한다. 첫째, 독일 인민이 몇 년 동안 배고픔과 생명을 무릅쓰고 정부명령에 따라 전투하면서 조금도 물러서거나 후회하지 않은 것은, 모두 평소 군국주의의 감화를 오랫동안 받은 나머지 군사당국이 전쟁을 잘 이끌어 최후에 승리할 수 있다고 미신하는 것에 지나지 않았다. 동맹국도 똑같은 미신에 빠져 독일을 따르려 한 것이었다. 봄 총공격이 패멸 직전의 최후의 일격이라는 걸 모두가 알고 있었다. 1차 공격이 실패하고 2차, 3차, 4차 공격을 한 이후 갈수록 쇠약해져가는 모습을 보면서 어찌 의기소침하고 절망스럽지 않았겠는가? 5차 공세 때 독일과 동맹국 국민은 군사 수뇌부에 대한 신망을 완전히 잃어버렸고 아무런 성과가 없을 거라는 점을 잘 알고 있었기 때문에 목숨 걸고 싸우려 하지 않았다. 그래서 오스트리아, 불가리아, 터키가 연이어 단독 평화회의를 요구하고 독일 내부에서도 혁명이 일어난 것은 모두 이 때문이었다. 둘째, 독일 군벌은 국민의 목숨을 아주 하찮게 여겨 베르됭 전투에서 50여만을 잃었고 올해 몇 차례의 공격에서 또 60여만이 희생되었으며, 5차 공세 때에는 이미 보충할 병력조차 없었다. 병력의 수에서 연합군과 비

---

31) 『周书·武帝纪下』의 구절.

교할 때 현격한 차이가 났지만, 그보다 더 심각한 문제는 병력의 '질'
이 점점 나빠지고 있다는 점이었다. 몇십만 씩 전사한 병사들은 모두
정예군이었고 그 자리에는 열등한 병력으로 보충할 수밖에 없었다. 5
차 공세 때 동원한 병사는 대부분 동부전선에서 소환한 이들인데, 본
래 열등한 군대인데다가 동부전선에서 휴전한 이후 1년간 한가로이
지내는 바람에 군기가 매우 느슨해져 격전을 치를 수가 없었다. 셋째,
동부전선에서 소환된 군대는 전투를 수행할 수 없었지만 혁명을 일으
킬 수는 있었다. 본래 러시아에서 처음 혁명이 일어날 때 반은 독일인
이 교사한 것이고, 2차 혁명이 성공한 것도 독일인의 많은 도움이 있
었기 때문이다. 독일 군벌도 이런 수단으로 러시아를 교란시켜 늘 성
공을 거두었다. 그러나 세상 이치는 받는 대로 돌려주어 결국 제 도끼
에 제가 찍히는 법이다. 동부전선에서 독일군들은 자기도 모르는 사
이에 러시아 혁명의 세례를 받고 있었는데, 군벌은 여전히 아무 것도
모르고 있었다. 군벌이 해군에게 무리한 전투명령을 내려 수십만의
인명을 부질없이 희생시키려하자, 킬(Kiel) 군항에서 혁명이 일어났고
모든 전선이 이에 호응하여 50년 제국이 종말을 고하게 되었다.

5. 독일 실패의 원인

독일이 패전한 이후 각국에서 그 원인을 논한 저서들이 많이 출간
되고 있다. 나는 오랜 친구인 쟝바이리[32]의 저서가 가장 정치하다고
생각한다. 그의 견해를 인용하여 이 장의 결론으로 삼고자 한다.

---

32) 쟝바이리는 이번 유럽여행 때 동행한 군사전문가이다.

독일 패전의 여러 원인

장바이리

1. 총론

　승리할 수 있으면 싸우고 승리할 수 없으면 싸우지 않는 것은 삼척동자도 다 그 뜻을 알고 있다. 하지만 이를 실행하는 것은 위대한 현자라 할지라도 쉽게 할 수 있는 일이 아니다. 싸우는 것과 싸우지 않는 것은 정략의 문제이고, 승리하는 것과 승리하지 못하는 것은 병략의 문제이다. 승리할 수 있지만 싸우지 말아야 할 경우(가령 일본이 중국 산동문제에 대해 최후 통첩[33]을 내릴 때), 싸워야 하지만 승리할 수 없는 경우(가령 대전이 시작될 때의 벨기에)는 정략과 병략 사이에 미묘한 연계지점이 있다. 한쪽이 이른바 싸울 수 있고 승리할 수 있는 경우라면, 바로 다른 쪽은 이른바 승리할 수 없고 싸우지 말아야 하는 경우가 된다. 즉 한쪽이 승리할 수 있고 싸울 수 있다는 것은 바로 다른 쪽이 승리할 수 없고 싸우지 말아야 한다는 것이다. 그래서 적과 나 사이는 대항의 관계가 된다. 승패는 예측할 수 없으며, 평화와 전쟁은 억지로 추구할 수 있는 일이 아니다. 싸울 수밖에 없는 국가가 절대 싸워서는 안 되는 상황에서, 부득이 요행을 바라며 전쟁에서 승리하려고 한 경우가 바로 1914년 가을 독일의 형세였다.

---

33) 원문 哀的美敦는 라틴어 ultimatum의 음역으로 최후 통첩의 뜻.

이른바 싸울 수밖에 없다는 것은 무엇인가? 군사라는 것은 극단성을 지니고 있어서, 싸우려 하지 않으면서 강해지는 병사는 있을 수 없고, 강하면서 싸우지 않으려 하는 병사도 있을 수 없다. 군사력의 우세로 나라를 세우고 적과 나 사이에 세력 균형이 이루어지면, 향후의 위기 상황에 대해 더욱 잘 알 수 있게 된다. 병력으로 논하자면, 1914년 당시 독일의 계획은 승리 가능성이 있었다. 오스트리아를 위해 싸우는 과정에서 동맹이 견고해졌으며, 영국은 내정으로 지쳐 있고 러시아와 프랑스는 군정개혁이 완료되지 않았기 때문이다. 이후 요행으로 승리하기를 바랐으나 실패하고 말았다. 이번은 승리할 수 있는 기회였지만 싸울 수 있는 기회는 아니었으며, 승리하지 않을 수 없는 소극적 원인이었을 뿐 싸울 수 있는 적극적 원인은 아니었다. 싸울 수밖에 없었던 근본 원인은 실제로 독일 내부의 불안정한 상황에 있었다.

이른바 절대 싸워서는 안 되는 상황은 무엇인가? 정략적으로 포위된 형세가 이루어졌다는 것이다. 포위된 형세는 누가 그렇게 만든 것인가? 독일이 실제로 자초한 것이다. 그러나 독일인들은 이것이 독일의 존립과 발전에서 비롯된 일이라고 말한다. 존립하는데 프랑스가 걸림돌이 되고 발전하는데 영국이 걸림돌이 된다는 것이다. 지금 아프면서 상한 음식을 먹는 자가 있는데, 먹지 않으면 죽는다는 사례를 들어 자신을 정당화하고 병인을 음식의 소화불량으로 돌린다면, 이게 타당한 논리인가? 존립과 발전은 자연스런 형세이다. 정략에서 중요시하는 것은 인위적인 조절이다. 그래서 독일이 절대 싸워서는 안 되는 상황을 자초한 것은 정략의 실패 때문이라고 해야할 것이다.

싸울 수밖에 없으면서도 절대 싸우지 않는다면 두 극단 사이에 반드시 출로가 생길 수 있다. 그러나 독일은 자신의 능력을 과신하여 승리의 요행에서 해결책을 찾으려 했다. 병략상의 승리의 효과가 정략상의 형세로 전이되는 것은 역사적으로 자주 있는 일이다. 그렇지만 이는 행운으로 얻을 수 있는 것이지 억지로 이룰 수 있는 일이 아니다. 이른바 적이 승리할 수 없게 하는 것은, 자신의 능력을 과신하여 일시적으로 우세한 병략을 통해 수십 년 동안 실패한 정략을 바꾸려는 것으로, 이루기가 힘든 일이다. 마른 전투의 패배는 물론이고 설령 파리를 점령했다 하더라도, 프랑스의 주력군이 후퇴하여 역량을 보존한다면 최후의 형세는 끝내 바꿀 수가 없다. 후퇴하여 역량을 보존하는 권한이 프랑스에게 있고 독일이 쥐고 있지 못하다는 것이 바로 전략의 실패이다. 요컨대, 정략의 실패로 인해 스스로 진퇴양난의 상황에 빠지게 되었으며, 그 정략을 바꿀 생각은 하지 않고 병략으로 잘못된 정략을 구제하려한 것이 바로 패전의 주원인이었다. 이상의 논리를 통해 다음과 같이 추리하려고 한다.

2. 국가의 불안정한 상태(수시로 싸울 수밖에 없는 상황)

군비확충이 평화유지를 위해서라는 것은 단편적인 진리이고, 국가의 상태가 날로 불안정해지고 있다는 점을 증명할 뿐이다. 19세기 게르만민족의 통일운동에 본래 두 파가 있었다. 하나는 국민의 참여를 통해 통일을 이루려는 일파이고, 다른 하나는 국가의 무력에 기대어 통일을 이루려는 일파였다. 프랑크푸르트 국민의회[34]가 실패하면서,

---

34) 프랑크푸르트 국민의회(Frankfurter Nationalversammlung)는 독일을 자유주의적으

비스마르크 재상이 오스트리아와 프랑스를 물리치고 독일제국을 통일하였다. 통일은 되었지만 국내외 형세가 불안정한 추세에 놓이게 되었다. 프랑스가 건국하는 데 있어 동쪽에 강대국이 있다는 점은 근본적으로 불리했고, 알자스 로렌 지방의 분할은 몸에 문신을 새긴 형벌처럼 늘 잊혀지지 않았다. 유럽에 전운이 감돌고 있던 것이 불안정의 첫 번째 요인이다. 개인자유의 사조가 퍼진 지 오래되었지만 군사력을 통한 건국은 필시 독재로 나아간다. 한쪽이 발전하지 않으면 다른 쪽이 전개될 상황에서, 사회당이 산업발달로 인해 다른 나라보다 훨씬 흥성한 것이 불안정의 두 번째 요인이다. 독일은 대세를 역행하여 억누르고 군비만을 확충하고 있지만, 전민개병의 비밀은 만천하가 다 알고 있는 사실이다. 당신이 하면 다른 사람도 할 수 있는 법이다. 상호경쟁이 극도에 달하면 반드시 나아가기만 할 뿐 멈추지 못하는 날이 온다. 그래서 몰트케[35]는 평화는 영원하지 않다고 말했고, 비스마르크는 강경과 회유의 이중정책을 사용하였다. 그들은 국가가 위기에 처한 사실을 알고, 고심하며 자구책을 마련하지 않을 수 없었다.

이런 불안정한 형세는 국가가 강성해짐에 따라 그 정도가 더욱 심각해졌다. 국제적으로 독일과 프랑스의 오랜 숙원에 독일과 영국의 충돌이 가해져 3국 협상이 날로 진전되고 있었다. 국내적으로 정치의 자유에 빈부계급의 모순이 가해져 사회주의가 날로 성행하였다. 그러나 군비 확장이 그치지 않았고 재삼 재사 평화와 전쟁을 구실로 지속

로 통일하려는 시도였던 1848년 독일혁명으로 설치된 입헌 기관으로서, 1848년 5월 18일부터 1849년 5월 31일까지 프랑크푸르트의 파울 교회에서 열렸다.
35) 몰트케(Helmuth von Moltke, 1800~1891)는 1858~1888년 프로이센의 육군참모총장으로 재임하면서 덴마크, 오스트리아, 프랑스와의 전쟁을 승리로 이끌었다.

되었다. 한 국가가 전쟁을 통해 존립하려고 하면 일시적 효과만 있을 뿐 오래가지 못하며, 반드시 패배할 날이 있다. 빌헬름 2세[36]의 실패는 그 시기를 앞당겼을 따름이다. 포위공세로 패전의 서막이 오르고, 혁명으로 패전의 결말이 지어졌으니, 이런 선택을 하지 않았다면 이렇게 되었겠는가! 빌헬름 1세[37]가 즉위하는 날 50년 후의 패전의 기미가 잠복되어 있었다고 한다면 지나친 말일 것이다. 그러나 시작에서 그 끝을 알 수 있는 법이니, 정략의 유래를 알려면 건국의 본원에 대해 깊은 관찰을 해야 한다. 솔직히 말하자면, 싸울 수밖에 없는 것은 독일의 국가적 역사성이 그렇게 만든 것이다.

3. 정략상의 실패(싸워서는 안 되는 상황을 자초한 것)

비스마르크의 이른바 동맹과 조약 속에는 모두 전쟁을 하겠다는 뜻이 담겨 있으며, 국제사회에서 전쟁을 할 수 있는 지위로 자립하겠다는 것이다. 오직 나만이 전쟁을 할 수 있으면 다른 사람은 전쟁을 할 수 없고, 평화와 전쟁의 주도권이 나에게 있으면서 평화를 얻을 수 있다면, 이는 정략과 병략 사이의 미묘한 작용력이라고 할 것

---

36) 빌헬름 2세(Wilhelm II, 1859~1941)는 독일제국 황제로 카이저라고 불린다. 재임 기간 중 영국과 대립했으며, 제1차 세계대전 중에는 모든 협상의 기회를 외면, 수많은 정치가와 장군의 전쟁 확장 음모를 부추겼다. 제1차 세계대전에 패배하고 네덜란드로 망명한 그는 시골에서 평범하고 조용하게 살다가 1941년 죽었다.

37) 빌헬름 1세(Wilhelm I, 1797~1888)는 1861년 형인 프리드리히 빌헬름 4세 대신 왕이 되어 비스마르크를 수상으로, 몰트케를 참모총장으로 등용하여 독일의 통일을 꾀하였다. 1864년 프로이센-덴마크 전쟁과 1866년 프로이센-오스트리아 전쟁, 그리고 1870년 프로이센-프랑스 전쟁에서 차례로 승리한 뒤, 1871년 베르사유 궁전에서 독일제국 황제가 되었다.

이다. 빌헬름 2세부터 이러한 작용력이 사라졌다. 프로이센이 막 융성할 때 오스트리아는 이를 시기하였고 프랑스도 바라지 않았다. 두 나라 모두 원하지 않았지만 상이한 태도를 지니게 한 것은 바로 프로이센 외교의 성공이다. 그런데 빌헬름 2세에 이르러 외교 능력을 상실함에 따라, 프랑스의 복수, 러시아의 남하, 영국의 해외정책이 하나로 모아져 독일을 포위하는 형세가 이뤄지면서, 평화와 전쟁의 근본적 주도권이 더 이상 독일의 손에 있지 않았다. 영국과 독일의 군벌의 입장에서 두 나라의 충돌을 살펴본다면, 피할 수 없는 정해진 운명 같다고 해야 할 것이다. 남아프리카에 대한 분쟁이 없고, 모로코에 대한 간섭이 없고, 해군을 확장하지 않고, 중립국 벨기에를 침범하지 않았다고 해도, 독일의 상공업이 존재하는 한 영국은 필히 참전하여 오늘과 같은 결과가 생겼을 것이다. 나폴레옹 시대에는 반드시 프로이센과 전쟁할 날이 있을 수밖에 없는데, 이를 어찌 오스트리아가 패배하고 프로이센이 흥성했기 때문이라고 하겠는가? 러시아에 대해 생각해본다면, 러시아와 독일의 관계는 오스트리아에 의해 파괴되었다고 하지만, 전쟁이 증명해주듯이 오스트리아와의 연대로 얻은 이익은 러시아에 저항하여 생긴 손실을 보충할 수 없었다. 오스트리아는 민족국가의 대세에 적응하지 못했기 때문에 오스트리아를 지원하는 것은 대세를 거스르는 일이면서, 우물에 빠진 사람을 구하기 위해 우물에 뛰어드는 것이나 마찬가지였다. 러시아의 남하는 영국에 이익이 되는 일은 아니지만 러시아에 저항하여 무슨 이득이 있겠는가? 이렇게 30년 동안 우왕좌왕한 끝에 절대 싸워서는 안 되는 상황에 빠지게 된 것인데, 이는 독일인이 자초한 일이다.

4. 병략상의 실패

병략상의 실패의 원인으로 능력을 과신한 데서 오는 실수가 도처에서 발견된다. 마른 전투 이전에 프랑스가 퇴각한 것은 자신을 보전하면서 기회를 노리는 데 목적이 있었다. 이는 의도적인 후퇴이지 패퇴한 게 아니었다. 그러나 독일은 경솔하게 서부전선의 병력을 감소시켜 동부전선을 지원하고 또 대담하게 파리 요새를 포위공격하다가 끝내 패전하게 되었다. 이것이 과신의 첫 번째 일이다. 베르됭 전투는 모든 병력과 물자를 동원하여 공격하면 안트베르펜 요새를 함락할 때처럼 쉽게 승리할 수 있다고 여겼지만, 수십만을 희생시키고 마침내 프랑스인에게 얕보이는 처지가 되었다. 그런데도 병략에 아무런 영향이 없다고 여기며 정략의 문제에 대해 논하지 않았다. 이것이 과신의 두 번째 일이다. 최후의 공격과 다섯 차례의 공격은 동부전선의 병력을 서부전선에 집중시켜 필승할 것이라고 여겼다. 승리는 승리였지만 탈취한 지역이 대부분 대세를 만회할 수 없는 곳이었으며, 또 점령지를 고수하느라 신속하게 퇴각하지 못해 연합군의 공격으로 퇴각한 후 더 이상 회복할 수 없는 상태에 빠졌다. 이것이 과신의 세 번째 일이다. 이러한 과신 때문에 독일의 행동은 오히려 치밀하지 못하였다. 첫째, 개전 초에 훈련을 받지 않은 병사가 백만을 넘었는데 전민개병이라고 하는 것은 말도 안 되는 소리였다. 둘째, 동프로이센 요새가 러시아의 침공으로 위급해지자 서부전선의 병력을 빼내어 지원했는데 이로 인해 견고한 서부전선에 틈이 생겨 결국 패전으로 이어졌다. 셋째, 바르샤바 전투에서 러시아군은 거의 퇴각할 수 없었는데도 정면공격에 안주하였다. 넷째, 루마니아 멸망의 틈을 타 그리스를 평정하지 않고 국경에서 지체하다가 불가리아가 동맹에서 이탈하는 결과를 초래하였다. 그리고 전투기·군함·야포로 파리·런던을 위협할 수 있다고 과신하고, 잠수함 작전을 과신하여 미국의 참전을 야기한 것은 모두가 목도한 사건이다.

5. 결론(군벌의 재앙)

나는 이제 독일이 패전한 여러 원인을 종합하여 추상적인 결론 한 가지를 내리려 한다. 군벌정치는 강경함을 좋아하지만 결국 우유부단에 빠져 자멸하고 만다. 겉은 강하지만 속이 비어 있고, 위는 단단하지만 아래가 허약한 것이 그 증거다. "미래는 바다에 있다", "힘이 곧 진리다"라는 것은 독일제국이 세상을 놀라게 한 말이다. 그러나 소리가 크면 속이 빈 법이다. 세상이 날로 각성하여 자신이 따를 수밖에 없는 운명이 정해지면서, 오늘날 군벌은 이를 어찌할 수 없는 일이라고 변명하지만, 모두 강경정책의 실패를 스스로 증명하는 일이다. 비스마르크는 성격이 강인한 사람이라 정계에 용인되지 못하여 매우 일찍 물러났으며, 힌덴부르크 역시 성격이 강인한 사람이라 정계에 용인되지 못하여 매우 늦게 기용되었다. 명령을 받드는 자는 많으나 이른바 인재가 소수이면, 작은 것만을 보고 큰 것은 보지 못하며 일부만 보고 전체를 보지 못하게 된다. 개전 초기 영군의 병력은 8만에 불과하였다. 독일은 이런 영국을 하찮게 볼 뿐 끝내 자기 군사들이 피폐해진 것을 알지 못했다. 그래서 군벌은 군사상의 각종 불철저한 대응을 패전의 근원이라고 여겼지만, 이것이 실제로 군벌 자신의 결함에서 근원한다는 점은 인식하지 못했다. 모두가 강해져야 자신이 비로소 강해질 수 있지만, 모두가 강해지면 때론 자신이 허약해질 수 있는 법이다. 이 점이 바로 고대 영웅 가운데 결국 패배한 자가 많은 이유이다.

이 글을 읽으면 독일의 이번 패전이 실로 독일 자신의 50년간의 역사가 구성한 것이라는 점을 알 수 있다. 종전이 임박했을 때 병력 손실, 식량 결핍, 연합군의 협공, 동맹국의 이탈, 국내혁명 등은 자연스런 흐름이자 필연적인 현상으로서, 전쟁의 결과라고 할 수 있을 뿐 그 원인이라고 볼 수는 없다. 솔직히 말하면, 군벌이 집권한 국가는 이런 결말에 이르지 않고서는 끝이 날 수가 없다. 마치 단약을 과용한 도사들이 양기가 넘쳐 몸을 상하게 하고 결국 남은 목숨마저 잃어버리게 되는 것이나 마찬가지다. 쟝바이리가 말한 "군사라는 것은 극단성을 지니고 있어서, 싸우려 하지 않으면서 강해지는 병사는 있을 수 없고, 강하면서 싸우지 않으려 하는 병사도 있을 수 없다"는 것은 매우 타당한 명언이다. 최근의 일본을 사례로 이 말을 증명해보자. 일본의 병력은 왜 강해질 수 있었는가? 바로 이상적인 공격목표가 있었기 때문이다. 그들의 공격목표는 누구인가? 청일전쟁(1894) 이전에는 중국이, 러일전쟁(1905) 이전에는 러시아가 공격목표였기 때문에 그들의 군대가 최강이 된 것이다. 전쟁 이후 병력이 점차 예전보다 못하게 되었는데 무엇 때문인가? 목표가 달성되었기 때문이다. 일본이 만일 군국주의를 유지하지 못한다면 국가기반이 흔들리게 될 것이며, 군국주의를 유지하려 한다면 반드시 공격목표를 새롭게 찾지 않으면 안 된다. 그래서 중화민국을 재차 공격목표로 삼으려 하고, 또 시베리아를 공격목표로 여기기도 하고, 심지어 미국을 공격목표로 두려고도 하는데, 마치 단약에 중독된 사람이 약을 끊으면 사람 노릇을 못하게 되는 것과 같다. 솔직히 말하자면 바로 "딱한 사정을 알고 나면 연민이 생겨 기뻐할 수가 없다.(如得其情矜而勿喜)"[38] 예전에 '범게르만주의'[39]가 도처에서 문제를 일으키더니 지금은 '대아시아주의'[40]가 도처에서 소란을 피우고 있다. 왜 앞사람의 전철을 교훈으로 삼지 않는 것인가? 안타깝게도 사람들은 호랑이 등 위에 올라타 내려오지 않는구나! 아, 진짜 군벌도 이런 결말을 벗어나지 못하는데, 가련하게 저 중국의 가짜 군벌도 그러하구나! 그들은 정략, 병략도 하나 없이, '위가 단단하면 아래가 허약하고 겉이 강하면 속이 비어 있다'는 말을 그대로 따르고 있다. 스스로 화염 속에 뛰어들려고 하니 부처 보살도 말릴 방법이 없구나!

　나도 그들을 위해 개탄할 시간이 없다. 이제 전장의 형세를 대략적으로 파악했으니 내일 관찰해보도록 하자.

---

38) 『논어』「子張」편의 구절.
39) 범게르만주의는 제1차 세계대전 이전 독일 제국을 중심으로 전 게르만 민족의 단결과 그 생활권을 확대하여 세계 제패를 달성하려는 민족주의 운동이다.
40) 대아시아주의(Pan-Asianism)는 19세기 말 일본에서 시작된 정치 구호로, 아시아 여러 민족은 아시아인으로서 공통된 특성을 가졌기 때문에 이를 자각하고 연대하여 서양의 식민지 지배로부터 벗어나 아시아인을 위한 아시아를 건설해야 한다는 주장이다. 일본의 대아시아주의는 당초 '아시아는 하나'라는 낭만주의에서 출발한 것이지만 일본 국수파의 황도주의(皇道主義)와 결부되어 일본의 아시아 패권을 강조하는 수단으로 쓰이게 되었다.

6장

전장 및 알자스 로렌 지방 기행

6장

전장 및 알자스 로렌 지방 기행

1. 첫 행로

이번 편은 우리의 전장 기행문이다. 글을 쓰기 전에 먼저 프랑스정
부에 정중한 감사의 뜻을 전하고자 한다. 육군과 외교부에서 각기 안
내원을 파견하여 매우 친절하게 대해주고 모든 여비를 부담해주었다.
우리 여행은 본래 사적인 것인데 이렇게 대접을 받아 황송하기 그지
없다. 우리 일행은 쟝바이리, 류즈카이, 양딩푸, 쉬찬옌, 왕셔우칭(王受
卿)[1] 그리고 프랑스정부가 파견한 2명의 직원 등 총 9명이었다. 쟝쥔
마이는 각국의 민간국제연맹연구회가 개최하는 연합회의가 런던에서
열려 중국대표로 참석하였고, 딩자이쥔은 로렌지방으로 가서 광업조
사를 하기 위해 동행하지 않았다. 우리는 3월 6일 파리를 출발하여 17
일에 돌아왔다. 여행한 지역은 마른 강 일대에서 베르됭을 거쳐 로렌
지방으로 갔다가 다시 알자스 지방을 들렀고, 라인 강 우안의 연합군

---

1) 중국에서부터 동행한 인물 중에 왕셔우칭(王受卿)이란 사람이 없어서 누구인지
   알 수가 없다.

점령지로 선회하여 벨기에를 경유하고 뫼즈 강을 따라 힌덴부르크 방어선 일대를 통과하여 수아송에 도착한 후 남행하여 파리로 돌아왔다. 실제로 전장을 여행한 시간은 절반밖에 되지 않았고 나머지는 정전 이전의 독일 영토를 유람했다고 할 수 있다.

3월 6일 아침 7시 파리 북부역을 출발하였다. 그때가 마침 음력 1월 말이라 북방은 낮이 매우 짧았다. 기차가 한참 달리고 나서야 태양이 짙은 안개 속에서 가까스로 모습을 드러냈는데, 맥이 없어서 마치 견디기 힘든 모습 같았다. 철로를 따라 녹다 남은 잔설이 안개 속의 누런 태양과 어울려 지극히 음산한 풍경을 연출하였다. 우리는 동북방향으로 마른 강 북안을 따라 10시 반경 랭스 역에 도착했다. 이 도시를 지나면 탈 수 있는 기차가 없었다. 본래 랭스는 프랑스 역사에서 매우 유명한 도시로 고대 로마인이 건설한 것이다. 도시가 로마의 공적지이며 옛터가 아직 남아 있어서 프랑스의 저명한 고적 가운데 하나라고 할 수 있다. 또 10세기에 건축된 오랜 사원[2]이 있는데, 영국의 웨스트민스터 사원처럼 프랑스인들이 신성한 장소로 인식하고 있다. 서양사를 공부하면 누구나 백년전쟁[3] 때(1429년) 프랑스를 구원한 성녀 잔 다르크[4]를 알고 있다. 잔 다르크는 하느님의 계시를 받고

---

2) 랭스의 노트르담 성당을 가리킨다.
3) 백년 전쟁(百年戰爭)은 잉글랜드 왕국과 프랑스 왕국이 1337년부터 1453년까지 116년 동안 벌인 전쟁으로, 명분은 프랑스 왕위 계승 문제였지만 실제 원인은 영토 문제였다.
4) 잔 다르크(Jeanne d'Arc, 1412~1431)는 프랑스 동부 지역에서 농부의 딸로 프랑스를 구하라는 하나님의 계시를 받아 백년전쟁에 참전하여 프랑스군을 승리로 이끌었으며 왕세자였던 샤를 7세가 프랑스의 국왕으로서 대관식을 치를 수 있게 도와주었다. 하지만 나중에 부르고뉴 시민들에게 사로잡혀 잉글랜드 측에 넘어가게 되었고, 잉글랜드는 잔 다르크를 재판장에 세워 반역과 이단의 혐의를 씌운

파리를 포위 공격한 영국군을 격퇴하고 난 후 샤를 7세[5]가 랭스 사원에서 즉위식을 거행하도록 도왔다. 그 후 역대 군주들의 모든 의식은 이 사원에서 행해지게 되었다. 최근 이삼백 년간 랭스는 매우 번화한 상공업도시로 성장하였다. 랭스 일대에서 생산한 포도 맛이 매우 좋아 시내에 샴페인 대공장이 몇 개 있었기 때문이다. 이 술은 다른 곳에서 모방할 수 없는 것이어서 전쟁 전 몇만이나 되는 시민 대부분이 이 술을 통해 생계를 유지하였다. 이번 전쟁에서 랭스는 적군에게 두 차례 점령되었고 1, 2차 마른 전투의 요충지가 되었다. 우리는 기차에서 마른 전투의 흔적을 다소 보았지만 자세히 살피지는 못했다. 랭스역에 도착하자 도처에 널린 폐허 더미를 보았고, 건물의 열에 아홉은 반쯤 부서진 벽만 남아 있었다. 두보의 시 "나라가 무너져 산하만이 남아 있고, 도성에 봄이 오니 초목만이 무성하다(國破山河在, 城春草木深)"[6]가 떠올라 절로 매우 서글퍼졌다. 사실 나중에 여행한 다른 지역의 피해와 비교하면 랭스는 정말로 아무것도 아니었다. 그러나 우리가 나중에 받은 느낌은 처음 랭스에서 느낀 충격에 비할 수가 없었다. 이는 인류의 감정이 실로 자극 체감의 법칙을 따르고 있다는 사실을 알려주고 있다. 즉 최초의 자극이 가장 세고 여러 번 겪을수록 신경

후에 말뚝에 묶어 화형에 처하였다. 그로부터 25년 후에 교황 갈리스토 3세로부터 권한을 위임받은 종교재판소는 잔 다르크에 대한 심사를 재개하여 그녀에게 내린 혐의는 모두 무혐의이며 따라서 무죄라고 최종 판결을 내렸다. 그리고 그녀를 순교자로 선언하였다. 잔 다르크는 투르의 성 마르티노, 성왕 루이, 리지외의 성녀 데레사 등과 더불어 프랑스의 공동 수호성인으로 추대되었다.

5) 샤를 7세(Charles VII, 1403~1461)는 1422~1461년에 재위한 프랑스 왕으로 백년 전쟁 때 잔 다르크의 도움으로 영국과의 전쟁에서 승리하여 왕권을 확립하였다.

6) 두보의 시 「춘망(春望)」의 구절.

이 점차 둔해진다는 것이다. 한담은 그만하고, 우리는 시내의 폐허 더미 속에서 잠시 배회하다가 곧 랭스 사원을 참관하러 갔다. 이 사원은 1918년 독일군의 최후 공격 때 집중 포화를 받아 예전 모습이 아니었다. 사원 앞 광장에는 본래 잔 다르크 동상이 세워져 있었다. 19세의 절세가인이 아름다운 눈으로 지긋이 앞을 바라보며 간절하게 기도하고, 손에 군기를 들고 말에 서 있는 모습은 참으로 늠름하고 생기발랄하였다. 아쉽게도 그녀의 전상(全象)이 파괴되어 우리는 사진 속에서 옛 모습을 상상할 수밖에 없었다. 이 사원은 프랑스 최초의 고딕 건축으로, 사원 앞문루의 아름다운 조각은 프랑스인들이 항상 자부심을 느끼는 대상이다. 그러나 지금은 반이 무너지고, 사원 안의 오색유리와 명화는 13~14세기 때의 유물인데 60~70%가 훼손되었다. 정면의 제단, 제단 옆의 프랑스국왕이 즉위할 때 앉던 옥좌도 흔적이 남아 있지 않았다. 예전에 사람들은 전쟁은 문명의 진화와 매우 밀접한 관계가 있다고 했는데, 전쟁이 과연 미래 문명을 창조할 수 있는지는 고사하고 과거 인류문명의 유산이 이미 수없이 짓밟혀버렸다.

우리는 부질없는 감상에 더 빠지지 말고, 배가 고프니 밥을 먹자고 했다. 전쟁 전 북적거렸던 대도시에 지금은 성한 건물이 달랑 하나 남았는데 이를 군인 공동식당으로 사용하고 있었다. 우리는 이곳에서 점심을 대충 때운 후 샴페인 공장을 참관하러 갔다. 공장의 상층도 파괴되고 지하의 샴페인 저장실만 무사했는데, 참으로 지하의 소박한 궁전이라고 할 만했다. 들자하니 독일군이 랭스를 점령했을 때 3일 동안 한데 모여 술을 진창 마셨다고 한다. 현재 남아 있는 술이 4천여만 원의 가치가 있다고 하니 그 규모가 얼마나 큰지 짐작할 수 있을 것이다.

우리는 랭스에서 마침 군대의 훈장 수여식을 보았다. 훈장을 받는 사람은 이 지역 출신의 부상병 두 명이었다. 의식을 할 때 일개 연대의 병사들이 광장에 집결해 있었고 시민들이 겹겹이 둘러싸고 있었다. 먼저 군악을 연주하고 다음으로 하급장교가 두 부상병의 전공을 낭송한 후, 고급장교가 대통령을 대신하여 훈장을 병사의 목에 걸어주고 나서 병사를 포옹하고 그와 매우 친밀하게 볼 키스를 하였다.(국민을 대표한 경의의 표시) 시장도 시민을 대표하여 그와 볼 키스를 하고 나자 사방에서 박수소리가 울려 퍼지는데 마치 우레와 같았다. 우리도 이 광경을 보면서 감개무량해졌다. 훈장은 본래 군주전제시기에 허영을 장려하는 기능을 한 것이어서 민주주의하에서는 논리적으로 없어져야 마땅한 것이다. 그러나 허영심은 인류 공통의 약점이라 일시에 소멸될 수 없으니 잠시 이를 이용하여 새로운 가치를 부여해준 것이다. 그들의 의식을 보면 얼마나 장엄하고 진실한가! 참으로 국가를 위해 끝까지 목숨 바칠 수 있게 해야 국가주의하의 정신교육이 되지 않겠는가! 중국정부는 신문에 훈장수여자를 빗발처럼 쏟아내지만, 이는 허영심을 장려하기에도 부족하고 치욕을 드러내는 것이라고 여겨질 뿐이다.

오후 3시 반에 우리는 랭스를 떠나 동쪽을 향해 출발하였다. 철로가 이미 파괴되었기 때문에 프랑스정부에서 보내준 군용차 3대로 이동할 수밖에 없었다. 우리가 지나온 지역은 개전 첫 번째 해(1914)와 다섯 번째(1918년)에 혈전을 벌인 곳이며, 더 거슬러 오르면 나폴레옹이 러시아 · 프로이센 · 오스트리아 3국 동맹군과 크게 싸웠던 지점이기도 하다. 지난 번 전투는 1813년 10월 상순에 일어났고 이번 마른 전투는 1914년 9월 상순에 일어나, 두 전투 사이에 11개월 모자라는 백 년의 격차가 있었다. 지난번엔 나폴레옹이 먼저 승리하다가 나중에 패했고, 이번엔 빌헬름도 먼저 승리하다가 나중에 패하였다. 비록 주객이 달라지긴 했지만, 야심가들이 전쟁을 일으키면 반드시 패한다는 점은 두 전투의 절실한 교훈이라고 할 수 있다. 도중에 각 전선의 유적을 지나가면 동반한 프랑스 참모가 수시로 안내해주었고, 항상 차에서 내려 형세를 관찰하였다. 독자들이 지루할까 걱정되어 더 상세하게 서술하지 않는다. 저녁 8시경 우리는 생말로(Saint Malo)라는 소도시에 투숙하고 다음 날 베르됭으로 갔다.

2. 베르됭

어제 오후부터 오늘 오전까지 지나온 길은 쭉 뻗은 대로였는데 바로 파리에서 베르됭으로 가는 국도였다. "숫돌 같은 주나라 도로 화살처럼 곧구나(周道如砥, 其直如矢)[7]"란 말 그대로였다. 프랑스 도로를 영국의 도로와 비교해보면 확실히 다른 점이 있다. 영국의 도로도 말할 필요 없이 잘 정돈되어 있지만, 산림과 하천의 형세를 따르고 전원과 묘지를 우회하느라 구불구불한 특징을 피할 수 없었다. 프랑스 도로는 고대 로마를 모방하여 가로세로 직선의 특징을 지니고 있었다. 이것은 작은 일이긴 하지만 양국 국민의 특성을 잘 표출하고 있다. 영국인의 모든 일은 역사적으로 자연스럽게 발달한 것이다. 즉 어떠한 환경이 형성되면 바로 그에 순응하는 일을 했는데, 마치 '마땅히 행해야 할 것을 행하고, 마땅히 그만두어야 할 것을 그만두는' 것 같았다.

---

7) 『시경(詩經)』 「대동(大東)」의 구절.

프랑스인은 영국인과 달리 모든 일에 이상을 드러내고 있다. 이상을 기준으로 삼아 계획을 세우고, 그 계획에 따라 일을 만들어간다. 정치·예술 등 각종 방면에서 관찰해보더라도 도처에서 양국의 근본정신의 차이점을 볼 수 있으며, 도로는 그 일면일 뿐이다. 두 가지 정신은 각기 장점이 있지만, 다른 나라에서 배우려 한다면 아마도 프랑스를 본보기로 하는 것이 온당할 것이다. 이는 여행 중에 느낀 일시적인 감상이고 본 주제와 멀어진 얘기라 독자들에게 양해를 구한다.

7일 오전 아르덴을 지나게 되었는데 이곳은 매우 넓은 삼림지대였다. 독일군은 베르됭 포위공격이 실패한 후 파리와 베르됭의 뒷길을 차단하려고 전력을 다해 이곳을 다투었다. 독일 황태자군은 숲속에 주둔하면서 프랑스군과 수없이 치열한 전투를 벌였다. 지금도 땅 밑의 철조망과 나무 위의 위장용 술(비행기 정탐을 막기 위한 용도)이 여전히 도처에 가득 깔려 있다. 수목이 다 훼손되진 않았지만 절경이던 곳이 몹시 지저분하게 변하였다. 숲에서 나오니 멀리서 베르됭 고원이 보였고 10시 반경 그곳에 도착하였다.

베르됭 시는 광경이 어떠한가? 내가 졸필이라 끝내 표현할 도리가 없어 괴로웠다. 이탈리아를 여행해본 사람이리면 2000년 전 로마의 '동방영토(佛林)'[8]와 베수비오 화산으로 사라진 폼페이를 연상하여 비교하면 한두 가지 유사한 점을 발견할 수 있을 것이다. 그러나 파괴의 정도를 비교해보면, 자연계의 폭력이 인류 야만인의 폭력에 미치지 못하고 또 문명인의 폭력에도 미치지 못한다는 점을 느낄 수 있다. 우

---

8) 불림(佛林)은 중국 남북조 이후 송, 원대에 걸쳐 중국인이 동로마 제국의 동방 영토를 부르던 명칭이다.

리는 도착하자마자 먼저 구시가지에서 위령제를 지냈다. 곳곳에 담벼락이 무너져 있었고 그 아래에 깨진 벽돌과 기와 무더기가 쌓여 있었다. 그래도 다행히 땅이 매우 차가워 잡초와 독충들이 번식할 수 없었다. 그렇지 않았다면 아마 전 도시가 벌써 발 디딜 곳조차 없었을 것이다. 이어서 대성당 유적을 참관했는데, 본전은 이미 잔해도 남아 있지 않았고 그 옆의 기도실만이 완전한 모습이었다. 성당이 베르됭의 제일 높은 곳에 있어서 우리는 사방의 깨진 창문을 통해 베르됭의 형세를 대략 조망할 수 있었으며, 웅장하고 근엄한 기개가 한눈에 들어왔다. 독일군이 공격을 개시할 때 황태자는 군사들에게 보름 후 독일 황제가 이 성당에서 개선식을 거행할 것이라고 연설하였다. 지금 독일 황제와 성당은 똑같이 멸망의 처지에 놓여 있으니, 곰곰히 생각해 보면 얼마나 안타까운 일인가?

이날 날씨가 매우 추워서, 시내를 둘러볼 때 손발이 얼어붙고 위아래의 이빨 부딪히는 소리가 끊이지 않았다. 따뜻한 술 한 잔 마셔 한기를 떨치려 하는데 온 시내에 점포가 보이지 않으니, 어디서 찾아야 하나? 나중에 포루 안에 가면 술을 마실 수 있을 거라 생각하니 그제야 조금씩 온기가 돌기 시작했다. 포루 본부는 지하에 있었고 가장 깊은 곳은 평지에서 수십 미터 떨어져 있었다. 포루 안에 들어가니 5천 년 전 이집트 피라미드 안에 들어온 것처럼, 지상과 완전히 다른 세상이라는 느낌이 들었다. 듣자하니, 당시 매일 대포 몇백 발이 날아들었는데, 포루 안에서 들으면 폭죽 터지는 소리 같았다고 한다. 나는 군사 방면에 문외한이라 포루 안의 각종 최신 설비에 대해 정말로 아는 게 없었다. 하지만 그 가운데 매우 인상 깊은 몇 가지 일이 있었다.

첫째, 포루 안에 교회가 있었다. 전쟁이 가장 긴박할 때에도 기도와 예배를 중단한 적이 없고 병사들의 신앙심이 평소보다 더 깊었다고 한다. 나는 육수부(陸秀夫)[9]가 몽고군에 쫓기는 상황에서도 애산(崖山)[10]의 배 위에서 어린 황제를 안고 논어를 강의한 일이 떠올랐는데, 이는 한 사람을 위해 그렇게 한 것이라 좀 진부하고 작위적이라고 생각된다. 그러나 이곳은 수많은 사람들이 생사를 넘나드는 갈림길이어서 그들을 위해 도덕적 약침(藥鍼)을 제공해주는 일은 참으로 국민교육의 좋은 방법이라고 여겨진다. 둘째, 포루 안에 매우 큰 음악회장이 있었다. 병사들이 전투에서 돌아오면 이곳에서 연주하고 노래하고 춤추고 영화와 연극을 관람하였다. 또 군대의 문예회나 미술회도 항상 여기서 모임을 가졌다. "가무를 즐기다가 군인이 되고(歌舞從戎)", "창을 버리고 예술을 논하는(投戈講藝)" 일이 중국 역사에서는 꾸며낸 미담이었는데, 그들은 일상생활이 되어있었다. 셋째, 포루 안에 매우 완정한 소비조합이 있었다. 병사들이 조직한 것이지만 장교도 가입하여 도와주고 있으며, 병사들이 필요한 물품을 저렴하게 판매하고 있는데 매출이 매일 몇만 프랑이라고 한다. 이상의 몇 가지 일만 보더라도, 프랑스 병사가 어떠한 품격을 지니고 있고 프랑스 국민이 어떠한 품격을 지니는지 알 수 있다. 이렇지 못한 우리 중국인은 이 세계에 존립할 자격이 있는 것인가?

포루를 대략 둘러본 뒤 내부 식당에서 점심을 먹었고 사령관의 매우 극진한 대접을 받았다. 정전 이후 이탈리아 국왕과 벨기에 국왕도 베르됭을 방문한 적이 있는데 모두 이곳에서 점심을 먹었다고 한다.

---

9) 육수부(1236~1279)는 문천상, 장세걸과 함께 몽고에 끝까지 저항한 남송의 3충신으로 불린다.

10) 애산은 중국 광저우에 있는 섬으로 남송과 원나라가 최후의 결전을 벌인 곳이다.

음식도 내부의 일상적인 것이었고 샴페인 한 병을 딴 게 귀빈 대우의 전부였으니, 이 점에서도 그들의 평등정신을 엿볼 수 있다. 식당 정중앙에 정부에서 수여한 영광스런 훈장(개인이 아닌 포루의 전 병사들에게 수여한 것)이 걸려 있었다. 아래쪽에는 해당화 모양의 동패가 걸려 있었고 "Can not has he pass"란 구절이 새겨져 있었다. 이것은 "그들은 이곳을 통과할 수 없다!"는 뜻으로, 페탱 장군이 베르됭 방어 임무를 받고 출전사로 한 말[11]인데, 지금은 베르됭의 역사적 격언이 되었다. 이 외에 연합국 각국이 증정한 훈장들이 사방에 걸려 있고, 또 독일군의 포탄과 철모 및 적의 포격으로 깨진 각 포루의 금속 파편들이 방 안에 가득 전시되어, 뜻밖에도 식당이 조그마한 박물관으로 변해 있었다.

오후에 우리는 포루를 나누어 관람하였다. 본래 두 군데를 관람하려고 했으나 길을 잃는 바람에 하마터면 한 군데도 관람하지 못할 뻔했다. 군용차를 탔고 게다가 본부 포루의 군관이 안내해주었는데 어떻게 길을 잃을 수 있는가? 이곳의 포루는 모두 비밀기지여서, 외부에 본래 표지를 설치해놓지 않았고 각 포루의 연락노선은 매번 지도를 보고 현장에서 찾아야 했다. 이번 독일의 맹공을 겪은 후 노선이 많이 바뀌어 현지인조차 헷갈려 했다. 시내를 벗어나 산등성이를 따라 가니 온 세상이 다 황폐해 잡풀조차 보이지 않았고, 여기저기 파여 있는 구덩이들은 흉측하기 짝이 없는 몰골이었다. 큰 구덩이는 너비 8~9미터에 깊이가 30여 미터나 되었는데 지금은 빙설로 가득 차 있

---

11) '그들은 이곳을 통과할 수 없다(Ils nepasseront pas!)'는 경구는 페탱 장군이 한 말이라고 알려져 있으나, 사실은 1916년 6월 독일군의 수빌 요새 공격이 거세지자 니벨 장군이 프랑스 병사들의 사기를 진작하기 위해 한 훈시다.

었다. 빙설이 다 녹아 그 안에 사람이 빠지면 익사할 만하다고 생각되었다. 아! 이 모든 것은 포격으로 인해 생긴 것이다. 이곳을 원상태로 회복하려면 이삼십 년이 지나도 부족할지 모르겠다. 왜냐하면 지면에서 십여 미터 이내의 땅이 온통 화약과 쇠 부스러기여서 지질을 완전히 변화시켰기 때문이다. 이러한 지층을 모두 파내고 새 흙을 깔지 않는 한 결코 경작지로 사용할 수 없을 것이다. 아! 제일 고귀한 과학발명이 야수 같은 인간들에 악용되어 생명을 살상하고 토지를 황폐하게 만들게 될지 정말로 예상치 못했다. 노자가 "성인이 죽지 않는 한, 큰 도둑은 사라지지 않는다(聖人不死, 大盜不止)"[12]라고 했는데 참으로 타당한 말이다. 길 위에서 멀리 바라보면 곳곳의 떼무덤 이외에 아무것도 보이지 않고, 무덤 위에 꽂혀 있는 수많은 십자가가 찢겨져 어지러운 철조망과 서로 어우러져 있다. 그 밖에 깨진 철모, 찢어진 군화, 탄피, 말편자, 빈 깡통 등이 여기저기 널려 있는데, 몇 십리 고원의 장식품처럼 보였다. 우리가 포루 본부에서 나왔을 때, 날은 벌써 흐리고 어두웠으며, 이때 가랑비까지 내리기 시작했다. 타고 간 차가 길을 잃어버려 수차례 뱅뱅 돌다가 멈추자, 우리도 차에서 내려 따로 걸어갔다. 나는 주위의 빛과 소리와 하늘과 땅이 모두 죽어 있다는 걸 느꼈다. 아무리 열정적인 사람이라도 여기에 오면 냉수를 뒤집어쓴 듯 차가워질 것이다. 현재의 이른바 찬란한 문명이 앞으로 어떠한 결과를 초래하게 될지 생각할수록 오싹해진다.

간신히 포루 분대 하나를 찾았는데, 이 포루의 이름이 '푸(伏)'이어서 나는 '푸루'라고 불렀다. 이 푸루는 적군의 두 차례 맹공을 받고 함

---

12) 이 말은 노자가 아니라 『장자』 「거협(胠篋)」편의 구절이다.

락당할 뻔하였다. 한번은 적군 57명이 포루 입구 작은 언덕까지 육박해왔는데, 대포기지에서 불과 몇십 미터 떨어진 곳이었다. 적은 수비병에 의해 섬멸되었고 수비병도 32명이 전사하였다. 포루 장교는 우리에게 당시의 격렬한 백병전을 설명해주는데 여전히 흥분을 감추지 못하였다. 나는 이것이 인류 야만성의 반영일 뿐이라고 생각하기 때문에 서술하고 싶지가 않다. 양측의 전사자가 총 89명이었는데 하나의 무덤에 같이 묻혔으니, 실로 "죽어 같은 곳으로 돌아갔다." 영혼에 지각이 있다면, 바람 부는 아침이나 비 오는 저녁에 서로 모여, 무엇 때문에 생명을 헛되이 버렸는지 정말로 모르겠다고 한탄하지 않을까!

그 보루 장교의 안내에 따라 안팎을 자세히 참관했으나 그것을 다 서술할 필요는 없다. 대규모의 참호생활에 불과하기 때문에 대체적으로 파악하기만 하면 된다. 날이 저물어 메스(Metz)[13]에 서둘러 가지 않으면 하룻밤 노숙해야 한다. 빨리 가자.

3. 알자스 로렌 지방

알자스 로렌 지방 문제는 이번 대전이 발발한 주요 동기 가운데 하나였다. 독일이 완전히 패배하면서 이 문제는 쉽게 해결되어, 베르사유조약이 체결되기 전에 이미 정전협정[14]에서 프랑스에게 돌려

---

13) 메스는 프랑스 동북부 모젤 주에 있는 도시로 로렌 지방의 주도이다. 모젤 강과 세유 강의 합류점하는 로렌 지방의 중앙부에 위치하며 독일 · 룩셈부르크 국경과 가까운 지역이다.

14) 정전협정은 1918년 11월 11일 독일과 연합국이 제1차 세계대전의 정전을 선언한 협정이며, 베르사유조약은 파리평화회의를 통해 1919년 6월 독일과 연합국 사이에 맺어진 평화협정이다.

주기로 했다. 우리는 이미 베르됭에 도착하여 로렌의 주도 메스와 지척거리에 있었다. 역사적으로 갈등이 제일 많았던 두 지방을 한번 둘러보자.

서양사를 공부한 사람이라면 누구나 1871년 프랑크푸르트조약[15]으로 프랑스의 알자스 로렌 지방이 프로이센에게 할양되었다는 사실을 알 것이다. 프랑스인은 커다란 치욕을 입고 와신상담하며 복수의 기회를 노렸다. 그러나 역사적으로 볼 때 이 두 지방의 정당한 주권이 어디에 있는지 판명하기가 매우 힘들다. 카롤루스 대제가 영토를 나누어 분봉할 때 두 지방은 독일에 분봉되었다고 할 수 있다. 1552년 메스, 툴, 베르됭의 세 제후가 프로이센 황제에게 독립하기 위해 프랑스국왕 앙리 2세[16]에 보호를 요청했는데, 이것이 문제의 발단이 되었다. 그 후 30년전쟁[17] 및 1648년, 1769년전쟁[18]을 거치면서 두 지방

---

15) 프랑크푸르트조약은 1870~1871년에 걸친 프로이센과 프랑스 간의 전쟁(보불전쟁)에서 승리한 프로이센이 프랑스와 맺은 평화협정이다.

16) 앙리 2세(Henri II, 1519~1559)는 정복과 외교 및 두 아들의 결혼을 통해 노르망디 북쪽 끝에서 피레네 산맥의 카르카손 근처에 이르는 오늘날 프랑스의 서부지역에 대한 소유권을 얻었다.

17) 30년전쟁은 1618년 신성 로마 제국의 페르디난트 2세가 보헤미아의 개신교도를 탄압한 것에 대해 개신교를 믿는 보헤미아의 귀족들이 반발하여 일어난 전쟁으로, 1648년 베스트팔렌조약으로 전쟁이 끝났다. 이 전쟁으로 독일 지역은 대부분이 황폐화되고 인구가 크게 줄었으며 여러 개의 영방국가(領邦國家)로 나뉘게 되었다. 네덜란드와 스위스는 각각 스페인과 오스트리아로부터 독립을 인정받았고, 프랑스와 스웨덴은 영토를 늘렸으며, 루터교회뿐만 아니라 개혁교회(Reformed Church)도 신앙의 자유를 얻게 되었다.

18) 량치차오의 언급과 달리 1648년과 1769년에 알사스 로렌 지방과 관련된 전쟁이 발견되지 않는다. 1648년 30년전쟁이 끝나고 베스트팔렌조약이 맺어진 해이며, 1769년은 나폴레옹이 태어난 해이다.

이 완전히 프랑스에 합병되었고, 이로부터 근 백 년간 프랑스 영토로 공인되었다. 그러나 보불전쟁이 일어나 프로이센이 두 지방을 할양받을 때 약탈이 아니라 광복이라고 인식하였다. 할양 이후 50년 동안 일부 옛 유민들은 애국이라는 말로 서로 격려하였고, 집권정부도 애국이라는 말로 이를 경계하였다. 동일한 말이 정반대의 양극단으로 귀결되는 건 전대미문의 기이한 현상이라고 할 것이다. 그렇지만 두 지방의 주민 가운데 프랑스를 조국으로 여기는 사람이 다수였다. 할양조약이 두 정부 사이의 교섭이기는 했지만, 알자스 주민들은 40여 일간 이에 굳건히 저항하다 식량과 탄환이 바닥나자 어쩔 수 없이 항복하였다. 두 지방 주민들은 연이어 주민투표로 소속 국가를 결정하려고 분투했는데, 독일이 불허하자 울분을 참으며 그만두었다. 한편 프랑스 의회에서는 당시 두 지방에서 당선된 의원들이 고별연설을 할때 "절대 잊지 마세요", "반드시 수복할 겁니다!"라고 맹세하며 눈물을 흘려, 프랑스와 알자스 로렌 주민들에게 깊은 자극을 주었다. 이 모든 일들은 지난 할양 때 연출된 침통하고 비장한 역사극이었다. 이번 프랑스 반환에 대해 주민 개개인이 모두 만족한 것은 아니었지만, 환영한 사람이 많고 반대한 사람이 적었다고 할 수 있다. 그래서 지난번에 연출된 비극이 한 차례도 발생하지 않았다. 독일도 '주민투표로 소속 국가를 결정하자'고 선동했지만 주민들은 그에 상관하지 않았다. 이렇게 볼 때 두 지방의 프랑스 반환이 합당한 일이라는 점을 알 수 있다. 두 지방은 독일에 예속된 기간이 실제로 프랑스에 예속된 기간보다 길었음에도 불구하고, 왜 주민들은 프랑스로 기울어진 것인가? 첫째, 16~17세기 독일문화 수준이 프랑스에 상당히 뒤떨어져 있어서, 두 지방의 소속이 변경된 이후에도 당연히 프랑스문화에 쉽게 젖어들었다. 둘째, 라인 강 좌안의 주민들은 본래 활달하고 진취적인 성격을 지니고 있어서 프랑스 국민성과 유사하고 독일 국민성과 거리가 있었다. 셋째, 독일이 점령한 이후 너무 성급하게 동화정책을 사용하여 사사건건 간섭하였다. 프랑스대혁명 이후 자유 평등의 이상이 사람들의 마음속에 깊이 자리하고 있었고, 주민들도 이미 친숙해져 있었으니 전제통치를 어떻게 견딜 수 있었겠는가? 간섭이 심해질수록 반감이 더 생겨나고 방해할수록 마음이 더 멀어져갔다. 독일이 끝내 두 지방을 차지할 수 없었던 이유의 반은 자업자득이라고 할 것이다. 당시 몰트케 장군은 "알자스 로렌 지방은 50년이 지나 봐야 정말로 우리 독일의 영토라고 할 수 있다!"라고 했는데, 그의 뜻도 이 비옥한 땅을 쉽게 삼킬 수 없다는 점을 승인하는 것이었다. 공교롭게도 두 지방을 예속한지 49년째 되던 해에 돌려주게 되었으니 몰트케의 말이 결국 예언이 된 셈이다.

프랑스와 독일이 두 지방을 놓고 필사적으로 싸운 것은 체면상의 영토문제가 아니었다. 실제로 군사 경제 방면에 있어 두 지방은 양국에게 "얻으면 살고 잃으면 죽는" 절박한 이해관계를 지니고 있었다. 군사적으로 볼 때, 몰트케는 이 지역을 "가장 짧은 국경 방어선"이라 불렀으며, 메스(Metz)와 스트라스부르(Strasbourg) 두 요새는 세계적으로 유명한 난공불락의 견고한 보루였다. 경제적으로 볼 때, 뫼르트에모젤[19] 철광지역은 면적이 463방리[20]로 두 지방에 걸쳐 있으며, 매년

---

19) 뫼르트에모젤(Meurthe-et-Moselle) 주는 프랑스-프로이센 전쟁 종전 후 1871년 당시 프랑스 영토로 남게 된 기존 모젤과 뫼르트 데파르망의 일부 지역을 합쳐 성립되었다

20) 1리(里)는 약 0.4km. 사방 1리를 방리(方里)라 함. 1방리는 0.16km². 463 방리는

철광생산량이 2100만 톤이다. 독일 전체의 매년 철광생산량이 2850만 톤이니 이 지역의 생산량이 3/4을 점하고 있다. 5년간의 대전 동안 독일의 군수물자가 끊임없이 공급될 수 있었던 것도 모두 이 광산 덕분이었다. 이러한 중요성 때문에 프랑스가 개전 초에 두 지방의 수복을 가장 중요한 목표로 삼았으며, 중간에 영국·러시아와 비밀조약을 체결할 때 제1조가 바로 평화회의 시 두 지방의 반환을 요구하는 것이었다. 1916년 월슨이 중재인으로 나서 양국에게 전쟁목적을 선포하라고 요구했을 때, 프랑스가 첫 번째로 든 것이 바로 두 지방의 회복이었다. 후에 월슨이 강화조건 14조를 제의할 때 이것을 넣어 확실하게 승인해주었다. 그러나 독일의 입장을 볼 때, 누차 강화를 요청했음에도 불구하고 이 조항에 대해서만은 시종 추호도 양보하려 하지 않았다. 평화회의가 중단된 원인이 여기서 비롯되지 않은 적이 없었다. 만일 전쟁에서 양측의 우열이 가려지지 않았다면 평화회의 때 이 문제를 두고 얼마나 많은 분쟁이 일어났겠는가? 후에 독일이 패전하면서 이 문제는 결국 정전협약을 통해 명쾌한 해결을 보게 되었는데, 대전 5년 동안 사람들이 상상하지 못한 일이었다. 두 지방의 역사와 그 가치는 대략 설명했으니 다시 우리의 행로에 대해 서술해보자.

우리가 '푸루'를 떠날 때 날씨가 이미 어두워져 서둘러 차를 타고 동쪽으로 달리는데 비가 점차 굵어지기 시작했다. 황혼이 들 무렵 비바람 맞으며 끝없이 펼쳐진 적막한 들판을 달리다 보면, 우리처럼 낯선 타향의 이방인이라 하더라도 자연풍경에 대한 어떠한 느낌도 들지 않는 법이다. 그러나 이런 분위기를 대하고 있으면 "다른 사람이 근심

74.08km^2.

스럽다고 하니 나도 근심스러워지는" 상황을 피할 수가 없다. 해질 무렵 프랑스의 로렌 지방을 지나 독일의 로렌 지방에 도착했다. 프랑크 푸르트조약으로 로렌 지방이 할양될 때 프랑스는 절반만을 주어 예전부터 독일과 프랑스는 자신의 로렌 지방을 갖고 있었다. 대전이 개시될 때 프랑스군은 이곳을 통해 독일을 침입했으며, 그 후 독일이 벨기에를 넘어 공격하자 프랑스는 황급히 퇴각하게 되었다. 지금도 당시 전투 흔적들을 어렴풋하게 찾아볼 수 있다. 메스 부근에 이를 무렵 삼림지대를 지나가는데 수행 참모가, 여기가 바로 1798년 프랑스혁명군이 연합군을 대파했던 곳이며 기념비가 있다고 알려주었다. 나는 그 전투야말로 인류 진화 역사의 정의로운 전쟁이라고 생각하는데 아쉽게도 날이 어두워 차에서 묵념을 할 수밖에 없었다. 우리는 가는 내내 허기와 추위에 시달리다가 밤 10시가 되어서야 로렌 지방의 주도인 메스에 도착했다. 다행이 여관을 이미 예약하였고 우리를 위한 풍성한 만찬이 차려져 있었다. 여러분은 음식이 어떤 맛일지 가히 상상할 수 있을 것이다.

여관에 매우 흥미로운 그림 한 점이 걸려 있었다. 자상한 할머니가 중간에 있고 옆에 두 소녀가 앉아 있는 그림인데, 큰 아이는 알자스 옷을 입고 있고 작은 아이는 로렌 옷을 입고서 할머니의 품에 안겨 있었다. 그림 제목은 "엄마를 찾는데 투표를 해야 하느냐"였다. 당시 독일과 중립국의 신문은 매번 월슨 14조의 민족자결주의를 인용하여 알자스 로렌 지방의 귀속도 주민투표를 통해 결정해야 한다는 기사를 실었다. 프랑스는 이러한 시각에 반대했으며 위 그림은 바로 그 뜻을 표현한 것이었다. 나는 프랑스가 너무 감성을 앞세워 대처한 일이라고 생각한다. 사실 투표를 하면 대다수가 프랑스의 손을 들어줄 것이고, 이렇게 하여 두 지방을 얻으면 주권이 더욱 공정하고 견고해지는 게 아닌가? 두 지방의 분쟁이 몇백 년 동안 끊이지 않은 것은 프랑스와 독일 양국이 번갈아가며 이곳을 전리품으로 삼았기 때문이다. 이곳의 주민들은 예전의 러시아 농노들처럼 토지 소유국에 따라 관할이 바뀌었으며 한 번도 자신의 자결의 권리를 존중받은 적이 없었다. 그래서 오랫동안 문제가 되었던 것이다. 이번에도 예전의 방식대로 처리하려고 하는데, 이렇게 하여 문제를 영원히 해결할 수 있을지 확신이 가지 않는다.[21]

최근에 런던 〈타임스〉에서 미국인 사이먼의 통신문을 읽은 적이 있다. 이 사람은 저명한 신문기자로 나와 대화를 나눌 때 서양문명은 근본적으로 개조되어야 한다고 하면서, "메스라는 곳은 프랑스문명과 독일문명이 직접 교류한 곳이다. 대성당과 그 부근은 프랑스문명을 대표하고, 기차역과 부근은 독일문명을 대표한다"고 말했다. 이 말을 들었을 때 매우 흥미로운 곳이라고 느껴져, 메스에 도착하면 바로 안내지도를 따라 살펴보려고 했다. 비록 양국 국민성에 대해 심도 있는 연구를 해보지 않아 정밀한 관찰을 할 수 없었지만, 표면적으로 보더라도 약간은 이해할 수 있을 것 같았다. 기차역 일대를 현지인들은 신도시라 부르고 성당 일대를 구도시라 불렀는데, 두 도시의 분위기가 척 봐도 확연히 달랐다. 신도시 건축물은 네모나고 굵직하고 견실하고 소박하고 엄정했으며, 구도시 건축물은 둥글고 다각이고 정교하고

---

21) 르낭은 영토와 국경선을 설정할 때 주민의 의지를 존중하는 것이 원칙이며 주민들에게 어디에 귀속되기를 원하는지 물어보아야 한다고 주장하였다. 이러한 입장에서 알자스 로렌 지방 주민의 귀속 의사를 묻지 않고 독일과 프랑스에 편입시키려는 정치적 행위에 모두 반대하였다.

유려하였다. 거리에 있어서도 신도시는 인위적이고 질서정연한 느낌을 주었고 구도시는 자연스럽고 자유로운 느낌을 주었다. 민심을 살펴보면 신도시는 반듯하고 엄정한 느낌이 들었고 구도시는 활발하고 집단적인 느낌이 들었다. 자세히 보니 정말로 두 가지 문명이 훌륭하게 조화를 이루고 있었다. 다른 도시에서도 어떤 일부 지역이 독립적인 풍모를 형성하는 경우가 없었던 것은 아니다. 가령 미국 각 도시의 차이나타운, 유럽 각 도시의 유태인 거리 등이 그러하다. 이들 지역은 분위기가 다르기는 하지만 다른 나라의 영토에 기생하는 신세라 자기의 문명을 특별하게 표현해낼 수 없었다. 메스와 같은 사례는 매우 드문 경우라고 할 수 있다. 양쪽이 모두 수준 높은 고급문명을 이루어 자치제도하에서 공존하고, 개개인이 자기 고유의 장점을 평등한 방식으로 최대한 발휘할 수 있었기 때문에, 이러한 특징이 분명하게 드러났던 것이다. 현재 하나의 문명으로 융화되지는 못했지만 접촉이 빈번하고 밀접하여 화합작용이 자연적으로 발생하기 때문에, 향후 새로운 성질의 문명이 이로부터 잉태하게 될지도 모른다. 이런 점으로 볼 때, 두 지방을 둘러싼 양국의 수차례의 분쟁과 교차 지배가 어쩌면 전 인류의 진화를 위한 수단이라고 할 수도 있을 것이다. 그래서 나는 유럽문명이 이렇게 내용이 풍부하고 분화가 빠르게 진행되는 이유가 접촉기회가 많고 소화능력이 강하기 때문이라고 생각했다. 중국은 예전에 인도를 제외하면 다른 고급문명과 접촉할 기회가 없었으니 오늘날까지 낙후된 것은 당연한 일이다. 현재 기회가 도래하여 이를 잘 활용할 수 있을지 지켜보자.

　메스에서 하루 반을 체류하며 예정대로 보아야 할 곳은 다 보았는데, 그중 가장 감동적인 부분은 새로 건립된 동상이었다. 메스시의 공원 한복판에는 본래 독일 빌헬름 1세의 동상이 있었지만, 광복 이후 시민들은 그것을 밀어버리고 새로운 동상으로 대체하였다. 우리가 공원에 갔을 때 석회로 상을 본뜨는 중이어서 아직 완공되지는 않았다. 빌헬름 1세를 대체한 동상의 주인공은 누구인가? 푸앵카레[22]인가? 아니다. 클레망소인가? 아니다. 조프르인가? 아니다. 포슈인가? 아니다. 프랑스 예전 시대의 영웅인가? 더더욱 아니다. 그는 이름이 없는 사람으로 유명인 같은 면모가 없다. 그는 프랑스 병사의 군복을 입고 프랑스 병사의 군모를 쓰고 군용배낭을 매고, 오른쪽 어깨에 총 한 자루를 걸고 왼쪽 발로 독일군의 군모를 밟고 있었다. 동상 비석에 'Gn las aj' 란 글자가 새겨져 있었는데, 직역하면 '그들을 붙잡았다'는 뜻이다. 이 사람의 이름을 반드시 묻고 싶다면 나는 중국어로 대답할 수밖에 없다. 이 사람은 바로 성이 프이고 이름이 랑스인 군인아저씨다. 이 동상을 보면서 나는 그 의미가 깊고 아름답다고 느꼈다. 이 동상은 국가의 역사적 대업은 한두 명의 유명인이 아니라 대다수의 무명인이 이루어낸 것임을 표현하고 있다. 그래서 나는 이 동상을 '평민화' 동상이라고 부르려 한다. 사실 향후 서구의 발전 추세로 볼 때 모든 방면이 '평민화'될 것이며, 이 동상은 그것의 뚜렷한 상징일 뿐이다.

어제는 새 전장을 보았고, 오늘은 옛 전장을 보러 갔다. 무엇을 본 것인가? 바로 메스 외각 아르덴 일대의 고원(古原)이다. 1870년 나폴레옹 3세의 대군이 이곳에서 대패하여[23] 국내혁명이 일어났고 자신은

---

22) 푸앵카레(Raymond Poincaré, 1860~1934)는 1912년에 수상이 되고 1913년에 대통령에 재임하였다. 제1차 세계대전 때 대독일 강경정책을 추진했으며 1917년에는 클레망소를 총리로 임명하여 전쟁을 승리로 이끌었다.
23) 나폴레옹 3세가 프로이센에게 대패한 곳은 스당이다.

포로로 잡혔는데, 공교롭게도 이번 대전에서 패한 빌헬름 2세의 말로에 비견된다. 우리가 이곳에 왔을 때 많은 시민들이 독일공적비를 둘러싸고 '백 척의 긴 밧줄을 당겨 비석을 넘어뜨리는' 공연을 연출하고 있었다. 그 비석은 청동 사자가 독일 국기를 받들며 이빨을 드러내고 발톱을 치켜세운 것인데, 우리가 앞으로 다가가자 마침 사자가 아래로 쓰러지고 있었다. 그리고 30여 미터 떨어진 곳에 활을 당겨 프랑스 국경을 겨누고 있는 독일 여신상이 있었는데, 이틀 전에 쓰러뜨려진 상태였다. 아이들이 여신상 위를 기어오르며 놀고 있었으며, 우리는 아이들에게서 깨진 동상 몇 조각을 얻어 기념으로 삼았다. 평원을 두루 살펴보니 광활한 전답 위로 미풍이 불어 보리를 흔드는데 마치 파문이 이는 듯했다. 멀리 바라보니 당시 전사자들의 떼무덤 이외에는 전쟁의 흔적을 찾아볼 수 없었다. 50년이 꿈처럼 흘러 우리를 깊이 반성케 하지만, 꿈속의 사람들은 얼마나 꿈이 반복되어야 전쟁을 그만둘 것인가?

11일 오후 4시경 메스에서 기차를 타고 해가 뜰 무렵 스트라스부르에 도착했다. 스트라스부르는 알자스의 주도로서 예전에 독일이 두 지방을 점령할 때 이곳을 중심지로 삼아 규모가 메스보다 더욱 광활하였다. 시 전체가 신도시와 구도시 두 부분으로 나뉘어 있다. 구도시는 대성당을 중심으로 이뤄져 있는데, 성당이 전부 빨간 돌로 건축되어 있어서 나는 자석사(赭石寺)라고 불렀다. 자석사는 13, 14세기 유물로 정교하고 화려한 고딕양식 건축이다. 내부는 둥근 기둥을 겹겹이 세워 만들어놓았는데, 큰 기둥을 중심으로 수많은 작은 기둥들이 둘러싸는 방식으로 하나의 구조를 이루고 있었다. 각각의 작은 기둥은 서로 부착되어 세워져 있고 섬세하게 조각되어 있었는데, 평생 본적이 없는 건축이었다. 구도시의 가옥은 대부분 르네상스시대 양식으로 건물이 처마처럼 돌출되어 있었으며, 위층이 아래층보다 넓고 지붕 모양이 뾰족한 삼각형이 많았다. 집집마다 외벽에 벽화가 그려져 있어 모두가 고풍스럽게 느껴졌다. 자석사 옆에 15세기의 고옥 한 채가 있었고 지금은 식당으로 사용되고 있었다. 우리는 이곳에서 저녁 식사를 했는데 이곳의 음식 맛이 좋아서가 아니라 고풍스런 분위기를 즐기고 싶어서였다. 신도시는 독일이 점령한 후 건설되어 독일 황궁을 중심으로 이뤄져 있었다. 황궁 앞에 큰 광장이 있고, 우측 일대에는 각 행정관청이 있고, 좌측 일대에는 대학교와 도서관이 있고, 맞은편에는 주의회와 법정이 있고, 광장 중앙에 큰 공원이 있었다. 장엄하고 정숙한 도시의 기상이 그야말로 베를린의 축소판인 듯했다. 이것이 바로 스트라스부르의 대략적인 모습이다.

스트라스부르에 대한 기록은 1세기 때부터 보이기 시작하는데, 원래 유럽 중부의 유명한 옛 도시였다. 13세기 이전에 천주교 수도사들의 영지였고, 13세기에서 17세기에 독일제국의 자유도시가 되었고, 1661년에 비로소 프랑스의 속지가 되었다. 그때가 마침 루이 14세[24]의 전성시대여서, 이 지역 주민들은 프랑스 문화를 깊이 수용했을 뿐 아니라 공헌도 적지 않게 하였다. 인쇄술을 발명한 구텐베르크[25], 프

---

24) 루이 14세(Louis XIV, 1638~1715)는 프랑스의 최전성기의 왕으로 태양왕이라 불린다. 16~18세기 유럽의 절대왕정시대를 상징하며 그 정점에 올랐던 군주이다.
25) 구텐베르크(Johannes Gutenberg, ?~1468)는 활판 인쇄술을 발명한 15세기 독일인으로 이전의 인쇄술과 달리 오늘날과 같은 주석과 납의 합금으로 활자를 주조하고 황동의 활자 거푸집과 자모를 연구하여 다량의 활자를 비교적 쉽고 정확하게 주조할 수 있게 하는 데 기여했다.

랑스 국가를 작곡한 루제드릴[26]이 모두 이 도시의 시민이었다. 그래 서 이곳 시민들은 프랑스와 세계에 대해 커다란 자부심을 지니고 있었으며, 프랑스도 이곳을 국가 문물의 중요한 일부로 간주하였다. 파리 루브르궁 앞에 있는 여덟 개의 여신상은 프랑스를 상징하는데 그중 하나가 바로 스트라스부르 여신상이다. 독일이 알자스 로렌 지방을 점령한 이래, 파리 시민들은 이 여신상의 왼쪽 팔에 검은 천을 감고 상중이라는 뜻을 표현하였다. 매년 할양 기념일이 되면 많은 사람들이 이 여신상 아래 모여 배회하고 아쉬워하며 통곡했는데, 50년 동안 변함이 없었다. 이번 정전협정이 시행되어 두 지방이 완전히 수복되면서 여신의 팔에 감긴 검은 천을 벗겨낼 수 있었다. 지금 여신의 몸에는 매우 아름다운 화환이 가득 걸려 있다. 시로 이 일을 묘사한 적이 있는데, 좋은 시는 아니지만 기록해두려고 한다.

스트라스부르 여신의 노래

뭇 귀신들이 하늘[27]을 농락하던 때, 노을 먹고 빛을 따르며 견딜 수 있었네

강풍이 밤새 붙이 추락하는 꿈을 꾸던 날, 밀리 유배되어 혜성들을 따라다녔네

은하수 반쯤 말라 푸른 뗏목 끊어져도, 자웅을 다투던 신들은 상관하지 않았네

머리 높이 올린 여인은 귀고리 떼버린 채 구름 따라 게을리 지내고

---

26) 루제드릴(Rouget de Lisle, 1760~1836)은 프랑스의 군인이자 작곡가, 시인으로 프랑스 국가인 〈마르세유 행진곡〉을 작곡했다.
27) 옥경(玉京)은 하늘 위에 옥황상제가 산다고 하는 가상 수도.

비단 저고리 입은 여인은 옷을 상자에 넣어둔 채 세속에 젖어 혼탁해
졌네[28]

세속처럼 혼탁하고 구름처럼 게을리 지내다 계절이 또 바뀌고

옛 친구들은 이 소식을 알고 근심스러워 하네

아름다운 해당화는 눈물 참으며 맴돌 듯 떨어지고

푸른 새는 둥지 없어 허공에서 애간장을 끓이네

궁문 두드려 하늘에 물어봐도 아무 말이 없고

신령한 바람과 꿈결 같은 비만 내게 보내주네

검은 천 팔에 매어 침통한 슬픔 새기고

푸른 옥 가슴에 걸어 오랜 소망 간직하네[29]

따스한 오늘 밤 무슨 날인지, 구름 걷힌 넓은 하늘에 달이 절로 둥글
었네

곧 날아다니는 학이 평온히 돌아와, 요지(瑤池)[30]에 음악이 울리고
시끌벅적하네

서왕모는 오히려 머리 하얗게 쇠어, 본래의 세상 이야기를 들려주고
싶어 하네

쇠락한 옛 영광 더듬어보지만 차마 어쩌지 못하고, 하늘의 두견새만
피울음을 토하고 있네

---

28) 원주: 알자스 지방의 부녀자들은 각진 모자 쓰기를 좋아하여, 머리가 높이 불룩
하고 저고리에 수를 놓았다.

29) 원주: 보불전쟁 때 참전한 사람들이 모임을 만들었는데, 회원들은 가슴에 검은색
과 녹색 천을 달고 그 사이에 훈장을 걸었다. 검은색은 상중을 나타내고 녹색은
희망을 표현했는데, 파리 사람들도 이러한 휘장을 신상의 가슴에 달았다.

30) 요지(瑤池)는 전설에서 서왕모(西王母)가 살았다는 곳이다.

우리는 공원을 산책하다가 한 노인과 마주쳤는데, 옷깃에 검은 천과 녹색 천 그리고 그 사이에 동으로 만든 작은 훈장을 달고 있었다. 한눈에 보불전쟁에 참여한 군인이라는 걸 알아보고, 나는 그에게 다가가 말을 건넸다. 노인에 따르면, 1870년 프로이센이 50일 동안 포위공격을 할 때 도시 안으로 날아온 포탄이 총 193,722발이었으며, 그로 인해 도시 안의 건축물이 70~80%가량 파괴되었다. 당시 그들의 장군이 한 명언이, "당신이 가져갈 수는 있어도 내가 건네주는 일은 없을 것이다"라는 말인데, 지금도 시민들은 항상 이 말을 하고 있다. 이 노인은 49년간 이 도시에서 살고 있지만 여태껏 독일어를 써본 적이 없다고 한다. 그는 우리에게 수다스러울 정도로 많은 말을 들려주었는데, 조리는 없었지만 매우 존경스럽게 느껴졌다. 현재 신임 주지사는 이 지역 출신으로, 보불전쟁 이후 고향을 떠나 50년 동안 고향 땅을 밟지 못했다고 한다. 베르됭 전투에서 큰 공을 세워 수복 이후 8사단을 이끌고 이곳의 방어를 맡게 되었는데, 아쉽게도 파리에 체류 중이라 만나 뵐 기회가 없었다.

알자스 로렌 지방을 유람하면서 가장 인상이 깊었던 점은 바로 프랑스인들의 애국 열정이었다. 남녀노소 및 배운 자와 못 배운 자를 막론하고, 영토를 잃은 일에 대해 자신의 원한인 것처럼 뼛속 깊이 아파하며 잠시도 잊지 않았다. 프랑스가 당당하게 국제사회에 군림하게 된 것도 이런 정신력 덕분이었다. 장차 세계가 대동사회가 된다면 국경을 없애는 일이 문제가 되겠지만, 국가가 여전히 존재하는데 국민들이 이러한 정신을 결여하고 있다면 그 나라는 끝장인 셈이다. 이러한 정신은 이른바 군국주의와 근본적으로 다른 것이다. 군국주의는 다른 사람을 약탈하려고 하지만 이러한 정신은 자신을 방어할 뿐이다. 개인으로 논하자면, 개개인이 자신을 위한 정당방위에 힘써 포악함을 두려워하지 않게 된 이후에 비로소 포악한 자가 사라지게 되는 것이다. 그래서 용감하게 자기방어를 하는 것이 나쁜 사람을 제재하는 최상의 방법이다. 국가로 논의를 확대하면, 국민이 용감하게 자기방어를 하는 것이 포악한 나라를 제재하는 최상의 방법이다. 이번 대전이 인류 진화사에서 가지는 가장 큰 가치가 바로 이 점이다. 우리가 프랑스인에 대해 경의를 표하는 것도 이 때문이다. 우리 중국인을 돌이켜볼 때 이러한 정신이 없다고 할 수 있는가? 그렇지 않다. 산동문제에 대해 격렬히 분개하지 않은 사람이 없었다. 그렇다면 확실하게 이러한 정신이 있다고 할 수 있는가? 이 점은 좀 더 생각해보아야 한다. 지금 중국에서 대만문제를 제기하는 사람이 없다. 우리가 대만을 잃은 것은 프랑스가 알자스 로렌 지방을 잃은 지 20년 뒤의 일로, 똑같이 전쟁에 패하여 땅을 할양한 것이었다. 프랑스인들은 아픔이 골수에 사무쳐 50년 동안 한순간도 잊은 적이 없었다. 우리도 당시 모두가 놀라고 치를 떨었지만 4~5년이 지나자 벌써 망각한 채 약탈자에게 정당한 권리가 있다고 인정해주는 것 같다. 오늘날 산동문제에 대해 이를 갈며 싸우고 있지만, 다른 사람에게 정말로 산동을 빼앗기게 되면 제2의 대만이 될지도 모른다. 나는 예전의 대만 투쟁과 오늘날의 산동 투쟁이 모두 가식적인 일이었다고 감히 말하지는 않겠다. 그러나 애석하게도 어린아이처럼 일시적으로 분노가 일어나 기세가 대단해보이지만 조금만 지나면 완전히 잊어버린다. 이는 충동만 있을 뿐 지조가 없기 때문이다. 나는 중국인이 지력이 발달하지 못한 점은 쉽게 치유할 수 있지만, 지조가 발달하지 못한 점은 치유할 수 없는 증세라고 생각한다. 어떤 좋은 이념을 중국에 가져와도 '나쁘게' 변질되는 건 바로

이 병폐 때문이다. 우리가 애국에 대해 생각하고자 한다면, 프랑스인의 애국정신이 진정으로 우리를 반성케 할 수 있을 듯하다.

알자스 로렌 지방 문제에 있어 독일의 동화정책은 성공하지 못했지만 그 영향력은 매우 컸다. 몰트케는 50년이 지나야 안심할 수가 있다고 말한 적이 있는데, 만일 이번 대전이 일어나지 않고 독일이 몇십 년간 더 지배해나갔다면 성공했을지도 모른다. 지난번 할양 이후 열성적인 많은 프랑스인들이 이곳을 떠나자 바로 독일인들이 상당수 이주해 왔기 때문이다. 현재 상황으로 볼 때, 로렌 지방은 프랑스인이 우세하지만 알자스 지방은 독일인이 우세하다. 본래 이 지방이 독일제국의 자유도시인 데다가 50년 동안이나 심혈을 기울여 경영했기 때문에 자연히 독일세력이 날로 강화되었던 것이다. 독일은 전제군주 국가이고 알자스 주민은 자유를 사랑하여 갈등이 있기는 했지만, 이는 독일군벌에 대한 반감이지 결코 독일문화에 대한 근본적인 반대는 아니었다. 오히려 두 문화가 가깝게 접촉하여, 현재 독일도 프랑스도 아니고 독일이면서 프랑스이기도 한 작은 새로운 문화지역이 은밀하게 조성되었다. 독일인이 예전에 이곳을 전리품으로 간주한 것도 물론 잘못된 일이지만, 프랑스인이 이곳을 엄마의 품으로 돌아왔다고 여기는 것도 숙고할 필요가 있다. 한 번은 메스에 있을 때 열한두 살로 보이는 어린아이에게 프랑스인인가 아니면 독일인인가 물었더니, "나는 로렌사람입니다"라고 대답하였다. 후에 스트라스부르에 도착하여 17~18세로 보이는 소년에게 같은 질문을 하니, "독일인이든 프랑스인이든 상관치 않습니다. 군대가 없는 국가이기만 하면 나는 그 나라의 국민이 되고 싶습니다"라고 대답하였다. 어린 소년이 한 말이기는 하지만 지역주민의 마음을 읽을 수 있을 것이다.

4. 라인 강 우안의 연합군 주둔지

정전협정 제5조에 라인 강 좌안 일대는 연합군이 일시적으로 점령하여 군대를 주둔케 한다고 규정되어 있다. 이 협정은 체결된 후 바로 시행되었다. 지금 주둔지는 3개 구역으로 나뉘어졌다. 첫째, 프랑스·벨기에군 공동주둔지로 마인츠[31]를 중심으로 한다. 둘째, 미군주둔지로 코블렌츠[32]를 중심으로 한다. 셋째, 영국군 주둔지로 쾰른[33]을 중심으로 한다. 이 일대는 독일 상공업이 매우 발달한 지역이었는데 지금은 군사요충지로 변했으니 당연히 한번 둘러봐야 할 것이다.

12일 정오 스트라스부르에서 출발하여 마인츠로 갔다. 우리는 주둔지에 도착한 후 바로 몇 가지 이상한 느낌이 들었다. 첫째, 군용표가 보이지 않았다. 둘째, 철도경찰이 보이지 않았다. 셋째, 민정사무소가 보이지 않았다. 이러한 일들이 유럽인의 눈에는 당연하게 보일 것이다. 하지만 우리가 러일전쟁 때의 펑톈 일대와 지금의 칭다오, 지난(齊南) 일대의 상황을 비교해본다면, 당시 중국이 중립국이었고 또 호의로 다른 나라에게 길을 빌려주어 지나가게 했음에도 불구하고, 그 나라 군대가 지나간 곳에서 각종 수작들이 벌어졌다. 그런데 이곳은 패전국 경내에 있는 승전국의 주둔지이면서도 이렇게 예의를 지키고 있으니, 패권을 적용하는 데 있어 서양인과 동양인이 상당한 차이를 보

---

31) 마인츠(Mainz)는 라인 강의 좌안, 마인 강 입구에 있는 항구도시이다.

32) 코블렌츠(Koblenz)는 라인 강과 모젤 강이 합류하는 지점에 있으며, 아이펠·훈스뤼크·베스터발트·타우누스 산맥의 지맥들로 둘러싸여 있다.

33) 쾰른(Koln)은 본 아래쪽, 라인 강 좌안에 위치하며 라인란트 지방의 문화적·경제적 중심지이다.

이고 있다.

마인츠는 헤센대공국[34]의 수도이다. 독일혁명이 일어났을 때 각 연방대공들이 모두 해외로 망명했지만, 헤센대공국 대공만은 퇴위를 하고 시에 거주하며 평범한 시민이 되어, 하나의 예외라고 할 만했다. 프랑스군 사령관 망쟁[35] 장군이 파리로 돌아가 부사령관이 마인츠 부근의 비스바덴(Wiesbaden)에 거주하고 있었는데, 13일에 우리를 초대하여 점심식사를 하게 되었다. 비스바덴은 라인 강 유역의 명승지로 피서철이 되면 각국의 여행객들이 즐겨 찾는 곳인데, 중부 유럽의 '돈 쓰는 소굴'로 불린다. 부사령관은 빌헬름 2세의 화려한 행궁에서 연회를 마련했는데, 식사를 하기 전에 먼저 우리를 데리고 행궁을 보여주었다. 그가 묵고 있는 방이 바로 황후의 침실이어서, 침구와 화장대가 그대로 있었다. 부사령관은 우리에게 하나하나 설명해주면서 매우 득의양양한 표정을 지었다. 마치 대장부라면 당연히 이렇게 살아야 하는 게 아니냐고 말하는 것 같았다. 나는 궁전을 참관하는 길에서 문득 어떤 일이 떠올라, 하늘은 받는 대로 돌려준다고 생각하니 참으로 두려워졌다. 그건 바로 의화단의 난 당시 베이징 황궁에서 지낸 독일 총사령관 발더제[36]의 일이었다. 빌헬름이 베이징에서의 이 일을 회고

---

34) 헤센 대공국(Großherzogtum Hessen, 1806~1816)은 독일 중부에 있었던 대공국이다. 신성로마제국의 해체 후, 1806년 나폴레옹이 헤센다름슈타트 방백(方伯)을 대공의 지위로 격상시켜준 결과 성립된 대공국이다.

35) 망쟁(Charles Mangin, 1866~1925) 장군은 공격적인 성향으로 사지에 부하들을 몰아넣는다고 하여 도살자라는 별명으로 불린다. 인격적으로 성품 면에서 절대 존경받을 만한 사람이 아니었지만 니벨 공세시기 쫓겨났다가 다시 돌아와 1918년 메스와 2차 마른 강 전투에서 큰 공을 세웠다.

36) 발더제(Alfred Von Waldersee, 1832~1904)는 독일의 군인으로 1900년 의화단사건 때 베이징을 침입한 8개국 연합군의 총사령관을 맡았다.

한다면 지금 어떠한 심경이 들겠는가?

우리와 식사를 함께 한 분들 가운데 영국 여성 장교가 한 명 있었다. 식사가 끝날 때까지 거침없이 자기주장을 펼쳤는데, 대체로 여성이 남성에게 군인을 양보해서는 안 된다는 요지였다. 그리고 "군대가 곧 해산하게 되었으니 답답하기만 합니다. 안타깝게도 더 이상 이런 통쾌한 생활을 할 수 없게 되었네요."라고 말했다. 여성인지라 반박하기가 쉽지 않았지만 이런 영웅적 기개와는 가까이해서는 안 된다고 생각했다. 남자들이 군국주의에 미쳐 세상을 이 지경으로 만들어놓았는데 여자들까지 여기에 뛰어든다면 참을 수 있겠는가? 이런 사람이 소수이기에 망정이지 그렇지 않았다면 정말로 세상의 우환이 되었을 것이다.

우리는 식사를 마치고 비스바덴의 산상공원을 유람한 후 마인츠로 돌아왔다. 저녁 때 프랑스군 참모총장이 헤센대공 궁전에서 연회를 베풀면서, 라인 강 좌안 일대는 독일에서 독립하여 별도의 완충국을 건설해야 한다고 역설하고, 이는 지역 주민의 과반수가 바라는 일이라고 했다. 하지만 이것은 프랑스인의 일방적인 희망일 뿐 결코 실현될 수 있는 일이 아니라고 생각한다. 이 일대에 과연 완충국을 설립할 필요가 있다면, 아마도 알자스 로렌 지방을 현재의 '연합군 라인 강 주둔지'에 합병해야 공평해질 것이다. 완충국에 관한 논의는 지금 문제가 되고 있지 않으니 거론하지 않겠다.

14일 마인츠에서 쾰른으로 갔다. 길을 따라 지나간 지역이 바로 라인 강 풍경 가운데 제일 아름다운 곳이었다. 이 일대는 늦봄에서 초여름으로 가는 시절이라 포도가 산과 계곡에 가득했고, 복숭아와 살구 그리고 잡화가 간간이 보였으며, 강변의 땅, 하늘의 구름, 라인 강의 물이 어우러져 오색찬란하였다. 매일 저녁 화려하고 우아한 많은 유람선들이 라인 강 위아래를 오가는데 그야말로 그림 속의 풍경이자 시 속의 땅이었다. 유감스럽게도 우리가 찾아온 시기가 제철이 아닌 어둡고 쓸쓸한 때라 주위의 경관이 다 잠에 빠진 것 같았다. 더군다나 전쟁 후의 참혹한 광경이 가득해서 행락을 하러 온 관광객도 없고 강 위에 떠다니는 유람선도 없었다. 상어모양의 석탄배만이 끊임없이 오가며 썰렁한 강물을 꾸며주고 있었다. 양안에 무수한 옛 보루들이 십 리마다 한 군데씩 보였는데, 보루의 양식이 제각각이라 화가를 위해 배경을 설치해둔 것 같았다. 이 보루들은 중세시대 기사와 귀족이 남긴 유물로서, 반란을 일으킨 많은 호걸들이 이곳을 본거지로 삼았다. 보루의 신들에게 각자의 경험을 읊어보게 할 수 있다면 아마 모든 보루가 낭만파 소설의 창작소재를 제공해줄 수 있을 것이다. 지금 우리는 이 보루들이 암흑시대의 유물이라고 하지만, 보루의 신들의 눈으로 볼 때 지금이 그들의 시대에 비해 얼마나 더 광명하다고 할 수 있을지 생각해봐야 할 것이다. 또 게르만 여신상이 있는데 독일 통일 이후 공적을 기념하기 위해 근래에 세운 것이다. 19세기 최신 미술작품인 여신상이 고풍스러운 옛 보루들 사이에서 장엄하고 신성한 모습을 드러내고 있는데, 마치 새로 등극한 독일황제가 수십 명의 오랜 연방 제후들을 통솔하며 조용히 앉아 있는 것 같았다. 이 게르만 여신은 라인 강의 신이기도 한데 지금 라인 강이 '적과 공유하는' 상태로 변해버렸으니, 드넓은 강 위에서 남몰래 얼마나 많은 눈물을 흘렸겠는가?

퀼른은 프로이센의 대공업도시로, 독일 전체 대도시 가운데 베를린, 함부르크 다음으로 큰 도시이다. 이곳은 본래 군사상의 요충지로 여겨지지 않았다. 영구 중립국인 벨기에와 인접해 있어서 어떠한 군사

활동도 할 수 없었기 때문이다. 그러나 전쟁이 시작되자 쾰른은 바로 군사중심지가 되었고, 독일황제의 총본부도 이곳에 몇 차례 설치되었다. 지금 생각해보면, 쾰른의 철도, 창고 등의 설비가 모두 비밀리에 군사용으로 준비된 것이며, 독일이 중립국 벨기에를 침공한 것은 하루아침에 결정된 일이 아니라 오래전부터 계획해온 것이라는 점을 알 수 있다.

쾰른 기차역은 규모가 거대하여 유럽 제일로 불린다. 5년 동안 서부전선의 몇백만 병사가 대부분 이곳을 통해 운송되었고, 지금은 독일과 협상국 간의 교통 요충지가 되었다. 역내에 영국군이 관할하는 여권심사소가 설치되어 있는데 신분이 확실하지 않으면 통행하기 어려웠다. 시내의 크고 작은 여관들은 다 영국사령부에 의해 징발되어 있어 허가를 받지 않으면 투숙할 수 없었다. 우리의 이번 여행은 영국과 프랑스 두 정부의 반 공식적인 초대로 이루어진 것이기 때문에 별다른 불편함이 없었다. 나중에 독일을 여행할 때 이곳을 통해 왕복했는데, 그때 비로소 생각지도 못한 각종 불편들이 생긴다는 사실을 알았다. 이 일은 후에 천천히 얘기하도록 하자. 우리는 오전 9시경에 쾰른에 도착했다. 영군사령부에서 특별히 중국어를 할 줄 아는 참모관을 멀리서 파견하여, 우리를 접대하고 3일간의 여행일정을 마련해주었다. 여러 지역을 참관하는 것 외에 유람선을 타고 라인 강을 둘러보는 계획도 있었다. 안타깝게도 우리는 프랑스 북부전장도 가보고 싶었으나 그곳에 갈 수 있는 기차가 없어서, 정해진 일정에 따라 각 역에 배치된 군용차를 이용해야 했다. 원래 쾰른에서 하루만 묵기로 되어 있어서 일정을 변경할 수 없었다. 당시 평화회의가 미정이라 독일을 여행할 수 있을지 모르겠지만, 쾰른에서라도 좀 더 머물며 독일의 풍미를 느껴보고 싶었다. 그러나 이미 불가한 일이어서 주어진 하루를 잘 이용해 여기저기 둘러볼 수밖에 없었다. 쾰른에 유명한 대교가 있는데 라인 강을 가로지르는 7차선 대로로 건설된 것이었다. 대로의 한복판은 인도이고, 인도 좌우 두 차선은 차도, 차도 좌우 두 차선은 전차로, 전차로 좌우 두 차선은 철도였다. 대교의 양끝에 프로이센 역대 제왕 4명의 동상이 세워져 있고 난간 위에 무수한 조각이 있어서, 실로 천하의 장관이었다. 또 유럽 5대 성당 가운데 하나인 쾰른 대성당은 고딕양식과 르네상스양식을 조화시킨 건축물로 우러러보며 찬탄을 자아내게 했다. 그 밖에 화랑과 박물관 등은 황급히 들렀을 뿐 자세히 살펴볼 수 없었다. 우리에게 매우 중요한 일이 있었는데, 바로 독일 서적을 사는 일이었다. 유감스럽게도 전쟁 관련 책들이 서점에서 완전히 사라졌고 다른 신간도서들도 많지 않아, 철학 문학 분야의 명저만을 구입하여 영군사령부에 배송을 부탁하였다. 이 일 때문에 사령부 만찬 자리에서 소소한 논란이 일어났다. 영군사령관이 독일 문학과 철학에 대해 가혹하게 비판했던 것이다. 아! 일시적인 정치적 이해충돌로 인해 학문마저 선악을 구별하는 것은 실로 인류의 평범한 약점이다. 이런 현상이 오래가지 않도록 바랄 뿐이다. 사령부의 연회에 이어 다과회가 열렸는데 각 직급의 장교들이 모두 모여 극진하게 대접해주었다. 영국정부에 감사의 뜻을 표하고자 한다.

  이튿날 아침 우리는 쾰른의 인근 도시 아헨을 여행하였다. 아헨은 1200여 년 전 카롤루스 대제 때의 수도로, 당시에 지은 옛 사원이 우뚝 남아 있다. 카롤루스 대제의 왕릉이 바로 이 성당 안에 있어서 우리는 특별히 이곳을 둘러보게 되었다. 듣자하니, 카롤루스 대제의 유해가 미이라로 제작되어 지금까지 썩지 않았다고 한다. 관 안에 무수한 보물들이 소장되어 있었는데 두 차례의 도굴(1차는 997년 게르만 황제 오토 3세 때, 2차는 1615년 프레드리히 5세 때)로 모두 소실되고 유해만 남아 있다. 이번 정전협정으로 군대를 철수할 때 독일은 연합국에서 이 유명한 미이라를 가져가 박물관의 진열품으로 만들어버리지 않을까 걱정되어 미리 베를린에 옮겨놓았다. 우리가 본 것은 뚜껑이 열린 빈 동관뿐이었다. 대제가 대관식을 치를 때 앉았던 석재 옥좌가 위층에 있었고 나머지 기념물은 대부분 보이지 않았다.

우리는 이번 대전이 끝난 후 이곳에 온 것이라 참으로 감개무량하였다. 카롤루스 대제 당시를 생각해보면, 이슬람을 정복하고 서로마제국을 재건하여 그의 판도가 북으로 북해, 남으로 지중해까지 이르렀는데, 현재의 독일, 프랑스, 벨기에, 스위스 전체와 이탈리아, 스페인의 북부지역을 통합하여 마치 유럽통일의 국면을 만드는 것 같았다. 그러나 그는 국가를 사유재산처럼 다루어 영토를 세 아들에게 나누어주었고, 이후 독일, 프랑스, 이탈리아 3국 분립이 여기서 발생하게 되었다. 각 민족마다 자신의 특성이 있어서 통합이 진실로 쉬운 일이 아니었겠지만, 만일 그때 단일정부의 통치하에서 각 민족이 접촉하여 조화되는 기회가 많아 각각의 특성이 자연스럽게 공통된 특성으로 화합되었다면, 유럽이 천여 년 동안 겪었던 전쟁의 참화를 상당히 모면할 수 있었을 것이다. 인류 전체의 진보는 그로부터 한참 지난 오늘날까지도 향방을 알 수가 없다. 카롤루스 대제가 화근을 심은 이래 오늘까지 각종 국제문제가 해결되지 못하고 있다. 다른 문제는 제기하지 않더라도, 베르됭, 알자스, 로렌, 쾰른 등의 경우, 독일은 역사적으로 자신의 소유지여야 한다고 말하고 프랑스도 역사적으로 자신의 소유지가 되어야 한다고 말한다. 쾰른은 13세기 이래 줄곧 자유도시로 있다가 1791년에서 1814년에 이르러 프랑스에 소속되었는데, 마치 춘추시대 때 제(齊)나라와 노(魯)나라가 백 년 넘도록 문양(汶陽)[37]과 제서(濟西)[38]를 다투는 것과 같았다. 오늘날 중국인의 눈으로 본다면 싸울 만한 일이 아니라고 여길 것이다. 하지만 유럽의 국경문제 상당수가 거의 이러한 성질을 지니고 있다. 이렇게 본다면 카롤루스 대제가 바로 원인 제공자가 아니겠는가? 나는 아헨의 옛 성당을 관람할 때 문지기 할머니와 얘기를 나누었는데, 할머니는 "모두 카롤루스 대제가 잘못한 일입니다. 여기저기서 부인을 얻어(카롤루스 대제는 9명의 후비가 있었다) 자식을 많이 두었고, 자식들에게 나라를 많이 나눠주어 오늘날 우리가 평안하지 못한 겁니다."라고 말했다. 나는 이 말을 듣고 고개를 끄덕이며 옳은 말이라고 생각했다.

우리는 다시 프랑스 경내로 들어가 벨기에-프랑스 전장을 시찰하려고 했다. 여기서부터 또 탑승할 기차가 없어 3대의 군용차량을 타고 이동할 수밖에 없었다. 우리가 가는 곳은 개전 당시 독일이 벨기에와 프랑스를 침입했던 대로인데, 뫼즈 강을 가로지르고 벨기에의 리에주(Liege) 시를 지나 프랑스 경내로 진입하는 길이다. 당시 백만 대군이 세상을 삼킬 듯한 기세로 이 길을 지나갔을 터인데, 지금은 시든 풀들이 석양에 비치고 평원이 끝없이 펼쳐져 '차갑게 근심이 묻힌 땅'이 돼버렸다. 반나절 만에 우리는 독일에서 벨기에로, 벨기에에서 프랑스로 진입하면서 3개국의 국경을 지나왔다. 국경에는 특별한 자연적

---

37) 문양(汶陽)은 지금의 산둥성 肥城·岱嶽·寧陽 세 현의 경계지점에 위치하며 태산 아래에 있다.

38) 제서(濟西)는 지금의 산둥성 지난 시 서북쪽에 위치한 濟水의 서쪽 지역이다.

인 제한구역도 없었으며 나무로 만든 이정표가 경계를 표시한 게 고작이었다. 나는 차 안에서 묵묵히 생각해보았다. 국가란 무엇인가? 그것은 인간의 머릿속에서 끊임없이 환상하는 경계선일 뿐이다. 능가경(楞伽經)에서 말한 "똑같은 보살이라도 눈이 피로해지면 환각이 생긴다(同是菩提瞪發勞相)"는 뜻 그대로다. 환상으로 만든 선 때문에 죽은 사람들이 들판과 도시에 가득했다. 장래 대동 세계가 이루어진 후 이러한 역사의 흔적을 회고해본다면, 아마도 이 시대 사람들의 심리를 이해하기 힘들 것이다.

우리는 뫼즈 강을 따라 차츰 프랑스 국경에 다가가고 있었다. 길이 너무 심하게 파괴되어 오후 4시경, 차량 3대 가운데 1대가 고장이 나 2대에 끼여 앉게 되었다. 그렇게 1시간여 갔을 때, 불행하게도 또 한 대가 고장이 났다. 한참을 수리해보았으나 아무 소용이 없었다. 날은 점점 어두워지기 시작했다. 다음 역까지는 아직 몇 시간을 더 달려야 했기 때문에, 모두들 마음을 굳게 먹고 길에서 하룻밤을 지낼 준비를 하였다. 가까스로 부근에 츠포³⁹⁾란 마을이 있는데 그곳에 부서진 집 몇 채가 있다는 것을 알아냈다. 우리는 고장나지 않은 한 대의 차량으로 몇 차례 오가며 그 마을에 도착했다. 다행히 마을에 백마여관이라는 이름의 허름한 숙소가 있었다. 여관 주인은 큰 선심을 베풀어 우리에게 방 3칸을 내주었으며, 저녁식사로 신선한 방어 한 마리를 요리해주었다. 평생 먹어본 적이 없는 진미로 지금도 그 맛을 잊을 수가 없다.

백마여관에서 하룻밤을 묵었다. 다음 날에도 자동차를 수리할 수가

---

39) 량치차오는 이곳을 池佛로 표기하고 있으나 어느 마을인지 상세하지 않다.

없어 인근의 작은 기차역까지 걸어가야 했다. 기차를 타고 벨기에 수도로 갔다가 그곳에서 파리행 기차를 타고 돌아왔다. 아직 가보지 못한 몇몇 전장은 다음 기회를 기다릴 수밖에 없었다.

7장

국제연맹에 대한 평론

7장
국제연맹에 대한 평론

1. 서언

우리는 파리에서 몇 달 머물며 매일 평화회의 소식을 들었지만, 문제가 너무 복잡하여 어지러울 지경이었다. 5월 말에 대독평화조약 협상을 끝내고 조약 내용도 공개되었다. 조약의 요점과 경과를 종합적으로 분석하여 살펴보자.

평화회의의 첫 번째 성과는 당연히 국제연맹이다. 국제연맹규약에 불만족스러운 부분이 많이 있었지만, 전 인류의 대사업이 그 기틀을 세웠다고 보아야 할 것이다. 국제연맹에 대해 서술하려면 먼저 그 내력에 관해 설명할 필요가 있다.

본래 단체를 조직하는 것은 인류 고유의 능력이다. 작은 단체가 모여 큰 단체를 이루는 것은 불변하는 진화의 과정이기 때문에, 예로부터 어떤 나라를 막론하고 부락을 기점으로 하여 작은 부락이 모여 큰 부락이 되고, 큰 부락이 모여 소국이 되며, 소국이 모여 대국이 되었다. 19세기는 국가주의 전성시대라고 할 만하며, 국가주의를 주장하는 사람은 "국가는 인류의 최고의 단체이며, 그보다 더 높은 단체는 없다"고 말한다. 그러나 이것이 도대체 맞는 말인가? 나는 단호히 틀렸다고 생각한다. 다른 사례를 더 들 필요 없이, 독일이 통일되기 전의 25개 영방국가[1]와 미국이 헌법을 제정하기 전의 13개 주의 경우만을 보더라도 충분하다. 당시 각 제후국과 주는 자신이 최고 주권을 가졌다고 여겼는데, 어느 날 갑자기 각 제후국 위에 독일제국이 생기고 각 주 위에 아메리카합중국이 생긴다는 소리를 듣고, 대다수 사람들은 당연히 머리 위에 머리를 두는 것이라며 이상하게 생각하였다. 그러나 후에 주변 환경의 압박과 시대의 요구로 인해 이 머리 위의 머리를 두게 되었고, 지금까지 매우 편하게 느끼고 있다. 이 점으로 볼 때, 단체를 조직하는 인류의 본능은 항상 확대할 수 있는 탄력성을 지니고 있으며, 변하지 않고 고수하려는 것이 아님을 알 수 있다. 작은 단체가 없을 때는 작은 단체를 만들기 위해 노력하고, 작은 단체가 공고해지면 더 나아가 큰 단체를 만들기 위해 노력한다. 이렇게 한 걸음 한 걸음 전진하여, 인류 전체를 하나의 큰 단체로 통합시키지 않는다면 끝내 만족하지 않을 것이다. 이러한 인류의 천성이 바로 국제연맹을 건립할 수 있는 근본 요소이다.

　'전 인류의 대단체'라는 이상은 중국에서 매우 일찍 발달된 것이다.

---

1) 영방국가(領邦國家, Territorialstaat)는 중세 후기로부터 신성로마제국이 해체되는 1806년까지 독일 연방 또는 신성로마제국을 구성하던 지방국가를 지칭한다. 1648년 베스트팔렌조약은 기왕 존재하던 영방국가들의 주권을 국제적으로도 승인하여, 영방국가들은 그들끼리 혹은 외세와 자유롭게 동맹을 맺을 권리를 보유하게 되었다. 1806년 신성로마제국이 붕괴하면서 영방국가의 시대도 저물기 시작하여, 빈 회의에서 영방국가들을 모아 독일 연방을 형성케 하면서 동시에 연방의 구성국이 연방에 적대하는 동맹을 형성하는 것을 금함으로써 영방국가의 시대는 끝났다.

우리는 줄곧 국가를 인류 최고의 단체라고 여기지 않고, "수신제가치국평천하(修身齊家治國平天下)"라고 했다. 신(개인)은 단위의 기본이며, 천하(세계)는 단체의 최대치이며, 가(가족)와 국(국가)은 단체를 조직하는 한 과정에 불과하다. 그래서 중국인은 개인주의를 숭상함과 동시에 세계주의를 숭상하며, 그 사이에 국가주의가 있다고 생각하지 않았다. 이러한 사상이 건전하고 유익한지 여부는 잠시 논하지 않기로 하자. 중국의 면적은 유럽 전체와 크기가 거의 비슷한데, 유럽은 지금까지 많은 나라로 나뉘어 있지만 중국은 오래전부터 하나의 나라로 통합되었다. 그 원인은 매우 복잡하지만, 이 '천하일가(天下一家)'의 숭고한 사상이 분명 주요한 동기 가운데 하나였다는 점은 의심의 여지가 없다. 춘추전국시대에 열국이 병립하여 현재 유럽의 형세와 비슷하였다. 당시는 통일을 모색하는 과도기로 지금의 국제연맹과 유사한 제도가 있었는데, 역사가들은 이를 '패정시대(覇政時代)[2]' 혹은 '방백(方伯)[3]집단정치'라고 부른다. 이 제도는 당시 '제하(諸夏)'의 각국을 하나의 단체로 집결시키는 것인데, 가입여부는 각국의 자유에 따르고 가입 후에도 각국의 주권은 손상되지 않지만, 맹약에 기재된 의무는 반드시 준수해야 한다. 가맹국 가운데 일국 혹은 양국을 '맹수(盟主)'로 추대하여, 연맹의 사무를 집행하고 연맹국간의 분쟁을 중재하게 한다. 동맹을 파괴하는 나라에 대해 맹주는 나머지 동맹국들을 규합하여 공동으로 토벌하고, 동맹국 이외 나라의 침입을 받으면 맹

---

2) 춘추시대를 주도한 제, 진, 초, 오, 월을 춘추 5패라고 부르는데, 아직은 주왕실의 영향력이 남아 있었기 때문에 제후들은 주왕실의 이름을 빌려 중원의 패권을 잡으려 했다. 이 시대를 패정시대라고 한다.
3) 방백은 한 지역에 있는 여러 제후들을 통솔하고 관리하는 수장.

주는 동맹국을 규합하여 그 나라를 구원하고, 필요한 병력은 맹주가 각국에서 징발한다. 이러한 입법정신은 국제연맹규약과 매우 유사하다. 중국의 이 제도는 백여 년 실행되다가 후에 형세가 변화하여 연맹의 구속력이 날로 약화됨에 따라 점차 사라지게 되었다. 이후 중국 통일은 이 길을 따라 나아간 것이 아니라 일국이 다른 나라를 전부 병합하는 방식으로 이루어졌으며, 최후에는 전체 인민이 들고 일어나 이나라마저도 전복시키고 단일 정부를 건설하였다. 이것이 중국이 소단체에서 대단체로 진화해온 과정이며, '방백집단'연맹은 그 과정에서 겪은 하나의 파란인 셈이다. 이런 조악한 연맹조직은 당연히 오늘날의 국제연맹과 비교할 수 없지만, 고대 그리스의 도시국가 연맹, 중세 교권하에서의 각국 연맹, 근래 대전 이전에 각국이 종횡으로 구성한 연맹에 비하면, 정신적 차원이 확연히 다른 점이 있다. 그래서 역사적으로 국제연맹의 이상을 논한다면 여전히 중국의 '방백집단'시대가 참고할 가치가 있다고 생각한다.

예전에 유럽인들의 '천하'에 대한 관념은 중국인만큼 명료하지 못했다. 로마인의 이상은 분명 유럽을 하나로 만들려는 것이었으나 그 일이 팔구십 프로 완성될 즈음 갑자기 북방 야만족의 침입을 받아 산산이 부서지면서 오늘날까지 열국 분립의 국면이 조성되었다. 비록 중간에 수차례의 통일운동이 전개되었지만, 교황을 중심으로 신권적인 통일정부를 건립하거나 게르만황제의 이름으로 공동 군주를 담당하는 것이었다. 그 당시 유럽은 분화의 시대에 처하여 아직 통합의 시대로 나아가지 못했기 때문에 각종 운동이 실패할 수밖에 없었다. 14~15세기 이후 현대국가의 기초가 완전히 정립되면서 국가주의가 날로 발전하였다. 18~19세기에 이르러 국가주의가 하늘을 찌를 때,

갑자기 세상을 혼란케 한 마왕 나폴레옹이 중국의 진시황을 따라 '육왕이 망해야 사해가 하나 된다(六王畢四海一)'[4]는 대공연을 연출하였다. 분명 시대에 역행하는 일이었으니 실패하지 않을 수 있었겠는가? 실패 이후 이번엔 빌헬름 2세가 똑같은 몽상을 지닌 것인데, 더 가련한 처지가 되었다. 이렇게 볼 때, 중국 고대의 통일 방법은 유럽에서 절대 통용될 수 없다고 분명히 말할 수 있다. 그러나 단체를 확장시키려는 인류의 심리는 천성에서 비롯되어 억제할 수 없는 것이다. 국가를 인류 최고의 단체로 여기는 이론은 날로 진보하는 오늘날 사회에서 끝내 사람들을 만족시킬 수 없다. 개인 상호 간의 이해충돌의 경우 국가의 법률적 효력이 미치지 않을 때는 걸핏하면 복수나 결투의 방법으로 해결했는데, 오늘날 누구나 이러한 습관을 야만이라고 생각한다. 그러나 국가 상호 간의 이해충돌의 경우, 제재하고 구제할 방법이 없어서 결투가 절대적으로 정당한 권리라고 인식하는데, 이는 문명 인류의 치욕이 아닌가? 이 때문에 국가보다 상위의 기관을 건설하는 일이 당연히 매우 절박한 시대적 요구가 되었다. 이러한 기관은 어떠한 특성을 지니고 있는가? 어떠한 형식으로 어떠한 길을 가야 그 기관을 건설할 수 있는가? 최근 백 년간의 정치사에서 새로운 추세가 나타나고 있는데 바로 연방제도이다. 스위스와 같은 소국, 독일 미국과 같은 대국, 호주·캐나다·남아프리카 등의 식민지에 이르기까지 모두 소 정치단위에서 대 정치단위를 구성하고 있지 않은가? 기존의 소 단위(즉 영방국가나 주)는 결코 소멸되지 않고 오히려 주체가 되어,

---

4) 당나라 문장가 두목지(杜牧)의 「아방궁부(阿房宮賦)」의 구절. 육왕은 전국시대 제(齊)·초(楚)·연(燕)·조(趙)·한(韓)·위(魏) 여섯 나라의 임금.

합의의 형식으로 새로운 대 단위(즉 연부정부)를 조성하였다. 연방정부의 권한의 범위가 일정하지 않지만, 각 주와 각 제후국은 자신의 본래 주권을 부분적으로 제한하여 두 가지 정부의 형식을 이루었다. 이러한 제도를 시행한 나라들은 그 성과가 매우 컸다. 국부적으로 이렇게 시행할 수 있다면, 전 세계적으로도 이렇게 시행할 수 있지 않겠는가? 그래서 어떤 사람은 '전 유럽연방'을 제창하고 또 어떤 사람은 '전 미연방'을 제창하는 등 그 기세가 강하고 날로 확대되어 결과적으로 전 세계 국제연맹으로 귀결되었다. 원어 "League of Nations"을 직역하면 '국가연합(國聯)'이 되며, 그것이 취한 노선으로 논하자면 스위스, 독일, 미국 등의 연방제도를 확대한 것에 불과하다. 이는 19세기 이래의 시대정신으로 예전의 통일운동 방법과 근본적으로 다르다. 이러한 정신을 우리는 인류 진화의 표징이라고 인식하며 반드시 성공하게 될 것이라고 확신한다.

예전에 국제연맹의 이상은 소수의 학자들에 의해 제창되었다. 그 시초는 윌리엄 펜[5]인데 17세기 중엽에 국제재판기관의 필요성을 호소하였다. 다음으로 칸트는 『영구평화를 위하여』[6]를 저술하여 몇 가지 원칙을 제기하였다. 첫째, 전 세계가 공화정체를 수립해야 한다. 둘

---

5) 윌리엄 펜(William Penn, 1644~1718)은 영국의 식민지였던 미국에 필라델피아를 건설하여 펜실베이니아를 정비한 인물이다. 펜이 보여준 민주주의 중시는 미국 헌법에 영향을 주었다.

6) 칸트의 『영구평화를 위하여(Zum ewigen Frieden Ein philosophischer Entwurf)』 (1795)는 미국의 독립전쟁과 프랑스혁명 이후의 전쟁 등 전 세계에서 전쟁이 끊이지 않던 상황에서 전쟁을 종식시키고 영원한 평화체계를 구축하기 위해 규범적 이상을 넘어 구체적인 제도적 조건과 모델을 탐색한 저술이다. 칸트는 국가 간의 영구평화를 위해 범해서는 안 될 금기조항을 담은 예비조항과 국가 간의 영구평화를 확정짓는 조항, 영구평화를 위한 보증사항 등을 제시하고 있다.

째, 국제법은 자유국 연맹조직에 의해 기초가 수립되어야 한다. 셋째, 전 인류가 세계시민이 되어야 한다[7]. 그리고 영구평화를 추진하기 위해선 군비를 제한하고 공채를 폐지하는 등의 조건이 선결되어야 한다. 루소는 한층 더 구체적인 계획을 구상하면서 국제입법부, 국제재판소, 국제치안군대의 필요성을 설명하였다. 하지만 당시 다수의 실제 정치가들은 이러한 이론이 지식인의 공상이라고 여기며 주목하지 않았다. 비엔나회의 때 러시아황제 알렉산드르 1세가 제창한 신성동맹은 본래 유럽 국제관계를 근본적으로 개조하려는 뜻이 함축되어 있었지만, 후에 황제권을 옹호하는 기관으로 변질되어 인류 진화사에서 아무런 가치도 지니지 못하게 되었다. 이로부터 국가주의 전성시대가 되었다. 19세기 하반기에 각국이 미친 듯이 군비확장경쟁을 하여, 사람들은 전 세계가 마치 화약에 뒤덮여 폭발하면 끔찍한 일이 벌어질 것이라고 생각했다. 그래서 세계주의적인 평화운동이 점차 대두되기 시작했다. 1899년과 1907년 두 차례 개최된 헤이그평화회의가 이러한 목적으로 진행된 것이었다. 동시에 아메리카 대륙에서는 더 절실하고 강력하게 1889년 전미회의를 소집하여 상설기관을 건립하였다. 1891년과 1910년에 권한을 너욱 확충하여 아메리카 대륙에 한정된 국제연맹을 거의 성사시켰다. 개인적 차원에서는 더욱 활기차게 이를 고취하였다. 어떤 나라든지 이른바 평화협회와 같은 단체들이 생겨났

---

7) 칸트는 영구평화를 위해 국내사회, 국제사회, 세계시민사회를 개편할 것을 제안하는데, 국내사회적 차원에서 "모든 국가의 시민적 헌정체제는 공화정이어야 한다", 국제사회적 차원에서 "국제법은 자유로운 국가들의 국제연합체제에 기초해야 한다", 세계시민사회적 차원에서 "세계시민법이 정한 보편적 체류 숙박의 조건"을 실현해야 한다는 것이다.

다. 미국의 카네기[8] 등이 거액을 기부하여 평화기금을 설치하고 세계 영구평화의 방법을 전문적으로 연구하였다. 연구 결과, 국제기관의 건립에 대해 대부분이 필요하다고 인식하여, 국제연맹이 점차 현실적인 문제로 발전하게 되었다.

선인들은 『좌전』[9]이 '서로 싸우며 해를 끼친 역사에 관한 책(相殘書)'이라고 말한다. 사실 세계 각국의 역사를 자세히 보면 날마다 상잔하지 않은 적이 없다. 서양의 어떤 역사가는 인류가 유사 이래 전쟁을 하지 않은 시간이 271년에 불과하다고 한다. 이에 근거하면, 전쟁이 인류사회의 일반적인 상태이고 평화가 오히려 특이한 상태가 된다. 사물은 궁하면 통하듯이, 대전이 정점에 도달할 때가 바로 사람들의 고통이 가장 극심한 시점이다. 각국의 지식인들은 이때 다음과 같이 생각하였다. 공전의 고통을 겪은 대가로 향후 비교적 평화로운 시절을 얻을 수 없다면, 전사한 사람들은 실로 헛되이 죽은 셈이다. 그래서 많은 사람들이 전후 세계의 개조에 관해 주목하게 되었고, 개조방법으로 기대한 것이 바로 국제연맹이었다. 각국 명사들 가운데 가장 강력하게 고취한 이들로 영국의 자유당 전 외상 에드워드 그레이[10], 보수당 솔즈베리 후작의 아들 로버트 세실, 미국 민주당의 대통

---

8) 카네기(Andrew Carnegie, 1835~1919)는 19세기 후반 미국의 철강산업을 거대하게 성장시킨 사업가이자 당대 최고의 자선사업가였다.

9) 『춘추』는 공자가 춘추시대(BC 770~476)에 일어난 사건들을 기록한 중국 최초의 편년체 역사서이다. 『좌전』은 『춘추』의 대표적인 주석서 가운데 하나로 노나라 좌구명이 쓴 것으로 알려져 있으며, 춘추시대 전 시기에 일어난 주요 정치적·사회적·군사적 사건들을 포괄적으로 설명하고 있다.

10) 에드워드 그레이(Edward Grey, 1862~1933)는 영국 역사상 가장 오랜 기간 (1905~1916) 외무장관으로 재임한 정치가이다.

령 윌슨, 공화당의 전 대통령 태프트[11], 프랑스 전 총리 레옹 부르주아[12]가 있었다. 그들은 모두 여러 차례 논문을 발표하거나 공개강연에서 힘차게 주장하였다. 그 외 각국의 재야 정치가들도 열정적으로 찬동하는 태도를 보였다. 각국의 사회당은 줄곧 전쟁반대와 군비축소를 주장했으니 적극 찬성할 것이라는 점은 말할 필요도 없다. 일반 상인과 농민은 전쟁을 매우 혐오하여 모두 근본적인 해결방안을 기대하고 있었다. 학계에서는 다년간 품고 있던 공상을 실현할 기회가 점차 다가왔으니 자연히 기쁘고 활기찼다. 그래서 각자 그동안 연구한 바를 구체적인 방안으로 만들었는데, 가장 유명한 저작으로 영국의 필모어[13] 박사, 미국의 버틀러[14] 박사 그리고 방금 말한 프랑스 전 총리 레옹 부르주아와 남아프리카 영국령 식민지의 스뫼츠[15] 장군 등의 책이 있다. 이들은 국제연맹규약 초안을 매우 상세하게 만들고 설명을 덧붙였다. 그래서 윌슨이 이 문제를 제기했을 때 전 세계 도처에서 호응할 수 있었던 것이다. 우리가 처음 파리에 도착했을 때, 세상을 크게 이롭게 할 명극[16]이 막후에서 연출되고 있었으며, 극장 안의 모

---

11) 태프트(William Howard Taft, 1857~1930)는 미국의 27대 대통령(1909~1913)이다. 미국 역사상, 행정부와 사법부의 수장을 모두 지낸 유일한 인물이다.

12) 레옹·부르조아(Léon Bourgeois, 1851~1925)는 프랑스 총리에 재임했고 국제연맹의 결성을 열성적으로 추진해 1920년 노벨 평화상을 수상했다.

13) 필모어(Fillmore)는 로버트 세실이 제안한 국제연맹의 기초를 만들기 위해 위원회를 만드는 등 적극적인 활동을 하였다. 그의 생평은 자세하지 않다.

14) 버틀러(Murray Butler, 1862~1947)는 미국의 교육자이자 정치가로 컬럼비아대학교 총장을 지내고 노벨 평화상을 수상했다.

15) 스뫼츠(Jan Smuts, 1870~1950)는 남아프리카공화국의 정치가로 총리를 2차례 지냈으며 자국을 영연방의 책임 있는 회원국으로 성장시키기 위해 힘썼다.

16) '만상홀(滿床笏)'은 당나라 장군 郭子儀의 환갑 때 여섯 아들과 일곱 사위가 모

든 관중들은 간절하게 바라보며 막이 오르면 바로 환호할 준비를 하고 있었다. 이것이 당시의 실제적인 형세였다.

2. 「연맹규약」 성립의 경과

국제연맹이 이번 평화회의의 주요 의제라는 점은 개회 당시에 이미 공인된 것이었다. 그러나 연맹규약을 독립시킬 것인지 아니면 평화조약의 일부분으로 간주해야 할 것인지, 연맹규약에 대한 논의와 강화조건에 대한 논의 가운데 어느 것이 먼저인지 등의 쟁점은, 우선적으로 확정해야 할 문제였다. 이치로 보면, 강화는 일시적이고 국부적인 일인 반면에 연맹은 영구적이고 전체적인 일로서, 두 일은 성질이 근본적으로 다르기 때문에 하나의 공문에 넣어서는 안 된다. 이렇게 장엄하고도 위대한 연맹규약을 평화조약에 넣어 일개 장으로 만든다는 건 모욕이 아닐 수 없다. 하물며 여태까지 국제연맹을 제창해온 사람들은 모두 평등정신을 지니고 있어서, 전 세계 각국이 공동으로 발기하고 토론하고 조직하여 절대 주종의 차별이 없어야 자유 계약의 본의에 부합하게 되는 것이다. 지금 평화예비회의에 참여한 27개국은 공동으로 대적하기 위한 일시적 단체에 불과하다. 그 외에 수많은 중립국, 적대국, 내부의 일로 참석치 못한 옛 우방국(러시아), 아직 승인을 얻지 못한 신생국(핀란드, 유고슬라비아 등) 등이 장차 연맹 회원국이 되기를 희망한다면, 연맹규약 초안에 관한 토론과 수정을 할 때 그들

두 와 축수를 하는데 다들 조정의 고관들이어서 홀을 들고 와 이를 침상 가득 놓았다는 고사를 바탕으로, 온 집안의 부귀영화를 기원하는 연극이다.

도 참여권을 부여받아야 한다. 그러나 국제연맹을 존중하는 의미에서 응당 평화조약이 체결되고 평화가 완전히 회복된 뒤 새로운 회의를 다시 개최해야 할 것이다. 국제연맹에는 이른바 벗도 없고 적도 없으며 주종관계도 없다. 사람들이 마음을 열고 성실하게 전 인류의 미래 대사를 상의하는 것이 올바른 도리이다. 일의 순서로 논하자면, 평화조약이 하루 늦어지면 전쟁이 하루 더 지속하게 되는 상태이니, 각국 국민의 평화회복 염원에 따라 평화조건을 신속히 의결하여 파국을 수습한 후 조용히 건설 방안을 강구하는 것이 마땅하다. 일의 순서로 볼 때, 연맹규약보다 평화조약을 우선하는 것이 불변의 이치인 듯하다. 하지만 현실에서는 이와 상반되어, 연맹규약이 평화조약의 일부가 되었고 평화회의 서두에서 먼저 연맹규약에 관해 논의했는데, 왜 이렇게 된 것인가? 많은 우여곡절 끝에 국제연맹이 억지로 설립되어 본래의 모습을 잃어버린 데에 그 원인이 있었다.

내가 방금 말한 평화회의 개막 이전의 형세에 근거하면, 마치 국제연맹 건설의 기회가 이미 무르익은 것 같지만 사실은 그렇지가 않았다. 영미의 유력한 정치가들이 찬성의 입장을 선명하게 보인 이외에 다른 국가들은 태도가 애매하였다. 이탈리아 당국의 책임자들은 시종 어떠한 입장 표시도 없었는데 신중하기보다는 냉담했다고 해야 할 것이다. 일본의 군벌은 본래 연맹을 원하지 않았기 때문에 여론이 회의적인 분위기 일색이었다. 이런 일은 그렇다 하더라도, 가장 주목해야 할 부분은 프랑스 총리 호랑이 클레망소였다. 그는 본래 매우 보수적이어서 프랑스의 눈앞의 이해관계 이외에는 아무것도 안중에 없었으며, 성격도 완고하여 말이 잘 통하지 않았다. 클레망소는 줄곧 국제연맹은 천천히 논의할 문제라고 주장해왔으며, 작년 12월 31일 과거 동맹을 지지하는 연설을 하였다. 이렇게 볼 때 클레망소가 국제연맹을 반대하려고 들지는 않았지만, 찬성에도 열성적이지 않아서 거의 말을 꺼리지 않았다. 더군다나 이때 미국 공화당 가운데 일부 인사가 연맹 반대 의사를 드러내기 시작하여, 표면적으로 열기가 대단해 보였던 연맹론이 사실 내부에서는 이미 느슨해졌던 것이다. 윌슨이 연맹문제를 1, 2년간 크게 고취했으면서도 이번에 친히 유럽에 온 것도 전부 이 때문이었다. 이런 형세를 보고 어찌 조급하지 않을 수 있겠는가? 미국 상원은 후에 연맹규약을 반대했기 때문에 평화조약마저 거부하려고 하지 않았던가? 결과적으로 하는 얘기지만, 당시 평화조약과 연맹규약을 두 부분으로 나누어 평화조약을 마친 후 연맹규약을 논의했다면, 아마 평화조약을 마치자마자 연맹규약 논의를 잊어버렸을 것이다. 1년 동안 기세등등했던 국제연맹은 결국 천둥소리만 울리고 비가 내리지 않았다. 이런 상황을 간파한 윌슨은 연맹규약을 평화조약의 일부분으로 삼아야 한다고 못박고 연맹규약 논의를 평화조약보다 우선하려고 했다. 이것은 실은 평화회복을 갈망하는 당시 유럽인들의 심리를 이용하여 압박한 것이었다. 윌슨의 태도 속에는 "전쟁상태에서 벗어나고 싶으면 국제연맹을 빨리 성립해야 한다. 연맹규약을 비준하지 않으면 평화조약도 비준될 수 없을 것이다."라는 뜻이 함축되어 있었다. 당시 많은 사람들이 원하지 않았지만(프랑스가 특히 심했음), 윌슨과의 오랜 친분에 끌려 따를 수밖에 없었다. 26개조의 연맹규약은 뜻밖에도 공문 형식으로 반포될 수 있었는데, 다 선후를 조정한 덕분이었다. 이는 분명 윌슨의 성공이자 인류 전체의 행운이라고 할 수 있다. 그러나 세상일의 성공과 실패, 행운과 불행은 종종 서로 맞물려 있어서, 윌슨이 다른 사람을 압박할 수단이 있으면 다른 사람도 그를 압박할 수단이 있기 마련이다. 모두들 윌슨이 국제연맹을 목숨처럼 여기며 어떤 대가도 지불할 것이라는 점을 알고 있었다. 영국 총리 로이드 조지 같은 사람이 얼마나 교활하고, 프랑스 총리 클레망소 같은 사람이 얼마나 노련한지 생각해보라. 그들도 이번 기회를 이용하여 윌슨이 평소 강력하게 주장한 해상자유, 토지할양과 전쟁배상을 하지 않을 것, 민족자결, 과거동맹의 외교체계를 타파할 것 등의 일괄 폐지를 국제연맹에 찬성하는 교환조건으로 삼았으며, 심지어 중국의 산동문제조차 간접적인 영향을 받았다. 한편으로 보면 국제연맹 자체의 근본정신이 산산조각 난 것이라고 할 수도 있다. 다행이 유산되지는 않았지만 선천적으로 매우 허약한 아이가 되어, 자신의 산파(윌슨)조차 곤혹스러워 했으며 그 미래에 대한 많은 사람들의 열망을 서늘하게 만들었다. 이렇게 본다면, 국제연맹은 진정으로 열매가 무르익어 떨어질 때가 아닌데 온실에서 억지로 재배해낸 것이며, 없는 것보다 나은 정도의 위안거리라 할 만하다.

연맹규약의 내용은 다음 절에서 비평하고, 지금은 먼저 연맹의 제안, 논의, 심사, 성립의 경과 및 중간에 겪었던 한두 가지 주요 곡절을 긴략히 서술하여, 독사들이 전후의 인과관계를 잘 이해할 수 있도록 하겠다.

윌슨이 유럽 도처에서 국제연맹을 주제로 연설하게 되면서, 1월 중순에 이르면 중요한 몇몇 인물들 사이에 일종의 묵계가 형성되었다. 18일 1차 평화회의가 개막하자 줄곧 국제연맹을 무시하던 클레망소가 의장취임 연설사에서 갑자기 연맹의 필요성을 적극 주장하였다. 25일 제2차 회의에서 윌슨은 연맹규약초안이 이번 회의의 첫 번째 의제임을 선포하고 초안을 제출하면서 매우 긴 연설을 하였다. 그 요지는 아래와 같다.

우리가 이 자리에 모인 것은 두 가지 목적에서입니다. 첫째, 전쟁으로 발생한 현상을 종결하기 위한 방법을 찾기 위해서입니다. 둘째, 세계 평화를 영구히 건설하는 법을 논의하기 위해선 국제연맹의 성립이 절실히 필요하기 때문입니다. (…)

우리의 이번 회의는 인민을 대표하는 것이며 정부를 대표하는 게 아닙니다. 그래서 회의의 결과가 항상 인류의 희망을 만족시켜야 합니다. (…) 대전 이래 인민들은 모두 애통해했습니다. 오늘 우리가 인민의 위탁을 받은 일은 바로 이러한 고통의 재현을 막는 것입니다.(…) 예전에 평화유지의 목적으로 한 일은 국부적이고 일시적인 협정을 하는 것이 대부분이었습니다. 그러나 지금은 전 세계 인류가 평화와 정의를 위해 노력하는 이상 협정이 영구적이지 않으면 안 됩니다. (…) 오늘날 모든 과학발명은 문명이 준 선물이었지만 우리가 부당하게 사용하여 오히려 문화를 파괴하는 도구가 되었습니다. 앞으로 과학과 군대가 항상 문화의 예속을 받게 하려면, 인민이 영구히 협력하여 그것을 감시하는 것 외에는 다른 방법이 없습니다.

미국은 국제연맹 문제에 대해 절실한 이해관계를 지니고 있지 않습니다. 미국의 영토와 영해가 매우 광활하여 다른 나라의 공격을 받을까 심히 두려워하지 않기 때문입니다. 그래서 우리 미국인이 국제연맹을 주장한 것은 공포와 불안 때문이 아니라, 실로 인류 진보의 이상을 위해 추동된 것입니다. (…) 만약 이번 평화회의 결과가 눈앞의 유럽문제만을 해결하기 위해서라면 전쟁으로 인한 막대한 희생이 거의 가치가 없어지는 것입니다. 이 기회를 통해 각국을 연합하여 세계 영구평화의 보장을 확립하지 못한다면, 유럽문제에 미국이 참여하여 해결할 필요가 없습니다. 우리는 국제연맹만이 유일한 해결방법이라고 인정하기 때문에, 인류생존의 관건적인 제도를 전력으로 성립시켜야만 합니다. 제가 유럽에 온 이후 여러 국가의 국민을 만나면서 한층 유쾌한 경험을 얻었습니다. 방문한 국가마다 국민의 대표가 꼭 저에게 국제연맹에 대한 희망을 전달했기 때문입니다. 나는 특수계급이 이미 과거 역사의 유물로 되었다고 생각합니다. 이제부터 '통치자' 지위를 독점해서는 안 되며, 인류의 화복은 모두 다수의 평민에 의해 결정될 것입니다. 우리가 평민의 소망을 만족시키지 못하고 신임을 얻지 못한다면, 어떤 해결 방법을 막론하고 끝내 세계평화를 영구히 이룰 수 없을 것입니다. (⋯) 우리는 국제연맹이 모든 문제를 해결하는 관건이라고 인식합니다. 실제로 우리 뒤에 서 있는 각국의 국민들은 우리가 이 천직을 잘 실천하고 있는지 감독하고 있습니다. 우리가 전력을 다해 이 계획을 실현하지 않는다면 장차 귀국 후 시민들을 볼 면목이 없을 것입니다. (⋯)

윌슨은 연설을 마친 후 초안을 위원회에 넘겨 심사하도록 했다. 두 달 동안 오락가락하던 국제연맹안이 일단락을 짓게 되었다. 초안의 바탕은 본래 몇몇 사람들의 안을 참작하여 만든 것인데, 그중 가장 중요한 것이 미국 윌슨의 안, 영국 스뮈츠의 안, 프랑스 부르주아의 안이다. 미국의 안은 이상에 치우쳤고, 프랑스의 안은 국제 군대문제를 특히 중시하여 결과적으로 채택이 되었다. 듣자하니 영국의 안이 가장 많았다고 한다. 위원회가 초안을 심사하고 있는데 5개 중립국이 연합하여 초안을 제출하자, 대회에서 이를 위원회에 교부하여 심사케

하였다. 채택 여부는 외부에서 자세히 알 수가 없었다. 후에 평화조약 전문이 독일대표에게 건네졌을 때 독일 측에서도 국제연맹에 관한 초안을 별도로 제출했다고 한다. 정치한 안이 매우 많았다고 하는데 협상국 측에서 일을 도맡아 처리한지라, '알았다'라는 말로 끝내버렸던 것이다.

　몇 차례 회의에서 일본은 국제연맹안에 대해 입장을 표하지 않아 다른 나라에서 많은 의심을 하였다. 당시 일본이 국제연맹 가입을 거부한다는 소문까지 돌았다. 그 후 갑자기 인종평등안을 제출하여 초안에 넣어줄 것을 요구하였다. 며칠 뒤 또 갑자기 자진 철회하여 태도를 애매모호하게 했다. 사실대로 말하면, 이러한 제안은 본래 매우 광명정대하여 중국대표도 회의장에서 찬성하였다. 그러나 일본이 처음 이 안을 제출했을 때 우리는 본심이 다른 데 있는 게 아닌가 하고 추측했었다. 일본은 자신의 안이 통과될 가망이 전혀 없다는 점을 분명히 알고 있었던 것이다. 미국은 정의 인도라는 금빛 간판을 내걸고 약소국의 입장을 대변하려고 했는데, 이는 일본의 야심에 있어서 당연히 불편한 일이었다. 그래서 일본은 큰 문제를 제기하여 미국의 입을 막고, 그런 후에 이것을 가지고 협상하려고 했다. 일본이 처음 제안할 때를 생각해보면, 일본대표는 정의를 내걸고 논변을 하다가 중간에 평화회의를 탈퇴한다는 소문을 내어 협박하였다. 후에 3자회의에서 산둥문제를 결정하려고 하자 곧바로 아무 말도 없이 인종평등안을 무조건 철회하였다. 이 두 사안이 관계하는 방식을 보면 그 이유가 뚜렷하게 드러나 있다. 자신의 이익을 위해 음모를 꾸미는 것에 대해서는 우리도 충분히 납득할 수 있다. 그러나 안타깝게도 좋은 제안을 비열한 이익을 교환하는 수단으로 삼고 있으니, 이는 '인종차별'을 억울하게 만드는 일임을 금할 수가 없다.

월슨은 2차 회의를 시작한 지 얼마 되지 않아 미국으로 돌아갔다. 국제연맹위원회가 회의를 적극적으로 진행하고 있던 반면, 미국 공화당의 국제연맹반대론도 갈수록 세력이 증가하여 월슨이 낭패를 겪게 되었다는 점도 짐작할 수 있다. 원래 미국인에게는 유럽인의 미국 간섭을 꺼리는 역사적 전통 관념을 지니고 있어서, '먼로주의'가 무형의 금과옥조가 되었다. 참전 이후 대권을 장악한 월슨이 국제연맹 문제를 독단적으로 결정한 것에 대해, 본래 탐탁치 않게 생각했던 사람들이 있었고, 또 공화당은 당 차원에서 보복하려는 동기도 지니고 있어서, 국제연맹 반대를 빌미로 삼아 커다란 파문을 일으켰다. 월슨은 말끝마다 배후에 있는 전체 국민을 대표하는 일이라고 했지만, 이때는 정말로 자신의 언행이 상반되었다. 여러 차례로 조정을 거쳐 초안을 수정하고, 먼로주의와 저촉되지 않는다는 조항(현재 규약의 제21조)을 추가했는데, 이로 인해 규약 조문이 이도저도 아닌 꼴이 돼버렸다.

3. 「연맹규약」에 대한 요점 비평

「연맹규약」이 비록 완전한 이상에 도달하지 못했지만 대체로 나무랄 데 없다고 할 만하다. 연맹규약을 비평하는 건 능력 밖의 일이지만, 이를 위해 우선 규약문을 단락으로 나누고 범위를 표시하여 전체적인 틀을 잡으려고 한다. 원 규약문은 26개조로 되어 있지만 여기서는 9개 부분으로 나눌 것이다.

(1) 제1조 및 부록: 가맹국 자격에 대한 규정

(2) 제2조~제7조: 연맹의 입법 · 행정기관 조직에 대한 규정

(3) 제8조~제9조: 군비축소방법에 대한 규정

(4) 제10조: 영토보존에 대한 규정

(5) 제11조~제17조: 전쟁예방과 침략처벌 수단에 대한 규정

(6) 제18조~제21조: 각종 조약효력에 대한 규정

(7) 제22조: 독일 식민지 처분원칙에 대한 규정

(8) 제23조~제25조: 각종 국제협약과 국제기관의 유지와 설립에 대한 규정

(9) 제26조: 국제연맹규약의 수정절차에 대한 규정

다음으로 요점 비평을 하려고 한다.

(1) 연맹 구성의 주체

연맹을 구성하는 국가는 두 종류로 나누어진다. 첫째, 규약에 서명한 32개국으로 발기한 국가이다. 둘째, 아르헨티나 등 13개 중립국으로 초청되어 가맹한 국가이다. 이 점만 보더라도 주종의 경계선을 잘 나눌 수 있을 듯하다. 최초로 헌장(즉 규약)을 제정하는 데 있어서 피초청국을 참여할 수 없게 한 것은 불공평한 일이지만, 사실상 이는 큰 문제가 되지 않는다. 미국의 헌법은 최초로 13개 주에 의해 제정되었다가 후에 45개 주로 늘었지만 가입 선후 때문에 권리의 차이가 생기지 않았다. 이 점은 연맹도 마찬가지였다. 그래서 스위스가 피초청국이지만 연맹 본부를 스위스에 설립하였고, 스페인도 피초청국이지만 이사회에 그들의 자리 한 석이 있었다. 이로 볼 때 주종 사이에 특별

한 차별이 없었다는 점을 알 수 있다.

45개국은 확정된 연맹조합원이라고 할 수 있으며, 독일·오스트리아·헝가리·불가리아·터키 등 5개 적대국은 가입 여부가 규약에 명시되지 않았지만 평화조약 의무를 이행한 후 당연히 가입할 수 있다. 이는 회의 때에 구두로 밝힌 것이다. 그 밖에 협약국인 러시아와 몬테네그로는 아직 가입하지 않았다. 몬테네그로는 세르비아와 합병하여 유고슬라비아가 되었기 때문에 당연히 옛 국명으로 가입할 필요가 없었다. 러시아의 경우는 협약국이 노농정부를 적대시하고 있기 때문에 당연히 가입될 수 없었다. 그러나 노농정부가 현재의 국가조직(중산계급을 중심으로 한 국가조직)을 근본적으로 부정하기 때문에, 반드시 협상국과 손을 잡고 국제연맹의 조합원이 되려고 하지는 않을 것이다. 그래서 러시아의 지위와 태도는 앞으로 문제가 될지도 모른다. 그 밖에 매우 이상한 일이 있는데 피초청국 가운데 멕시코가 없다는 점이다. 우리는 아무리 생각해도 이해할 수가 없었다. 신문에서 어떤 사람은 미국과 멕시코 관계가 악화되어 미국이 멕시코를 배척하기 때문이라고 한다. 그게 사실이라면 미국이 너무 옹졸한 모습을 보여주는 것이다. 멕시코는 이미 고립되어 후에(작년 9월) 대통령이 국회 연설에서 "국제연맹기관의 조직 및 운용에 있어서 인종의 완전한 평등이 실현되지 않으면 멕시코는 절대 가입하지 않을 것이다."라고 선언하고, 또 "연맹규약에서 먼로주의를 분명히 승인하고 있는데도 멕시코 주권을 침해한다면, 멕시코는 이를 절대 용납하지 않을 것이다." 등의 말을 하였다. 어떤 사람은 멕시코의 이런 입장이 모두 일본이 배후에서 견인한 것이라고 하는데, 나는 반드시 그렇다고 생각하진 않는다. 그러나 옛말에 '천리제방도 개미 구멍에 의해 무너진다'고 하듯이, 장래 국제연맹도 미국과 멕시코의 문제로 인해 파탄이 날지 모르는 일이다.

그리고 영국의 5개 식민지가 국제연맹의 일원이 되어 대영제국이 연맹 내에서 6장의 투표권을 가지게 되었다. 미국은 이 점을 크게 질투하여, 나중에(작년 8월 29일) 참의원 외교위원회에서 수정안을 제출하고 미국이 대영제국과 투표권의 수가 같아야 한다고 요구하였다. 우리가 보기엔, 대영제국만이 6표를 갖는 건 분명 불공평한 일이지만, 미국이 똑같이 6표를 요구하는 것 역시 불공평한 일이다. 이렇게 서로 나쁜 일을 따라 한다면 프랑스, 이탈리아, 일본도 가만히 있겠는가? 이치로 볼 때, 국제연맹의 주체는 당연히 국제법상의 독립국으로 제한하는 게 마땅하다. 현재 규약 부록에서 규정한 내용은 확실히 불철저하고 불합리하니 우리가 이를 묵인해서는 안 된다.

(2) 국제연맹의 기관

국제연맹에는 두 기관이 설립되어 있다. 첫째, 의회(Parliament)로 연맹의 입법부이다. 둘째, 이사회(Council)로 연맹의 행정부이다. 그 밖에 상설비서처가 있는데 연맹의 사무국이다.

의회는 연맹을 구성하는 각 주체국이 대표 1인을 파견하여 이루어진다. 1국이 1표를 가지며 국가의 대소 강약을 막론하고 일률적으로 평등하다. 이 점으로 보면 매우 공평무사한 것 같다. 그러나 실질적으로 모든 사무를 이사회가 주관하여 의회는 장식품에 불과하다. 못 믿겠다면 이번 평화회의가 바로 그 본보기이다. 매우 주의해야 할 점이 있는데, 의회와 이사회의 결의방식이 다수결이 아니라 만장일치제라는 것이다.(규약 속의 특별사항은 제외) 이사회는 인원수가 적어 그렇다 치더라도, 의회는 인원수가 많아 매 사건마다 만장일치를 한다면 실제로 쉬운 일이 아니다. 그렇다면 결과적으로 아무런 일도 처리하지 못하게 되는 게 아닌가? 나는 이런 우스운 규정이 의회를 맹종 기관으로 만들려는 암시라고 생각한다.

　연맹의 중추기관은 당연히 이사회이다. 이사회는 9명의 대표로 구성되는데, 이 중 5명은 영국·프랑스·미국·이탈리아·일본이 영구적으로 점유하며, 나머지 4명은 의회에서 선출된다.(임기 및 선거방법에 대해 규정한 조문이 없다.) 1차 회의 때의 4명은 사실상 5강국이 지명한 나라로, 현재 벨기에·브라질·스페인·그리스 4개국이다. 이렇게 보면 국제연맹 안에 '맹주'와 '맹속(盟屬)' 두 계급이 확연히 나뉘어져 있으며, 이는 춘추시대의 '방백집단'과 형식 및 정신이 동일하다. 이렇게 따라가다 보면 틀림없이 '세계적 과두정치'가 되고 말 것이다. 나는 이렇게 하여 영구평화를 유지할 수 있다는 말을 믿지 않는다. 현재 일의 성패가 모두 몇몇 강대국에 의해 결정된다는 점을 우리도 잘 알고 있다. 만일 특권을 그들에게 주지 않는다면 그들이 언짢아하고 일 처리도 실제로 불편해질 것이다. 그러나 특권은 상대적인 것에 불과한데 만일 절대적인 지위로 확충된다면, 국제연맹은 몇몇 강국이 공문을 교환하여 약속을 견고히 하는 것보다 못할 것이다. 이렇게 하면 일이 명쾌해져 약소국들을 들러리로 세울 필요가 있겠는가? 규약에 따르자면, 이사회는 5강국 외에 4개국을 추가하며 앞으로 더 추가할 수 있다고 밝히고 있다.(이 규정은 미래 독일의 지위를 고려한 것이라고 한다.) 본래 이 규정이 매우 불공정하다고는 할 수 없지만, 안타깝게도 이번 회의석상에서 5강국의 전제적인 분위기가 노골적으로 드러났다. 지금 이런 조직을 국제연맹 안에 그대로 옮겨놓았으니, 연상해보면 바로 혐오감이 생길 것이다. 우리는 이 점에 대한 향후 구제방법으로 두 가지 희망적인 길이 있다고 생각한다.

첫째, 사실 측면에서 볼 때 5강국 자체의 국내정치에 조만간 변화가 일어나고 그렇게 되면 권력이 새로운 인물의 손으로 넘어가, 지금과 같은 사적인 이익 교환과 비밀스런 독단행위가 당연히 지속될 수 없을 것이다. 설령 국제연맹이 여전히 5강국에 의해 주도되더라도 연맹의 분위기가 지금보다 더욱 투명해질 것이다. 둘째, 법률 측면에서 볼 때 장래 독일과 러시아가 연맹에 가입하면 기관조직에 대해 수정안을 제기하지 않을 수 없을 것이다. 우리는 이 기회를 빌려 세계 여론을 환기시켜 규약을 개정할 준비를 하고, 반드시 강대국과 약소국이 비슷한 권한을 가지게 하여 공평한 기회하에서 연맹을 위해 전력을 다해야 할 것이다. 솔직하게 말하면, 지금의 국제연맹은 예전의 독일제국과 매우 흡사하다. 당시 독일제국은 프로이센·작센·바이에른 등 몇 개의 대공국이 주체가 되어 다른 소공국들을 거의 소외시켜버려 결국 나라의 기반이 공고해질 수 없었다. 우리는 지금의 모습이 일시적인 과도기적 현상에 불과하며 앞으로 개선되어야 한다고 인식한다. 공평하다고 할 정도로 개선되어야 하는데 나는 현재 구체적인 방안을 제기할 능력이 없기 때문에, 시대를 근심하는 전 세계 지식인들이 깊이 연구해주길 바란다.

중국의 지위로 논한다면 당장 이사회 가입을 요구하는 것이 매우 정당한 일이라고 본다. 현재 이사회 9개국 가운데 유럽이 6개국, 아메리카가 2개국을 차지하였고, 아시아에는 일본 1개국뿐이다. 아시아는 인구가 많고 영토가 넓고 문제가 복잡한데 국제연맹이 어떻게 이를 무시할 수 있는가? 일본을 아시아의 대표로 한다는 것은 일본의 '아시아 먼로주의'를 승인해주는 것과 무엇이 다른가? 이 점만으로도 세계 전란의 화근이 되기에 충분하다. 지금 중국 정치가 공명하지는 못하지만, 스페인과 비교한다면 서로 비슷하다고 할 수 있다. 스페인도 이사회에 들어갈 수 있는데 왜 중국이 들어가지 못하겠는가? 규약에 따르자면, 이사회 성원은 수시로 늘일 수 있다. 우리는 즉시 가입을 요구해야 하며, 중국의 외교당국이 노력하기만 하면 절대 불가능한 일도 아니다.

국제연맹 본부 소재지는 본래 비중 있는 문제가 아니었다. 이 문제를 논의할 때 두 개의 후보지가 있었다. 하나는 벨기에 수도 브뤼셀이고 다른 하나는 스위스의 제네바였는데, 최종적으로 제네바가 선정되었다. 벨기에가 최선을 다했지만 어찌할 수 없었다. 당시 사적으로 이 문제를 논의한 적이 있는데, 본부를 콘스탄티노플에 설립하는 것이 제일 좋다는 특이한 생각을 해보았다. 왜냐하면 지리적으로 볼 때 세계 제일의 요충지이고, 역사적으로 볼 때 과거 동로마제국의 수도여서 매우 상징적이며, 최근 각종 전란의 근원지인 이곳을 통째로 국제연맹의 영토로 귀속시킨다면 장차 발생하게 될 무수한 갈등을 줄일 수 있기 때문이다. 나의 이런 주장을 구미에서 제기한 사람이 있다는 소리를 들어본 적이 없다. 영구 평화를 위한다면 나의 주장이 매우 연구할 가치가 있다고 생각한다.

(3) 군비축소문제

평화를 논의한다는 것은 '말로 결정하는' 일에 불과하다. 세상에 사람을 잡아먹지 않는 맹수가 없고, 평화를 어지럽히지 않는 군대가 없다. 군대를 모두 없애버린다면 어떤 혼란도 일어나지 않을 것이다. 이렇게 간단히 해결할 수 있는 문제를 왜 여태까지 해결하지 못한 것인가? 이는 모두가 잘 알고 있는 '호랑이에게 가죽을 벗어달라'고 요구하는 일로, 아무리 입이 닳도록 얘기해도 소용이 없을 것이다. 과거 두 차례의 헤이그평화회의에서도 군비축소문제를 많은 사람들이 큰소리로 외쳤음에도 불구하고 끝내 아무런 결과가 없었다. 각국은 군비제한을 하려고 하지 않았을 뿐 아니라 오히려 끊임없이 확대하여 결국 이번 대전에 이르게 되었던 것이다. 당시 가장 거부했던 나라가 바로 독일이었다. 지금 독일은 죗값을 톡톡히 치르고 있으며, 군대 규모도 승전국이 임의로 지정하고 제한할 수 있었다. 그렇다면 승전국은 어떻게 해야 하는가? 이치로 볼 때 어떤 국가를 막론하고 예전의 잘못을 훗날의 교훈으로 삼아야만이, 각성하여 일찍 생각을 바꿀 수 있는 것이다. 그러나 이것은 가장 어려운 일로, 국제연맹이 철저한 정신을 가지지 못했던 것도 모두 이 때문이다. 이제 당시 강대국들의 태도에 대해 간략히 비평하려고 한다.

첫째, 국제군대문제. 내 개인적인 이상으로는, 국제연맹의 기본정신을 관철하려면 반드시 강력한 국제군대 창설을 가장 우선해야 한다. 절대적 전쟁금지주의를 취하든 아니면 상대적 강제평화주의를 취하든, 국제연맹 자체의 병력이 연맹내의 어떤 국가의 군대보다 우세해야, 금지하거나 강제하더라도 각국이 저항하지 않을 것이다. 그렇지 않다면, 연맹 내의 군사대국이 오만불손하고 연맹을 배신하여 소란을 피우더라도, 무기력한 연맹 의회와 이사회는 눈을 뜨고 바라보기만 하지 않겠는가? 마치 춘추전국시대의 주나라 천자가 제(齊)나라 · 진(晉)나라 · 진(秦)나라 · 초(楚)나라에게 어찌할 수 없었던 것과 같다. 그래서 여러 강대국이 진정 세계평화의 의지를 가지고 있다면, 자국이 소유한 병력 전부나 대부분을 내놓아야 국제연맹에서 관리하고 주둔지역은 연맹 의회에서 공동으로 지정케 해야 한다. 전 세계에서 분쟁이 가장 쉽게 일어나는 곳은 연맹군대를 주둔시켜 방어해야 할 것이다. 가령 유럽의 라인 강 양안지역, 폴란드의 옛 영토, 발칸의 중심 요충지, 아시아의 남만주, 시베리아, 투르키스탄, 아메리카의 멕시코 일대 등은 모두 국제연맹에서 강력한 육군을 파견하여 방어해야 한다. 또 세계의 중요한 항구, 가령 수에즈 운하 · 파나마 운하, 킬 운하 · 페르시아 만 · 다르다넬스 해협 · 쓰시마 해협 · 뤼순 항 · 쟈오저우 만 등을 국제연맹의 군사항구로 삼아 연맹 해군이 순찰해야 한다. 이렇게 할 수 있다면 어느 나라가 감히 전단(戰端)을 쉽게 일으키겠는가? 그렇다면 국제상의 크고 작은 분쟁들도 자연히 공정한 절차에 따라 수시로 해결할 수 있고, 세계의 영구 평화가 비로소 실현될 수 있을 것이다. 이러한 군대는 어떻게 만들 수 있는가? 해군은 전 세계시민 가운데 자원자로 모집하고, 육군은 주둔지역 부근의 인민을 모집하여 훈련시키면 징병에 필요한 경비를 절감할 수 있다. 이렇게 하면 군대를 야심찬 한두 나라가 탈취하여 사적으로 소유할 수도 있지 않겠는가? 그건 염려할 필요가 없다. 국제군정부(國際軍政部)나 국제참모부를 건립하여 연맹 이사회에 직속시키고 모든 일을 관리하고 책임지게 하면 된다. 어떤 나라가 국제사회를 배신하여 대권을 탈취하려 해도 그렇게 될 수 없을 것이다. 각국의 국유와 민간의 군수공장도 당연히 국제군정부에서 관리 감독해야 한다. 그렇게 하면 살인 무기가 끝없이 생산되지 않을 것이다. 군대를 양성하는 비용은 무수히 들겠지만, 연맹에서 이를 위한 조세를 만들어 부담을 공평하게 나누고, 각국에서 대신하여 징수하고 군비로 충당하면, 해결하기가 어렵지 않을 것이다. 만약 강대국들이 진심으로 평화를 희망하여 국제군대를 건설하기만 하면 자연히 강력한 공공보장을 이룰 수 있다. 그렇게 되면 인류 전체가 별다른 근심거리가 없어져 모두가 자신의 능력을 발휘하여 문화의 진보 발전을 추구할 수 있으니, 이번 대전이 전화위복으로 작용하는 것이 아니겠는가? 이러한 계획은 서구인들이 보지 못하는 것이 아니다. 이른바 '국가최고주권'이라는 전통적 관념에 깊이 빠지고 오래 속박되어 언제나 본국의 이해관계만을 생각하여, 이런 기획에 대해선 주저하며 창도하지 않는 것이다. 프랑스 부르주아의 초안은 국제참모부 설립을 가볍게 제기하고, 각국 소유의 군대 일부를 연맹에 파견할 것을 제안한 것에 불과하다. 이는 내가 말한 독립적인 국제군대와는 수준 차이가 매우 큰 제안이다. 그런데 이 초안도 제기되자마자 각국에서 모두 국가 위의 국가, 머리 위의 머리라고 생각하여, 몇 마디 하고는 바로 부결시켜버렸다. 이로 볼 때 이른바 국가주의가 오늘날에도 죽었으나 아직 사라지지 않았으며, 강대국들이 국제연맹을 크게 신뢰하지 않는다는 점을 알 수 있다. 이러하기 때문에 규약 제8조와 제9조의 군비축소에 관한 규정은 구멍을 미봉하는 방안에 불과하며, 영구평화에 얼마나 효력이 있을지는 정말로 단언하기 어렵다. 근본문제를 해결할 수 없으니 지엽적인 문제를 연구할 수밖에 없다.

둘째, 해군문제. 현재 해군 최강국은 영국이며, 앞으로 영국에 대항할 만한 나라는 미국뿐이다. 미국은 최근 6억 달러의 해군확장안을 통과시켰지만, 이번 평화회의를 앞두고 단호하게 중지를 선언하여, 그 태도의 선명함이 참으로 존경스럽다. 이와 달리 영국은 국론으로 해상의 우월한 권리를 적극 주장하며 군비축소 문제에서 해군은 제외되어야 한다고 말한다. 영국의 해군장관 처칠과 외교장관 밸푸어가 이에 관해 일치된 선언을 하였다. 평화회의 초기(2월 22일) 4거두가 사적으로 접촉하여, 영국 총리 로이드 조지는 자국의 의향을 절실하게 밝혔으며, 이어 프랑스 총리 클레망소도 육군을 확충해야 한다고 표명하여, 군비축소의 근본정신을 거의 소멸시켜버렸다. 영국의 주장에 따르면, 영국의 영토가 전 세계에 분포되어 있어서 정당방어를 하려면 해군에 의지하지 않을 수 없다는 것이다. 이런 주장에 대해 오늘날 누가 반박할 수 있겠는가? 영국에게 정당방어가 있으면 다른 국가도 정당방어가 있기 마련이다. 영국은 이른바 '2국표준주의[17]'의 해군 때문에 향후 골치를 많이 썩게 될 것이다. 총괄하면, 국제연맹을 신뢰하지 않고 각자 자신의 정당방어를 주장한다면 할 수 있는 일이 아무것도 없다.

셋째, 징병폐지문제. 이 문제는 영국 스뫼츠의 초안에서 제기된 것이다. 영국은 줄곧 징병제를 실시하지 않았고, 전시 때에 간혹 한 번 시행하다가 전쟁 후 전 국민이 폐지할 것을 요구하면, 정부가 재빨리 이를 선언하여 민의에 순응하였다. 영국이 이런 안을 제출한 것은 지극히 자연스러운 일이었고 미국은 말할 필요도 없이 더욱 찬성하였다. 그러나 일본 여론은 거의 전국이 일치하여 반대하며, 징병제 존폐는 군비축소문제와 큰 연관이 없다고 주장하였다. 영미 양국은 본래 징병을 하지 않았으며, 군대가 필요하면 수개월 안에 몇백만 명을 모을 수 있다는 점이, 바로 징병제를 옹호하는 일본의 구실이었다. 회의 때 이탈리아 총리 오를란도가 가장 먼저 반대하며, 징병제가 폐지된 후 다시 부활할 필요가 생기면 그때 매우 곤란해진다고 말했다. 프랑

---

17) 2국표준주의는 영국해군이 2, 3위 국가의 해군력을 합친 것보다 우월한 해군전력을 보전하려는 전략이다.

스의 부르주아도 프랑스의 지리적 조건으로 볼 때 정당방어를 위하여 상비군이 결코 줄어들어서는 안 된다고 말했다. 일본은 당연히 이들과 몰래 공모했으며, 그리하여 징병폐지안이 부결되었다. 내 개인적으로는, 만일 강대국들이 '전쟁반대와 군비축소'를 하려는 마음이 없다면 징병제든 모병제든 평화를 깰 수 있는 점은 마찬가지이기 때문에, 징병폐지 여부를 논쟁하는 건 실로 불필요한 일이라고 생각한다. 그러나 징병제는 금방 성년이 된 청년들을 억지로 군대에 보내 살인을 배우게 하는 것이며, 공부를 하고 일을 해야 할 제일 좋은 시기를 두 토막으로 절단하는 것이라, 인류 진화에서 커다란 손실이라고 아니할 수 없다. 이 점으로 보면, 징병제는 근본적으로 존재해서는 안 되는데, 이번에 통과되지 못한 건 평화회의의 오점이라 할 만하다.

넷째, 국방비문제. 연맹규약 제8조에서 다음과 같이 규정하고 있다.

　　연맹국은 평화유지를 보장하기 위해 국가안전과 국제 공동행위의 시행에 영향을 주지 않는 범위 내에서 국가의 군비를 최저한도로 줄여야 한다. 그래서 이사회는 연맹국의 지리형세 및 상황을 시찰하여 군비축소계획을 규정함으로써 각국 정부의 계획과 시행을 위한 지침을 제공해야 한다. 이 계획은 최저 10년마다 새롭게 고찰하고 수정해야 하며, 또 각국 정부가 채택한 이후에는 규정된 군비한도를 이사회의 동의 없이 초과해서는 안 된다.

얼핏 볼 때 이 조문이 커다란 제재력이 있어 보이지만, 자세히 살펴보면 사실 공허한 내용이다. 첫째, 군축계획은 이사회에 의해 제정되는데, 이사회는 바로 군비가 가장 많은 국가에 의해 장악되어 있다.

그들이 각자 정당방위를 구실로 삼는다면 '최저한도'가 낮아질 수 있겠는가? 둘째, 이사회가 규정한 계획은 결코 각국이 실행하도록 명령할 권력이 없으며 그들에게 참고로 제공될 뿐이다. 수용 여부는 각국의 자주적 선택에 따르며 이사회가 어찌하지 못한다. 두 가지 점으로 볼 때 제8조의 규정이 전혀 효력이 없다고 하지는 못하겠지만, 그 효력은 강대국들의 양심에 의지하는 것이지 조문의 제재력으로 가능한 일이 아니라고 생각한다. 총괄하면, 국제군대가 없는 연맹기관은 바로 '귀하지만 지위가 없고, 높지만 백성이 없는' 주나라 천자의 신세이니, 그 제재력을 짐작할 수 있을 것이다. 군축문제가 앞으로 어떻게 진행될지 지켜보도록 하자.

다섯째, 무기문제. 스뫼츠의 초안에서는 영구평화의 3가지 필요조건으로 징병제 폐지, 무기제조 감축, 군수공장 국유화를 주장한다. 첫 번째 조건은 부결되었고 두 번째, 세 번째 조건은 규약 제8조에 기재되어 있다. 그 조문은 다음과 같다.

> 연맹국은 민간공장에서의 무기제조를 엄중히 반대할 것을 천명한다. 이사회에서는 민간공장의 무기제조로 인해 발생하는 각종 해악을 피할 방법을 고안해야 하며, 아울러 연맹국 가운데 자국의 안전을 위해 필요한 무기를 제조하지 못하는 국가의 요구도 고려해야 한다.

이 조문도 지극히 공허한 규정에 불과하다. 무기제조를 어떻게 제한할 것인지, 군수공장을 완전히 국유화할 것인지 등에 대해 명백하게 결단을 내리지 않았다. 나는 군수공장이 국유이든 민간소유이든 문제가 되지 않는다고 생각한다. 이번에 독일이 전쟁을 일으킨 주요 동기가 설마 크루프[18]사의 주주들이 돈을 벌기 위해서였겠는가? 게다가 현재 서구 각국에서는 어떤 분야의 공장이든 순식간에 군수공장으로 바뀔 수 있는데 이걸 금지한다고 다 막을 수 있겠는가? 나는 무기 감축을 실행하려면 군수공장의 국유화가 아니라 바로 '연맹화'가 되어야 한다고 생각한다. 그러나 이는 강대국 나라들이 따를 리가 없고 다른 방안은 효용이 없으니 토론할 가치도 없다.

총괄하면, 이번 군비축소문제는 결국 철저하게 해결되지 못하여 참으로 우리를 실망스럽게 하였다. 이 문제야말로 국제연맹의 사활이 걸린 관건이며, 만일 결과를 얻지 못한다면 연맹이 유명무실해질지 모른다. 나는 앞으로 세계 여론을 향해 국제군대의 필요성을 호소하는 길밖에 없다고 생각한다. 이 일은 우리 중국인이 크게 책임을 져야 할 것으로 보이는데, 예로부터 '천하'의 이상을 품어왔고 줄곧 국가를 인류 최고단체라고 인정하지 않았기 때문이다. '초국가'의 건설에 있어 중국이 다른 나라보다 친숙한 만큼 이 이상을 완성하는 국제연맹에 대해서도 실로 막중한 책임을 지녀야 할 것이다.

(4) 전쟁방지 방법과 연맹 위배국가에 대한 제재

이 두 가지 일은 연맹규약 가운데 가장 많은 부분(제11조~제17조)을 차지하고 있으며, 규정된 내용이 비교적 세밀하고 권위를 지니고 있어서, 대체로 마음에 드는 부분이다. 원문이 너무 번잡하여 전부 인용하기가 어렵기 때문에 요지를 개괄하여 몇 가지 원칙만을 나열하고, 두 차례 헤이그평화회의와 다른 점을 간략히 비평하려고 한다.

---

18) 크루프(Krupp)는 독일의 대표적 철강기업으로 독일 근대 경제의 상징으로 불린다.

첫째, 국제연맹은 전쟁을 간섭할 권리와 의무를 자동적으로 갖는다.

헤이그평화조약에서는 양국 간에 분쟁이 생길 시 제3국이 나서 양국을 조정해야 한다고 규정하는데, 이는 '자신과 무관하더라도 선의의 충고는 무방하다'는 뜻이다. 국제연맹규약 제11조에서는 모든 전쟁은 연맹의 공동이익에 영향을 줄 수 있기 때문에 연맹은 근본적으로 간섭할 권리가 있으며 간섭하지 않으면 안 되는 의무가 있다고 규정한다. 이 점은 국제관계의 밀도가 이전보다는 커졌다는 것을 의미하며 매우 진화된 관념이라고 할 수 있다.

둘째, 각국의 법률상의 분쟁은 재판소의 재판을 받으며, 법률 이외의 분쟁은 연맹 이사회나 의회의 조정을 거쳐야 한다.

헤이그평화회의에서도 중재재판소가 설립되었으나 중재 희망여부는 쌍방의 자유에 따랐다. 그래서 각국은 충돌을 스스로 감소시키기 위하여 국부적인 상호중재조약(가령 1903년 영불중재조약)을 체결할 수밖에 없었다. 국제연맹규약 제13조에 근거하면, 조약상의 분쟁이 발생할 시 쌍방 모두 국제재판소에 먼저 알려야 할 의무가 있다. 또 헤이그평화회의에서는 정치상의 분쟁이 일어날 때 그 해결 방법을 세우지 않았지만, 국제연맹규약 제14조에서는 이사회나 의회의 공동결의와 권고를 거쳐야 한다고 규정하고 있는데, 모두 예전에 비해 크게 진보한 것이다.

셋째, 전쟁 개시는 일정한 기한이 지나야 한다.

국제연맹규약의 입법정신은 전쟁을 절대적으로 금지하는 것이 아니라, 전쟁의 감정을 완화하여 소멸시켜나가는 방침을 취하고 있다.

제12조에서는 분란이 있으면 반드시 재판소나 이사회에서 공동결의를 내린 후 3개월을 기다려야 개전할 수 있고, 이사회의 공동결의는 분란사실을 전달받은 후 6개월 이내에 발표해야 한다고 규정하였다. 재판소의 판결시기에 대해서는 명확히 규정하고 있지 않으나 상당한 시일이 필요할 것이다. 평균적으로 계산해보면 분란이 발생하면 9개월이 지나야 비로소 전쟁을 할 수 있게 된다. 이 9개월 동안 외부에서는 충분한 여유를 가지고 분란 조정의 방법을 찾을 수 있고, 내부적으로는 격분한 감정을 어느 정도 냉각시킬 수 있다. 이것이 바로 전쟁을 감소시키는 수단이다.

넷째, 분쟁 쌍방 가운데 한쪽이 판결에 복종하면 다른 쪽은 선전포고를 해서는 안 된다.

이 점은 국제연맹규약 제13조(재판소의 판정에 대하여), 제15조(이사회의 공동결의에 대하여)에 규정되어 있다. 이렇게 하면 쌍방이 모두 판결에 불복할 경우에만 전쟁이 일어나기 때문에, 개전의 기회가 한층 줄어들어 결과적으로 전쟁을 절대적으로 금지하는 것과 거의 비슷하다.

이상의 4가지 원칙은 두 차례 헤이그평화회의 규정보다는 확실히 진보하였다. 그뿐만 아니라 규약 위반국가에 대한 제재도 매우 엄격하였다.(제16조) 경제제재 면에서 이른바 공동봉쇄를 취하였고, 무장제재 면에서 이른바 공동토벌을 취하였다. 요컨대, 연맹을 위배한 자는 연맹 전체의 공적으로 인식한다는 것이다. 전 세계 모든 국가가 국제연맹에 가입했다고 가정하고, 한 나라가 연맹을 위배하여 봉쇄를 당한다면 전 세계에 중립국이 없어지게 된다. 그러나 이러한 제재 방법이 어느 정도까지 실행될 수 있는지는 아직 의문이다. 자기와 그다지 관계가 없는 일에 억지로 말려들어 타인과 적이 되는 일을 누구도

원하지 않기 때문이다. 가령 남아메리카나 발칸지역에 연맹 위배국가가 나타나 우리에게 억지로 다른 나라들을 따라 공동으로 제재하고 토벌하라고 한다면 하고 싶겠는가? 설령 정부가 그렇게 하자고 하더라도 인민들이 흔쾌히 따르지 않을 것이다. 이번에 영국·프랑스·미국 연합군이 공동으로 러시아 급진파를 대적하려고 했지만, 군사들이 모두 원망하며 귀향하기를 바라지 않았던가? 비록 연맹을 위배한 공적을 토벌하는 일이 정의로운 전쟁의 성격을 지니고 사사로운 싸움과는 다르지만, 자신과 무관한 일에 참견하고 싶지 않은 것은 인류의 공통된 특성이다. 미국에서 연맹반대론의 세력이 날로 커지는 것도 바로 이 때문이다. 그래서 이 조문들이 매우 주밀하게 규정되어 있기는 하지만 장래의 실행효력은 여전히 낙관적이지 않다.

(5) 국제연맹과 국부적 국제협정 및 선언

규약 가운데 가장 지리멸렬한 조항이 바로 제21조이다. 그 조문은 다음과 같다.

> 이 조문에서 규정한 각 절은, 예전에 평화유지를 위해 제정한 중재조약 등의 국제 협정 혹은 먼로주의 등의 국부적 선언이 연맹규약의 영향을 받지 않는다는 점을 승인한다.

이 조문은 본래 윌슨이 본국의 반대파를 얼버무려 연맹 가입을 요구하기 위해 만들어진 것으로, 목적이 전적으로 먼로주의 유지에 있었으며 다른 것은 들러리에 불과했다. 들러리 가운데 중재조약 등은 본래 연맹규약과 정신이 동일하여 영향을 받지 않는 게 자명한 일임은 말할 필요도 없다. 그러나 이런 개괄적인 수법으로 다른 국제협정과 선언을 연루시키는 것은 오히려 연맹의 기본정신에서 점점 멀어지는 일이다. 이번에 전 세계인이 흥이 나서 국제연맹을 건설한 것은 본래 과거에 성행했던 국부동맹(삼국동맹, 삼국협상 등)이 실로 평화를 어지럽히는 원동력이어서 이를 바로잡고 소멸시키기 위해서였다. 그래서 모든 국가를 망라하여 대연맹을 건설하고 그 안에서 국부적인 소연맹의 존재를 허용치 않는다는 것이, 근본정신 가운데 가장 중요한 부분이었다. 윌슨이 수차례 연설에서 적극 호소했었는데 후에 갑자기 이런 조항이 추가되어 연맹 안의 연맹을 다시 인정하는 꼴이니 서로 모순되는 일이 아닌가? 이 때문에 영국 · 프랑스 · 미국 특별연맹이 생겼고, 영국 · 일본 동맹이 또 뒤를 이으려고, 중국에서의 일본의 특수지위가 먼로주의의 사례에 따라 효력이 생기려고 한다. 결국 야단법석을 떨다 대전 전의 난국이 되어, 다수가 국제연맹에 실망하고 불신하게 된 것도 모두 이 때문이었다.

(6) 연맹과 조약

연맹규약과 각국 상호간의 조약의 관계에 대해 규약이 정한 원칙은 다음과 같다.

첫째, 조약은 연맹 비서처의 입안 · 공포를 거쳐야 하며 그렇지 않으면 효력이 없다.(제18조)

둘째, 구 조약 가운데 부적절하고 세계평화를 위협하는 것은 연맹의회에서 제정 당사국에게 다시 논의하도록 권유해야 한다.(제19조)

셋째, 각국의 의무적인 비밀계약 가운데 연맹규약에 저촉되는 것은 모두 철회해야 한다. 연맹 가입 이전에 부가된 의무조항은 체약국의

책임으로 간주하고 즉시 이를 해제해야 한다.(제20조)

넷째, 향후 규약에 저촉되는 조약을 다시 체결해서는 안 된다.(제20조)

우리는 첫 번째와 두 번째 원칙에 근거하여 중일간의 '21개조의 국치조약'의 폐지를 요구해야 한다. 왜 그런 것인가? 이것은 강요된 비밀조약이고, 세계평화를 위협할 우려가 있으며, 중국에게 부가된 의무가 규약의 기본정신에 저촉되는 것이기 때문에, 이 의무조약을 폐지해야 한다. 중국과 일본 모두 자신의 책임을 완수하기 위하여 국제연맹에 청구할 사항을 두 가지로 나누어야 한다. 첫째, 칭다오 교환문제는 규약 제15조에 근거하여 이사회에 중재를 요구한다. 둘째, 21개조 폐지문제는 규약 제19조, 제22조에 근거하여 의회에 공동결의를 제기한다. 이 두 가지는 당장 절박하게 준비할 사항으로 우리 국민들은 정부의 관심을 촉구해야 한다.

이 조문들의 총론은 대체로 괜찮은 편이지만, 문제는 '규약에 저촉되는' 것의 의미를 어떻게 해석하고, 해석의 권한을 어떤 기관에 귀속시키느냐에 있다. 가령 중일 21개조는 규약에 저촉된다고 볼 수 있는지, 또 연맹 성립 후 영국이 페르시아를 강박하여 체결한 6개조는 규약에 저촉된다고 볼 수 있는지 등의 문제는 이중적으로 해석될 여지가 매우 크다. 만일 저촉되지 않는다고 한다면 국제연맹은 강자들의 면죄부에 불과해지고, 저촉된다고 한다면 영국과 일본이 따르려 하겠는가? 비교적 공평하게 하려면 해석의 권한을 각국이 평등하게 1표를 갖는 연맹의회에 주어야 하며, 5강국이 독점하고 있는 이사회에 주어서는 안 된다. 이렇게 해야 어느 정도 구제 가능성이 있다는 점을 우리는 주의해야 할 것이다.

(7) 국제연맹과 위임통치

국제연맹이 개막하기도 전에 먼저 무대 뒤에서 우스운 코미디가 연출되었는데, 바로 규약 제22조에서 규정한 위임통치 조항이다. 본래 대전이 한창일 때 각국 사회당은 강화조건을 공동결의하여, '배상을 하지 않고 토지를 할양하지 않는다'는 두 기치를 내걸었고, 윌슨도 이 기치 아래 최선봉이 되겠다고 자진하고 나섰다. 그러나 유럽에 와 형세를 보니 완전히 이와 달라, 배상을 하지 않는다는 기치는 벌써 조용히 치워버렸고 토지를 할양하지 않는다는 기치도 함께 내려 부끄러워졌다. 영국·프랑스·이탈리아·일본 등의 국가들은 입에 들어온 이권을 내놓지 않을 뿐 아니라 서로 더 많이 차지하려고 한다. 독일 식민지 처분문제를 보면 협약국 사이에 싸움이 벌어지려 하는데, 이는 적에게 웃음거리를 주는 꼴이 아닌가? 참 잘 하고 있다! 5강국 가운데 한 나라의 법리학 박사가 『조선위임통치론』이란 책을 저술하여, 그 뒤로 조선 문제가 해결되었다는 게 아닌가? '위임통치'란 말이 체면을 잘 세워주면서 정의롭고 인도적이어서, 위임권한을 국제연맹에 고분고분 헌상하지 않을 수 없다. 또 통치권을 거래하여 각자 필요한 바를 얻기 위해, 이리저리 뜯어고쳐 마침내 꼴 같지도 않은 '제22조'를 만들었다. 그 상세한 내용은 비평조차 하고 싶지 않다. 간단히 말하자면, 신성한 연맹규약이 그로 인해 모욕을 당했다.

(8) 국제연맹과 해상자유

아참! 한 가지 일을 잊고 있었다. 윌슨이 적극 호소했던 제14조 안에 해상자유라고 부르는 듯한 내용이 있는데 매우 중대한 문제라고 한다. 도대체 해상자유라는 말을 어떻게 해석해야 하는가? 국제공동 문제로 볼 수 있는가? 그런데 왜 연맹규약에서 한 마디도 거론하지 않았는가? 여러분, 해상자유가 무엇인지 궁금하지 않은가? 나는 파리에서 우스운 기사를 본 적이 있다. "미국 윌슨부인이 런던에서 로이드 조지부인을 만나 고담준론 하다가, 해상자유는 반드시 실현되어야 한다고 말했다. 로이드 조지부인이 맞는 말씀이라고 하며, 해수욕장은 당연히 개방되어 여성들이 자유롭게 이용하도록 해야 한다고 말했다." 너무 경박한 농담이긴 하지만, 해상자유 문제에 대한 영미 양국의 태도를 생생하게 보여주고 있다. 농담은 그만하고, 원래 미국은 왜 참전하게 된 것인가? 모두 알다시피, 독일 잠수함작전에 대한 미국의 항의가 무효했기 때문이다. 해상자유는 전쟁 당시 교전쌍방이 임의로 공해를 봉쇄하여 중립국이 항해의 자유를 상실하면서 출현한 것이다. 미국은 국제법상에 이 원칙을 확립하여 향후의 보장으로 삼고자 했다. 간단히 말하면, 미국은 이번 대전에서 해상자유를 위해 싸운 셈이다. 그런데 나중에 왜 용두사미가 되어 한 마디도 제기하지 못한 것인가? 사실 별로 이상할 게 없다. 전 세계의 해상은 그야말로 영국의 호수여서 어느 정도 개방할지는 '해상왕'에 의해 결정되는 것이니 다른 사람이 어떻게 끼어들 수 있겠는가? 윌슨이 막 유럽에 왔을 때 영국신문들은 이 조항에 대해 직격탄을 날렸는데, 얼마 지나지 않아 그의 입에서 점차 이 문제가 사라지게 되었다. 후에 어떤 사람이 그에게 "당신의 해상자유주의는 어떻게 그만둔 겁니까?"라고 묻자, "국제연맹이 설립된 이후 전쟁이 일어나게 되면 중립국이 없기 때문에, 자유와 부자유의 문제가 존재하지 않습니다."라고 답했다. 이 말이 맞는지는 여러분이 판단해보길 바란다.

연맹규약의 요점은 대략 논했고, 마지막 몇 조항은 각종 국제공익 사업을 유지·증진하는 방법을 강구하는 것인데, 의도가 매우 좋아 자세히 논할 필요는 없을 것이다. 그리고 국제노동에 관한 조항은 매우 중요하기 때문에 다음 편에서 별도로 논하고, 이제 국제연맹의 가치에 대한 내 사견을 몇 마디 덧붙여 이 절의 결론으로 삼고자 한다.

1년 전에 중국인들은 국제연맹에 대해 지나치게 기대하고 있었고, 지금은 또 실망을 지나치게 하고 있다. 1년 전 윌슨 등이 목소리를 높였을 때 우리는 이를 듣고 이상적인 인도 정의가 순식간에 용솟음칠 거라고 여겼고, 국제연맹이 강자를 제어하고 약자들을 돕는 능력이 있어서 장래의 평화 보장뿐만 아니라 과거의 억울함도 풀어줄 것이라 믿었다. 사실 세상 어디에도 그렇게 빨리 이뤄지는 일이 없듯이, 국제연맹도 인류가 만든 단체라 당연히 '초인'적인 일을 할 수 없었다. 인류의 진화에는 일정한 단계가 있어서 한편으로 진보의 목적에 따라 나아가기도 하고, 다른 한편으로 현실에 얽매여 잘못 끌려가기도 한다. 역사상의 각종 문명 사업을 보면 모두 파란을 겪으며 이루어낸 게 아닌가? 국제연맹이 비록 수년에 걸쳐 준비해온 일이라 해도, 사실 중화민국 8년(1919) 4월 28일에 신생아로 태어난 것이며, 또 태어나자마자 재난이 많아 가장 믿음직한 보모(미국)와 헤어졌다. 이렇게 허약한 신생아에게 막중한 대업을 맡긴다는 게 지나친 일이 아닌가? 그렇지만 우리가 실망해서는 안 된다. 국제연맹은 시대 요구에 응하여 탄생한 걸물로, 이 시대에서 태어났지만 장래의 새로운 시대를 창조할 수 있기 때문이다. 그의 생일은 인류 전체의 가장 영광스런 기념일이라 할 만하며, 태어난 이상 중도에 요절하는 일은 없을 것이다. 인류가 이미 몇 걸음 진보하여 절대 퇴보하려고 하지 않기 때문이다. 현재의 조직이 불완전하고 역량도 매우 박약하지만 조급할 필요는 없으며, 시간이 흐르면 자연히 튼튼하게 자랄 것이다. 우리가 연맹에 거는 희망은 결코 목전의 국부적인 문제 해결에 있지 않다. 가령 중국의 산둥 문제를 원만하게 해결해준다면 물론 제일 좋겠지만, 설령 그렇게 못 하더라도 연맹을 너무 미워해서는 안 된다. 국제연맹은 전 세계 인류가 공동으로 창조한 것이기 때문에, 우리는 세계의 일원으로서 최선을 다해 창조하고 부조하고 성장시켜야 한다. 우리는 중국 국민이자 동시에 세계시민으로서 나라를 사랑함과 동시에 초국적인 고상한 이상도 지녀야 한다. 인류의 가치 있는 공동사업에 항상 참여하고, 우리가 참여한 후 그 가치를 더욱 높일 수 있다는 확신을 가져야 한다. 눈앞의 보상에 대해서는 개의치 말아야 한다. 인류의 영구 사업은 짧은 시간 안에 일부의 사람이 이익을 계산할 수 있는 문제가 결코 아니기 때문이다. 국제연맹을 인류 진화사의 대사건임을 인정한 이상, 우리는 자신의 의무를 다하면 된다. 어떤 사람은 국제연맹이 순탄치 못한 것을 보고 공상이 아닌지 의심하며 향후에도 약육강식의 세계가 지속될 것이라고 말하는데, 전부 허튼소리에 불과하다.

「국제노동규약」에 대한 평론

8장
「국제노동규약」에 대한 평론

1. 「국제노동규약」의 내력

「베르사유조약」은 세계적으로 유래가 없는 '비과학적'이고, '비논리적'인 공문이었다. 그 내용은 3대 부분 즉 「국제연맹규약」, 「국제노동헌장」, 「대독강화조약」을 모아놓은(구성이 아닌) 것이다. 「대독강화조약」은 두 조약 사이에 끼여 있는데, 추후 첨가된 내용은 뒷부분에 있다. 「베르사유조약」 원문은 총 15장으로 되어, 제1장은 국제연맹규약, 제2장~제12장은 대독강화조약, 제13장은 국제노동규약, 제14장~제15장은 대독강화조약이었다. 전 세계 천몇백 명의 대정치가와 대학자가 모여 수개월간 심혈을 기울였는데, 이렇게 어수선한 문장을 만들었으니 참으로 이상한 일이다. 그나마 「국제연맹규약」, 「국제노동규약」을 쓸모 있게 만든 것은 전문가와 위원 나리들의 공로라고 할 수 있다. 중국인들은 국제연맹문제에 대해 점차 높은 관심을 보이지만 국제노동문제에 대해서는 항상 무관하게 생각했다. 사실 두 문제는 똑같이 중대한 관계를 지니고 있고, 두 규약은 똑같이 이번 평화회의가 만들어낸 대사업이라고 할 만하다. 그래서 여러분이 따분할 것을 무릅쓰고 「국제노동규약」의 내력을 상세히 서술하려고 한다.

노동규약에 관해 비평하기 전에 먼저 요점을 짧게 정리하여 독자들이 조금이라도 명료하게 이해하도록 하겠다. 이번 노동규약은 사회정책의 확충과 통일이라고 할 수 있어도 사회주의의 채택과 추진이라고 볼 수는 없다. 무엇을 사회주의라 하는가? 사회주의는 현재 경제구조의 불공평한 점을 근본적으로 개조하려는 것이다. 개조방법은 각기 달라서, 공산 혹은 집산을 주장하고, 생산사업 전부 혹은 일부를 생산자가 관리할 것을 주장하고, 극단적이고 급진적 수단 혹은 온건하고 점진적 수단을 사용하자고 주장한다. 요컨대 현재의 경제구조가 인도에 맞지 않다고 인식하여 새롭게 조직하려는 것이 바로 사회주의이다. 무엇을 사회정책이라고 하는가? 사회정책은 현재의 경제구조하에서 불공평한 곳을 힘껏 구제하려는 것이다. 구제방법으로 조세평균화를 추구하거나 노동자를 보호하여 자본가가 학대하지 못하게 하는 것 등이 있다. 대부분 선의에서 출발한 좋은 정책이긴 하지만 근본적인 개조로 나아가지 않는 것이 바로 사회정책이다. 이번 노동규약은 사회정책에 속하며 사회주의를 추구하는 것이 아니다. 두 가지 사이의 경계를 분명히 해야 적합한 비평을 할 수 있다.

조금이라도 상식이 있는 사람이라면 노동문제가 향후 전 세계의 최대 문제가 될 것이라는 점을 알고 있을 것이다. 사실 이 문제가 출현한 지 벌써 백 년 가까이 되었는데, 처음에 가장 절박했던 나라는 영국뿐이었다. 영국은 산업혁명의 발원지여서 근대 자본주의 경제구조가 먼저 성립되고 자본가와 노동자 두 계급이 먼저 발생하였다. 영국 노동자들은 고통이 매우 심하여 자각도 제일 빨랐다. 그래서 80, 90년 전에 이미 이 문제가 발생하였고, 그 후 자본주의 경제구조가 점차 유럽대륙, 미국, 일본에 수입되면서 노동자문제도 당연히 함께 수입되었다. 처음엔 각국의 국내문제로 존재하다가 후에 서로 교류를 진행하면서 날로 복잡해졌다. 한편으로 각국이 서로 투자를 유치하고 상품을 경쟁하면서 자본이 '국제화'되었다. 다른 한편으로 노동자들이 도처로 이주하면서 서로 연계하고 소식을 전했는데, 두뇌가 냉철한 학자와 심장이 뜨거운 자선가가 강자를 억누르고 약자를 돕는 정신으로 노동자들을 위해 뛰어다니고 지도하면서, 노동운동이 '국제화'되었다. 1848년 독일 마르크스는 「공산당선언」에서 "프롤레타리아는 조국이 없다."는 말로 세상을 경악하게 했다. 그 뜻은 현재 인류는 국적이 아니라 계급으로 나눠야 한다는 것이다. 국적 국경의 관념은 노동자들의 단결을 교란시켜 계급투쟁의 정신을 말살시키고, '애국'이란 말은 자본가가 인류의 유치한 감정을 이용하여 자신의 고유한 세력을 유지하는 것에 불과하다. 이 말이 진리에 완전히 부합하는지 여부는 차치하더라도, 세계 대동관념을 부분적으로 발견한 점은 누구든 반드시 인정해야 한다. 그후 1864년 '국제노동자협회'라는 단체가 결성되었지만, 분위기가 미성숙되어 1873년에 중도에 요절하고 말았다. 1889년 '인터내셔널(신국제협회)'이라는 단체로 재건되어 금세기(1900~1910년)에 이르고 있으며, 서너 차례 대회를 열고 국제정치문제에 대해 많은 정당한 의견을 내놓았다. 그중에서 「국제노동법초안」은 2차 회의에서 만장일치로 통과되었는데, 바로 이번 「국제노동규약」의 최초의 저본이다. 대전 중에 교전국 쌍방의 노동자들은 전장에서 각자의 조국을 위하여 싸웠지만, 중립국에서 몇 차례 회의를 열어 의견을 교환하고 평화회의 문제에 대한 자신들의 입장을 표명하였다. 윌슨의 제14조 대부분은 노동자들의 심리에 맞추어 논조를 높인 것이다. 휴전 이후 각국 중산계급의 당국자들이 파리에서 평화회의를 준비하고 있을 때 각국 사회당도 베른에서 회의를 준비하고 있었다. 두 회의를 조합한 결과 바로「국제노동규약」이다.

「국제노동규약」의 내력과 그 가치를 철저히 이해하려면 반드시 시야를 넓혀 평화회의 전후의 형세를 한번 살펴보아야 할 것이다. 원래 대전 삼 년째 되는 해에 각국 사회당과 노동계급의 평화운동이 날마다 맹렬하게 진행되었다. 영국에서 노동계급의 대표가 내각성원으로 정국에 참여한 것을 제외하면, 나머지 프랑스·미국·이탈리아 등은 모두 노동자문제로 크게 골치를 앓고 있어서 매우 곤란한 모습을 드러냈다. 독일·오스트리아는 말할 것도 없이 패전이 도화선이 되어 내부가 완전히 파괴되었다. 사실 프랑스·이탈리아 등의 형세도 거의 비슷하여 독일·오스트리아가 전쟁을 일으키지 않았다면 아마 혼란을 피할 수 없었을 것이다. 솔직하게 말하면, 이번 대전은 노동자가 목숨을 걸고 자본가를 위해 재앙을 막아준 것이었는데, 그들이 각성하여 서로 살상해서는 안 된다고 말하고 있으니 자본가에게 무슨 수가 있겠는가? 이렇게 보면, 평화의 동기가 십중팔구 노동계급에서 나온 것이니, 평화회의에서 그들의 의견을 무시할 수 없었다. 평화회의가 개막된 이후 형세는 날로 급변하였고, 독일에서는 스파르타쿠스단[1]이 도처에서 활동하여 전국이 거의 '급진화'되었다. 헝가리에서는 벨라

---

1) 스파르타쿠스단(Spartakusbund)은 1916년 독일의 혁명적 사회주의자들이 조직한 정치 단체이다. 리프크네히트(Liebknecht, Karl), 룩셈부르크(Luxemburg, Rosa) 등을 중심으로 비전론(非戰論)과 프롤레타리아 독재를 주장하고, 1919년 1월 독일 공산당을 창설하여 무장 혁명을 일으켰으나 실패하였다.

쿤[2]의 급진파정부가 구성되어 러시아·독일·오스트리아와 연합하여 급진파국가 대동맹을 결성하고 협약국과 다시 결전을 벌이려고 했다. 비록 성공하지는 못했지만 평화회의의 거두들을 놀라서 떨게 만들었다. 거두들은 처음에 러시아 레닌정부에 대해 위세를 부리며 신속히 제거하려고 했으나, 갈수록 조금씩 약해져갔는데 무엇 때문인가? 급진파라는 괴물이 현재 러시아만의 문제가 아니라 협상국 자신들의 문제로 점차 변하였기 때문이다. 못 믿겠으면 미국의 I.W.W파를 보라. 전칭은 Industrial Workers of the World이고 그 역사는 『해방과 개조』[3] 잡지에 상세히 소개되어 있다. 그들은 마치 살아 있는 용과 호랑이처럼 정력적으로 활동하며 공공연히 노농정부의 대표를 환영하려고 했다. 이에 윌슨정부가 군대를 동원하여 진압하려고 하자 억지로 수그러들었다. 영국에서는 광부, 철도 노동자, 선원 들이 삼각동맹을 결성하여 세력을 확장하고, 수시로 정부와 결전할 수 있는 준비를 하였다. 이 때문에 로이드 조지 같은 정치가들은 비행기를 타고 런던과 파리로 오갔는데, 그야말로 하룻밤에도 여러 번 놀라며 피곤하게 돌아다녔다. 이탈리아에서는 전선에서 철수한 병사들이 대규모의 단체를 결성하고, 특별한 휘장을 달고 도심을 횡행하였는데 정부는 그들을 감히 막을 수 없었다. 프랑스에서는 총리 클레망소 암살 주모자가 분명 급진파 성원이었지만 정부는 이를 발표하지 못하고 그

---

2) 벨라 쿤(Béla Kun, 1886~1939)은 헝가리의 정치가로 공산당을 창당하였고, 1919년 공산당과 사회민주당의 연립정부를 구성하여 총리가 되었다.

3) 『해방과 개조(解放与改造)』는 1919년 9월 연구계(량치차오가 조직했던 헌법연구회의 구성원) 장둥순, 장쥔마이 등이 상하이에서 창간한 반월간 정치 잡지이다. 동서문명의 융합과 사회민주주의 사상을 소개했으며 1920년 9월 잡지명을 『개조』로 바꾸었다.

저 정신병자 소행이라고 했다. 조레스 사건[4]으로 파리 시민들은 대대적인 시위를 일으켜 거리에서 "볼셰비키 만세!"를 크게 외쳤으나, 도시에 가득한 경찰들은 못 들은 척했다. 나머지 나라들도 곳곳에서 크고 작은 파업이 거의 매주 한두 차례 일어났는데, 먼 나라에서 온 손님인 우리들도 익숙해져 일상으로 느껴질 정도였다. 이런 형세하에서 자본계급을 대표하는 정치가들이 얼마나 난감했을지는 상상이 어렵지 않을 것이다. 여러분이 이번 「국제노동규약」 성립의 동기를 묻는다면, 중국에서 혁명론이 타오를 때 청나라 정부가 황급히 반포한 「입헌구년주비안(入憲九年籌備案)[5]」이 이번 일과 유사하다고 얘기하고 싶다. 먼저 간단히 총평을 하자면, "이 조약은 본래 자본계급이 원한 게 아니었지만 어쩔 수 없이 형국을 완화하기 위한 선택이었고, 노동계급이 볼 때는 불철저한 방안이었지만 시기가 미성숙했기 때문에 한 걸음씩 진보해나가며 장래 대혁명의 무기로 삼고자 했다. 쌍방의 교섭을 통해 마침 공통점에 도달하여 탄생된 것이 바로 「국제노동규약」이다.

이 규약을 비평하기 전에 베른회의에 대해 얘기해야 한다. 1월 말에서 2월 초 사이에 자본계급을 대표하는 나라들께서 대프랑스의 대수도(파리)에서 '의관을 단정히 하고 눈매를 존엄하게 하여' 평화

---

4) 1914년 7월, 조레스의 평화주의를 독일제국을 이롭게 하는 이적 행위라고 믿던 한 광신적인 젊은이가 조레스를 암살하였다.

5) 「입헌구년주비안」은 러일전쟁 후 국내의 입헌 요구에 압도되어 1906년 9월 청 정부가 9년간의 준비과정을 거쳐 헌정을 실시하겠다고 선포한 예비입헌 계획안을 가리킨다. 청정부는 이 계획에 따라 1908년 흠정헌법대강을 발표했고 지방의회와 중앙의회가 성립했지만 실질적인 권한을 갖지 못하는 자문기관 성격에 그쳤다.

회의를 개최하고 열을 올리며 논의하고 있을 때, 프롤레타리아를 대표하는 청년들이 소스위스의 소수도(베른)에서 간편하게 사회당 대회를 열었다. 평화회의에는 30여 개국 백여 명의 대표가 참석했지만 유럽의 많은 중요 국가가 불참했던 데 반해, 사회당 회의에서는 27개국 90여 명의 대표가 참석했는데, 러시아·독일·오스트리아·헝가리·불가리아 및 기타 중립국들도 참여하였다. 중화민국은 참여하지 않았는데 가치가 없다고 그런 것인지 자격이 없어서 그런 것인지 알 수 없다. 대수도의 대회의가 승전국들의 개인회의라도 되는 것처럼 몰래 소곤거리고 있을 때, 소수도의 소회의에서는 전 세계 각국을 망라하여 당당하게 속을 터놓고 세계를 위하여 평화문제를 토론하였다. 두 회의를 비교해보니 정말 웃음이 나온다. 베른회의에서 토론한 내용도 적지 않아서 전쟁책임문제·배상문제·국제연맹초안·독일식민지처분문제·신생국영토문제·포로문제·급진파승인문제 등이 모두 논의되었다. 솔직히 얘기하자면, 그들의 의제는 그야말로 파리평화회의의 의제와 동일하였다. 파리평화회의가 5개월 동안 소란을 떨었던 반면 그들은 가볍게 5일 동안만 논의하였다. 2월 3일에 개회하여 2월 8일에 폐회했는데 모든 문제를 의결하였다. 그 가운데 가장 중요한 부분이 바로「국제노동규약초안」15조였으며, 후에 전부 채택되지는 않았지만 제일 유력한 초안이었다고 할 만하다. 내 책의 편폭이 제한되어 상세히 소개하지 못한 점 양해를 구하며, 전문적으로 노동문제를 연구하는 분들께 부탁하여 참고하기 바란다.

2. 「국제노동규약」에 대한 요점 비평

「국제노동규약」을 비평하기 전에 먼저 조문을 발췌 번역하여 자료로 제공하고자 한다. 「국제노동규약」은 본래 국제연맹에서 발아한 것으로 「국제연맹규약」 제23조에서 다음과 같이 규정하고 있다.

연맹국은 남여와 아동을 위하여 국내 및 상공업 활동이 가능한 외국에서, 공정하고 인도적인 노동환경을 확립하여 유지하는 데 힘쓰고, 이러한 목적을 위하여 필요한 국제기관을 설치하여 공동으로 운영한다.

「국제노동규약」 전문은 이 조항에 의거하여 만든 것이기 때문에 「국제연맹규약」의 일부분이라고 볼 수도 있지만, 「국제노동규약」 자체가 너무 복잡해져 '속국이 대국으로 발전한' 모습이었다.

「국제노동규약」은 「베르사유조약」 제13장에 들어 있다. 제387조에서 제427조까지 총 41개 조항이며 두 단락으로 나누어진다. 제1단의 제목은 국제노동기구로 총 40개 조항이며, 제2단의 제목은 일반원칙으로 단 1개 조항이다. 그중 가장 중요한 것은 제1단의 총론과 제2단의 전문이다. 번역문은 다음과 같다.

제1단 총론에서는 다음과 같이 말하고 있다.

국제연맹은 본래 세계평화 건설을 목적으로 하기 때문에, 세계평화를 추구하려면 반드시 사회적 공평에 기초해야 한다.

현행 노동제도는 다수 인민을 항상 불공평하고 고통스럽고 궁핍한 상태에 처하게 만들어, 사회의 불안을 초래하고 국제평화와 협력을 위협할 수 있다. 이런 상황은 빨리 개선되어야 한다. 가령 근무시간 규정, 일당·주당 최장노동시간 규정, 노동력공급 조절, 실업방지, 기본생활을 위한 최저임금규정, 노동자의 질병 및 산재 보장, 아동·여성노동자 특별보호, 노인 및 장애인 부양, 외국노동자 이익보장, 결사자유원칙 인정, 직업교육 및 전문교육 조직 등이 그러하다.

각국 가운데 상술한 인도적 노동제도를 채택하지 않는 나라는 다른 나라의 개혁에 장애가 될 수 있다.

그래서 각 협상국에서는 정의·인도 및 세계 영구평화의 확립을 위하여 다음과 같이 협약한다.

제2단에서는 노동제도 일반원칙을 다음과 같이 규정하고 있다.

협약 각국이 노동자의 신체상 도덕상 지식상의 행복을 승인하는 것은 실로 국제사회에서 매우 중요한 사항이다.…… 각국의 기후·풍속 및 경제적 기회·산업적 관례가 상이하고 노동제도의 엄격한 통일도 실현하기 어렵다. 그러나 노동자를 절대 상품으로 취급해서는 안 되기 때문에 노동제도 규정의 근거가 될 공동원칙이 있어야 한다. 각국은 자국의 특수한 상황을 고려하여 실천할 수 있는 것은 최선을 다해야 한다. 결여할 수 없는 중요한 원칙 9가지는 다음과 같다.

① 앞에서 이미 밝혔지만, 노동을 화물이나 상품으로 인식해서는 안 된다.

② 고용주와 노동자는 동등하게 법률상의 결사자유의 권리를 갖는다.

③ 최저임금은 각 지역 실정에 따르며 기본생활유지를 기준으로 삼아야 한다.

④ 노동은 1일 8시간 혹은 1주 48시간으로 제한되며, 아직 이 제도를 시행하지 않는 자에게는 빠른 시행을 촉구한다.

⑤ 노동자는 매주 최소 24시간의 휴식시간이 있어야 한다.

⑥ 아동 노동을 금지하고, 청소년 노동은 특별히 제한하여 교육의 연속과 신체의 발달에 지장을 주어서는 안 된다.

⑦ 남녀가 동일한 가치의 노동을 하면 동일한 임금을 주어야 한다.

⑧ 각국은 국내에 거주하는 모든 노동자에게 경제상의 공평한 대우를 해야 한다.

⑨ 노동조례를 보호하기 위해 특별 감독제도를 설립하여 시행을 촉구하고 아울러 부녀자의 감독 참여를 허용해야 한다.

이상의 두 단락은 「국제노동규약」의 개괄적인 정신이 들어 있는 곳이며 실로 가장 중요한 핵심이다. 간략히 논하면, 제1단 총론에서는 국제노동동맹의 필요성을 설명하였고, 제2단에서는 가맹국이 지켜야 할 공동원칙을 규정하였다. 국제노동동맹의 조직에 대해서는 제1단 40조 조문에 상세히 규정되어 있다. 전문이 번잡한 관계로 요점만 발췌하면 다음과 같다.

① 국제연맹에 가입한 국가는 동시에 국제노동동맹에 가입된다.

② 국제노동동맹은 두 개의 기관을 설치한다. 하나는 노동대표의회

이고, 다른 하나는 노동이사회 및 국제노동사무국이다.

③ 노동대표의회는 각국이 4명의 대표를 파견하는데, 그중 2명은 정부가 파견하고 나머지 2명은 자본가계급과 노동자계급이 각기 한 명을 선출하여 파견한다.

④ 노동이사회는 24명의 이사로 구성되는데, 그중 정부대표가 12명이고, 자본가계급과 노동자계급 대표가 각 6명이다.

⑤ 노동사무국은 이사회의 지휘하에 제반 사무를 처리한다.

⑥ 노동대표의회에서 의결된 사항은 가맹국이 이행할 의무가 있지만, 분쟁이 있을 시 국제연맹 중재재판소에 알려야 한다.

⑦ 규약을 위반한 국가에 대해선 경제적 제재를 가하는데, 대체로 「국제연맹규약」에 규정된 바와 같다.

독자들이 위에서 서술한 내용을 보고 국제노동동맹에 대한 명확한 개념이 얻어졌을 거라 생각하여, 이제 단락을 나누어 이에 대해 간략히 비평을 하려고 한다.

제1단 총론에 근거하면, 국제노동동맹의 설립 동기는 전적으로 세계평화를 유지하는 데 있으며, 이는 국제연맹의 취지와 동일하다. 왜 이렇게 말하는 것인가? 세계평화를 파괴하는 데에는 두 가지 길이 있다. 하나는 종적인 파괴인데 갑국과 을국 사이의 전쟁이 그것이다. 다른 하나는 횡적인 파괴인데 각각 국내의 전란이 그것이다. 국제연맹은 종적인 파괴를 방지하는 것이고, 국제노동동맹은 횡적인 파괴를 방지하는 것이다. 하지만 나의 소견으로는 횡적인 파괴를 방지하는 노동규약의 효력이 종적인 파괴를 방지하는 연맹규약의 효력보다 약할 것이라는 판단이다. 왜 그런가? 노동규약에서 "세계평화는 사회적 공평에 기초해야 한다"고 했는데, 이는 분명 핵심을 찌르는 말이다. 하지만 어떠한 사회가 공평하다고 할 수 있는지는 참으로 답하기 어려운 문제이다. 규약의 사례에 따르자면, 근로시간 규정 등 10여개는 자본계급의 눈으로 보면 늘 공평하다고 여길 것이고, 우리 같은 방관적인 사람은 예전의 불공평한 상황에 익숙해져 비교적 공평하다고 인식할 것이다. 노동계급의 눈으로 보면 어떠하겠는가? 이른바 '잉여가치'의 대부분이 여전히 자본계급에 약탈되고 있고, 생산수단도 여전히 소수에게 독점되어 있는데, 이러한 '공평'을 철저한 공평이라고 할 수 있겠는가? 솔직하게 말하면, 노동규약의 근본정신은 이른바 '노자타협주의'에서 벗어나지 않는다. 이러한 주의가 만일 20, 30년 전에 실행되었다면 아마 사회 분위기를 가라앉힐 수 있었겠지만, 지금은 그런 시절이 아니다. 노동계급들은 동정을 받지 않는다는 기개를 품고, "당신들이 마음대로 다 차지한 후 남은 찌꺼기로 우리를 구제하려드는데 의미없는 일이다"라고 말한다. 그래서 그들은 대세를 이루어 항상 근본개조의 대로를 향해 달려간다. 개조 이후 공평해질 수 있는지는 누구도 장담할 수 없다. 그러나 개조하지 않고 공평을 말한다는 건 절대 승인할 수 없는 일이다. 이번 규약은 완전히 현행 경제구조하에서의 편향을 바로잡고 폐단을 시정하려는 것이다. 간단히 말하면, 각국의 기존의 공장법·양로제도·보험제도 등을 비교적 완전하게 개선하여 각국이 통일적으로 실행하기를 희망한 것이다. 이렇게 하면 사회혁명의 정세를 완화시킬 수 있는가? 과거든 현재든 사회정책을 엄격히 시행하는 국가는 매우 많았는데 이 문제를 해결한 적이 있었는가? 나는 이번에 각국이 급진파 침입을 방지하기 위하여 만든 것이 바로 「국제노동규약」이며, 이는 청나라가 입헌을 준비하여 혁명을 제지하겠다는 것과 동일한 수법이어서 좋은 결과를 기대하기 어렵다고 생각한다. 문제를 근본적으로 해결하는 것은 임시적으로 해결하는 것보다 한층 어려운 일이다.

　노동조건의 개선은 각국의 이익과 긴밀히 연계되어 있어서 한 국가가 개선하지 않으면 바로 손해를 입을 것이다. 그렇다면 각국이 자발적으로 하도록 맡기면 될 터인데 왜 연합하여 서로 낭패 볼 공동규약을 만든 것인가? 나는 두 가지 동기가 있다고 생각한다. 하나는 각국 노동자들이 서로 동정을 표하기 위해서이다. 선진국 노동자들은 능력이 있어서 자본가와 대항하여 비교적 좋은 대우를 얻을 수 있지만, 후진국 동료들이 초췌히 신음하면서도 조금의 저항능력도 없는 것을 보면 정말 가련하였다. 그래서 동맹의 힘을 빌려 그들을 돕고 강력한 후원자가 되어 사기를 진작시킨 것이다. 이는 좋은 동기이다. 다른 하나는 그렇게 광명정대한 동기가 아니다. 노동제도가 비교적 좋은 나라는 틀림없이 노동시간은 짧고 임금은 높아서, 그들이 생산한 제품의 단가도 높을 수밖에 없다. 이 제품을 가지고 국제무역시장에서 임금이 낮은 국가가 생산한 제품과 경쟁하면 실패할 수밖에 없기 때문에, 그러한 국가들을 끌어들여 동등한 조건을 만들어 서로 우세를 점할 수 없게 한다. 이는 각국 정부 당국자들이 국산을 보호하기 위해 고심한 것이다. 여러분은 내가 소인의 마음으로 군자의 큰 뜻을 헤아린 것이라고 오해하지 마시오. 노동규약 안에 매우 확실한 증거가 있다. "각국 가운데 상술한 인도적 노동제도를 채택하지 않는 나라는 다른 나라의 개혁에 장애가 될 수 있다"는 구절을 생각해보자. 채택을 하지 않은 것도 그 나라가 뜻대로 그렇게 한 것이고 개혁을 하지 않은 것도 그 나라 뜻대로 그렇게 한 것인데, 누가 누구를 장애한다는 것인가? '장애'라는 말은, 한 나라가 개혁을 하지 않아 이익을 얻으면 자국이 피해를 받는다는 뜻이다. 여러분은 내가 지나치게 트집을 잡는다고 생각지 마시라. 1년 동안 각국 정치가들이 재정경제 방침에 대해 언급한 것을 보면, 하나같이 수출 장려를 최우선으로 삼지 않았는가? 툭 터놓고 말해서, 대외경쟁, 시장확장, 판매증진을 하려면 가격이 상대보다 높아서는 안 된다. 가격이 상대보다 높지 않으려면 원가가 상대보다 높지 않아야 한다. 원가를 상대보다 낮출 수 없다면 상대를 나와 같게 만드는 수밖에 없다. 이는 확실히 서구 정치가들이 노심초사한 점이다. 이렇게 생각해보면 그 속내를 엿볼 수 있을 것이다. 냉정하게 논하자면, 국가가 존재하는 이상 당국자들은 당연히 자국을 위해 생각해야 하고, 타국 저가제품의 경쟁력을 약화시키기 위해 방안을 설립하는 것도 응당 해야 할 의무라 할 수 있다. 그러나 이것은 분명 일종의 국가주의이며, 만일 사회문제의 깃발에 끼워 넣어 이용하려고 한다면, 이는 양고기를 걸어놓고 개고기라 속여 파는 일임을 면할 수 없다.

노동동맹의 취지는 본래 전 세계 노동제도를 통일적으로 개선하는 것이지만, 결국 '예외'가 나오고 말았다. 노동규약에서는 "각국의 기후·풍속 및 경제적 기회·산업적 관례가 상이하고 노동제도의 엄격한 통일도 실현하기 어렵다"고 하였다. 이 말은 분명 일부 국가가 발뺌하려는 심산인데, 가입하지 않겠다는 말은 하기가 난처하여 가입 후 연맹의 구속을 받지 않으려고 한 것이다. 결국 7개의 예외 국가가 나오고 말았다. 일본, 중국, 인도, 태국, 페르시아, 남아프리카, 쿠바. 하하! 참으로 우습다. 일본은 도처에서 두각을 드러내며, 일의 대소에 상관없이 항상 영국·미국·프랑스·이탈리아와 동등한 지위를 점하려고 했다. 유독 이 일만은 몸을 낮추어 중국·페르시아 같은 형편없는 국가들과 같은 편에 섰는데, 누가 등을 떠민 것도 아니고 일본 스스로 힘을 써 얻은 것이다. 일본 대표는 파리·베른의 두 차례 회의에서 자신의 특수한 사정을 설명하고, 10년 동안 9가지 원칙을 적용하지 않는다고 밝혔다. 아! 이것은 일본 국산보호정책의 일대 승리라 할 수 있지만, 이로 인해 국제노동동맹의 취지가 더욱 불철저하게 되었다. 이렇게 본다면 「국제노동규약」이 아무런 가치도 없는 게 아닌가? 그렇지 않다. 제427조에서 규정한 일반원칙은 비록 몇백 자 되지 않는 짧은 글이지만, 참으로 신성한 '신인권선언'이라 할 만하다. 9가지 원칙 가운데 가장 근본적인 두 가지 원칙이 있다. 하나는 노동을 상품으로 보아서는 안 된다는 것이고, 다른 하나는 노동자의 신체상 도덕상 지식상의 행복 증진을 국제사회의 가장 중요한 사항이라고 승인하는 것이다. 이 두 가지 근본원칙이 확립되고 나면 각종 제도혁신에 자연히 하나의 공동 목표가 생긴 셈이다. 현재 이루지 못한 것은 장래 반드시 이뤄야 한다는 것을 의미한다. 각종 학술과 정책에 많은 차이가 있지만, 이 근본원칙하에서 공통 건설의 방법을 고안할 수 있을 것이다. 이 근본원칙은 과거에 경제학자와 사회당 인사들이 오랫동안 크게 호소해온 것이지만, 정식 공문에 들어가 각국 당국자들이 국가의 이름으로 실질적으로 승인한 것은 이번 규약이 처음이다. 이 점으로 볼 때, 노동규약의 장래 역사적 가치가 「국제연맹규약」보다 클지도 모른다. 그리고 각 조항의 세부원칙은 모두 서구 노동계의 다년간의 숙제였는데, 노동규약에 집합되어 한 단락을 짓게 되었다. 일일이 설명하지 못한 점은 양해하기 바란다.

국제노동동맹의 조직을 연구해보면 매우 흥미로운 점을 발견할 수 있다. 국제노동동맹은 국제연맹 사업의 일부분이며, 그 조직은 국제연맹의 소속이다. 그렇게 보는 이유는 무엇인가? 노동동맹을 구성하는 국가가 바로 국제연맹을 구성하는 국가이기 때문이다. 국제노동사무국은 국제연맹 소재지에 설립되어 있다. 국제노동 분쟁은 국제연맹재판소에서 재판한다. 이는 노동동맹이 실제로 국제연맹에 의해 발아된 것임을 보여준다. 우리의 이상으로는 국제연맹정부가 마땅히 몇 개의 지부를 설립하는 것인데, 국제노동사무국은 국제연맹이 최초로 설립한 행정부라고 할 수 있다. 그러나 이 행정부 조직은 주목할 만한 몇 가지 특이점이 있다. 첫째, 노동사무국 국장은 표면적으로 볼 때 이 부서의 총책임자 같지만, 실은 일개 사무관에 불과하고 이사회의 지시를 받는다. 둘째, 이사회는 본부 행정의 핵심으로 통상적인 각 부서의 총장과 권한이 대등하지만, 독재가 아닌 합의로 의결한다. 24명의 이사는 모두 각 방면의 대표인데, 임명 혹은 선거를 거치기 때문에 성격이 매우 복잡하다. 셋째, 행정부와 대응하여 입법부가 있는데 바로 노동대표의회이다. 노동대표의회는 노동정무에 관한 의사기관으로, 국제연맹의회와 대등한 지위를 가지며 권한상에서 차이가 있을 뿐이다. 이런 조직은 러시아 소비에트 제도와 유사한 점이 있다. 러시아 각 지방의 소비에트정부는 총 소비에트 외에 부서 소비에트를 건설할 수 있다. 가령 교육부 안에 교육 소비에트가 있고, 농상업부 안에 농상업 소비에트가 있다. 나는 이런 조직이 매우 좋다고 생각한다. 장차 국제연맹의 정무가 많아져 새로운 부서를 설립할 때 이런 조직을 취하려 할 것이며, 각 내부의 입법행정기관도 이를 모방하여 개편할 수 있다. 의회는 총방침만 의결하고 나머지 각종 실제문제는 각 주관 의회를 별도로 설립하여 결정케 한다. 각국의 정치가 이런 방향으로 크게 나아가는 것을 보니 중국도 본받아야 한다고 생각한다. 이 문제는 이론이 너무 복잡하여 향후 별도의 저서를 통해 전문적으로 논하려고 한다. 노동동맹 조직에 관해 살피다가 우연히 이 문제에 느낀 바가 있어 글이 흘러가게 되었다. 주제에서 너무 멀어져 사죄를 구한다.

국제노동동맹에 대한 서술도 만 자가 넘었다. 중국에서 이 문제에 대해 관심을 가진 사람이 매우 적은데, 가련하게도 우리는 스스로 가맹국이라 생각하고 있지만 전 국민이 노동동맹에 대해 흐리멍덩하여 시종 어떤 일인지 알지 못하고 있다. 작년 10월 미국에서 열린 제1차 대회에 중국도 대표를 파견하였다. 그러나 다른 나라는 규약에 따라 정부 방면, 자본단체 방면, 노동단체 방면에 각자의 대표가 있었지만, 우리는 대사관에서 한두 명의 직원을 파견하여 이들이 세 방면의 대표가 되었다. 우리는 본래 정부도 없고 자본단체도 없고 노동단체도 없었으니 이상할 것도 없다. 하지만 우리 국민은 반드시 알아야 한다. 중국엔 자본가라 할 만한 사람도 없으며, 오히려 외국 자본가가 벌써 우리 위에 군림하며 숨통을 죄고 있다는 사실을 말이다. 다른 나라의 노동자계급과 자본가계급은 국내 인민을 두 부류로 나누어, 한 부류는 착취자가 다른 부류는 피착취자가 되었다. 중국의 현재와 미래 형세는 이렇지 않아서, 전 국민이 모두 피착취계급에 속한다. 그렇다면 중국의 착취계급은 누구인가? 바로 외국 자본가이다. 전 국민이 처한 상황이 바로 외국 노동자계급이 처한 상황이다. 솔직하게 말하면, 4억 중국인이 전부 노동계급에 속한 불쌍한 사람들이다. 이렇게 본다면, 서구 각국에서는 노동문제가 국내 일부 사람들의 고락문제에 불과하지만, 중국에서는 전 민족의 존망문제가 되었다. 몸이 불타고 있는데도 우리는 자신과 무관하다고 여기다가, 허무하게 타죽고 마는 것은 아닌지? 다른 나라의 착취를 받고 있는 사람들을 보면, 어떻게든 착취를 제거하고 자신을 구제할 방법을 찾으려 한다. 우리도 서둘러 이를 배워서 일찍 대책을 세워야 마땅할 것이다.

1차 세계대전과 신문명의 탐색

이종민

1. 문제의식

량치차오의『구유심영록』을 완독한 후 문득 홉스봄이『극단의 시대: 20세기의 역사』에서 현재 자신의 시대에 대해 언급한 말이 떠올랐다. "현재 속의 과거를 포함해서 과거가 자신의 역할을 잃어버린 세상, 개별적 집단적으로 사람들을 일생 동안 안내해온 이전의 지도와 해도가 우리가 움직이는 곳의 풍경과 우리가 항해하는 바다를 더 이상 나타내지 않는 세상, 우리가 어디로 여행하고 있는지 모르며 어디로 가야만 하는지조차 모르는 세상이 어떤 모습인지를 아는 것이 금세기 말에 처음으로 가능해졌다."[1] 홉스봄의 책은 이렇게 미래가 불투명한 현재 세상의 출로를 찾기 위해 1차 대전과 소비에트혁명에 의해 촉발되어 90년대 사회주의 몰락으로 종결되는 '단기 20세기'의 역사를 성찰한 저작이다.『구유심영록』을 보면서 홉스봄의 책이 떠오른 것은『구유심영록』이 1차 대전 전후 세계문명의 전환에 관해 서술하

---

1) 에릭 홉스봄, 이용우 옮김,『극단의 시대: 20세기 역사』, 까치, 1997, 34쪽.

고 있어서 그 출발선이 겹쳐진 면도 있지만, 무엇보다 자신의 시대를 바라보는 두 저자의 심정이 서로 통하고 있다는 점을 느꼈기 때문이다. 연배로 볼 때야 량치차오가 한참 선배로서 홉스봄이 태어난 이듬해인 1918년에서 1919년 동안 1차 대전의 현장인 유럽을 여행하고 또 소비에트혁명의 과정을 지켜본 후 이에 관한 견해로『구유심영록』을 저술한 것이다. 하지만 20세기 역사 해석의 주도권을 쥐고 있던 서구 저작을 먼저 읽은 필자로서는『구유심영록』의 탁견에 감탄하면서 거꾸로 홉스봄의 책을 떠올릴 수밖에 없었다.

홉스봄은 20세기 역사에 대해 자본주의/사회주의의 대립 서사로 보는 통념과 달리, 세계대전 기간 인류 공공의 적인 파시즘에 맞서기 위한 자본주의와 공산주의의 일시적 협력, 전후 두 체제의 장점을 융합하여 이룩한 경제 황금시대 등을 서술하며, 인류사회가 직면한 위기를 두 체제의 경쟁과 협력의 방식으로 해결해나가는 관점을 제기한다. 홉스봄은 이러한 시각을 기반으로 현실 사회주의의 몰락이 프란시스 후쿠야마의 '역사의 종언'처럼 자본주의의 승리로 귀착되는 것이 아니라, 1990년대 이후 극심해져가는 자본주의적 불평등이 21세기의 미래를 더욱 불투명하게 만들고 있다고 이해한다. 이러한 불평등의 문제가 바로 사회혁명을 통해 '단기 20세기'를 추동시킨 근본 요인이었는데 여전히 심각한 문제로 작동하고 있다면, 21세기 역시 '단기 20세기'의 지속이라고 할 수밖에 없을 것이다. 적어도 '단기 20세기' 동안에는 항해지도로 작동하던 자유, 민주, 평등, 정의 등의 근대문명적 가치가 실종되어가고, 사회주의의 몰락으로 자본주의를 견제하던 '대안세계'가 부재한 현실을 감안한다면 21세기는 더욱 불투명해 보이리라.

홉스봄이 '단기 20세기'의 종점에서 근대세계를 추구하던 인류의 꿈이 전쟁과 극단으로 치달아온 우울한 역사를 성찰하고 있다면, 량치차오는 '단기 20세기'의 입구에서 세계대전의 파국을 넘어 인류의 평화와 자유 실현을 위한 새로운 문명의 조건에 대해 예언하고 있다. 량치차오에게 1차 대전은 그동안 항해지도로 작동하던 서구 근대문명의 환상을 깨뜨린 충격적인 사건이었다. 근대 중국은 량치차오의 계몽의 빛이 발하던 시대라 해도 과언이 아닐 정도로 사상·학술에서 현실정치에 이르기까지 전방위적인 활약을 했는데 그의 별빛이 되어 주던 거울이 바로 서구 근대문명이었다. 그 가운데 량치차오는 영국의 자유주의 문명을 선호하고 그것의 중국적 실현 가능성을 모색해 왔지만, 다른 한편으로 서구 근대문명의 그늘에서 발아한 사회주의·무정부주의 등의 진보사상에 대해서도 사유의 끈을 놓지 않았다. 1차 대전은 량치차오의 항해지도를 산산조각 냈을 뿐 아니라 앞으로 나가야 할 항로 자체를 불투명하게 만들었다.

『구유심영록』은 세계대전 후 유럽 여행[歐游]을 통해 관찰하고 느낀 생각[心影]에 관한 기록으로, 길이 끊어진 곳에서 다시 새로운 길을 찾는 탐험의 여정이라고 할 수 있다. 량치차오가 유럽 세계대전의 관찰을 통해 어떠한 신문명을 탐색하고 있는지 『구유심영록』의 세계 속으로 들어가 보자.

2. 『구유심영록』 개관

1918년 10월 23일 량치차오는 쟝바이리, 류즈카이, 딩자이쥔, 장쥔마이, 쉬전페이, 양딩푸 등 6인의 대원을 데리고 세계대전이 종결된 후 평화회의가 열리고 있는 유럽으로 가기 위해 베이징을 떠난다. 량치차오를 수행한 6인의 대원은 대부분 유럽과 일본에서 유학하며 근대학문을 공부한 인재[2]들로 량치차오가 유럽의 역사문화를 이해하고 세계대전 전후의 국면을 분석하는 데 상당한 도움을 주어,『구유심영록』속의 탁견으로 이어졌을 것이라 생각된다. 량치차오 일행은 10월 28일 상하이에서 일본 우편선 요코하마마루 호를 타고 싱가포르, 페낭 섬, 스리랑카, 홍해, 지중해를 거쳐 1919년 2월 11일 런던에 도착한다. 2월 18일에 파리로 가 평화회의 정황을 관찰하고 3월 6일 파리를 떠나 세계대전 전장인 랭스, 베르됭, 알자스 로렌 지방 및 라인 강 우안의 연합군 주둔지를 여행하고 벨기에를 거쳐 파리로 돌아온다. 3월 중순에서 5월 초순까지 파리에 머물며 평화회의 상황을 관찰하다가 6월 6일에 파리를 떠나 서유럽 북부의 전장 및 유럽 각국을 유람하고 10월 11일 파리로 돌아와 2달간 체류한다. 12월 10일 독일 베를린 여행 후 파리로 돌아오고 1920년 1월 17일 마르세유로 향하여 23일 승선한 후 3월 5일 상하이에 도착한다.

『구유심영록』은 1919년 10월 11일 유럽 각국을 유람하다 다시 파리로 돌아온 시점에서 그간 관찰한 바를 회고하는 형식으로 서술되는데, 크게 8장으로 구성되어 있다. 각 장의 내용을 간략히 살펴보자. 1장 '유럽여행 중의 일반적 관찰 및 감상'은 총론에 해당하는 글로서

---

2) 장바이리(蔣百里, 1882~1938)는 군사이론가로 일본과 독일에서 공부했으며, 류즈카이(劉子楷, 1880~?)는 외교가로 일본에서 공부했으며, 딩자이쥔(丁在君, 1887~1936)은 동물학자이자 지질학자로 일본과 영국에서 공부했으며, 장쥔마이(張君勱, 1887~1869)는 철학자로 일본과 독일에서 공부했으며, 쉬전페이(徐振飛, 1890~1938)는 경제학자로 영국과 프랑스에서 공부했으며, 양딩푸(楊鼎甫)는 민국시기 저명한 지식인으로 생평은 자세하지 않다.

상, 하편으로 이루어져 있다. 상편 '대전 전후의 유럽'은 세계대전 전후의 국제정세, 세계대전이 일어나게 된 사상·문화적 원인, 새로운 문명 재건의 미래 등에 관해 서술하고 있으며, 하편 '중국인의 자각'은 새로운 문명에 적응하기 위해 중국인이 자각해야 할 시대적 과제, 중국문명이 새로운 문명 건설에 기여할 가능성과 책임 문제 등을 피력한다. 2장 '유럽으로 가는 도중에'는 량치차오 일행이 배를 타고 상하이를 출발하여 남양(南洋)[3]을 지나가다가 이곳의 화교들이 수적 우위에도 불구하고 서양의 식민지로 전락한 자치능력의 결함에 대해 한탄하고, 스리랑카에 들러 석가가 설법한 능가도와 캔디의 와불사를 관람한 소감을 서술한다. 그리고 선상에서의 일과와 에피소드를 소개하고 홍해, 수에즈, 지중해를 거쳐 영국 런던에 도착하는 과정에서 느낀 감회를 시로 표현하고 있다.

　3장 '런던에서의 첫 여행'은 대전 후 런던의 참담한 정경, 웨스트민스터 사원 관람 소감, 1919년 영국 총선 전의 정계 현황, 총선 후의 새 국회, 하원에서의 방청, 의회에 관한 에피소드 등을 서술하면서 영국이 부강한 국가가 된 것이 국민의 위대한 정신 때문이라는 점을 피력한다. 4장 '파리평화회의 조감'은 파리에서의 현지 관찰을 바탕으로 평화회의 주체국 및 기타 신생국, 평화회의의 유형, 주요 인물, 의제, 에피소드 등을 개괄적으로 설명하고 강대국의 이해관계가 얽힌 평화회의의 실제 진행과정과 그 내막에 대해 비판한다. 5장 '서유럽 전장 형세 및 전쟁국면 개관'은 세계대전의 개전과 전쟁 진행과정을 핵심

---

3) 남양은 중국의 남쪽 해양지역을 가리키는 전통 지리용어로 지금의 동남아시아에 해당한다.

적 격전지인 마른 전투, 베르됭 전투를 중심으로 개관하고, 독일이 패전한 원인을 수행원인 군사전문가 쟝바이리의 시각을 인용하여 독일 군국주의의 강경정책에서 비롯된 일이라고 비판한다. 6장 '전장 및 알자스 로렌 지방 기행'은 마른 강 일대에서 베르됭을 거쳐 알자스 로렌 지방 및 라인 강 우안의 연합군 점령지를 관람하고 뫼즈 강을 따라 힌덴부르크 방어선 일대를 통과하여 파리로 돌아온 여행 소감을 피력하고, 유럽 전쟁의 참상과 역사적 근원 그리고 이를 방지하기 위한 세계정부의 필요성에 대해 서술한다.

7장 '국제연맹에 관한 평론'은 세계대전의 교훈이자 인류평화를 위한 대 기틀로 국제연맹이 제기된 역사적 내원, 연맹규약 성립 경과, 연맹 구성의 주체, 기관, 군비축소, 전쟁방지방법과 위배국가 제재, 기존 국제협정·조약과의 관계 문제 등을 비평한다. 그리고 국제연맹이 불완전하고 미비하기는 하지만 인류의 영구평화를 위한 거대한 진보라는 점을 강조한다. 8장 '국제노동규약에 관한 평론'은 세계대전의 주요 요인이 된 자본주의적 불평등 및 노동문제가 국제적 차원으로 확장됨에 따라 국제노동규약이 파리평화회의의 주요 의제가 된 점, 국제노동규약이 세계평화를 위한 노동제도 건립을 목표로 한다는 점, 노동의 탈상품화와 노동자의 행복증진을 위한 공동원칙 및 조직 등에 관해 설명하며, 국내외 경제구조의 불평등을 개선하는 일이 인류평화와 사회정의를 추구하는 관건적인 사업이라는 점을 강조한다.

전체적으로 볼 때『구유심영록』은 세계대전으로 서구 자유주의 문명이 폐허가 된 현장에서 새로운 문명의 가능성을 찾아가는 성찰과 예언의 기록이라고 할 수 있다.『구유심영록』을 새로운 문명에 대한 성찰과 예언의 기록으로 이해하려면 무엇보다『구유심영록』에 대한 기존의 시선을 반성적으로 살펴볼 필요가 있다. 박노자는 「1900년대 조선, 양계초에 반하다」[4]라는 글에서 "일부 미국 학자들은 『구유심영록』을 '유교적 보수주의로의 회귀'라고 혹평하지만, 이 글은 주변부 지식인 입장에서의 서구 비판의 아주 훌륭한 예다."라고 비평한 적이 있다. 『구유심영록』을 유교적 보수주의로의 회귀라고 비판하는 것은 1차 세계대전 전후 시작된 중국 지식계의 동서문화 논전과 밀접한 관련이 있다. 당시 1차 세계대전의 충격으로 인해 서구 근대물질문명에 대한 성찰의 공간이 열리면서 위기 극복을 위해 중국 정신문명이 적극적 역할을 할 수 있다는 이른바 문화보수주의 시각이 대두되었다. 다른 한편으로 신해혁명으로 건설된 공화정이 위안스카이의 개제, 장쉰의 복벽 등 보수 세력의 역행으로 위기에 빠지면서 그 뿌리인 전통문화를 근원적으로 해체하려는 반전통주의 시각이 형성되었다. 이렇게 문화보수주의와 반전통주의 시각이 대립하는 가운데 『구유심영록』이 중국지식계에 소개되면서 동서문화 논전이 한층 가열되고, 문화보수주의 진영은 량치차오의 시각을 전반적 서구화를 주장하는 신문화진영에 대한 공격의 무기로 사용하였다. 『구유심영록』이 서구 물질문명의 위기를 중국 정신문명으로 구원할 수 있다는 문화보수주의의 선언서[5]로 칭해지면서, 신문화진영은 반대로 이 책을 유교적 보수주의를 대변하는 것이라고 혹평하였다. 량치차오 개인사적으로 볼 때도 『구유심영록』의 저술 시기는 정치생애를 마감하고 교육과 전통학술(문화) 연구에 매진하게 되는 전환점에 놓인다. 량치차오 연구자들

---

4) 『한겨레21』 칼럼, 2004.2.18일자.

5) 강명희, 「5.4시기 중국의 '제3의 신문명' 건설 탐색-연구계 량치차오를 중심으로」, 『중국근현대사연구』 44집, 중국근현대사학회, 2009.12, 30쪽.

은 이 시기를 두고 량치차오가 진보주의자에서 보수주의자로, 서구주의자에서 전통주의자로 전환했다고 말한다.[6]

그런데 문제는 두 진영의 옹호와 비판과 달리, 이른바 서구 물질문명의 위기/중국 정신문명의 구원이라는 시각으로는 『구유심영록』의 본의를 포착할 수 없다는 점이다. 또 이 시기 량치차오의 행보를 진보주의자에서 보수주의자로, 서구주의자에서 전통주의자로 전환했다고 평가하지만 『구유심영록』은 보수주의자 · 전통주의자 량치차오의 저작으로 이해할 수 없는 더욱 다층적인 시각이 공존하고 있다. 즉 『구유심영록』을 세계대전 후의 신문명에 대한 성찰과 예언의 기록으로 이해할 때, 성찰은 서구 자유주의 문명을 신봉한 계몽주의자 량치차오가 그 문명이 파국에 치달은 원인에 대해 반문하는 형식으로 진행되고, 예언은 사회주의 · 무정부주의 비판사상의 시대적 의미를 사유해온 진보주의자 량치차오와 중국의 전통사상이 현재의 위기 극복을 위한 자원으로 활용될 가능성을 모색한 인문주의자 량치차오가 서로 협력하여 새로운 문명의 조건을 제기하는 형식으로 이뤄지고 있는 것이다. 『구유심영록』은 량치차오의 이러한 시각들이 연계되어 쓰인 것으로 문화보수주의의 선언서라고 단순히 규정하기 힘든, 동시대 세계의 변화에 대한 통찰과 새로운 문명의 탐색을 거시적으로 시도하고 있다.

---

6) 백지운, 「반면교사로서 유럽-량치차오의 『구유심영록』에 대한 일고찰」, 『중국현대문학』 39호, 중국현대문학학회, 2006.12. 165-166쪽.

3. 과학을 보는 시각

『구유심영록』이 중국 지식계의 동서문화 논전 및 과학과 인생관 논쟁에서 가장 논란이 되었던 부분은, 1차 세계대전의 원인과 서구 근대문명의 위기를 과학만능주의와 연계지어 분석하고 있는 1장 상편 7절의 '과학만능의 꿈'이다. 먼저 '과학만능의 꿈' 가운데 그 논지가 잘 드러나 있고 후스가 「과학과 인생관」 序에서 인용하여 부각이 되었던 구절을 읽어보자.

> …… 요약하자면, 근대인들은 과학발전을 통해 공업혁명을 일으켰으며, 외부생활이 급격히 변화함에 따라 내부생활이 동요되었다는 것이다. 이는 쉽게 이해할 수 있는 점이다. …… 과학자의 새로운 심리학에 근거하면 소위 인류의 심령은 물질운동현상의 하나에 불과하다. …… 유물론 철학자들은 과학의 비호 아래서 순물질적이고 순기계적인 인생관을 수립하여 내부생활과 외부생활을 모두 물질운동의 '필연법칙'으로 귀결시켰다. …… 뿐만 아니라, 그들은 심리와 정신을 동일한 사물로 보면서 실험심리학을 근거로 인류의 성신도 일종의 물질에 불과하며 똑같이 '필연법칙'의 지배를 받는다고 우긴다. 그래서 인류의 자유의지가 부정될 수밖에 없었다. 의지가 자유로울 수 없다면 선악의 책임도 존재하지 않는다. …… 오늘날 사상계의 최대 위기가 바로 여기에 있다.
>
> 종교와 구철학은 이미 과학의 공격에 패배했을 뿐만 아니라, '과학선생'이 적극적으로 나서서 자신의 실험에 의거하여 우주의 대원리를 발명하려고 한다. 대원리는 말할 것도 없고 각 분과의 소원리도 나

날이 새로워진다. 오늘 진리로 인정되던 것이 내일 오류로 드러난다. 신권위는 끝내 수립되지 못하고, 구권위는 회복되어서는 안 된다. 그래서 사회 전체의 인심이 의심과 침울 그리고 두려움에 빠져있는데, 마치 나침판을 잃어버린 배가 풍랑과 안개 속을 헤매며 어디로 가야 좋을지 모르는 듯한 상황이다. 이렇게 되어 공리주의 · 강권주의가 갈수록 득세하였다. 사후 천국이 존재하지 않으니 몇십 년의 짧은 인생을 마음껏 즐기지 않을 수 없고, 선악에 책임이 없으니 모든 수단을 동원하여 개인적 욕망을 채워도 무방하다. 그러나 소비할 수 있는 물질 증가속도가 욕망의 팽창속도를 따라갈 수 없었고, 양자의 균형을 잡아줄 방도도 없었다. 어떻게 할 것인가? 자신의 힘에 의지하여 자유경쟁을 할 수밖에 없었다. 솔직하게 말하면, 약육강식이다. 최근에 등장한 군벌 · 재벌은 모두 이러한 경로를 통해 만들어진 것이다. 이번 대전은 바로 인과응보인 셈이다. …… 요컨대, 이러한 인생관하에서라면 수많은 사람들이 연이어 이 세계에 와서 몇십 년을 사는 이유가 무엇인가? 유일한 목적은 빵을 빼앗아 먹기 위해서다. 그렇지 않다면, 우주 물질운동의 대바퀴에 동력이 부족할까 걱정되어 특별히 연료를 공급하기 위해 온 것이다. 정말로 이러하다면, 인생에 무슨 의미가 있고, 인류에 무슨 가치가 있는가? 유감스럽게도, 과학의 전성시대에 주요 사조는 이 방면에 편중되었다. 당시 과학만능을 노래했던 사람들은, 과학의 성공으로 황금세계가 머지않아 출현할 것이라고 열망하였다. 오늘날 과학은 성공했다고 할 만하다. 백 년 동안의 물질의 진보가 과거 삼천 년 동안 생산한 것보다 몇 배나 증가했기 때문이다. 하지만 우리 인류는 행복을 얻지 못했을 뿐 아니라 오히려 수많은 재난이 일어났다. 이는 마치 사막에 길을 잃은 여행객이 멀리서 커다란 검은 그림자가 보이자 사력을 다해 앞으로 달려가, 길 안내를 받으려고 바짝 다가가니 그림자가 보이지 않아 한없이 처량하고 실망한 것과 같다. 그림자는 누구인가? 바로 '과학선생'이다. 유럽인들은 과학만능의 큰 꿈을 꾸다가 지금은 오히려 과학의 파산을 부르짖고 있다.[7]

유럽 근세문명에는 봉건제도, 그리스철학, 기독교의 세 가지 근원이 있는데, 봉건제도는 개인과 사회의 관계를 규정하여 도덕의 조건과 관습을 형성했고, 그리스철학은 우주 최고 원리와 인류 정신작용에 대해 연구하며 최선의 도덕 표준을 제공했고, 기독교는 감정과 의지의 두 측면에서 '초세계'의 신앙을 제공하여 현세의 도덕이 자연스럽게 이 기준을 따르게 되었다. 그런데 프랑스대혁명 이후 봉건제도가 완전히 붕괴되어 옛 도덕의 조건과 관습이 대부분 현실과 멀어지면서 유럽인들의 내부생활도 점차 동요되기 시작했고, 과학의 발달로 인해 '순물질적이고 순기계적인 인생관'이 형성되어 유럽인의 내부생활을 지배함에 따라 인간의 자유의지가 물질운동의 '필연법칙'으로 대체되었다. 량치차오는 바로 이러한 '순물질적이고 순기계적인 인생관'이 유럽 사회 전체를 '회의와 답답함과 두려움 속으로 빠져들게 했으며', '약육강식'의 현 상황을 만들어낸 것이라고 인식한다. 그리고 이러한 과학만능주의와 아울러 오늘날의 빈부격차를 더욱 부채질하는 것이 생물진화론과 자기 본위의 개인주의이다. 다윈의 생물학의 대원리는 생존경쟁과 우승열패의 원리로 귀결할 수 있으며 밀의 공리주의와 벤

---

7) 梁啓超, 『歐游心影錄』, 北京: 商務印書館, 2014, 16-18쪽.

담의 행복주의와 결합되어 당시 영국 학술의 중심이 되었다. 동시에 슈티르너와 키에르케고르가 자기본위설을 제창했는데, 박애주의가 노예의 도덕이며 약자를 제거하는 것이 강자의 천직으로 우주 진화의 필연이라고 주장하였다. 개인의 측면에서 볼 때 권력 숭배와 물질 숭배가 불변의 진리가 되었고, 국가의 측면에서 군국주의와 제국주의가 가장 유행하는 정치 전략이 되었다. 량치차오는 이번 세계대전의 기원은 바로 이러한 이론에서 비롯되었으며, 앞으로 각국 내부에서 벌어질 계급투쟁의 기원도 바로 이러한 이론에서 비롯될 것[8]이라고 인식한다.

과학 기술과 생산력의 발전으로 풍요로운 물질생활을 향유하고 개개인이 자유롭고 행복한 세상이 도래할 것이라는 근대문명의 꿈은 세계대전과 빈부격차로 인해 파산 선고가 이뤄졌다. 량치차오는 전쟁과 사회적 불평등이 단순히 물질생산 시스템의 위기에서 초래된 것이 아니라, 근대문명을 지배하고 있던 '순물질적이고 순기계적인 인생관'인 과학만능주의 및 학술계의 생물진화론과 자기 본위의 개인주의에서 연유한다고 인식한다. 그러나 문화보수주의자들이 생각하듯이 량치차오가 위기에 빠진 서구 물질문명의 구원자로 중국 정신문명을 즉각 내세웠던 것은 아니다. 량치차오는 유럽이 최근 겪은 물질적 정신적 변화는 개개인의 자각을 통해 날마다 창조해온 것이며, 지금 문명의 '질'이 예전보다 떨어지기는 했지만 그 '양'은 풍부해졌고 '힘'은 지속될 수 있다[9]고 판단한다. 이러한 맥락에서 량치차오는 1장 상편 10

---

8) 梁啓超, 앞의 책, 14-15쪽.
9) 梁啓超, 앞의 책, 23쪽.

절 '신문명 재건의 미래'에서 유럽이 세계대전 이후 새로운 문명을 모색해나가는 내부 동력에 대해 굳건한 신뢰를 보낸다.

현재 유럽인은 그러하지 않다. 그들은 여전히 자아발전을 추구하고 외부의 압박에 대해 백절불굴의 의지로 반항하여 날마다 정진에 힘쓴다. …… 그리고 그 속에서 진정으로 안심입명할 곳을 찾으려 하는데, 현재 점차 그러한 곳을 찾아가고 있다. 사회학 분야에서 러시아 크로포트킨 일파의 호조론은 다윈의 생존경쟁설을 대체하여 흥기하고 있다. 크로포트킨은 자아는 발전해야 하는데, 인류는 사회를 떠나 독립할 수 없고 모든 일은 반드시 타인의 도움에 의지해야 하기 때문에, 상호 부조가 바로 자아 발전의 유일한 수단이라고 주장하였다. 그의 논거 역시 과학적으로 귀납한 것이어서 갈수록 사상계에서 세력을 넓혀가고 있다. 철학 분야에서는 인격유심론, 직관창조론 등의 새로운 학파가 출현하여 과거 기계적 유물적 인생관의 암운을 걷어냈다. 인격유심론은 미국의 제임스가 처음으로 제기하였고 근래 들어 영미 학자들에 의해 더욱 발전되었다. 과거 유심론 철학자들은 '심령'을 절대적 실체로 간주하고, 그의 대상 '세계'와 서로 대립하면서 양분되어 있는 것으로 인식하였다. 그러나 제임스 일파는 과학적 연구방법을 사용하여 인류의 심리 기능이 외부세계에 적응하면서 점차 발달하고, 의지와 환경이 서로 협력하여 진화를 완성한다고 증명하였다. 인류생활의 근본적인 의미는 당연히 자기를 보전하고 발전시키는 것이다. 그러나 사람마다 각자 '자기'가 있어서, '자기'라는 말로는 서로 통용되기 어렵기 때문에, 자기의 통칭을 '인격'이라고 부른다. '인격'은 각자의 자기를 떠나면 의지할 곳이 없지만, 각자의 자기에 기대기만 해서는 자신을 완성할 수 없다. 세계에 다른 사람이 없다면 나의 '인격'은 어떻게 표현되는가? 사회 전체가 죄악이라면 나의 '인격'은 사회의 감염과 압박을 받고 어떻게 건전해질 수 있는가? 이로부터 인격은 공통적이며 고립된 것이 아니라는 점을 알 수 있다. 자신의 인격을 향상시키려고 하면 유일한 방법은 사회의 인격을 향상시키는 것이다. 그렇지만 사회의 인격은 본래 각자의 자기가 화합하여 이루어진다. 사회의 인격을 향상시키려면 유일한 방법은 자기의 인격을 향상시키는 것이다. 이것이 바로 의지와 환경이 협력하여 진화를 완성한다는 이치이다. 이러한 이치를 이해하면 소위 개인주의, 사회주의, 국가주의, 세계주의의 각종 모순도 해결할 수 있다. …… 앞으로 칸트·헤겔·다윈 등의 선배들의 학술과 대등한 권위를 가지고 이 시대 사람들의 마음을 움직일 만한 큰 성과가 나올지는 확신하기 힘들다. 하지만 이번 대전의 상처와 고통을 겪고 난 후, 많은 유럽인들의 인생관이 그 충격으로 변화가 일어났다. 그들이 앞으로 이로부터 새로운 국면을 개척할 것이라는 점에 대해서는 감히 단언할 수 있다.[10)]

량치차오는 유럽이 세계대전의 충격으로 고통의 시간을 지내고 있지만 자아발전을 위한 불굴의 정신으로 새로운 국면을 개척하고 있으며, 그 과정에서 '순물질적이고 순기계적인 인생관'에 커다란 변화가 발생하고 있다고 인식한다. 즉 사회학 분야에서는 크로포트킨의 상호부조론이 다윈의 생존경쟁설을 대체하여 자기본위적 개인주의가

---

10) 梁啓超, 앞의 책, 24-26쪽.

아닌 상호부조가 자아발전을 위한 동력으로 승인되고 있으며, 철학 분야에서는 인격유심론, 직관창조론 등의 학파가 기계적 유물적 인생관을 비판하고 상호 소통하는 인격 개념을 통해 개인-사회-국가-세계가 서로 협력하는 새로운 인생관을 형성하고 있다. 여기서 주목할 점은 유럽에서 형성되고 있는 새로운 인생관이 중국의 '과학과 현학' 논쟁에서처럼 과학과 대립하거나 독립된 영역으로 존재하는 것이 아니라, 과학적 연구방법을 통해 그 근거를 귀납함으로써 과학과 밀접한 연계성을 지니고 있다는 사실이다. 량치차오는 세계대전의 충격과 상처 속에서 일어나고 있는 이런 유럽사회의 변화를 감지하며, 향후 상호부조와 인격론을 통한 협력과 소통의 세계가 나아가는 것이 바로 새로운 문명 건설의 길이라는 점을 통찰한다.

　량치차오가 『구유심영록』에서 중국 전통사상에 주목하는 것은 바로 이러한 세계사적 맥락에서이다. 당시 유럽에서 제창된 실용철학과 창조론철학은 이상을 현실에 집어넣어 정신과 물질의 조화를 이루려고 했다. 량치차오는 중국 선진시대의 사상이 이러한 목표에서 발전된 것이라고 인식한다. 특히 공자·노자·묵자의 세 성인은 학파가 다르지만, '이상과 실용의 일치'는 이들의 공통된 귀착점이었다. 공자의 '본성을 다하고 변화를 돕는다(盡性贊化)'[11], '스스로 굳세게 하며 쉬지 않고 노력한다(自强不息)'[12], 노자의 '만물이 제 근원으로 돌아간다(各歸其根)'[13], 묵자의 '위로 하늘을 따른다(上同於天)'[14]

---

11) 『주역』 「설괘전」에 나오는 구절.
12) 『주역』 乾卦에 나오는 괘사.
13) 『노자』 제16장의 구절.
14) 『묵자』 「상동(尙同)」편의 구절.

는 모두 '대아', '영적 자아'와 '소아', '육체적 자아'가 동체(同體)이며, 작은 것을 통해 큰 것으로 나아가고 육체를 통해 영혼과 화합하려고 한다.[15] 또 유럽의 불교 연구가 날로 풍성해져 모든 경전이 거의 다 번역되었지만 범문 속에서 대승 교리를 얼마나 이해할 수 있을지는 알 수가 없다. 그런데 중국에서 스스로 창시한 종파는 말할 필요도 없고, 선종(禪宗)[16] 같은 경우는 진실로 응용된 불교이자 세속 불교라고 할 수 있다. 선종은 확실히 인도를 벗어나야 형성될 수 있는 불교이면서 중국인의 특성을 분명하게 표현하고 있는데, 이로 인해 출세법(出世法)과 현세법(現世法)이 공존하며 모순되지 않는다. 지금 베르그송, 오이켄 등은 이 길을 가려고 하지만 아직 도달하지 못했으며 그들이 유식종(唯識宗)[17]의 서적을 읽을 수 있다면 성취가 지금보다 더 커지고, 선종을 이해할 수 있다면 더욱 커질 수 있을 것이다.[18] 이러한 맥락에서 량치차오는 유럽 지식계가 공자, 노자, 묵자 및 불교가 걸어간 길을 따라 '현대적 이상과 실용의 일치'를 추구해나간다면, 세계대전 이후 현대세계가 요청하는 새로운 문명세계를 개척할 수 있을 것이라고 판단한다.

---

15) 梁啓超, 앞의 책, 50쪽.

16) 선종이라는 명칭은 당나라 중기부터 그 종풍이 크게 흥성하여 교종과 대립하면서 사용되기 시작했다. 선종에서는 인간의 마음을 탐구하여 본래 지니고 있는 성품이 부처의 성품임을 깨달을 때 부처가 된다고 인식하며 수행법으로 좌선을 중시한다.

17) 유식종은 당나라 현장과 그의 제자 규기가 창립한 종파로, '모든 법은 오직 식이다(萬法唯識)'라는 주장 때문에 이 이름이 붙었다. '만법성상'을 밝히는 것을 주된 요지로 삼아 법상종 또는 법상유식종이라고도 한다.

18) 梁啓超, 앞의 책, 50-51쪽.

4. 국제연맹

『구유심영록』을 이렇게 이해한다면, 이 책에서 서구 물질문명의 위기를 중국 정신문명으로 구원한다는 문화보수주의적 시각이 부각되어 있다고 보기는 힘들다. 량치차오가 근대문명의 위기를 배태한 이데올로기로서 '순물질적이고 순기계적 인생관'인 과학만능주의를 비판하는 것은 사실이다. 그러나 7절 '과학만능의 꿈' 주에서 량치차오가 "독자 여러분, 과학을 비하한다고 절대 오해하지 않길 바란다. 나는 결코 과학의 파산을 인정하지 않으며, 과학만능을 인정하지 않는 것일 뿐이다."[19]라고 하듯이 과학 전반에 대해 부정적 시각을 가지고 있는 것은 아니다. 오히려 과학기술의 발전이 인간의 물질생활을 풍요롭게 할 수 있다는 점에 대해서는 여전히 신뢰를 보내고 있으며, 상호부조와 인격론을 중심으로 하는 새로운 인생관 역시 과학적 연구방법에 기반하여 역사 문화적 근거를 귀납해야 비로소 인류세계의 공감을 받을 수 있을 것이라고 인식한다. 그리고 새로운 문명을 창조하는데 중국 정신문명이 기여할 수 있는 가능성은 그것이 중국의 것이어서 라기보다는, 상호부조와 인격론을 통한 협력과 소통의 세계를 건설하는데 있어서 중국 정신문명이 기여할 수 있는 다양한 사상적 자원이 존재하기 때문이다. 그런데 모든 사상은 항상 자신의 시대를 배경으로 삼고 있어서 중국의 사상적 자원을 현 시대에 그대로 적용해서는 안 되며, 그것을 창조적으로 발휘하려면 유럽의 연구방법이 확실히 중국보다 정밀하기 때문에 먼저 유럽문화를 통해 발전의 경로

---

19) 梁啓超, 앞의 책, 18쪽.

를 찾아야 한다. 그것이 바로 량치차오가 일관되게 주장해온, 서양문명으로 중국문명을 확충하고 중국문명으로 서양문명을 보완하여 두 문명의 화합을 통해 신문명을 창조하는 방법인 것이다.[20]

량치차오의 이러한 문화정치학이 당시의 시대적 과제를 즉각적이고 효과적으로 해결하여 새로운 대안 문명의 창조로 나아가지는 못했지만, 그의 역사적 시각은 동시대 세계와의 긴장관계를 통해 인류가 만들어가야 할 문명사회의 방향에 대해 통찰하고 있다는 점은 부인할 수 없을 것이다.[21] 당시 천두슈는 「과학과 인생관」序에서 유럽문화가 파산한 책임을 과학과 물질문명에 돌리는 것은 매우 어리석은 생각이고, 세계대전은 영국과 독일이라는 양대 공업 자본주의 국가가 세계시장을 선점하기 위해 경쟁하는 과정에서 발생한 전쟁이라고 주장하면서, 량치차오를 포함한 문화보수주의자들의 시각을 비판한다. 천두슈의 이러한 비판은 신문화운동과 문화보수주의 양 진영의 논쟁이 주로 량치차오가 7절 '과학만능의 꿈'에서 제기한 유럽문명의 위기와 과학의 문제를 둘러싸고 진행되었기 때문이라고 생각된다. 사실『구유심영록』전체를 읽어보면 과학과 인생관의 문제를 넘어, 전지구적 자본주의와 국가간 경쟁체제, 세계평화를 위한 국제연맹 문제, 빈부격차와 사회주의 문제, 구 제국의 해체와 민족자결의 문제, 러시아 혁명과 세계정세 등 세계대전 전후 유럽 정치경제 및 노동 문제에 관해 거시적으로 통찰하고 있어서, 천두슈의 비판이 진영 논리에 의한 것이 아닌지 의문이 들 것이다.

---

20) 梁啓超, 앞의 책, 49쪽.

21) Xiaobing Tang, *Global Space and the Nationalist Discourse of Modernity*, Stanford University Press, 1996, 222쪽.

『구유심영록』은 중국 지식계의 동서문화 논전 및 과학과 인생관 논쟁에 깊이 관여되어 있어서 사상문화 텍스트로만 해석되는 경향이 있다. 하지만『구유심영록』은 전후 유럽문명에 대한 관찰과 정치경제적 분석이 유기적으로 연계되어 있어서 사회학적 텍스트로 읽어도 무방할 정도의 통찰력을 지니고 있다. 량치차오는 전 지구적 변화에 대한 사회학적 분석을 바탕으로 전후 새로운 문명 건설을 위해선 무엇보다 국가 간 경쟁체제를 평화체제로 전환하는 일이 급선무라고 인식한다. 그것이 가능하기 위해선 개별 국가들이 내부의 국가주의를 통제하여 국가 간의 상호관계를 중시하는 '세계주의 국가'로 나아가고, 아울러 개별 국가들 사이에서 세계정부 역할을 수행할 국제연맹을 건립하여 평화체제의 근간이 되어야 한다.

국제연맹은 세계주의와 국가주의가 조화되는 첫걸음으로서, 국가 상호간의 관념을 사람들에게 깊이 인식시키고, 국가의지는 절대적이고 무한한 것이 아니라 외부의 통제를 많이 받아야 한다는 점을 알게 하였다. 솔직히 말하자면, 국가와 국가 상호간의 관계가 한층 밀접해졌다는 것이다. 우리는 이러한 현황 속에서 '세계주의 국가'를 건설해야 한다. 어찌하여 '세계주의 국가'라고 부르는 것인가? 국가는 사랑해야 하지만, 완고하고 편협한 구사상을 애국이라 여겨서는 안 된다. 왜냐하면 오늘날의 국가는 이렇게 발전할 수 있는 것이 아니기 때문이다. 우리의 애국은 국가만을 알고 개인을 몰라서는 안 되며, 또 국가만을 알고 세계를 몰라서는 안 된다. 우리는 국가의 보호 아래서 개개인의 천부적 능력을 마음껏 발휘하고, 전 세계 인류 문명을 위해 커다란 공헌을 해야 한다. 장래 세계 각국의 추세가 모두 이

와 같을 것이며, 우리가 세계주의 국가를 제창하는 것도 바로 이 때문이다.[22]

세계대전은 천두슈의 지적대로 민족을 단위로 한 자본주의 국가가 세계시장을 선점하기 위해 경쟁하는 과정에서 발생한 전쟁이었기 때문에, 민족국가 간 경쟁체제를 통제하고 상호부조의 국제적 협력 관계를 확립하는 것이 새로운 문명 건설의 관건이 된다. 량치차오는 기존의 근대국가가 민족국가 내부의 이익만을 우선하고 국가 상호 간의 관념이 결핍된 국가주의 국가라고 비판한다. 국가와 민족의 생존이 위협받던 시기에는 독립된 국가 건설이 정당화 될 수 있었지만, 일국의 이익만을 추구하는 국가주의 국가 간의 경쟁이 세계대전을 일으킴에 따라, 장래에는 민족국가 간의 경쟁을 지양하고 상호이익을 위한 협력을 중시하는 세계주의 국가를 건설해야 한다. 그리고 이러한 세계주의 국가들 사이의 평화체제를 확립하는 일이 바로 국가 내부의 발전을 넘어 전 세계 인류의 행복을 위한 문명의 기초가 되는 것이다. 이를 위해선 개개인이 "인생의 최대 목적은 인류 전체를 위해 공헌하는 일"이라는 인생관을 공유해야 하며, 국제관계의 현실로 볼 때는 세계정부의 역할을 수행할 국제연맹 건설이 가장 핵심적인 과제가 된다.

『구유심영록』에서 량치차오는 세계대전 이후 현실 국제정세를 좌우하게 될 파리평화회의에 상당한 주목을 하는데, 그중 국제연맹과 국제노동규약에 관해 별도의 장을 할애하여 서술하고 있다. 개인-국

---

22) 梁啓超, 앞의 책, 31쪽.

가-세계가 상호 소통하고 협력하는 사회를 건설하는 데 있어서 국제연맹이 국가 간 평화체제를 정립하기 위한 세계정부의 문제라면, 국제노동규약은 국내외의 경제적 불평등을 해소하기 위한 사회정책의 문제라고 할 것이다. 이 두 가지 문제는 세계주의 국가가 창출되어 지속적으로 존립 가능하기 위한 국제적 조건이라고 할 수 있다. 먼저 국제연맹의 문제에 대해 살펴보자. 유럽은 14~15세기 이후 근대국가의 기초가 정립되면서 국가주의가 날로 발전하고 18~19세기에 그 정점에 이르렀을 때 나폴레옹이 등장하여 패권적 제국을 건설하려 했고 최근에는 빌헬름 2세가 동일한 몽상으로 세계대전을 일으켰다. 이 때문에 국가보다 상위의 기관을 건설하는 일이 매우 절박한 시대적 과제가 되었는데, 최근 백 년간의 정치사에서 새로운 추세로 나타난 것이 바로 연방제도였다. 스위스와 같은 소국, 독일 미국과 같은 대국, 호주·캐나다·남아프리카 등의 식민지에 이르기까지 모두 소정치단위에서 대정치단위를 구성하고 있었다. 기존의 소단위(즉 영방국가나 주)는 결코 소멸되지 않고 오히려 주체가 되어, 합의의 형식으로 새로운 대단위(즉 연방정부)를 조성하였다. 연방정부의 권한의 범위가 일정하지 않지만, 각 주와 각 제후국은 자신의 본래 주권을 부분적으로 제한하여 두 가지 정부의 형식을 이루었다. 이러한 제도를 시행한 나라들은 그 성과가 매우 컸으며 국부적으로 이렇게 시행할 수 있다면 전세계적으로도 이렇게 시행할 수 있다는 희망이 생기게 되었다. 그래서 어떤 사람은 '전유럽연방'을 제창하고 또 어떤 사람은 '전미연방'을 제창하는 등 그 기세가 강하고 날로 확대되어 결과적으로 전 세계 국제연맹으로 귀결되었던 것이다. 원어 "League of Nations"을 직역하면 '국가연합(國聯)'이 되며, 그것이 취한 노선으로 논하자면 스위스, 독

일, 미국 등의 연방제도를 확대한 것이다.[23]

국제연맹의 이상은 예전부터 제기되어온 것인데 그 시초는 윌리엄 펜[24]으로 17세기 중엽에 국제재판기관의 필요성을 호소하였다. 칸트는『영구평화를 위하여』[25]를 저술하여 전 세계가 공화정체를 수립하고, 국제법은 자유국 연맹조직에 의해 기초가 수립되어야 하고, 전 인류가 세계시민이 되어야 한다[26]는 세 가지 원칙을 제기하였다. 루소는 한층 더 구체적인 계획을 구상하면서 국제입법부, 국제재판소, 국제치안군대의 필요성을 주장하였다. 하지만 당시 다수의 실제 정치가들은 이러한 이론이 지식인의 공상이라고 여기며 주목하지 않았다. 비엔나회의 때 러시아황제 알렉산드르 1세가 제창한 신성동맹은 본래 유럽 국제관계를 근본적으로 개조하려는 뜻이 함축되어 있었지만, 후에 황제권을 옹호하는 기관으로 변질되어 인류 진화사에서 아무런

---

23) 梁啓超, 앞의 책, 172쪽.

24) 윌리엄 펜(William Penn, 1644~1718)은 영국의 식민지였던 미국에 필라델피아를 건설하여 펜실베이니아를 정비한 인물이다. 펜이 보여준 민주주의 중시는 미국 헌법에 영향을 주었다.

25) 칸트의『영구평화를 위하여(Zum ewigen Frieden Ein philosophischer Entwurf)』(1795)는 미국의 독립전쟁과 프랑스혁명 이후의 전쟁 등 전 세계에서 전쟁이 끊이지 않던 상황에서 전쟁을 종식시키고 영원한 평화체계를 구축하기 위해 규범적 이상을 넘어 구체적인 제도적 조건과 모델을 탐색한 저술이다. 칸트는 국가 간의 영구평화를 위해 범해서는 안 될 금기조항을 담은 예비조항과 국가 간의 영구평화를 확정 짓는 조항, 영구평화를 위한 보증사항 등을 제시하고 있다.

26) 칸트는 영구평화를 위해 국내사회, 국제사회, 세계시민사회를 개편할 것을 제안하는데, 국내사회적 차원에서 "모든 국가의 시민적 헌정체제는 공화정이어야 한다", 국제사회적 차원에서 "국제법은 자유로운 국가들의 국제연합체제에 기초해야 한다", 세계시민사회적 차원에서 "세계시민법이 정한 보편적 체류 숙박의 조건"을 실현해야 한다는 것이다.

가치도 지니지 못하게 되었다. 19세기 후반에 각국이 군비확장경쟁을 하여 전 세계에 전운이 감돌기 시작하면서 세계주의적인 평화운동이 점차 대두되었다. 1899년과 1907년 두 차례 개최된 헤이그평화회의가 이러한 목적으로 진행된 것이었으며, 동시에 아메리카 대륙에서는 더 절실하고 강력하게 1889년 전미회의를 소집하여 상설기관을 건립하였고, 1891년과 1910년에 권한을 더욱 확충하여 아메리카 대륙에 한정된 국제연맹이 거의 성사되었다.[27]

이러한 역사적 맥락 속에서 세계대전 후 많은 사람들이 개조방법으로 주목한 것이 바로 국제연맹이었다. 각국 명사들 가운데 가장 강력하게 고취한 이들로 영국의 자유당 전 외상 에드워드 그레이[28], 보수당 솔즈베리 후작의 아들 로버트 세실, 미국 민주당의 대통령 월슨, 공화당의 전 대통령 태프트[29], 프랑스 전 총리 레옹 부르주아[30]가 있었다. 각국의 사회당은 줄곧 전쟁반대와 군비축소를 주장하여 적극 찬성했으며, 일반 상인과 농민은 전쟁을 매우 혐오하여 모두 근본적인 해결방안을 기대하고 있었다. 학계에서는 그동안 연구한 바를 구체적인 방안으로 만들었는데, 가장 유명한 저작으로 영국의 필모어 박사·미국의 버틀러 박사 그리고 프랑스 전 총리 레옹 부르주아와 남아프리카 영국령 식민지의 스뫼츠 장군 등의 책이 있다. 이들은 국

---

27) 梁啓超, 앞의 책, 172-173쪽
28) 에드워드 그레이(Edward Grey, 1862~1933)는 영국 역사상 가장 오랜 기간 (1905~1916) 외무장관으로 재임한 정치가이다.
29) 태프트(William Howard Taft, 1857~1930)는 미국의 27대 대통령(1909~1913)이다. 미국 역사상, 행정부와 사법부의 수장을 모두 지낸 유일한 인물이다.
30) 레옹 부르조아(Léon Bourgeois, 1851~1925)는 프랑스 총리에 재임했고 국제연맹의 결성을 열성적으로 추진해 1920년 노벨 평화상을 수상했다.

제연맹규약 초안을 매우 상세하게 만들고 설명을 덧붙였기 때문에 윌슨이 국제연맹 문제를 제기했을 때 전 세계 도처에서 호응할 수 있었던 것이다.[31]

그러나 국제연맹의 이상과 달리 실제 파리평화회의에서는 기대했던 국제평화체제가 이뤄지기보다 전승 강대국의 이해관계에 따라 새로운 패권질서가 구축되었는데, 량치차오는 이를 개탄하면서도 평화회의의 첫 번째 성과가 당연히 국제연맹이며 국제연맹규약에 불만족스런 부분이 많이 있지만 전 인류의 대 사업에 그 기틀을 세웠다고 인식한다. 그리고 중국의 전통적인 천하관념 및 그 역사경험을 참고하여 국제연맹을 실현하기 위한 자원으로 활용할 수 있다고 생각한다.

우리는 줄곧 국가를 인류 최고의 단체라고 여기지 않고, "수신제가치국평천하(修身齊家治國平天下)"라고 했다. 신(개인)은 단위의 기본이며, 천하(세계)는 단체의 최대치이며, 가(가족)와 국(국가)은 단체를 조직하는 한 과정에 불과하다. 그래서 중국인은 개인주의를 숭상함과 동시에 세계주의를 숭상하며, 그 사이에 국가주의가 있다고 생각하지 않았다. 이러한 사상이 건전하고 유익한지 여부는 잠시 논하지 않기로 하자. 중국의 면적은 유럽 전체와 크기가 거의 비슷한데, 유럽은 지금까지 많은 나라로 나뉘어 있지만 중국은 오래전부터 하나의 나라로 통합되었다. 그 원인은 매우 복잡하지만, 이 '천하일가(天下一家)'의 숭고한 사상이 분명 주요한 동기 가운데 하나였다는 점은 의심의 여지가 없다. 춘추전국시대에 열국이 병립하여 현재 유럽의

---

31) 梁啓超, 앞의 책, 174쪽.

형세와 비슷하였다. 당시는 통일을 모색하는 과도기로 지금의 국제연맹과 유사한 제도가 있었는데, 역사가들은 이를 '패정시대(覇政時代)' 혹은 '방백(方伯)집단정치'라고 부른다. 이 제도는 당시 '제하(諸夏)'의 각국을 하나의 단체로 집결시키는 것인데, 가입여부는 각국의 자유에 따르고 가입 후에도 각국의 주권은 손상되지 않지만, 맹약에 기재된 의무는 반드시 준수해야 한다. 가맹국 가운데 일국 혹은 양국을 '맹주(盟主)'로 추대하여, 연맹의 사무를 집행하고 연맹국간의 분쟁을 중재하게 한다. 동맹을 파괴하는 나라에 대해 맹주는 나머지 동맹국들을 규합하여 공동으로 토벌하고, 동맹국 이외 나라의 침입을 받으면 맹주는 동맹국을 규합하여 그 나라를 구원하고, 필요한 병력은 맹주가 각국에서 징발한다. 이러한 입법정신은 국제연맹규약과 매우 유사하다. 중국의 이 제도는 백여 년 실행되다가 후에 형세가 변화하여 연맹의 구속력이 날로 약화됨에 따라 점차 사라지게 되었다. 이후 중국 통일은 이 길을 따라 나아간 것이 아니라 일국이 다른 나라를 전부 병합하는 방식으로 이루어졌으며, 최후에는 전체 인민이 들고 일어나 이 나라마저도 전복시키고 단일 정부를 건설하였다. 이것이 중국이 소 단체에서 대 단체로 진화해온 과정이며, '방백집단' 연맹은 그 과정에서 겪은 하나의 파란인 셈이다. 이런 조악한 연맹조직은 당연히 오늘날의 국제연맹과 비교할 수 없지만, 고대 그리스의 도시국가 연맹, 중세 교권하에서의 각국 연맹, 근래 대전 이전에 각국이 종횡으로 구성한 연맹에 비하면, 정신적 차원이 확연히 다른 점이 있다. 그래서 역사적으로 국제연맹의 이상을 논한다면 여전히 중

국의 '방백집단' 시대가 참고할 가치가 있다고 생각한다.[32]

량치차오는 새로운 문명세계는 개인-사회-국가-세계가 상호 연결된 세상이 되어야 하고, 이러한 세상을 만드는 데 중국의 천하관념과 그 역사경험이 일조할 수 있다고 인식한다. 즉 중국은 수신제가치국평천하의 이념과 공천하(公天下)를 위한 실천 경험을 지니고 있어서 국제연맹을 건설하기 위한 사상적 실천적 자원이 될 수 있다는 것이다. 사실 이러한 인식은 자오팅양이 『천하체계』에서 주장한 시각의 선성을 이룬다. 그는 오늘날 세계가 분열과 갈등의 위기에 처하게 된 것은 서구철학이 민족/국가를 절대적 단위로 생각할 뿐 세계를 단위로 하는 사유가 부재한 데서 비롯된다고 주장한다. 사람들은 단지 지리학적 의미에서 세계에 속하고 정치학적 의미에서는 단지 국가에 속할 뿐이다. 따라서 세계는 사람들이 그것을 책임지지 않고 제멋대로 남용하거나 약탈할 수 있는 '공공 자원'이 되었다. 이러한 맥락에서 자오팅양은 국가가 아닌 천하를 최상의 단위로 삼아 정치적 안정을 도모했던 중국 고대의 천하 이론을 참조하여, 세계 인민을 위한 정치철학을 구축하는 것이 분열과 갈등의 위기에 빠진 세계를 바로잡는 길이라고 인식한다. 자오팅양의 이러한 주장은 아직 문제의식의 수준에 머물러 있지만, 국가 간의 냉혹한 생존경쟁을 지양하고 세계 단위에서 인류사회의 안정과 이익을 사유하는 세계정치철학이 요청된다는 시각은 주목할 만한 점이라고 할 수 있다. 그렇지만 그것이 세계정치철학으로 인정받기 위해선 이론이 전제하고 있는, 개인과 국가를 포

---

32) 梁啓超, 앞의 책, 170-171쪽.

괄하고 동서를 포괄하는 상위 단위로서 세계이념과 세계제도의 선험성이 어떻게 가능한 것인지 세계 역사와 현실 속에서 분석하고 아울러 중국의 천하관이 어떻게 그러한 이론정립을 위한 참조모델이 될 수 있는지 세계인들의 공감을 받아야 할 것이다. 이는 논리체계를 완비하는 이론상의 문제일 뿐만 아니라 천하사상을 배태한 중국의 현실이 세계인들의 공감을 받을 수 있는 문명사회로 성숙해나가느냐의 문제와 연계되어 있는 것이기도 하다. 중국의 천하 담론은 중국의 사상적 자원들이 세계사적 맥락 속에서 어떻게 보편성을 지닐 수 있는지와 아울러 그것이 중국의 국가 단위에서 어떻게 초국적 실천을 수행할 수 있는지의 문제를 동시적으로 고민해야 하는 과제를 안고 있다.[33] 이러한 측면에서 볼 때 자오팅양 류의 사유는 백년 전 『구유심영록』에서 량치차오가 탐색한 세계정부에 대한 가능성과 과제를 현재의 맥락에서 계승하고 있다 해도 무방할 것이다.

---

33) 자오닝양의 『천하체계』와 더불어 읽어볼 만한 책이 자크 아탈리의 『세계는 누가 지배할 것인가』(권지현 옮김, 청림출판, 2012)이다. 자크 아탈리 역시 작금의 글로벌 위기를 벗어나기 위해서 지구와 인류 전체의 이익을 돌보아줄 바람직한 세계정부가 필요하다고 인식하는 점에서 자오팅양과 동일한 문제의식을 지니고 있다. 그러나 세계정부가 구성되기 위해 세계이념과 세계제도의 선험성이 전제되어야 한다고 주장하는 자오팅양과 달리 현재의 조건에서 실현 가능한 방안을 모색하고 있다. "현실 세계에서 그런 정부의 설립은 불가능하다. 그렇지만 더 규모가 작고 실용적이며 기존의 기구들을 점진적으로 변화시켜 이상적 모델로 바꾸는 정부는 가능하다. 인류가 재앙의 길에서 벗어나려면 G20과 국제연합의 안전보장이사회를 결합하는 것과 같은 몇 개의 개혁만 단행하면 충분하다. 그리고 국제통화기금, 세계은행 등 국제기구들을 그 결합체 산하에 두고 국제연합 총회에 관리를 위임하면 된다."

5. 국제노동규약

다음으로 국제노동규약에 대해 살펴보자. 국제노동규약은 1919년 6월 28일 파리평화회의의 결과로 체결한 베르사유조약의 3대 부분(국제연맹규약, 국제노동규약, 대독강화조약) 가운데 하나이다. 량치차오는 중국인들이 국제연맹 문제에 대해 높은 관심을 보였지만 국제노동 문제에 대해서는 무관하게 생각했는데, 이 문제 역시 국제평화 체제를 건설하기 위한 중요한 부문이고 이번 파리평화회의가 이룩한 대사업이라고 인식한다. 당시 세계는 계급 간의 빈부격차로 인해 국가 내부의 사회적 불평등이 야기되었을 뿐 아니라 국가 간에도 산업경쟁력의 차이에 따라 지배-착취 관계가 형성되어, 국내외의 노동문제가 향후 전 세계의 최대 문제가 될 것이라 예측되고 있었다. 세계 각국은 노동문제를 해결하기 위해 사회주의와 사회정책의 두 가지 방법을 쓰고 있다. 사회주의는 현재 경제구조의 불공평한 점을 근본적으로 개조하려는 것인데, 개조 방법은 각기 달라서 공산 혹은 집산을 주장하거나 생산자원의 전부 혹은 일부를 생산자가 관리할 것을 주장하고, 극단적이고 급진적 수단 혹은 온건하고 점진적 수단을 사용하자고 주장한다. 즉 현재의 경제구조가 인도에 맞지 않다고 인식하여 새롭게 조직하려는 것이 바로 사회주의이다. 사회정책은 현재의 경제구조하에서 불공평한 곳을 힘껏 구제하려는 것인데, 구제 방법으로 조세평균화를 추구하거나 노동자를 보호하여 자본가가 학대하지 못하게 하는 것 등이 있다. 대부분 선의에서 출발한 좋은 정책이긴 하지만 근본적인 개조로 나아가지 않는 것이 바로 사회정책이다. 량치차오는 국제노동규약은 사회정책에 속하며 사회주의를 추구한 것이 아니라고 인

식한다.[34]

본래 노동문제는 산업혁명의 발원지인 영국에서 노자관계 중심의 근대자본주의 경제구조가 정립되면서 발생한 것인데, 이후 세계 각국으로 자본주의 경제구조가 확대되면서 노동문제가 더불어 발생하고, 아울러 자본 수출과 노동력의 해외 이주로 인해 노동문제가 '국제화'되는 현상이 나타났다. 이러한 흐름 속에서 1848년 마르크스는 「공산당선언」에서 "프롤레타리아는 조국이 없다."는 유명한 말을 하며, 국적 국경의 관념은 노동자들의 단결을 교란시켜 계급투쟁의 정신을 말살시키고 '애국'이란 말은 자본가가 인류의 유치한 감정을 이용하여 자신의 고유한 세력을 유지하는 것에 불과하다고 비판했다. 량치차오는 이 말이 진리에 완전히 부합하는지 여부는 차치하더라도 세계 대동관념을 부분적으로 발견한 점은 인정해야 한다고 인식한다. 1864년 '국제노동자협회'라는 단체가 결성되었지만 1873년에 요절하고 말았고, 1889년 '인터내셔널'로 재건되어 국제정치문제에 대해 많은 정당한 의견을 내놓았다. 그중 2차 회의에서 만장일치로 통과된 국제노동법초안은 국제노동규약의 최초의 저본이 되었다. 세계대전 중에 교전국 쌍방의 노동자들은 전장에서 각자의 조국을 위하여 싸웠지만, 중립국에서 몇 차례 회의를 열어 의견을 교환하고 평화회의 문제에 대한 자신들의 입장을 표명하였다. 윌슨의 제14조 대부분은 노동자들의 심리에 맞추어 논조를 높인 것이며, 휴전 이후 각국 중산계급의 당국자들이 파리에서 평화회의를 준비하고 있을 때 각국 사회당도 베른에서 회의를 준비하고 있었다. 바로 두 회의의 내용을 조합하여 국

---

34) 梁啓超, 앞의 책, 201-202쪽.

제노동규약이 탄생한 것이다.[35]

량치차오는 국제노동규약에서 가장 중요한 부분인 총론과 노동제도 일반원칙의 원문을 번역 소개한 후 자신의 비평을 덧붙인다.

국제연맹은 본래 세계평화 건설을 목적으로 하기 때문에, 세계평화를 추구하려면 반드시 사회적 공평에 기초해야 한다.

현행 노동제도는 다수 인민을 항상 불공평하고 고통스럽고 궁핍한 상태에 처하게 만들어, 사회의 불안을 초래하고 국제평화와 협력을 위협할 수 있다. 이런 상황은 빨리 개선되어야 한다. 가령 근무시간 규정, 일당·주당 최장노동시간 규정, 노동력공급 조절, 실업방지, 기본생활을 위한 최저임금규정, 노동자의 질병 및 산재 보장, 아동·여성노동자 특별보호, 노인 및 장애인 부양, 외국노동자 이익보장, 결사자유원칙 인정, 직업교육 및 전문교육 조직 등이 그러하다.

각국 가운데 상술한 인도적 노동제도를 채택하지 않는 나라는 다른 나라의 개혁에 장애가 될 수 있다.

그래서 각 협상국에서는 정의·인도 및 세계 영구평화의 확립을 위하여 다음과 같이 협약한다.[36]

량치차오는 국제노동규약이 전적으로 세계평화를 유지하는 데 있으며, 이는 국제연맹의 취지와 동일하다고 인식한다. 세계평화를 파괴하는 데에는 두 가지 길이 있는데, 하나는 종적인 파괴로 갑국과 을

---

35) 梁啓超, 앞의 책, 202-203쪽.
36) 梁啓超, 앞의 책, 207쪽.

국 사이의 전쟁이 그러하며, 다른 하나는 횡적인 파괴로 국내의 전란이 그러하다. 국제연맹은 종적인 파괴를 방지하는 것이고, 국제노동규약은 횡적인 파괴를 방지하는 것이다. 하지만 량치차오는 횡적인 파괴를 방지하는 국제노동규약의 효력이 종적인 파괴를 방지하는 국제연맹의 효력보다 미약할 것이라고 판단한다. 국제노동규약의 근본정신이 이른바 '노자타협주의'에서 벗어나지 않아서, 완전히 현행 경제구조 하에서의 편향을 바로잡고 폐단을 시정하려는 것이기 때문이다. 즉 각국의 기존의 공장법·양로제도·보험제도 등을 비교적 완전하게 개선하여 각국이 통일적으로 실행하기를 희망한 것이다. 량치차오는 이렇게 하면 사회혁명의 정세를 완화시켜 급진파의 침입을 방지할 수 있겠지만, 청나라가 입헌을 주비하여 혁명을 제지하겠다는 것처럼 문제의 근본적인 해결이 아닌 임시적인 방책이어서 좋은 결과를 기대하기 어렵다고 생각한다.

량치차오는 국제노동규약의 노자타협주의에 대해서는 비판적인 입장을 보이면서도, 노동제도 일반원칙에 대해서는 비록 몇백 자 되지 않는 짧은 글이지만, 참으로 신성한 '신인권선언'이라 할 만하다고 평가한다.

협약 각국이 노동자의 신체상 도덕상 지식상의 행복을 승인하는 것은 실로 국제사회에서 매우 중요한 사항이다. …… 각국의 기후·풍속 및 경제적 기회·산업적 관례가 상이하고 노동제도의 엄격한 통일도 실현하기 어렵다. 그러나 노동자를 절대 상품으로 취급해서는 안 되기 때문에 노동제도 규정의 근거가 될 공동원칙이 있어야 한다. 각국은 자국의 특수한 상황을 고려하여 실천할 수 있는 것은 최선을 다해야 한다. 결여할 수 없는 중요한 원칙 9가지는 다음과 같다.

① 앞에서 이미 밝혔지만, 노동을 화물이나 상품으로 인식해서는 안 된다.

② 고용주와 노동자는 동등하게 법률상의 결사자유의 권리를 갖는다.

③ 최저임금은 각 지역 실정에 따르며 기본생활유지를 기준으로 삼아야 한다.

④ 노동은 1일 8시간 혹은 1주 48시간으로 제한되며, 아직 이 제도를 시행하지 않는 자에게는 빠른 시행을 촉구한다.

⑤ 노동자는 매주 최소 24시간의 휴식시간이 있어야 한다.

⑥ 아동 노동을 금지하고, 청소년 노동은 특별히 제한하여 교육의 연속과 신체의 발달에 지장을 주어서는 안 된다.

⑦ 남녀가 동일한 가치의 노동을 하면 동일한 임금을 주어야 한다.

⑧ 각국은 국내에 거주하는 모든 노동자에게 경제상의 공평한 대우를 해야 한다.

⑨ 노동조례를 보호하기 위해 특별 감독제도를 설립하여 시행을 촉구하고 아울러 부녀자의 감독 참여를 허용해야 한다.[37]

량치차오는 9가지 일반원칙 가운데 두 가지 원칙이 가장 근본적이라고 지적하는데, 하나는 노동을 상품으로 보아서는 안 된다는 것이고, 다른 하나는 노동자의 신체상 도덕상 지식상의 행복 증진을 국제사회의 가장 중요한 사항이라고 승인하는 것이다. 이 두 가지 근본원칙이 확립되고 나면 각종 제도혁신에 자연히 하나의 공동 목표가 생

---

37) 梁啓超, 앞의 책, 207-208쪽.

겨, 현재 이루지 못한 것은 장래 반드시 이루어나갈 수 있으며, 각종 학술과 정책에 많은 차이가 있지만 이 근본원칙하에서 공통 건설의 방법을 고안할 수 있게 된다. 이 근본원칙은 과거에 경제학자와 사회당 인사들이 오랫동안 크게 호소해온 것이지만, 정식 공문에 들어가 각국 당국자들이 국가의 이름으로 실질적으로 승인한 것은 이번 규약이 처음이다. 량치차오는 이러한 점을 근거로, 국제노동규약의 역사적 가치가 국제연맹보다 클지도 모르며, 각 조항의 세부원칙은 모두 서구 노동계의 다년간의 숙제였는데 이번 국제노동규약에 집합되어 한 단락을 짓게 되었다고 평가한다.

량치차오는 유럽은 산업혁명시기에 이런 문제에 대한 예방책을 수립하지 않아 지금은 돌이킬 수 없을 정도로 심각해져, 엄청난 노력을 기울여도 별반 효과를 보지 못하는 처지에 놓여 있다고 인식한다. 하지만 중국은 후진국이기 때문에 잘못된 길을 피하고 예방책을 잘 활용하기만 한다면, 공업조직이 처음부터 합리적이고 건전하게 발전하여 장차 사회혁명이라는 위험한 관문을 피할 수 있다. 이러한 진단 속에서 량치차오는 현재 중국의 산업 발전을 위해 자본가와 노동자가 협동정신을 발휘하는 일이 중요하다고 생각한다. 즉 각국의 공장에서 노동자에게 주는 이익과 편의에 대해 상세하게 조사하여 중국 노동자에게도 최선을 다해 복지혜택을 제공하고, 국가는 세제와 다양한 입법을 통해 공정한 분배를 추구하면서 동시에 생산조합과 소비조합 등의 분야를 적극 추진하여 소자본가와 가난한 노동자가 정당방위의 무기를 가질 수 있게 하자는 것이다. 량치차오는 상호부조의 정신을 바탕으로 자본주의와 사회주의의 정책을 혼합한 발전의 길을 가는 것이 바로 신문명의 정치경제적 조건이라고 통찰한 것이다.

6. 신문명을 찾아서

이상으로 볼 때 국가 간 평화체제, 세계주의 국가, 국제연맹, 탈상품화된 노동사회, 인생관, 문명융합 등이 바로『구유심영록』에서 량치차오가 예언한 새로운 문명의 구성원들이라고 할 수 있을 것이다. 홉스봄이 20세기의 역사를 극단의 시대라고 개탄한 것을 감안하면 량치차오의 예언이 빗나간 것으로 볼 수도 있고, 오늘날의 입장에서 보면 그리 새로울 것도 없는 내용일 수도 있다. 하지만 량치차오의『구유심영록』속에는 세상이 불투명한 오늘날의 텍스트에서 찾아보기 힘든, 어둠을 뚫고 나오는 미래의 빛을 발견할 수 있다. 그 빛은 20세기의 입구에서 미래 세상을 살아갈 후세들을 향해 비춘 것이지만, 불행하게도 그 빛은 극단의 시대에 부딪혀 오늘날의 우리에게 고스란히 전달되지 않았다. 더군다나 오늘날은 극단의 시대의 산물인 자본주의/사회주의로 세상을 나눠 보는 편향과 신자유주의의 무한경쟁, 약육강식 이데올로기가 유령처럼 득세하고 있어서 그 빛을 온전히 수용하기도 힘든 실정이다.

『구유심영록』은 보수/진보, 자본주의/사회주의, 전통/현대, 국가/세계, 동/서, 과학/인생관 등의 경계를 넘나들며 새로운 가치를 탐색하는 개방적인 텍스트이다. 서구 자유주의의 편향들인 개인주의, 과학만능주의, 약육강식 등을 비판하면서도 자유, 과학, 진화 등이 지닌 본래적 의미를 현시대적 맥락에서 되살리려 하고, 자본주의적 경제발전을 승인하면서도 불평등이 초래한 문제를 해결하기 위해 노동과 분배를 중시하는 사회주의 정책을 수용한다. 또 국가주의 · 제국주의가 지배하는 국가 간 경쟁체제를 비판하면서도 현실 정치단위로서 국가 자체를 부정하지 않고, 국가와 세계가 소통하는 세계주의 국가를 제창하며 이러한 국가들의 관계를 조정하는 세계정부로서의 국제연맹을 통해 국가 간 평화체제를 구축하려고 한다.

　오늘날 우리의 미래가 불투명해진 것은 과거의 항해지도에 오류가 있어서이기도 하지만 그 지도의 의미를 현시대적 맥락에서 읽어내는 우리의 눈이 협소해진 탓일 수 있다. 현실 사회주의가 몰락하고 자유주의·자본주의가 지배하는 전일적 세계가 되었을 때 오히려 미래가 불투명해진 것도 우연한 일이 아닐지 모른다. 2008년 미국 금융위기 이후 고삐 풀린 자본주의에 대한 대안체제를 모색할 때 국가의 자본 통제, 공적 부조 및 사회안전망에 관한 복지정책 등을 반시장적 사회주의라 운운하며 저항하는 장면을 량치차오가 보았다면 후세들의 이런 태도를 납득할 수 없었을 것이다. 백년 전에 비할 수 없을 정도로 수많은 정보와 이론이 쏟아져 나오고 있지만 이를 현재의 문제 해결을 위한 자원으로 활용하려는 개방적 태도가 없다면 오히려 혼잡성만을 가중시킬 뿐이다. 백년이 지난 오늘날에도『구유심영록』이 신선하게 읽혀지는 것은 사상에 대한 편견을 줄이고 현재의 어둠을 뚫기 위해 개방적이고 탄력적인 사유를 밀고나가는 힘에서 연원하는 것이리라.

　『구유심영록』이 우리 시대의 출로를 찾는 데 아직 유효성이 있다면 역설적으로 이는 쉽게 바뀌지 않는 인간 세상의 복원력 때문이라고 생각된다. 세계대전의 충격으로 인류사회가 급변할 것이라 기대하며 다각적인 출로를 모색했지만 백년 후 오늘날에도 여전히 미완의 상태이거나 어떤 면에선 오히려 퇴보한 것이 아닌가 하는 의문이 들 정도다. 이는 근대세계를 지배하는 거대한 시스템의 지속력 때문이기도 하고, 세속적인 권력과 욕망을 추구하는 인간들 사이의 이해관계가 변함없이 재생산되었기 때문일 것이다. 이런 거대한 지속성과 재생산 능력에 압도되어 우리는 삶에 대한 근원적인 질문을 망각하기 십상이다. 우리 시대의 미래가 불투명해진 것도 이러한 망각과 연계되어 있으며, 다시 이 시대의 문제가 파생되기 시작한 시점으로 돌아가 잊혀진 질문을 환기하는 일이 바로 현재의 어둠을 뚫고 나가는 길이 될 것이다. 이를 위해선 잃어버린 과거의 항해지도가 되어 우리가 나아가야 할 세상을 상상하기 위한 길잡이가 필요할 터인데, 『구유심영록』이 믿음직한 동행이 될 것이라 생각된다.

찾아보기

ㄱ

강베타 152

개인주의 27, 37, 42, 253, 321-
322, 324, 334, 344

계급정치 50

공자 55, 57, 59, 67, 73, 75-78,
129, 258, 325-326

과학만능 28-29, 33, 35, 40, 45,
319-322, 325, 327-328, 344

국가연합 256, 332

국가주의 37, 42, 47, 54, 215, 251,
253-254, 257, 276, 306, 324,
329-331, 334, 344

국민성 108, 113, 125, 155, 225,
228

국제노동규약 291, 293-296, 298-
300, 302, 304, 307, 316, 331,
338-341, 343

국제노동동맹 302-303, 307-309

국제연맹 16, 19-20, 45, 47, 147,
151, 160-163, 165-166, 170,
211, 249, 251-254, 256-277,
280-289, 293, 299-300, 302-
303, 307-308, 316, 327-336,
338, 340-341, 343-345

국제연맹규약 251, 254, 259, 268,
281-282, 293, 300, 303, 307,
334-335, 338

군국주의 28, 45, 197, 207, 235,
240, 316, 322

군벌 32, 45, 48, 50-51, 63, 65,
68, 70, 84, 132, 164, 176, 197-
198, 204, 206-208, 237, 261,
320

군비축소 165, 259, 268, 273-274,
276-278, 280, 316, 333

글래드스턴 110, 114, 131

ㄴ

나폴레옹 16, 19, 124, 150, 152,
169, 179, 181, 204, 215-216,
223, 230, 239, 255, 331

남슬라브 138, 140-141, 143-145
노동당 114-117, 119-123, 127
노자 75, 78, 163-164, 221, 304,
　325-326, 339, 341
능가도 88, 94, 98, 315

ㄷ
다윈 27-28, 31, 41, 43, 111, 321,
　323-324
대독강화조약 293, 338
대아시아주의 208
대혜보살 88-89, 97
돤치루이 162
두보 51, 77, 213
드레퓌스 152-153
딩자이쥔 81, 211, 314

ㄹ
라인 강 187, 211, 225, 238-243,
　275, 316
랭스 194, 196, 212, 213, 214, 215,
　314
런던 13, 94, 102-103, 105-107,
　111, 171, 182, 206, 211, 228,
　287, 297, 314-315
로레스 154, 298
로렌 166, 176, 178, 189, 202, 209,
　211, 222-225, 227-228, 233,

235-237, 240, 244, 314, 316
로버트 세실 160, 258, 259, 333
로이드 조지 115-122, 126-127,
　147-148, 156-159, 163, 171,
　263, 277, 287, 297
루간칭 84-85
루소 257, 332
루이 14세 232
류즈카이 81-82, 89, 93-94, 211,
　313-314

ㅁ
마르크스 17, 59, 68, 295, 339
마른 29, 91, 176-179, 181-182,
　184, 188, 196, 201, 205, 211-
　213, 215, 239, 316
마인츠 238-240
마키노 146
마키에빅스 121
먼로주의 16, 166, 267, 269, 272,
　283-284
메스 153, 222-223, 225, 227-
　231, 237, 239
메테르니히 19, 156
몰트케 202-203, 225, 237
뫼즈 강 152, 176, 187, 189, 191,
　212, 245-246, 316
묵자 74-75, 78, 129, 325-326

민족자결주의 19-20, 162, 227

ㅂ

발더제 239
발칸 18-19, 156, 162-163, 167,
　177, 192, 194-195, 275, 283
발트3국 142,145, 167
백년전쟁 212-213
밴더리프 22
밸푸어 156-158, 160, 170, 276
범게르만주의 208
법치정신 61-63, 132-133
베니젤로스 162, 170
베르그송 42, 73, 76, 326
베르됭 176-178, 180, 181, 186-
　193, 197, 205, 211, 216-220,
　223, 235, 244, 314, 316
베르사유 13, 15, 115, 137, 146-
　147, 152, 163, 169, 203, 222,
　293, 300, 338
베르사유조약 147, 163, 222, 293,
　300, 338
베른 296, 298-299, 307, 339
베를린회의 156
보불전쟁 152, 179, 187, 223-224,
　234-235
보수당 111, 114-122, 156-160,
　258, 333

부르주아 161, 259, 265, 276, 278,
　333-334
불교 55, 75-76, 89, 94-97, 326
비스마르크 156, 179, 202-203,
　206
비엔나회의 19, 95, 145, 156, 168-
　169, 172, 257, 333
빌헬름 1세 156, 203, 230
빌헬름 2세 18, 203-204, 231,
　239, 255, 331

ㅅ

사상해방 34, 55-59, 70
사이온지 긴모치 164
사회당 17, 25, 44-45, 69, 73, 84,
　119, 154-155, 164, 202, 259,
　286, 296, 299, 307, 333, 339,
　343
사회주의 17, 25, 37, 42, 44-45,
　67-68, 74, 120, 122, 154, 157,
　202, 294, 296, 311-313, 318,
　324, 328, 338, 343-345
사회혁명 23, 25, 32, 44, 64, 69,
　127, 304, 312, 341, 343
샤를 7세 212, 213
세계대전 18-20, 28, 114-115,
　119, 138, 147, 154, 159-164,
　170, 176, 179, 185-186, 191-

192, 203, 208, 222, 230, 312-
   319, 322, 324-326, 328-331,
   333, 339, 345
세계문명 72, 311
세계주의 37, 42, 45, 47-48, 253,
   257, 324, 329-331, 333-334,
   344-345
세계주의 국가 47-48, 329-331,
   344-345
세실 160, 258, 259, 333
손자병법 180, 183
스당 152, 230
스뮈츠 161
스트라스부르 225, 231-233, 237-
   238
신문명 27, 38, 73, 311, 313, 317-
   318, 322, 327-328, 343-344
신민 71
신생국 137, 139, 144-145, 260,
   299, 315
신성동맹 16, 19, 156, 257, 333
신페인당 119-121
실론 88, 90, 94-95

ㅇ
아르덴 176-177, 191, 217, 230
아헨 243, 245
안심입명 28, 41, 58, 323

알자스 166, 178, 202, 209, 211,
   222-225, 227-228, 231, 233-
   237, 240, 244, 314, 316
애스퀴스 115-120, 122, 157-159
양딩푸 81, 92, 211, 313-314
에드워드 그레이 160, 258, 333
연맹국 253, 278-279, 300, 335
연방 18, 22, 86, 161, 239, 241,
   252, 255-256, 259, 331-332
영구 평화 18, 273, 275
오를란도 147, 160, 169, 277
오스트리아 16, 19, 23, 44-45,
   140-145, 147, 156, 166, 169,
   172, 181, 185, 192, 197, 200,
   202, 204, 215, 223, 269, 296-
   297, 299
와불사 90, 315
요시자와 82-83
우크라이나 139, 141-143, 145,
   167
웨스트민스터 107, 109, 111-113,
   125, 212, 315
위안스카이 65, 84-85, 150, 162,
   317
위임통치 166-167, 286
윌슨 20, 44, 142, 145, 147-152,
   155, 159, 161, 163, 169-171,
   226-227, 259, 262-263, 265,

267, 283-284, 286-288, 295,
297, 333-334, 339
유림외사 122
유태 16, 141, 144-145, 167, 229
육수부 219

ㅈ

자유당 111, 114-123, 156-157,
159-160, 258, 333
자유방임주의 27
자치 66-67, 70, 72, 94, 101, 118,
120, 142, 161, 229, 315
잔 다르크 212-214
장둥순 83-84, 297
장쥔마이 81, 86, 91, 211, 297,
313-314
쟝바이리 81, 90-91, 198-199,
207, 211, 313-314, 316
전민정치 50-51
정전협정 222, 233, 238, 244
제임스 41, 112, 323
조르단 121
조프르 179-182, 230
졸라 153
중용 53
진성주의 53-54, 71

ㅊ

천하 30, 52-54, 74, 99, 114, 155,
171, 178, 202, 243, 253-254,
280, 334-337
체코슬로바키아 138-139, 143,
145, 167

ㅋ

카롤루스 187, 223, 243-245
칸트 30, 43, 256-257, 324, 332
캔디 88-91, 95, 98, 315
코블렌츠 238
콜롬보 88-89
쾰른 238, 240-245
크로포트킨 41, 323-324
크롬웰 112, 125-126, 150
클레망소 147-148, 151-155, 159,
164, 168-169, 171, 230, 261-
263, 277, 297

ㅍ

파데레프스키 164
파리평화회의 19, 126, 135, 137,
146, 161, 222, 299, 315-316,
331, 334, 338
페탱 191, 193, 220
평화예비회의 137, 260
포슈 119, 155, 170, 177, 192, 196,

230
폴란드 16, 52, 94, 138-142, 144,
　　164, 166-167, 185, 275
프랑크푸르트 201-202, 223, 227
프로이센 16, 19, 124, 140, 145,
　　152, 169, 172, 179, 181, 184,
　　187, 202, 204-205, 215, 223-
　　224, 230, 235, 241, 243, 272
핀란드 141-142, 145, 167, 260

ㅎ

하우스 163
한유 55, 92
해방과 개조 297
행정의 연구 148, 151
헝가리 86, 139-141, 143-145,
　　162, 167, 269, 296-297, 299
헤겔 28, 30-31, 43, 324
헤센대공국 239
헤이그평화회의 161, 257, 274,
　　280-282, 333
헤자즈 138-139, 144-145
협약국 19, 142, 269, 286, 297
홍루몽 123
황준센 90, 95, 106
힌덴부르크 185, 194, 196, 206,
　　212, 316